天下无毒

暗夜毒影

云川纵 著

上海社会科学院出版社

毒品，自古以来便是恶魔的化身。上至九五之尊，下至平民百姓，都曾误陷其中，难以自拔。

早在公元六七世纪，罂粟等毒品原材料开始流入中国，及至唐朝，阿拉伯商人将鸦片作为贵重礼品上供，到了明朝中叶，吸食鸦片更是成为贵族间流行的消遣活动，其中不乏嘉靖、万历等“鸦片皇帝”，而民间靠贩售毒品形成的犯罪团伙，更是有恃无恐，作恶无数。

清朝末年，林则徐虎门销烟震惊寰宇，世人终于正视毒品的危害。然而在这之前，又有多少人不明其害，一生毁于一旦……

回首往昔，在每一段历史中，依然有那些默默无闻的正义之士，哪怕在无比昏暗的岁月中，依然恪守信念，为了挽救世人、身边人，与恶魔做着殊死的斗争……

毒品

五石散：流行于魏晋南北朝时期，石钟乳、紫石英、白石英、石硫黄、赤石脂五味石药合成的一种散剂，药性燥热剧烈，服后使人全身发热，并产生一种迷惑人心的短期效应，实际上是慢性中毒。

乌香：近代称鸦片，唐宋时就将其作为药用，并有佛粥等吃法。明朝时，暹罗每次给皇帝进贡两百斤，皇后一百斤，与黄金等价。嘉靖初期，鸦片膏技艺已成型。

红散：主药为天仙子。《神农本草经》记载天仙子“多食令人狂走。久服轻身，走及奔马，强志，益力，通神”。《本草纲目》记载，嘉靖年间，游僧武如香用红散迷醉张柱全家，诱使张柱发狂，杀害全家十六口。

人物表

禁毒小队

陆琨：锦衣卫千户，为人自律隐忍，正义感强，时而喜欢说教，在关键时刻有着极强的洞察力。他是锦衣卫左都督陆炳的义子，通过一件件怪案接触到地下毒品流通、泛滥的现象，逐渐立志以禁毒为己任。

狸奴：表面上是被邪教蛊惑的失忆少年，实则身份成疑。被陆琨救出后顺势伪装在其身边。因常年被药物控制而身体羸弱，表面上有些孩子气，私下却果决阴狠，精通各种下三路。

周存：本是地方上的百户，后因看不惯贪官而投奔陆琨。为人机警能干，是陆琨的得力助手。

包小四：陆琨的跟班儿，做事糊涂、快嘴快舌的活宝。

封神医：医术高超，常年游历天下，在陆琨身边负责解病答疑。

何勤：狸奴的贴身保镖、身手过人的神秘高手，知晓狸奴真实身份。

朝廷

嘉靖：明世宗朱厚熜，乾纲独断，喜怒无常，看似不理朝政，其实万象尽在他掌控之中。痴迷修玄炼丹，渴求长生。在权臣严嵩和兄弟陆炳之间有自己的周旋和打算。

陆炳：嘉靖皇帝的奶兄弟，深受器重，大明唯一三公三孤，锦衣卫左都督。向往光明正义，却困于权势，忌惮太多，以至于常常优柔寡断，被迫做出妥协。

严嵩：当朝权臣，在朝堂之上树敌无数，却依然只手遮天。

裕王：朱载坖，嘉靖第三子，因母亲早逝而为嘉靖所不喜。看似宽仁平庸，实则胸有沟壑。

景王：朱载圳，嘉靖第四子。自太子死后，察觉到嘉靖对兄长裕王不喜，一直想攫取太子之位，为此不择手段，与罗教合作，巴结严嵩父子。

陶仲文：受嘉靖宠信的道士，与严嵩关系微妙。

罗教组织

孔雀：忠烈之女，受罗教蛊惑，成为圣母心腹，手段、心智均属一等，然而其志远不止此。与陆琨有过一面之缘。

大长老：本是罗教罗祖身边的一名童子，罗祖归天后，在江南建立分坛，试图与罗教嫡系分庭抗礼取而代之。

圣女：大长老一手提拔的罗教骨干成员，在民间蛊惑人心，声望颇高，实则暗怀鬼胎。

目录

楔子

京畿天幕低垂得厉害，朔云堆雪，北风正烈，西市却熙熙攘攘，人头攒动。

有个满面喜色的汉子怀抱热烘烘的馒头，挤到监斩台附近，赔着笑问刽子手："敢问今日要斩哪些人？"

这是个家里有肺痨病人的，此刻等着处决了犯人，拿人血馒头治病。

正在擦拭大砍刀的红头巾刽子手抬头看他一眼，神情有些冰冷："张大帅、李中堂，以及……"他声音渐渐低了下去，话语飘零在猎猎风中："椒山公。"

"谁？"那汉子的表情猛然滞住，馒头掉落于地，在肮脏的雪水里滚了几圈，再不能入口。半晌，汉子才捂着脸蹲在地上，爆发出震天响的哭喊："世道不公啊——"

雪漫长街，青瓦皆白。陈旧的囚车辘辘驶过，碾出几道乌黑轮印。

从锦衣卫诏狱到西市路途不算近，往常锦衣卫早习惯了犯人们的崩溃神情，然而今日，崩溃的却换成了他们。

新任锦衣卫千户陆琨，又一次躲开路人的石头后，看着身后的囚车，颇有些忧心忡忡。

他们这一次押送的有大明首任身兼江南、江北、浙江、山东、福建、湖广总督的张经，前任浙江巡抚李天宠，以及前任兵部武选司员外郎杨继盛等九人。

前两者刚立下东南抗倭第一战功，就被首辅严嵩的义子赵文华诬陷，送向了黄泉路。

而杨继盛，则是因为弹劾严嵩“五奸十罪”，在诏狱煎熬了三年，才被对方找到机会消灭。

可以说，这三人都是铮铮好汉，杀他们，可是要夭寿的。

往前推二十八天，十月初一，裕王长子降生，文武群臣上表称贺，整个京师还笼罩在新生的喜悦中。

生与死转眼翻覆，尚沾着喜气的瑞雪，就这样铺满了断头台。

锦衣卫担心押送过程出乱子，直接派了个千户过来压阵。

陆琨其实并不想接这活儿，送英雄赴死，总让他良心不安。他想过翻案的可能，可论罪奏疏是皇帝亲自批的，他只是一个正五品千户，能做的，也仅是让他们断头饭吃得好一点。

陆琨个高腿长，又生了两撇极浓重的剑眉，显得阳刚俊朗。眼下他身披青绿锦绣服，腰悬雁翎刀，再加上囚车的衬托，比往日多了股凶煞之气。

这位陆千户是个爱较真的，乌发梳得一丝不乱，衣服更是穿得板板正正。寻常未婚男子多半不注意仪表，领口早就洗污了，而他的里衣领子却依然白净，雪末子落上去，瞬息难见。

京畿的雪，下得越发大了。

可寒冷却驱不散愤怒的百姓。锦衣卫这一路，阻止了无数批冲上来送水送饭的百姓，但对于偷偷朝他们砸石头、掷雪球的熊孩子，却无可奈何。

陆琨是真服了这些人的肥胆儿，他身后这批人，可是出自能止小儿夜啼的北镇抚司。如今被他强按着还能忍忍，若真恼了，别提什么法不责众，只怕整条长街都得血流成河！

眼看监斩台在望，陆琨松了口气的同时，又极为难过。他看向一身囚衣的张经，低声送别："大帅，只能送您到这里了。下辈子，别做英雄。"

张经明显苍老了许多，他微微一笑，边活动着冻僵的手脚，边叹气道："小伙子，等你走到我那一步就知道，有的路，是没得选的。"顿了顿，他又慨然道："任总督半载，前后俘斩五千，吾不亏！"

犯人陆续步上监斩台，清晰的脚印印在积雪上。就在这时，人群里忽然爆发出一声撕心裂肺的呐喊："椒山——"

青色直裰的青年书生，方巾歪斜，哭得睁不开眼，一味往监斩台上冲。

陆琨心中"咯噔"一跳，这位怎么也来了？

这青年名王世贞，字元美，号凤洲，是杨继盛的至交好友。他在文坛上的影响，年轻一代无出其右。若待他吟诗撰文指责锦衣卫助纣为虐，不出几个时辰，全京畿都得跟着骂他们！

陆琨连忙过去拦住他，好言相劝："凤洲先生，您缓缓，您先缓缓……"

"你让我进去！"王世贞哭着推他，无奈文人力弱，推不开人，陆琨又不反抗，任他捶打，哭闹一会儿，他也觉得难为人家不好，动作渐渐缓了下来。

王世贞直勾勾盯着陆琨，满眼悲怆："陆千户，你的表字似乎是'义择'？那么，你的道义呢？"他长臂划过监斩台，歇斯底里地咆哮："他们哪个该死？"

陆琨静静看着他，直待大雪落满双肩，才幽幽叹息道："先生节哀。"

此时已接近午时，台上的九人跪了下来。其中一人，头额长而圆大，此人就是敢正面弹劾严嵩的杨继盛。

他扬起头来，看着纷纷飘落的飞雪，曼声吟道："浩气还太虚，丹心照万古。生前未了事，留与后人补。"他顿了顿，复又道："天王自圣明，制度高千古。平生未报恩，留作忠魂补！"

初时，西市还有人放声大哭，但随着吟诗之声，场上逐渐静了下来，只余些微微的啜泣声，夹杂在呼啸的朔雪中。

"椒山……"王世贞再也站不住，伏在地上，哀哀哭泣，"怎么会这样——"

怎么会这样？这也是陆琨的心声，这九人，明明都是忠臣良将，怎么就上了断头台？

可世道如此，如混沌降临，亘古黑暗，直至贤者现世，才能扭转乾坤，一举破局。

然而，此前累累白骨，终究沉寂在青山荒冢之中。生死人，肉白骨，到底只是传说。

满场静默中，王世贞哭着和声："浩气还太虚，丹心照万古……"

一开始，只有他一人吟诗，渐渐地，吟诵的人越来越多，最后，整个西市都在念着"平生未报恩，留作忠魂补"。

时辰已到，杨继盛俯身趴在断头台上，唇边绽开一抹释然的笑。

刀起头落，碧血洒落白雪，西市哭声震裂屋瓦，直撼云霄。

"爹——"俯首下跪的人群中，风尘仆仆的少女跌跌撞撞闯向监斩台，发出绝望的嘶吼，"我爹是诤臣啊——"

却是杨继盛的长女杨应容，从直隶老家赶了过来。

锦衣卫唯恐她暴起作乱，连忙过去拦住她。杨应容无助地挣扎着，五指张开，伸向高台，却总是差了几步。

陆琨见行刑已经结束，摆了摆手，示意下属让了开来。

杨应容不过十八九岁，身着半旧袄裙，跑得钗横鬓乱。锦衣卫甫一让开，她就提起裙裾，三步并作两步冲上高台，伏在杨继盛的尸身上，泪水潸潸流下。她哽咽着，轻声道：“爹，我带您回家……”

她高高扬起头颅，睥睨着台下，最后将刀子般的目光射向陆琨，几乎是从牙缝中挤出带着血腥气的话语：“为虎作伥，不得好死！”

有下属愤而拔刀，陆琨看也不看，随手一拍，正中刀柄，将刀锋又推回了鞘中。

这一手震住了杨应容，她绝望地盯着陆琨，鼻腔中呼出的白雾仿佛迷蒙了双眼。

天幕沉沉似要压垮京畿，阴云如冻裂的布帛，片片化雪。

陆琨抬起头来，雪末落进眼眸，一片湿润。

大明嘉靖三十四年十月的雪，格外冷，冷彻人心。

第一章
宝剑记

1

西苑永寿宫，炉中的银霜炭烧得通红，烘烤得殿内温暖如春。

人形消瘦却精力旺盛的嘉靖帝刚服完仙丹，此时面颊微红，大汗淋漓。他整了整香叶冠，宽去外袍，又命人往宣德炉中添了些檀香，这才伸出精瘦的手腕，示意早已侍立在侧的太医过来把脉。

然而，太医却为难了，迟迟不敢迈步，及至迎上嘉靖不悦的目光，他慌忙躬身："皇上龙衣在地上，臣不敢进。"

说完这话，他忐忑不安，可嘉靖沉默了一阵，忽而爆发出朗朗笑声，对左右赞道："赏，当赏！地上，人也；地下，鬼也。他这话，最能体现对君父的忠爱！"

太医懵懵懂懂、稀里糊涂把了脉，出来后，被冷风一吹，倏忽汗出如浆。

自嘉靖二十一年宫女弑君未遂后，皇帝就对乾清宫生了阴影，放着好好的紫禁城不住，反而迁到了西苑。如今这脾气，是愈发喜怒无常、难以捉摸了。

殿内熏香袅袅，帷幔低垂，嘉靖双手结法印，缓缓收功。

帷幔外，白发苍苍的首辅严嵩、个子矮小的次辅徐阶急忙坐直了身子，微垂头颅。

嘉靖吐出一口浊气，眼眸微阖，问道："张经，死了？"

"是。"严嵩恭声禀告，"西市百姓皆称陛下圣明，此等养寇不战、冒功领赏之臣，杀之大快人心！"

徐阶张了张嘴，眼角瞥过严嵩，终是吞下了申辩之语。

"嗯，不错。"嘉靖冲徐阶挥了挥手，恹恹道，"汝先退下吧！"

徐阶早已习惯这对君臣说些私密话，当下也不作声，深施一礼，准备离开。

而嘉靖仿佛忽然来了精神，招手示意严嵩："惟中，你来。"

这亲近的语气令徐阶忍不住停在了门口，抬头望去，只见嘉靖从榻上掏出一只锦盒，炫耀似的给严嵩看："下边刚进贡的五色灵芝，你按陶真人的法子，炼成仙丹试试。"

陶真人名陶仲文，靠方术得宠十多年，有时候他说句话，可比内阁阁老管用。

徐阶看着严嵩恭谨接过锦盒，得意地斜睨自己。他实在按捺不住，终于弯下了文人的傲骨，几乎是用喊的："皇上，臣也可以呀！"

嘉靖不以为意地看他一眼，淡淡开口："你管好朝中事务就好，这事儿就不要掺和了。"

徐阶何尝不知，这是皇帝对自己不太信任的表现，他"扑通"跪倒，伏地叩首，异常谦卑地恳求："人臣之义，哪有媲美保天子万年的？炼制仙丹，如何就不关乎政事了？"

嘉靖眼眸深邃，定定审视着他，似乎在衡量他的用意。

徐阶不敢流露出半点不满，更加卑微地以头触地。

嘉靖沉吟半晌，倏忽笑了，懒洋洋地将另一只锦盒丢给他："也罢，既是一片丹心，成全了又何妨？”

两个老头一前一后出了永寿宫，站在门口看着朔雪飘零，严嵩玩味地冷笑：“华亭可知‘东施效颦’怎么写？”

徐阶的老家正是松江府华亭县。大明官场习惯称人地望，就连地位极尊的严嵩，私下里也要被诸官称作“严分宜”。

积雪铺砌的阶前，徐阶赔笑躬身：“端公乃是我辈楷模，下官天资驽钝，学得不像，让您见笑了。”

明人称内阁大学士为“阁老”，内阁首辅为“端公”，徐阶这姿态摆得相当低。

严嵩轻蔑地看他一眼，在小宦官的搀扶下，拂袖下了台阶。

直待严嵩身影渐远，徐阶方才直起身子。他双手拢入袖中，暗暗攥紧，微眯的双目中划过冷冷的寒光。他心道：仲芳，为师绝不会让你白死！

杨继盛，字仲芳，号椒山，正是次辅徐阶的弟子。

出了承天门，向右一转，就是大时雍坊。这里汇聚了都督府、六部衙署以及锦衣卫官署，离皇宫近，办事方便，很是近水楼台先得月。

西江米巷附近是南米北运最大的卸货集散地，一到特殊时节，贩夫走卒摩肩接踵，喧嚣非凡。而巷子中部偏北，则有锦衣卫指挥使司坐镇于此，杀气腾腾。

此时天寒地冻，门内影壁浮雕受冷，棱角愈发坚硬，而后朔雪没头没脑地扑打一通，又掩住了棱角，如宝刀藏入鞘中。

陆琨从西市回来的时候，沾染了一身的血腥气和脏雪印子。他一边掸着身上的雪末，一边问下属：“都督呢？”

陆琨嘴里的都督是他的义父——锦衣卫指挥使陆炳。陆炳于几年前升了左都督，又是当今皇帝的奶兄弟，可谓一人之下，万人之上。

也正是因为义父陆炳的缘故，陆琨才能年仅二十三岁，就升任正五品千户。

“在值房呢！”下属轻声回道，又忍不住提醒，“都督心情不太好，您待会儿……留点神。”

陆琨不禁叹了口气。

原来杨继盛被关在诏狱的时候，左都督陆炳没少关照。陆炳本还以为等皇上消了气，他再迂回着劝劝就没事了，谁想一关三年，等来的却是斩首。这也就难怪陆炳不好受。

要说起来，作为左都督兼锦衣卫指挥使，这陆炳跟前几任指挥使都不太一样。他推崇忠臣直臣，平生未尝构陷一人，反倒悄悄营救过不少大臣。

对杨继盛，陆炳更是赞不绝口，曾亲口感慨他是大明第一硬汉。

陆琨能理解陆炳，身处泥淖之人，总是最渴望光明。

他走进值房里间的时候，陆炳刚刚上了香。简单的灵牌前，烟雾缭绕，瓜果成堆，火盆里烧了大把纸钱，还在冒着火光。

陆炳身量极高，虽早已中年，依然武健沉稳，面色红润，乃是京中有名的美男子。

此时他却有几分憔悴，披着紫貂大氅站在灵位前，神情伤感。

陆琨不由想起三年前，自己奉陆炳之命，去诏狱给杨继盛送伤药的情形。那时杨继盛触怒龙颜，挨了一百廷杖，半夜棒疮发作，他竟摔碎瓷碗，亲手用瓷片刮去腿上的腐肉。

当时这情景看得陆琨毛骨悚然，又听说他挨打前拒绝了止痛用的蛇胆，言称：“椒山自有胆，何必蚺蛇哉！”

陆琨对这个书生，只能道一声佩服。平心而论，他是做不到这种生死荣辱皆抛于外，刮骨疗伤依旧淡然处之的。

陆炳看着袅袅青烟，抹了把脸，叹息：“怎么就殁了呢？”

陆琨沉默了会儿，轻声劝他：“诏狱阴冷，椒山公又旧伤在身，活着也是受罪。死对他来说，是种解脱。他也算求仁得仁。”

陆炳苦笑一声，从怀里珍而重之地掏出一丸药，抛进火盆，浓烈刺鼻的气味瞬间弥漫里间。

陆琨被熏得头晕，忍不住掩鼻呛咳道：“义、义父，这是什么东西？”

“乌香。”陆炳轻声解释，“暹罗来朝，进贡了两百斤，皇上赐了些与我。这是个好东西，能止痛提神，但愿杨椒山在地下无伤无痛，能投个好胎。”

烟熏火燎，陆琨分明看见陆炳眼圈微微泛红。

“把窗户打开，烟太大了。”陆炳吩咐了一声，趁着义子转身的工夫，悄悄拭了拭眼角。

父子俩枯坐半晌，陆炳才恹恹摆手：“密云那边似乎有罗教妖人作乱，你带人过去看看，能处理就在那儿处理了，眼下京里一团糟，我也没心思管。”

“是。”陆琨领了命令，正要告辞，陆炳又叫住他，抛给他一只掌心大小的圆盒，交代他，“出门在外小心点。这药你拿着，省着点用。”

陆琨以为是金疮药之类的，接过来就塞在怀里，骑马往北镇抚司去了。

锦衣卫下辖南北镇抚司、经历司以及十几个千户所。自成化十四年后，就形成了北镇抚司管理刑事，南镇抚司管理军匠，经历司掌文书出入等事的格局。

太祖时期，南京已建立了一套锦衣卫班底。及至永乐年间，升北平为北京，锦衣卫开赴天津建衙，为迁都北京做准备。后来北京改称京师，文武班子齐聚，锦衣卫自然也搬了过来，只是相对应的官署却没建齐，至今北镇抚司用的还是个千户所的地盘。

北镇抚司位于京师东城梓潼庙文昌宫胡同，只见两只石狮子凶神恶煞蹲在门前，顶着满头落雪，审视着每一个人。转过正堂，就是一排青瓦值房，平常不出公差时，各位上官基本就待在这儿办公。

案子已结，经历司愈发忙碌，北镇抚司反倒闲了下来。值房廊下，三三两两蹲着闲聊赏雪的兵油子，看见陆琨过来，连忙大声转换话题，随口扯着不知哪里发现的陈年旧案。有机灵的立即起身，端了个火红的炭盆，送到了陆琨的值房。

陆琨打发了献殷勤的，坐下来烤火。还没等驱散寒气，厚重的门帘就被人一把扯开了，冷风朔雪呼呼灌进来，冻得他生生打了个寒战。

“听说你要带人去密云对付罗教？”来人是个医者，四五十岁，看上去矍铄稳健，一张口却风风火火，“老夫是受够京里这些狗屁倒灶的破事了！还缺医士不……不缺你也给我腾个位子出来！”

进来的这位人称封神医，老头子医术高超，喜欢满天下晃荡，前些年因为拒绝给严嵩诊病，遭到了严嵩之子严世蕃的报复。最后陆炳看不过眼，悄悄救下了他，在锦衣卫给他找了个医士的活儿，省得他孤身一人，招惹了杀身之祸都没法逃。

陆琨嘴角一抽，想想眼下京师的情况，也怕老头子在气头上，再干出点什么“好事”，连忙应下了。

封神医这才收了气急败坏的模样，眼瞅见陆琨放在桌上的圆盒，随手打开道：“都督又赏你好东……咦？怎么给你这个？”

陆琨探头一看，只见白瓷盒里，黑乎乎、黏腻腻的一团，味道有些刺鼻，却是乌香。他不由有点受宠若惊，要知道这玩意儿皇上只赐给了皇室和心腹重臣。两百斤乌香听着不少，但熬制成膏，按人头划分后，只怕也剩不下多少。

封神医脸色怪异，问他：“你还没用吧？”

“没呢，刚带回来的。”陆琨看他神情，忍不住问，“有问题？”

封神医神色犹豫，纠结半晌，才吞吞吐吐道：“能不用，尽量还是别用了。这玩意儿吧，它，其实……”咬咬牙，他一闭眼，背诵道:“元代丹溪先生朱震亨曾说,‘今人虚劳咳嗽,多用粟壳止勤;湿热泄沥者,用之止涩。其止病之功虽急,杀人如剑,宜深戒之’。义择,这乌香就是罂粟,你要少用啊!”

“你没记错?”陆琨倒吸一口凉气,这事情可闹大了,堂堂贡品,竟还是柄双刃剑?他颇觉不可思议:“皇上不知道吗?那么多太医就没人提醒?”

“谁敢提醒?”封神医白他一眼,捋着山羊胡,表情有些嘲讽,“啧,咱们这位皇帝,仙丹都不知吃了多少了,朱砂、水银、砒霜,哪样不毒……”

陆琨听他说这些大逆不道的话,登时吓得魂飞魄散,一把捂住他的嘴,将剩余的话给按回了嗓子眼。他出去看了看,确定外面没人,才关好门冲封神医低吼道:“你想死啊!这话也敢说?”

嘉靖帝炼丹也不是这一两年的事情了,靠炼丹博取他青睐的方士一拨接着一拨。皇帝不光自己吃,还找了心腹大臣一起吃。在陆琨看来,其实就是找人试药。

这些年不是没人劝,但皇帝是个乾纲独断的性子,劝谏之人多半讨不到好。

“瞧你胆小的,这里是北镇抚司,你们就是管巡查缉捕的,谁不想活了,跑这儿打听事儿啊!”封神医越老越愤世嫉俗,当即笑道,“青词宰相、甘草阁老,我看哪,这大明要完!”

青词是道士用来向上天祈祷奏事的祝文。嘉靖帝痴迷修玄,有事没事总爱问问上天,衮衮诸公凭青词幸进者,数不胜数,其中最具代表性的就是大明首辅严嵩。

至于甘草,本身常被医者用来调和药性,但单独拎出来难以治病,存在感极低,属于可有可无的东西,正合了次辅徐阶谁都不得罪的作风。

“您老行行好,赶紧回去收拾东西,我明儿个就带您出京,成吗？”陆琨是真怕了封神医这招惹是非的能力，连连告饶，推着他出了值房，末了又叮嘱，“以后这些话呢，您就憋心里，实在憋不住了，就悄悄跟我说，可别在外面乱说！”

封神医甚看不上陆琨这谨小慎微的性子，当即大袖狠狠一甩，脸不是脸，鼻子不是鼻子地走了。

2

密云地处京师东北，是连接中原与蒙古的要害之地，素有“京师锁钥”之称。大雪封路，本来辛苦一天能到的路，陆琨一行人顶风冒雪了两天才姗姗抵达。

这雪也是古怪，他们刚进入密云地界，转瞬就停了。气得队伍里的百户包小四吱哇乱叫地跳脚，恨不得把马牵回京师，重来一遍。

陆琨跟驻密云的锦衣卫百户周存联系上才知道，罗教作乱比他们想象的还要严重些。罗教原本是退役军卒罗清创立的，最初教义脱胎于佛教，也算是给下层百姓一个精神寄托。然而罗清死后，罗教陷于内斗泥淖，很快四分五裂，教义也渐趋夸张，有向邪教发展的苗头。

这一次打着罗清嫡传弟子的名头在此开坛的也不知是哪一支，反正许多百姓被说动了。冬天乡下又没什么农活，一到讲经的日子，各个村子就呼朋唤友一起去听，当地衙门劝了几次，一看劝不动，就随他们去了。

百户周存是个豪爽青年，前年承袭父职，使了银子才调来这里。很有些自来熟，跟陆琨见过礼后，不禁叹气说道：“本还觉得自个儿聪明，避开了京里乱局，能在地方上作威作福。谁承想出了这档子事！自个儿挖坑埋自己呀！”

别看京中随便抓一个人出来都是有头有脸的人物，六品百户毫不起眼。可在地方上，但凡祭出锦衣卫名号，就算是五品的文武官员也得给几分薄面。

陆琨身着便服，骑在高头大马上，看看道边三三两两结伴而行的百姓，蹙眉问："劝不动？你们就由着罗教拉人？"

今儿个不知是什么日子，他们路过的这个村子几乎空了。有户人家贴了一半的窗花跟疯狗耳朵似的呼扇，真正的看门狗却怅然望着空空的食盆发呆。转上官道，连日积雪堆积，村民们只草草扫出中间一条窄窄过道，甚是敷衍。

周存双肘撑在马颈上，冷笑道："怎么管？听说连……"他双手抱拳，朝京师方向拱了拱："宫里的宦官都信这个呢！若老百姓只是听听，不闹腾，我们也随着去了。可最近这地儿丢了好多男丁，查来查去，查到了罗教……得嘞！查不动了！"

"失踪？"陆琨不由纳闷，"那些男丁多大了？"

周存知道他问什么，解释道："有十六七岁的，也有二十来岁的，都是身体倍棒的小伙子！属下听说过拐卖小孩的，拐卖妇人的，这拐卖小伙子的，还真是少见！"

一般来说，拐卖小孩子，是为了卖给没孩子的人家；拐卖妇人，则是为了卖给富人家做妾或者送去做暗娼。可拐卖小伙子，除了强制当苦力，周存还真找不到其他理由。

陆琨眯了眯眼睛，将咄咄逼人的视线敛进眼皮底下，问他："为何查不动？锦衣卫的名头不好使了吗？"

周存挠了挠头，也不知该怎么跟这位京里的官人解释。

罗教的这处分坛是真厉害，立坛不过几年的工夫，势力就如野草疯长，拉拢了大量民心不说，各级衙门也打点得妥妥当当，遇什么事，该给谁送礼，送多少礼，内部都已经形成了章程。

最初出现失踪人口时，村民们自发巡逻，然而并没有什么作用。

等上十天半个月，村民们松懈了，仍然会有新的失踪人口出现。

保长们哪还敢瞒着，赶紧联袂去了县衙报案。

结果县衙的捕头带人溜了一圈，竟给出了夫妻不和，离家出走的结论。

周存本来觉得这都是县衙的事情，不该他管，就没太在意。可后来接连出现失踪人口，衙门又拖来拖去，老百姓们没法子，只能到处求神拜佛，他这才不得不留意起来。而罗教也正是借此机会，迎来了一个传教高潮。

罗教的坛主在村口开坛作法，云里雾里讲了一堆，说他们是被无极圣祖召去了真空家乡做侍从，这是几世才能修来的福气，要百姓们不要拖了他们的后腿。

令周存颇觉匪夷所思的是，百姓们居然信了，真的不找了！

罗教说话比衙门还好使，锦衣卫再坐视不理，那就是失职了。

“荒谬！”陆琨冷脸怒斥，“当地县衙当真糊涂透顶！”

周存耸了耸肩，连永寿宫那位皇帝都修玄，他们还能管得住底下的人？

“驾！驾！”远远的，官道上烟尘雪末弥漫，两名骑手护着一辆双轮马车急速驶来。

到了陆琨面前，右边的青衣骑手忽然勒马，坐骑长嘶一声，人立而起，旋即又轰然踏地，激起一蓬尘土，陆琨两名下属皱起了眉，连忙挥手扇开。

骑手甚豪迈地冲几人一抱拳，高声喝问：“敢问几个小哥，雾灵山怎么走？”

周存随手一指：“最高的那座山就是。”

“多谢！”骑手不屑地看了眼陆琨，催马前行。

锦衣卫何曾受过这等轻视，几名下属当即就要发作。陆琨摆摆手，自己掸了掸衣袍，淡淡道：“算了，不要耽搁正事。”

却说那马车辚辚，颠簸不止，车中时而传出一声极压抑的呻吟。

左侧藏蓝短打的骑手绕过来，小声提醒青衣骑手：“该服药了吧？”

青衣骑手一皱眉，神色怪异地看着他：“还不到七天吧？”

蓝衣骑手没好气地瞪他：“风餐露宿，能和在京里舒舒服服待着一样？”见同伴流露出不以为然的神情，他声音转厉：“他若出了事，上边可饶不了你！”

青衣骑手哼笑一声，这才不情不愿地吩咐车夫停下，从怀中掏出一只白瓷小瓶，倒出一粒黄豆大小的黑色药丸，俯身递向车窗，低声提醒车中人：“您该吃药了。”

这语气还算恭敬，偏他眉宇间是藏都不屑藏的轻视。可这神情，却在一只瘦可见骨、血管分明的手伸出来时，消失得一干二净。

蓝衣骑手估摸着车中人服了药，才轻声提议：“公子，这会儿已是午后，等咱们到了雾灵山，只怕天都快黑了。要不在山脚下找地儿安顿下来，明日一早再上山？”

隔了一会儿，车中才传来一声极轻的“嗯”。

陆琨他们顺着线索一路查，越走越偏，也没留意天色，等几人再碰头时，摸黑回驻地已经不太现实了。

周存幸灾乐祸道：“大少爷肯定不乐意睡雪窝子吧？得，跟我走吧！也别回头了，前边有个村子，咱们去那里借宿一晚。”

密云三面环山，夜色里崇山峻岭如长龙般横亘平原，起起伏伏，颇具气势。雾灵山山脚下人烟稀少，周遭也没其他村子。按理说路上的积雪应当没人打扫才对，但也不知是不是村民敬畏山神，这边的地面反倒格外干净，道上的雪都被铲到了田里。

周存带他们来的村子不大，统共就十几户人家。最气派的宅子自然是族长的，前后两进院子，还是亮堂堂的大瓦房。

周存自居东道主，安排道：“陆千户您带两个兄弟住族长这里，其余人一家塞一两个，正好。”

陆琨看他一眼，这家伙一路话痨，看上去像个粗心大意的，没想到关键时刻，倒是靠得住。

那边周存正负责安排其他人的住处时，包小四忽然扯扯陆琨的衣袖，向正对大门的河边努了努嘴。

冰凌遍布的河水浅得可以摸到河底碎石，岸边大树下，拴了三匹马，还有那辆双轮马车。

“是咱们下午遇到的那拨人。”包小四小声提醒他。

包小四这人才十七八岁，按说这年纪，又没什么背景，应当爬不到这位子上来。可这小子的父亲是左都督陆炳身边的，又是为公而死。陆炳念旧，大笔一挥，就把包小四给提成了百户，让陆琨帮忙带着。

陆琨得他提醒，才看见暗淡月色下的车马。往那边走了几步，他不由皱了皱眉，马是蒙古马，一路风尘仆仆，三匹马却依然精神。他忍不住多看了两眼，终于确定，这竟是军马！

而那马车乍看很普通，整体用的却是好木料，木质车轱辘上还细细包了一层铁。陆琨心中了解——这可不是某些民间小作坊能铸得出来的。

这大冷天的，又刚下了雪，哪户官宦人家的子弟想不开，辛辛苦苦往这里奔？

包小四掩着嘴问他：“会不会是附近陵卫的？”

昌平附近有皇室陵寝，朝廷特地设了七个陵卫驻扎在此，并升县为州，将密云、怀柔、顺义三县，都划入其管辖范围。

包小四的猜测并非没有道理，只是这跟他们无关。

那厢，白天的那两个骑手正在院子里收拾东西，一听族长说陆琨他们也要借宿，不由面面相觑。

族长胡三通是个四十出头的汉子，一双眼睛总是微微眯着，腰背就没直起来过，也不知是习惯了，还是觉得他们不好惹，故意放低姿态。

还是蓝衣骑手率先反应过来，笑道：“车夫住柴房，我们俩跟公子住一间就成，还得劳烦胡叔弄几张草苫打地铺。”

青衣骑手不太情愿，被同伴瞪了一眼，也没再说什么。

没一会儿工夫，胡三通转头帮陆琨他们腾出了屋子，随口问道：“大雪封山，几位还要上山啊？”

“才不是，我们就是……出来办事！”包小四嘴快，差点说漏嘴，忙不迭转了个大弯。

胡三通呵呵笑着，将被子铺好，劝他们：“不去最好，这山上啊，最近闹鬼，听说还有杀人如麻的江洋大盗，不太平！”

忙忙碌碌大半个时辰，两拨人总算安顿下来，陆琨直到睡下也没见对方的公子露面。

山村本来就静，更何况是山脚下，这让习惯了京师热闹的几人有点不太适应。三人在大通铺躺成一排，陆琨还得忍受包小四不老实的睡姿，浑身难受。

后半夜他好不容易有了睡意，迷迷糊糊的，外面忽然此起彼伏响起了犬吠，且越叫越凶。更隐约有女子的哭声遥遥传来，断断续续，听不真切。

陆琨本没打算管，无奈那哭声越来越近，越来越响，最后那女子竟直接拍打着胡三通家的大门哭喊起来。

含混的咒骂声从窗下飘过，而后就是大门拔闩的声音。

大门“吱呀”一声开了，凄厉的哭声蓦然拔高：“族长，族长！您说过的，猛子他会回来的，会回来的啊——人哪？他怎么还不回来！孩子不能没爹啊——”

胡三通很不耐烦，又唯恐扰了贵客，连忙低声呵斥：“大晚上的，乱什么乱！再乱就把你家娃扔河里去！”

这女子的丈夫丢了？陆琨心思一动，悄悄披衣出去查看。院子是二进的，堂屋到大门之间的泥地上又嵌了一溜儿青石板。天上蛾眉月一照，泥是黑的，石板是亮的，带着点冷意。

陆琨走到门口时，薄云正巧遮住月亮，在胡三通脸上投下大片暗影，人显得有些阴沉。

蓬头垢面的女子看不出模样和年岁，她紧紧搂着怀中襁褓连连倒退，声音带着惶恐，慌乱地摇头道："不不不！我我我……我听话，听话……"女子声音渐渐小下去，犹自带着哭腔："族长，求求您了，让我见见猛子吧！"

"去去去，大晚上的，你不睡别人还要睡呢！"胡三通劝了几句，见女子颠来倒去只会问他要丈夫，也火了，挥手赶人，"你呀，回去睡一觉，胡猛就回来了。"

"真的？"女子双眸中迸射出亮光。

"真的！比真金还真！"胡三通顺口胡诌，急着回去睡觉。

他自以为已经唬住了女子，但对方背转了身子，眸光倏忽转厉，右手猛然从襁褓中拔出一把剔骨刀，脚步一错，就向胡三通扑来！

云破月出，用心打磨过的剔骨刀反射出慑人的寒光！

正仰头打着哈欠的胡三通、持刀飞扑的女子、跌落在地的襁褓，画面一时定格。

"小心——"陆琨眼疾手快，纵身扑过去，挥掌狠狠劈在女子右手腕上。

"啊！"女子吃痛，松开了刀柄，剔骨刀"当啷"落地。

陆琨顾不得两个成人，连忙跑过去查看襁褓，甫一抱起，他就愣了，软绵绵，轻得不似有婴儿。

事实上，也真的没有，里面藏的是一只布老虎。

胡三通惊魂未定，只觉得自己整个人被按进冰水里过了一遭，身上湿腻腻的，全是冷汗。他回过神来，怒火直冲脑门，瞪着女子爆发出高亢的喊声："你想死啊——"

这个一直卑躬屈膝的男人骤然挺直腰背，抬腿对着女子便是一阵乱踹。

"够了！"陆琨回过神来，赶过去揪住他，怒道，"你跟个疯子计较什么？"

胡三通的脊梁骨瞬间又弯了下去，赔着笑脸点头："是是是，您教训得是！"

这边闹得动静挺大，周存赶紧带人过来问了问，把胡三通斥责了一顿才走。陆琨扶了痴痴傻傻的女子进屋，包小四有眼色地点了灯，一路上跟大爷似的封神医则默默打开了行囊找药。

女子本来眼神发直，但油灯亮起的那一刹那，她忽然尖叫一声，扑过去"噗噗"吹灭了灯芯，痴痴捧着油灯哭号："猛子——你疼不疼呀？你快回来呀——我和孩子想你——"

包小四一阵恶寒，蹭过来小声问道："头儿，这女的，该不会觉得她丈夫是灯神吧？"

封神医趁着女子哀哀哭泣的时机，绕至其背后，用一根银针放倒了她。

就在这时，敞开的屋门"咚咚"作响，半明半暗的屋檐下，蓝衣骑手正冲他们微微颔首。

包小四忙过去询问："是这女子吵到你了吗？你放心，她睡过去了。"

蓝衣骑手摇摇头，递给他一张墨迹未干的纸："我家公子让我给几位送张安神的方子。"他顿了顿，又淡淡道："这是东璧先生留下的。"

包小四没反应，封神医却浑身一震，一把抢过方子按在胸口，忙不迭地道谢："谢谢，谢谢！代我谢谢你家公子！"态度要多虔诚，有多虔诚。

蓝衣骑手不是个热络的人，他点点头，转身消失在摇曳的灯影中。包小四忍不住问："这位……东墙壁先生，谁呀？"

"不学无术！"封神医照脑门给他一记，双手捧着方子，背上药箱，踩着小碎步去了厨房。

包小四揉着脑门，委屈巴巴看着陆琨，心想自己字都不识几个，上哪儿知道这些去？

陆琨无奈地揉着额头，彻底放弃了劝他好好读书的打算，解释道："楚王府奉祠正李时珍李先生，字东璧。"说完，他望着蓝衣骑手一众的房间陷入沉思。听口音，他们应当是北方人，却能请到深居楚王府的李时珍出手，这位公子有来头啊！

半个时辰后，女子喝过封神医煎的药，果然安静下来，醒了也没再闹腾，只是蜷缩在墙角默默流泪。

胡三通说，这女子名叫红棉，她丈夫半年前上山打猎，一脚踩滑摔死了。没多久，红棉难产，生下来个死婴，整个人都崩溃了。

锦衣卫这帮做惯了杀人抄家之事的人，自然不会亲自照顾红棉。翌日天亮，陆琨让包小四把她送回娘家，留了些碎银子，又恐吓一番，吓得那家人连连保证会照顾好病人，这才离开了这座雾灵山脚下的小山村。

在锦衣卫走后不久，那辆双轮马车也辚辚上路了，看方向，正是雾灵山。

3

一晃两日过去，锦衣卫一无所获。

就像周存所说，附近的村民对关系到罗教的事情，有着本能的警惕。可能前半句还跟他们好言好语，后半句就翻脸赶人。

这日，他们又白跑了两个村子，周存生无可恋地带他们去一家酒肆歇脚。这几日来他有心劝陆琨把跑腿的事交给下属，又怕对方误会自己有事相瞒。

他们来的这家酒肆环境不是太好，小二层的旧楼，曾经兴许辉煌过，内里还残留着粉刷痕迹。不过这地儿靠近岔路口，来往多是贩夫走卒，不甚讲究，如今斑驳的墙皮一簇簇绽开，运气不好的，赶上酒客拍桌大喝，可能就有那么一块两块掉进菜里。

他们刚在酒肆坐下来，就听见隔壁桌的大胡子酒客大声嚷嚷道：“怎么没人看见？我就看见了！那火烧得老大了！又高又猛，半边天都是红的！”

他朋友嗤笑一声：“瞎说！大冷天的，你去雾灵山做甚？”

雾灵山？陆琨心思一动，侧耳细听。

大胡子嘿嘿笑道：“听人说雾灵山闹鬼，谁去谁死。你还不知道我？三两酒下肚，就不知自己姓甚名谁了。越跟我说那边危险，我就越心痒痒，想去瞅瞅！”他仰脖灌下一杯浊酒，咂咂嘴，心有余悸：“你不知道，那地儿可能真有鬼。大半夜的，一群狗乱叫，还有女人在哭，哎哟，那叫一个凄厉哦！后来，那村子就起了火，越烧越大，好几拨人想救火……啧，只看见进去的，愣是没看见出来的！你说这不是有鬼是什么？”

陆琨忽感不妙，忍不住问：“你说的那个村子，是不是在雾灵山山脚下，离官道比较远？”

“嘿，有人知道啊？”大胡子点点头，“就是那儿，那片儿人烟不旺，总共就这一个村子。”

一帮锦衣卫瞬时犹如被掐住了脖子，发不出正常的音儿。这算算时间，可不正是他们离开当晚，村子就起了火？

隔了一会儿，包小四才带着一身鸡皮疙瘩道：“那咱前两天住的地方是……回光返照？”尽管不合时宜，周存还是忍不住喷出一口茶来。

一拨人匆匆吃过午饭，又返程回了胡三通的村子。

陆琨犹记前几日离开时，朝阳初升，小山村炊烟袅袅，柴门闻犬吠，遍地鸡鸭走，带着股世外淳朴之风。然而此时再看，却只余一眼望不到头的焦土与其中的残垣断壁。坚挺的屋舍还留着半截黑乎乎的墙壁，一左一右烧光窗棂的窗口，空洞洞的，犹如巨兽之眼；剩下的，早就化作了一抔黑灰，大约还混杂了骨灰。

族长的二进院子尤其凄惨，花圃菜园死亡木植无数，胡三通家藏的绫罗绸缎、金银玉器，都灰飞烟灭了。

门前拴过马的几棵树亦只余一截焦黑的树杈，死不瞑目般直戳戳指天抗议。

“这是……那个疯女人干的？”包小四震惊地瞪着这破败的景象，不明白好好的村子为何变成了这样。

周存奇道：“你怎么知道是疯女人放的火？”

“这不明摆着嘛！”包小四平静了下来，自以为聪明地分析，“正常人谁烧自己家呀？再说，那个大胡子说了，先听见女人哭，然后就起火了。可不就是她发疯放的火嘛！”

陆琨不悦地瞥他一眼，制止了他的胡乱猜测：“事不目见耳闻，而臆断其有无，乃是大忌！”

包小四天不怕地不怕，就怕老大训话，都督发火。他当即一缩脖子，举手投降：“小的错了，回去就抄书！”

陆琨满肚子话，就这么被他噎了回去。

这火烧完有段时间了，但村子远离官道，与世隔绝，至今都没衙门的人过来查看。

靴子踩在灰烬上“哔剥”作响，他们一共拖出了十九具尸体，严重的已经烧成了焦炭，好一点的还能看出些许人样儿。这些人主要聚集在村西头，准确来说，灾难是从西头一户人家向外扩散的。

"这是那个疯女人的家！"包小四终于发现了能佐证自己言论的证据，指着烧得最狠的院子嚷嚷，"那天是我送她回来的，记得清清楚楚！老大您看，这火就是从这里往外烧的！一定是疯女人又发疯了！"

陆琨不语，照常理来看，的确如此。他揉着眉心道："好了，书不必抄了。你先回答我，看见火势大了，这些人为何不跑？"

包小四刚扬起的脑袋，瞬间像被霜打过的茄子，又垂了下去。

陆琨忽然想起那晚跟他们一起住宿的主仆，也不知对方是什么时候离开的，跟这场火灾有没有关系。

"哎，你跑什么？"就在这时，带人勘察现场的周存大喝一声，追着一道人影从犄角旮旯钻出来，招呼下属道，"拦住她！拦住她！就找着这一个活的！"

那人穿着脏兮兮的花棉袄，怀里还抱着个襁褓，蓬头垢面跑出来，看见生人就本能地躲避。

"是那个疯女人红棉！"包小四三步并作两步奔过来拽住她，喝问，"喂，是不是你放的火？"

红棉挣脱不开，干脆充耳不闻，专心拍打襁褓，仿佛害怕他们吵醒了婴儿。

可陆琨知道，那里面没有婴儿，只有一只布老虎。

包小四喋喋不休地问了一通，连半个字的回应都没捞着，登时急了，大怒道："当我们锦衣卫是泥塑的呀！"

"锦衣卫"三个字一出，陆琨敏锐地发现红棉身子一僵，再拍打襁褓时，就有那么点不自然。

他心中忽而有了一个大胆的猜测，这红棉极有可能还留有神智，至少疯得没表面上那么彻底！

雾灵山上，冰凌垂挂，积雪压顶，晶莹剔透的松树下，隐隐有对话声传出。

“前日的大火已经灭了，幸存的村民都接来了山上，等过了风头，我们会在山下重新设点，不会让闲杂人等进山的。”顿了顿，那人又道，“那批药有眉目了，不过药人不够，得再弄一批。官府那边，还劳您打个招呼，免得不开眼的查过来，坏了大事。”

朔风呼啸，终于有轻微的回应响起：“嗯。”

这声音是如此轻微，隐隐带着叹息，风一吹，就破碎在冰天雪地里。

松树后面是一排简陋的屋子，里面不时传来挣扎哀号之声，听得人揪心。

山脚下，陆琨他们带着红棉走出山村二里路，再三表示天下没有锦衣卫不敢管的事儿，红棉才开了口。

她抱着襁褓，“扑通”跪倒在道边尘埃里，压抑着哭道：“那里就是个吃人的地方！猛子，死得冤啊——”

条理清晰，举止有礼，她果然没有疯。说起来，红棉原也是有个幸福小家庭的，男耕女织，夫妻恩爱……直到罗教在此地立坛。

“他们常去村里讲经说法，很多人都信，村里的男丁也不干活了，整天帮他们巡山。大约一年前，山上开始出现鬼叫鬼火，还有一些撕扯过的野兽尸体，大家都说，山上有鬼，还有江洋大盗。”

陆琨突然打断红棉：“罗教的老巢，是不是就在雾灵山？”

“是！”红棉肯定地点点头，“半年前有一批货上山，教里找了很多人帮着巡山。猛子胆儿大，想看看鬼火是怎么回事，就跟着村里的男人们去了。”说着，她簌簌落下泪来，哽咽道：“我该拦着的！过了没几天，他大半夜跑回来跟我说，山上根本没鬼，还让我收拾东西，赶紧走，他得去报官。可是……”红棉眼泪落得更狠，几乎说不出完整的话：“族……族长把他叫、叫走了……再、再也没回来……后来，他、他们，在我家翻来找去……还，套我话……”

陆琨心中有不妙的冲动："他们问你什么？你后来报官了吗？"

红棉忽然闭嘴，警惕地瞪着陆琨。

陆琨明白了，红棉八成去过衙门了，但密云县衙早被罗教打点好了，哪里会受理。

他叹了口气，将腰牌递给她看："我们是京里来的，只信皇帝不信教，跟密云这边半点瓜葛也没有。"

"那你真管得了他们吗？"红棉脱口问道。

包小四叉腰笑了，伸出大拇指冲自己一指，下巴高高抬起："笑话！我们锦衣卫，上查公侯下查百官，但凡我们经手的案子，向来只对圣上负责，刑部、大理寺、都察院，通通无权过问！别说密云县衙了，就是它上头的昌平州衙，在我们面前也不敢说半个不字！"

包小四是很为锦衣卫的身份而自豪的，自从披上这身衣服，除了个别权贵，他就没怕过谁。

偏偏周存也是个嘴欠的，当即来了句："来，你给我说半个不字试试！"

"不……"包小四下意识吐字吐到一半，怪叫一声，追着周存就揍。

陆琨不去管这两个活宝，只看向红棉。

红棉终于被说动，低头衡量许久，才再次开口道："那天我去了县衙，可是还没见到县老爷，就被赶出来了。族长还跟他们说，奴家是受不得刺激，得了失心疯！"

族长越是遮掩，红棉越觉得有问题，但她当时快要临盆，行动不便，不好到处奔波，只得随他们回了村子。

"我本来觉得，他们是不想把事情闹大，可当天下午，胡婶，也就是族长他媳妇儿，给我送了碗红枣羹来，说是补身子。我喝完没多久……就……"红棉泣不成声，眼中闪烁着刻骨的怨毒。

这个苦命的女子，九死一生，才带着复仇的信念和丈夫孩子的魂魄，从鬼门关爬回来。

陆琨神色复杂地看着红棉，这个女子一直都活得很清醒，她知道自己在做什么，也知道自己要的是什么。那晚，她上门闹事，也许就是在试探他们的怜悯之心。

红棉压抑太久，哪怕是哭，也是无声无息，似乎早已经不会正常表达情绪了。平静了好一会儿，她忽然问："您知道族长家的灯油是什么吗？"

陆琨蓦然想起了传说中的点天灯，胃里一阵翻搅。

"哈哈哈，那是人油啊——"红棉爆发出病态的长笑，笑中带泪，"我亲眼看见他们把尸体炼出油……不就是怕荒山埋尸，引来畜生刨食嘛！"

听罢这话，刚刚疯闹回来的包小四已经忍不住有些反胃，周存则脸色铁青，强自保持镇定。

人口失踪，货物上山，红棉家的噩梦，炼尸油点灯……这一切逐渐串联，陆琨失声惊问："村子里的火，真是你放的？"

红棉沉默了一阵，才冷笑着答："是，也不是。"

其实祸事算是村民自找的。红棉家的事，要说大家不清楚，这不太可能。不过他们大多受了罗教的蛊惑，反而觉得是猛子冒犯了无生老母，才遭了灾，纷纷冷眼旁观。

陆琨他们走后，族长觉得留着红棉太危险，这疯女人指不定哪天就把事情闹大了，遂想趁天黑结果了她。反正她一个疯子，出什么事，大家也只会松口气，压根不会去查。

族长怕红棉家人阻拦，就弄来了大量迷药，打算一不做二不休，放倒全家，一把火都烧死。若红棉真疯了，也就悄无声息遂了族长的愿，可他不知道，红棉没疯！

那晚，两人在厮打中，将迷药、油桶、火把悉数碰倒，酿成了火灾。发现不对的村民急着过来救火，不想那晚西风势大，红棉家又在村西头，再加上族长唯恐撂不倒一家三口，特意上山从罗教弄了大量强效迷药……于是就如飞蛾扑火，但凡赶过来的村民，大多栽倒在了红棉家门口，眼睁睁看着烈火蔓延过来，将一切烧成焦土。

红棉被打骂惯了，极擅长跑路，当时一看见村民们过来，就转身跑向了屋后上风口，反倒稀里糊涂避过了一劫。

“那么，你丈夫究竟发现了什么？”陆琨轻声问她。

红棉咬着唇，良久才开口：“他们在山上，关了许多药人试药……”

4

雾灵山山腰被人为铲出一个平台，木石混合的屋舍盖得颇为简陋，几根树皮都没刮干净的木头粗粗搭在一起，看不出是牌坊还是棂星门。只见右边木头刻着“老母传经万万卷”，左边木头则刻着“缔造世界事事新”。那字虽然丑，刻痕却很深，显然是用心了。

这么个破地方，居然也有间议事大厅，乍看还像个样子，其实里面连墙都没刷。而教众们的住处就更是建得随便了。

转过教众的住处，悬崖边上是一溜儿屋舍，日复一日传出惨号，浓重的药味熏得人几欲作呕。

一只纤瘦的手按在其中一处门扉上，颤抖着想要推开。

青衣骑手错身挡在门前，眼神有些阴沉，厉声警告：“公子，这可都是上边要的人！”

对面一阵沉默，蓝衣骑手连忙过来打圆场：“公子，这些药人都不是什么好人，作奸犯科，就算到了衙门，也是被秋后问斩或流放边关的下场。”

裹在黑斗篷里的人转身离开，寒风入肺，呛得他连连咳嗽，本就不算高的人微微弯腰，更显瘦小。

这时，巡山的教徒陡然发出一声惊呼："什、什么……官兵上来了！"

这声尖利的叫嚷仿佛撕开了陷阱之上的草皮，无数身披罩甲，头裹巾子的密云卫军卒与锦衣卫缇骑不知何时摸上山来，甫一照面，就是一阵密集的箭矢。

利箭呼啸，血雨纷飞，雁翎刀砍翻了无数奔涌过来的教众，他们披在身上的雪色斗篷散落在四处。

陆琨杀气凛然的喝声响彻分坛："今有邪教蛊惑百姓，强掳男丁，造下无数杀孽。吾等奉旨围剿，只诛首恶，不问胁从！负隅顽抗者，杀！煽动叛乱者，杀！"

朝廷的人马从四面八方包抄而来，统共只有百八十人镇守的分坛很快告破，有个衣衫较旁人耐看的中年人想跑，陆琨眼疾手快，抄起雁翎刀狠狠掷去，正中对方后心！

那人正是雾灵山分坛坛主曾岳，挣扎了几下，不甘地扑倒在湿冷的泥土上。

血，染红了半山腰。

屋舍前，青衣骑手一阵慌乱，说话语无伦次："怎么办？你不是都打点好了吗？为什么还会有……我们，我们要不要亮明身份？对，你是……他们不会为难你的……"

之前还桀骜不驯的人，此时却率先惦记着投降。

黑斗篷下，公子双眸划过一抹寒光，已然动了怒气。

偏偏青衣骑手自以为攥着自家公子的命门，低声威胁他："我告诉你，别想丢下我们！大家都是给上边办事，谁也不比谁高贵！"他紧张地掏出瓷瓶，在对方面前晃了几晃。

"够了，都什么时候了！"蓝衣骑手呵斥一声，转身对公子恭敬道，"待会属下引开官兵，您趁乱下山找地儿躲避，千万不能落在他们手中！”

“不，我不想死！”青衣骑手急切嚷嚷。

生死关头，方显人心。

那公子没吭声，但在青衣骑手转身的那一刹那，黑斗篷下蓦然寒光闪烁，一柄小巧玲珑的匕首悄无声息地割开了对方的咽喉！

“公子！”蓝衣骑手发出一声短促的惊呼，却又很快吞回了下意识的指责。

青衣骑手扑倒在地，死不瞑目。

公子丢开匕首，低声吩咐了一句，蓝衣骑手扯下一块衣襟蒙住面容，恭敬抱拳领命而去。

不多时，分坛坛主的卧房及议事大厅就起了大火，朔风助长火势，直烧得烟焰冲天。

仔细检查过青衣骑手的尸身后，公子从瓷瓶里倒出一颗药吞下，将瓶子和其他零碎的东西统统抛下了山崖。他又从药房提了火油等物，将尸体和身后一排屋舍一并点燃。

想了想，公子又脱下外衣和夹袄，丢进火里，匆匆翻出一件统一配给药人的短褐，草草系好，随后竟蹿进了屋里。

还没完全拿下分坛，山腰就四处起火，急得周存扯着嗓子大喊："救火救火！咱们快变成烤山鸡了！”

陆琨杀得血性大起，原本整洁的外袍上全是血点。他红着眼四处张望，终于在议事大厅附近寻到了那个纵火犯，三步并作两步，一个泰山压顶，向蓝衣骑手扑了过去。

雁翎刀与对方的佩剑相交，摩擦出刺耳的声音。

蓝衣骑手足尖点地，抢先后撤，佩剑抖出雪亮剑花，剑光游走，刁钻地刺向陆琨下丹田。好一个陆琨，只见他倏忽弓步侧身，左边门户大开，恰恰让开佩剑，雁翎刀顺势斜撩而上，直逼对方咽喉！

眼看蓝衣骑手招式用老，收剑不及，他猛吸一口气，侧身不退反进，同时左掌劈向陆琨的右手腕。

看似轻飘飘的一掌，陆琨却如遭电击，整个小臂都麻痹开来，雁翎刀差点脱手飞出。

“阁下并非罗教之人吧？”交手三五招，陆琨发现这人颇有章法，不似其他人那般乱劈乱砍，那佩剑也并非乡间的粗制滥造之物。

蓝衣骑手一声不吭，心中却担忧再拖下去会被对方看出来路。

他分神望了一眼，关押药人的屋舍火势渐猛。他忽而松了口气，奋力跳出战局，站在崖边，骤然横转剑柄，冲自己面部削去！

好好一张脸，硬生生被利刃尽毁！陆琨来不及惊诧，就见对方向后一仰，人与剑一起跌落悬崖。

隔了几息，山下才传来几声极轻微的响声，隐藏在震天厮杀中，几乎低不可闻。

古有聂政刺韩王，剥面皮而自尽，今有蓝衣骑手为主效仿。

陆琨提刀奔至崖边，看着沿途折断的松枝怅然失语。良久，他才端端站好，向着崖下深施一礼。

山上山下，厮杀声连绵不绝，大明官兵鲜明的战裙与罗教信徒灰扑扑的短褐交错杂糅。尽管战力悬殊，可架不住信徒的拼死反扑，正所谓横的怕愣的，愣的怕不要命的，有不少官兵着了道。

包小四看得着急，上蹿下跳地大声提醒兄弟们小心，最后他不知打哪儿弄了杆火铳，瞄准了一名罗教小头目，刚要开火，身边周存吓得魂飞魄散，一个箭步冲上去拍掉了这个杀伤性武器。

“你干吗？”包小四登时炸了，跳脚嚷嚷道，“你知道这玩意儿有多贵吗？”

“老子只知道在这儿开火，大家伙儿就等着被雪崩埋了吧！”周存回骂他一句，顺手一刀劈翻了过来偷袭包小四的信徒。

包小四怔了怔，嗫嚅着想要道谢，还没等张口，周存已经提刀跑远了。

官兵攻至关押药人的屋舍前时，大火已然蔓延，梁柱隐隐有坍塌之势。

陆琨四下一寻摸，将门前大缸中混杂着冰碴子的水兜头浇下，率先踹开房门，大喝道：“救人！”

千户已身先士卒，其余官兵纷纷效仿，不畏死地冲进了火场。

房梁“咯吱”作响，一阵流星火雨坠落，陆琨掩住口鼻，在滚滚浓烟中摸索着。地上横七竖八瘫着不知多少个药人，大多被药物和烟火折磨得奄奄一息，连惨号声都发不出来了。

陆琨翻了几个，都已没了鼻息，眼看屋舍将塌，他刚要撤离，一只纤瘦的手陡然揪住了他的裤腿，一个消瘦单薄的少年无力地抬起头，嘴唇微动，发出微弱的请求：“救我……”

血红的火光映入眸子，似是求生的欲望在跳跃。

陆琨二话不说，打横抱起他就往外冲。房梁终于支撑不住，轰然倒塌，那燃烧的烈焰，犹如梦魇，追逐着二人，直上青天。

逃出生天的那一瞬，陆琨怀中，少年安心地昏厥过去，一只瘦可见骨、血管分明的手掌垂落了下来。

5

罗教在雾灵山的分坛悉数覆灭，坛主曾岳被陆琨一刀刺死。而罗教攒敛的财富、正在炼制的药物，都被大火所焚毁。也许某场雪后，纯白将覆盖血迹罪孽，这里又是一片圣洁。

朔风呼啸，撼动着山上的松树，无数雪团簌簌而落。

官兵费力地清理着现场，将一具具尸体抬至空地上，自己人的要带走，罗教的要检查掩埋。

正在坛主卧房搜查的包小四，忽然大叫一声："老大，这有字！"

紧接着，脸抹得跟只黑猫似的包百户举着小半张纸，兴冲冲跑了过来，向陆琨邀功。

陆琨忙接过来，这应当是半纸残信，锋芒毕露的瘦金书，悍气四溢，带着丝丝飞白。若是字如其人，写此信的约莫是个傲骨铮铮、颇有决断之人。

残章断句难以捉摸，只余下信末的署名十分清晰：鱼肠。

传说专诸刺吴王，藏剑于鱼腹之中，后人谓之"鱼肠剑"。

鱼肠此人，是敌是友？

此时，药房附近骤然爆发出女子撕心裂肺的哭声，红棉跪在焦黑屋舍前，正无所顾忌地放声哭喊："当家的，我给你报仇了！你放心投胎去吧——"

她跌跌撞撞奔至崖边，从襁褓里扯出那只布老虎，撕开掏出一把灰粉，一边往天上抛撒，一边哭喊："带着咱娃——爹，娘，你们也一路走好——"

喊声在山间回荡，惊起麻雀无数。

包小四寒意陡生："那只布老虎里是她孩子的骨灰？！"

陆琨静静看着她，怅然叹息。在此之前，谁能想到混得风生水起的罗教分坛，会因一个普通村妇，而遭遇灭顶之灾？

攻山容易善后难，陆琨他们山上山下来回两三天，才算收拾利索。至于封神医，把伤号往密云卫军医那里一丢，就将心思全放在药人身上了。

陆琨他们最终只抢救出了三个药人，一个残了，一个疯了，一个失忆了，没一个正常的。

残了的那个，每天躺在床上，生无可恋地两眼望着房梁；疯了的那个，孜孜不倦把药粉往脸上涂抹，捏着嗓子唱大戏。

而失忆的那个，就是陆琨抱出来的少年，看模样也就十六七岁，自醒来以后，经常抱膝缩在床角，稍微有点动静就瑟瑟发抖，表现得像个不过几岁的孩童。

陆琨问过封神医，知道三个药人长期试药，留下的隐患不少。失忆少年看起来是最正常的那个，但记忆出现问题，足见试药过程中的痛苦有多么难以承受。

伤残者自称郭志，来自附近一个小村子。据他描述，罗教给他们服的药很奇怪，服完很舒服，但过段时间就会如万蚁噬身般难受。而罗教的人，每次见他们都蒙了面，也从不在他们面前谈事情。

疯子王五好歹还记得自己名字，神志清楚的失忆少年却连自己是谁都不知道。

眼下封神医在逐步化解后遗症，只是罗教的药房毁于大火，他也摸不准对方药材配伍，不敢贸然下药。

他们借住的是个还算殷实的村子，民居大多沿河而建，经常有货郎进村叫卖。有人支了摊子，在一口硕大的锅里炒着栗子，大人小孩围了几圈，热闹得跟过年似的。

午后阳光明媚，陆琨拎着栗子去探望的时候，封神医正满院子追着疯子王五，闹得鸡飞狗跳。失忆少年安静地待在床上，眼神追着两人，看上去饶有兴致。

陆琨走到失忆少年旁边，笑眯眯地将装栗子的纸包在他眼前晃了圈。

经过这段时间相处，少年已经认识了陆琨。此时他勉勉强强抬起眼皮瞅了瞅，没什么兴致。本以为会受到欢迎的陆琨瞬间觉得自己真幼稚，无言地将纸包放到了少年怀里。

等少年嗑了一堆栗子壳，陆琨才又开始跟他套近乎："我该怎么称呼你呢？老像封神医那样喊你孩子也不是个办法——给你取个名儿吧？"

失忆少年看他一眼，没吭声，继续剥栗子。

陆琨默认他同意了，极认真地想了又想，言道："要不叫你狸奴吧！'溪柴火软蛮毡暖，我与狸奴不出门。'"他越想越觉得这名贴切，欣然点头："就这么定了！"

狸奴，就是山猫。看似乖巧，实则机敏，跟失忆少年确实有那么几分相似。

只不过陆大千户没意识到自己的自以为是，失忆少年闻言骤然转头，愤怒地挠了他一爪子——更像猫了。

陆琨捉住他的手腕，甚宽容地笑道："别呀，不喜欢可以商量……真挺合适的！"

失忆少年狸奴挣了几下，没挣开，木着脸捞起盛栗子的纸袋，冲陆琨兜头一倒——没防备的陆大千户被砸了满身，手忙脚乱解开衣襟，伸手去摸掉进袍子里的栗子。末了看看胸口，却已烫红了几处。

而狸奴早已气呼呼地走人了。陆琨失笑，心想这脾气还挺大——不过大点也好，有活力，总比早已丧失求生意志的郭志要强。

陆琨整理好衣袍，跟揪着王五进屋的封神医商量回京的事情。如今罗教坛主已经伏诛，剩下的事情自有昌平州衙过来打理，锦衣卫可以跟上头交差了。

封神医看看不省心的残障二人组，颇感为难："按理说京里药材全些，可眼下郭志经不起长途跋涉，王五又离不开我……要不，你先带着三娃回京，找名医给他瞧瞧？就算是为了查案，也得让他先好起来不是？"

"三娃？"陆琨一怔，转瞬反应过来指的是失忆少年狸奴。

封神医想了想，又叮嘱陆琨："我看这孩子受惊过度，有点性情不定。一会儿聪明通透，一会儿又跟六七岁似的。你多担待着点，可别强逼他回忆雾灵山那些破事儿，他现在不能受刺激。"

陆琨嘴一抽，不能打，不能骂，不能问案，他这跟请个祖宗回京有什么区别？

封神医生怕他嫌麻烦不肯好好照顾狸奴，连忙许诺："他日常生活还是能自理的，有点耐心嘛！"他顿了顿，又特地强调道："他身子太虚，多休养！"

陆琨无奈，心想封神医也太神神叨叨。他一边琢磨着怎么哄狸奴跟自己回京，一边往外走，待出了房门，抬头却看见院里那条看门狗脑门上多了一张白纸。他走近才看清，纸上歪歪扭扭写了俩字——"陆琨"。不用想也知道是谁干的。

陆琨哭笑不得，这狸奴果然是只野猫，报复竟来得如此迅速。

6

一行人回京却正赶上化雪。人说下雪不冷化雪冷，包小四冻得哆哆嗦嗦，简直要把虱子都抖下来三斤。最后也不知他付出了什么代价，愣是把周存的夹袄给扒下来穿走了。

陆琨怕狸奴路上受罪，花钱向村民买了两床棉被，一床铺马车上，一床给他捂上。封神医对他这做法大加赞赏，又扒拉出了个旧手炉塞给狸奴，嘱咐他受了欺负就写信给自己。

一路上残雪结成了薄冰，车轮时不时打滑，他们花了比来时更多的时间才看见巍巍城墙。

陆琨行过加冠之礼后，便从陆炳宅子里搬了出来，自己在大时雍坊租了个小院，只有一对老夫妻帮着打理。如今他人虽调去了北镇抚司，可房子还没到期，就这么继续住着了。

他把狸奴交给老夫妻，叮嘱了注意事项，就马不停蹄地去锦衣卫指挥使司复命，跟同僚交接了手续，忙得焦头烂额，忍不住在心里又将死去的坛主骂了一遍。

这些日子不见，陆炳精神倒是好了许多，甚至还能捏着鱼肠留下的半页残信品评："都说字如其人，这一看就不是个好控制的。就留下这点线索？"

陆琨很无奈："能被罗教留在雾灵山的教众都是被蛊惑的，我喊着只诛首恶，不问胁从，也没几个配合。那些肯听话的小杂鱼，又什么都不知道。"他想了想，又道："倒是有个信徒提过一件事，说是前些日子，坛主曾岳接待了三名贵客，一主二仆。可我们攻山的时候，除了跟我交过手的一名蓝衣剑客能对上号，其余两人并没有找到。"

"这关系还真脆弱……大难临头各自飞。"陆炳一听就知道这是所谓的利益同盟，根本不牢靠，他轻笑一声，叮嘱道，"这事儿你心里有，私下留意就行，先不要往外说，免得那帮言官一看没处埋利索，又跟疯狗似的狂吠。"

陆琨无言，朝廷对专注挑刺的御史言官算是极宽容的，他们位卑话语权却大，天底下就没不敢骂的。就连横惯了的锦衣卫，有时候也得收敛点。

得知陆千户回来了，北镇抚司的下属连忙将他值房外的积雪清扫干净，露出平整的淌白地面。多日没人气的值房很是阴冷潮湿，如今两个火盆红火地烘烤着，正好能让陆千户感受一下下属的贴心。

陆琨路过一处敞厅时，正听见包小四跟人眉飞色舞地描述雾灵山一役："三更半夜啊，突然就响起了女子哭声，那叫一个凄凄惨惨戚戚。说时迟那时快，咱们陆千户一拔雁翎刀，跳将出去，大喝一声：'何人喊冤？'那哭声立马止住了，一女子穿着红衣……"

陆琨站旁边听了半晌，才悟出这是红棉刺杀族长的那段，心想说书人讲的故事果然得晒掉七成水分。

包小四说得兴起，三两下跃上桌子，正打算来段"陆千户单刀赴会"，哪知道一眼瞅见似笑非笑的自家老大，登时吃了一惊，一个站立不稳，倒栽葱似的砸了下来。若他安心摔倒吧，好歹能留点体面，偏还要挣扎一下，得，那桌子被他带得整个翻了开去，“哐当当”甚是滑稽。

本想装晕保住颜面的包小四趴在地上等了一会儿，见众人没有要散去的意思，默默从桌下爬了出来，挤眉弄眼唤了声：“老大。”

一帮闲人这才纷纷作鸟兽散。陆琨知道这小子本事稀疏，就是爱炫，拿手指点了点他，什么话也没说。

包小四自觉又给老大丢人了，连忙追上去找补：“老大老大，我真不是有意夸张的。他们说京里最近闹鬼……就城隍庙那边，夜里鬼哭狼嚎的，还有成群的阴兵。有的人就觉得咱们挺幸运的，正巧错开，说话阴阳怪气，我气不过，就……”

陆琨一边整理密云的卷宗，一边好笑道：“‘子不语怪力乱神。’他们爱说什么，让他们说去。”

包小四撇撇嘴，忽然怀念起跟周存互相斗嘴的日子。他忍不住小声埋怨：“您现在说话，跟我那些叔叔伯伯似的，怪不得还没娶到媳妇儿！”

陆琨弹了他一个脑瓜崩，把卷宗往他怀里一拍，驱赶道：“去去去，闲得发慌就把东西送经历司去！”

打发了包小四，陆琨看看时辰也不早了，索性收拾收拾关门回家。平时他觉得小院就是个住的地方，回不回都无所谓。可如今多了个少年狸奴，陆琨怕他认生，是以这几日散值的鼓声一响，他就走人。

这会儿才申时，天还没黑，街边铺子里已经准备好了饭食。陆琨想起封神医几次教训狸奴光吃零嘴儿不吃肉，正好看见有卖糟鱼的，就买了一条。

狸奴知道陆琨是金主，在他面前乖乖巧巧，跟老仆相处时嘴也挺甜，可是熟悉了以后，私下里就逐渐暴露了恶劣的性子。

陆琨进家门的时候，狸奴正跟家里的花猫大饼对峙着。

院子的前主人是个风雅人，从大门到正堂，用青砖和碎石子铺了五福捧寿的图案，两侧是辟出来的花圃和菜圃。陆琨不爱拾掇这些，一对老仆春夏时倒挺喜欢种点菜。

去年雪夜自己上门讨食，从此赖定不走的花猫大饼，在花圃里圈了块阳光最充足的地儿，作为自己晒太阳的卧榻。

狸奴正蹲在“卧榻”旁，挥舞着铲子，特严肃地警告对方：“这地方我征用了，要种花。你以后换个地儿趴着，不许动我的花，否则我见一次，揍你一次。”

天生大脸的家猫龇牙咧嘴，骤然叫了一嗓子，朝狸奴扑去。

“小心！”陆琨眼疾腿快，连忙伸脚挡住狸奴。

大饼“吧唧”糊在主人硬邦邦的腿上，滑落在地，蒙了半晌，才幽怨看他一眼，“喵”的一声跑远了。

“陆大哥，你回来了呀？”狸奴抬头冲他露出甜甜的笑，仿佛刚刚威胁猫的不是他一样。

陆琨大手在他头上揉了一通，把用荷叶包裹的糟鱼递给他：“行了，别跟大饼抢地盘了，哪有冬天种花的？”

“为什么不能种？”狸奴接过糟鱼，自以为隐蔽地一撇嘴，有点嫌弃。

“这大冷天的，什么花能活？”陆琨觉得这孩子生活常识也有点堪忧。

“不能吗？”狸奴茫然抬头看他，“可别人家的花开得挺好呀！”

陆琨刚想笑，猛然想到一个可能，怀疑地打量他：“在地窖火坑种菜种花，那是大富大贵人家才有的。从雾灵山下来后，我可没带你去过这种地方。你在哪儿见的？”

狸奴眨眨眼，神情特别无辜：“梦里。”

陆琨一句话哽在喉中，隔了一会儿才思索，他这是单纯做梦，还是以前记忆的残留？如果是后者，那狸奴家世不错啊！听这孩子的口音，应当也是京畿人士，陆琨琢磨着赶明儿托人查查京中哪户富贵人家丢了子弟，没准儿还能找到狸奴的家人。

挑食祖宗狸奴，吃饭的时候果然没怎么碰那条鱼，陆琨夹到他碗里的，都被他悄悄喂了大饼。

大饼这个没骨气的，给鱼就是娘，立马把傍晚那点龃龉给抛到了九霄云外，开始对狸奴摆出各种谄媚的姿态。

狸奴的作息乱得一塌糊涂，半夜不睡，日上三竿不起。之前在封神医那里，顾忌着他身体不好，也没强令整改过。如今进了京，还这样，就让老仆很发愁——吃饭时辰根本统一不起来。没辙，陆琨只好盯着狸奴早起早睡。几天下来，陆千户差点被起床气严重的狸奴挠花脸。

大明朝会拜太祖所赐，向来早到令人崩溃，而西城又是勋臣贵胄、文武百官扎堆的区域，因而晚饭后没多久，这边就渐渐安静了下来，官老爷们纷纷养精蓄锐。

陆琨催着狸奴洗漱上床，自己收拾好明日要用的东西，也回房睡下了。

睡至半酣，他听见有人幽幽唤他："陆……大……哥……"

声音缥缈，拖了长音，陆琨猛然睁眼，抬手就要去拔枕边的雁翎刀，就见矮矮的床边探出了一颗披头散发的脑袋。

狸奴蹲在地上，双手扒着床沿，乌溜溜的眸子瞅着他。害怕浮于表面，坏笑藏于狡黠后，偏偏端了张"我很乖"的脸。

陆琨被他吓个半死，刚要问怎么了，这家伙倏地竖指于唇，一指窗外，细声细气地道："你听，有鬼叫。"

屋里没点灯，有微弱的月光透过窗棂照进来，错落出变形的光影，映得狸奴的脸有些诡异。

陆琨使劲揉了下他的脑袋，侧耳倾听。外面确实有狂笑声传来，夹杂在呼啸的寒风中，支离破碎，腔调怪异，挺吓人的。

他披衣下床，点了灯笼出去。这一开门，笑声更清晰了些。

陆琨支了梯子，扒着墙头眺望。声音大概是从西边传来的，夜色下五六个人影影绰绰，大冷天的，却都只穿着单薄的白衣，跟跳大神似的来回逛荡。

“老爷。”老仆张叔、张婶也醒了，张婶站在院子里，忍不住跟他说，“这都好几天了，一到这时候，就有鬼影鬼叫。听说城隍庙那边闹得更狠，每回都要半宿呢！”

陆琨忽然想起包小四白日里跟他说的事情，这么说西城近来确实不太安宁。五城兵马司的人是吃白饭的吗？

眼下天色已晚，陆琨寻思着明日得叫上下属去看看。

送狸奴回房的时候，陆琨冷不丁问：“你刚刚在看什么书？”

“荆……”狸奴下意识答了一个字，立马警醒，抬起头道，“没有啊，我早睡了。”

陆琨伸手一戳他脑门：“我一个习武之人，耳聪目明，不比你警醒？你倒是先我听到笑声，嗯？”

狸奴哽住了，看他一眼，小声嘟囔道：“怎么突然变聪明了？”

陆琨又好气又好笑，合着在这小子眼里，自己就是呆头鹅？他大步闯进狸奴房间，抢在对方扑上床、按住枕头前，一把掀开枕头，抽出了那本私藏品。

嚯，南戏本子《荆钗记》！还是崭新的，应当是这两天才买的，也不知打哪儿弄的钱。

“给我……”狸奴神情凄绝，伸着手央求道，“这是张叔买来给我的！你平时又不陪我，这里我一个人都不认识，可寂寞了！”

当年周幽王为徒爱妃一乐，多次烽火戏诸侯，将诸侯们得罪得死死的，导致犬戎真来了时，无兵可用。而狸奴最近劣迹斑斑，撒娇哭惨的效果也大大减弱。陆琨非但没还他，反而琢磨了下，根据他的表现判断出他还有私藏。

陆大千户支开狸奴，在床上一寸寸摸索，最终在褥子底下发现了一本临摹唐寅《鸳鸯秘谱》的册子，材质低劣，画稿线条粗糙，配词错字连天。他看着那些交织的身体，房间气氛莫名尴尬。

被抓了现行的狸奴似乎想跑，蹭到门边感受了下冰凉的小风，果断放弃了。他干笑道："我说是买书送的……你信吗？"

陆琨半晌才憋出一句话："如果炕太热，你可以让张叔把火烧小点。这个……"他扬了扬册子，干咳一声："没收了。明儿个我让张婶买点羊肉和萝卜，给你补补。"

狸奴也没脸去拦，不再闹腾，只是看着陆大千户耳后一抹红，有点好笑。

陆琨一个武人，又是在官宦门第长大，却生生出落成了谈风月会脸红的腼腆公子，也不知陆炳是怎么教导的。

翌日，陆琨破天荒没叮嘱张婶喊狸奴起床，反而甚为贴心地让他多睡会儿。等到了北镇抚司的时候，不出所料，一帮锦衣卫正围成圈议论昨夜的事儿。

"嘿，昨夜正好轮到我巡夜，去的就是城隍庙那块。哎哟喂，远远的，就从东面飘来一群白影，一个个放浪形骸、鬼哭狼嚎的，吓死个人咧！"

哪里有热闹，哪里就有包小四，这家伙抱着一包梨条大嚼特嚼，腮帮子撑得鼓鼓的。他含糊不清地问道："然后呢？你没去看看？"

"谁敢呀！"邓总旗虽说只是个七品，却是看着包小四长大的前辈，颇为语重心长，"我说小四啊，咱们锦衣卫该管的，那都是大案重案。像这种吧，又没出人命，交给五城兵马司就好。"

包小四叼着梨条，一面觉得他说得有理，一面又觉得好像哪里不太对。

陆琨一瞧就知道这家伙又被老兵油子给绕进去了，赶紧把他唤了回来。这会儿他也搞清楚了，合着闹鬼之事迟迟得不到解决，是五城兵马司跟锦衣卫互相推诿的结果。

陆琨一看两边都不想管，他也不当那出头鸟，干脆眼不见为净。

他不想管，老天却成心跟他过不去。

冬季天短，当晚不到一更三点，夜禁的暮鼓还没有敲响，天却已经黑得透透的了。一顶暖轿，打了严宅标志的气死风灯，慢悠悠穿过西长安街，向宣武门行去。

就在这时，凄冷的夜里骤然响起了怪腔怪调。

“按龙泉血泪洒征袍，恨天涯一身流落。专心投水浒，回首望天朝。急走忙逃，顾不得忠和孝。”

而后五六个白衣人影飘荡而来，又哭又笑，简直肆无忌惮。

北风呼啸，气死风灯的火苗摇曳不休，垂死挣扎一番，最终“噗”一声灭了。

管家严年抖了一抖，只觉得这天气是更冷了，他哆哆嗦嗦唤道：“老、老爷？”话一出口，他才发现，自己嗓音都是嘶哑的，似乎是被捏住脖子的鸭子，硬生生挤出来的声音。

厚重的轿帘打开一条缝，露出严嵩的半张老脸，他侧耳倾听片刻，露出了一丝微笑：“中麓山人的《宝剑记》。唱得虽不好，难得一片赤胆忠心。”

“老爷！”严年又唤了声，压低声音提醒，“听说西城这边闹鬼。”

有几句话严年没敢说，再往北走一段路，就是斩首犯人的西市，而杨继盛就死在那里。

十月十五鬼门最后一次大开，来不及进门的鬼魂，只能飘荡在阳间，而杨继盛等人卒于十月二十九。

据说，杨继盛当年弹劾严嵩，皇帝虽恼杨继盛不识时务，却并不想杀他，严嵩几次试探，都被驳了回来。直到皇帝打算处决张经、李天宠等人时，严嵩瞅准机会，在论罪奏疏上添了杨继盛的名字。皇帝一时不察，竟批了。

杨继盛，本不该死。可是那批死囚，又有哪个该死呢？

如此大的怨气直冲霄汉，又赶上阴沉沉的十月，难保不会撼动地府之门。

严嵩手一顿，放下了轿帘，慢悠悠地吩咐："快夜禁了，走吧！"

"是……"严年迟疑地应了声，重新点着气死风灯，忍不住提议，"老爷，明日，要不我去找几位道长来家里作法？"

严嵩哼了声，淡淡道："不必，赶明儿我去见下陆文孚就行。"

"咚——"暮鼓终于敲响，沉闷的声音响彻内城。

宣武门在他们过去后，轰然关闭。

7

翌日，陆炳唤来陆琨，把这事儿交给他时，神情有些怪异。

陆琨忍不住问："严首辅怎么找这儿来了？"

陆炳眼皮一抬，笑道："如今兵部是杨蒲州当家！"

他这么一说，陆琨就明白了。五城兵马司隶属于兵部，而现任兵部尚书是看严嵩不顺眼的杨博。

要说起杨博，这可是个厉害人物。严嵩的独子严世蕃，自负才高，曾品评大明能人，自言："这天底下只有我、杨博和陆炳是大才。"这位来自山西蒲州的进士，不仅为人精明，还带着常年驻守边关的英风豪气，严嵩若无要事，委实不愿上门。

陆琨本来还对鬼影扰民不满，可如今一看被吓到的是严首辅，他反而有点踌躇。这几个鬼，倒也算为民除害了。

临走的时候，他含糊地劝陆炳道："水满则溢，月满则缺。严首辅……未必一直能简在帝心。"

他是真的搞不懂，义父明明才是跟皇帝最亲近的人，为何要跟严嵩这种人混在一起。

“臭小子！”陆炳笑骂一声，却渐渐敛了笑容，双肘支在条案上，撑住额头，失神地喃喃，“《宝剑记》，为何偏偏要唱《宝剑记》呢？”

无人回答他，只有铜漏“滴滴答答”地附和。

宣德炉中升起袅袅青烟，朦朦胧胧中，似乎有个相貌堂堂的老者失望地看着他，决绝地转身，大红圆领袍在青烟中渐渐隐没。

“夏先生！”陆炳霍然而起，伸手去抓他的袍裾，却什么也没抓到，只能眼睁睁看着青烟溃散。

他怅然望着香炉，痛苦地阖上了眼。

良久，空寂的房中响起极轻的声音：“一失足，成千古恨……”

京师每到十一月，皇帝便赐貂皮暖耳给群臣。陆炳身居高位，自然少不了这些东西，陆琨也不跟他客气，临走时拿了个暖耳戴上。回北镇抚司将任务草草安排了，考虑到晚上得守大半宿，他特意给几员干将放了一下午的假，让他们回去提前补觉。

令他意想不到的是，邓总旗居然也报了名，要参与这个案子。

陆琨到家跟张婶提了一嘴，对方就晓得晚饭要做点抗饿又抗冻的吃食。

狸奴这段时间闲得发慌，一听陆琨捉鬼，下午破例没去扰他睡觉，等他傍晚上了饭桌，立马闹着要去。

张婶准备的菜色甚是丰富，有陆炳让人送来的黄羊肉和嫩黄瓜，还有炖鲢鱼和腌酸白菜。粥是熬了一个时辰的山药粥，养胃补虚，却是专门给狸奴备下的。

陆琨拿胡饼夹了炒黄羊肉，啃了几口，才一掀眼皮，直接拒绝：“大晚上的，寒气重，你身体又不好，在家待着，哪儿也不许去。”

狸奴拿勺子将粥搅和得跟猫食似的，看上去十分倒胃口。他趴在方桌上哼哼唧唧：“你又不是我爹，凭什么管我啊！”

陆琨不理他作怪，自顾自吃饼喝粥，饭后漱了口，才笑眯眯跟他讲律例：“夜禁之后在街上行走的，酌情笞打四五十下。就你这小身板，扛得住？”

“你是锦衣卫啊！”狸奴抗声争辩，“你带我过去，谁敢打我？”

陆琨慈爱地摸摸他的头，帮张婶收拾起了碗筷。

狸奴则托腮看着他，深深觉得这人真入错行了，活脱脱就是一教书先生。这样想着，他冲口而出：“陆夫子！”

这声“陆夫子”入耳，陆琨不知怎么，就想到了昨夜那本小册子，浑身都不自在。他回头看看狸奴，心道把这家伙放在家中，只怕张叔、张婶也看不住他……算了，还是搁在身边带着省心点。

暮鼓敲响后，街上没一会儿便冷清下来，行人散得干干净净。陆琨跟包小四他们约好了，一更前在城隍庙附近会合。

他们挑的日子不太好，今晚起了雾，不算浓。只是那种湿冷很讨人厌，蒙蒙的水汽在身上铺了一层，凉飕飕往人脖子里钻，甚是难受。

陆琨看着狸奴冻得通红的耳朵，摘下了自己的暖耳，套在了狸奴浩然巾外面。

一行人躲在小巷子里，分食着陆琨带来的炒豆，哆哆嗦嗦等到二更天，才蓦然听到一声戏腔划破黑夜。

“实指望封侯万里班超，到如今，生逼做叛国红巾，做了背主黄巢。恰便似脱扣苍鹰，离笼狡兔，摘网腾蛟。救国难谁诛正卯？掌刑法难得皋陶！”

正是昨夜的《宝剑记》！

五六个鬼影遥遥晃来，一开始还能看出，是穿了外袍的。但随着鬼快速走动，外衣被一件件宽了去，掉落一地儿，他们继而疯疯癫癫，大笑不止。

一个头上梳了道髻的鬼，挺直腰板，左手下沉虚虚按在左腰前，右手抬高搭在额上，就跟找不着北似的团团转圈，嘴里还发出“咿咿呀呀”的叫声。

叫的什么听不懂，陆琨只是好奇他那动作。他比画了下，碰到腰间的刀鞘，才恍然，这鬼是按着宝剑寻出路呢！

鬼的唱腔委实难听，字也咬得不准，不过感情却是难得丰沛，唱着唱着，就来了个双目泪长流，呜呜咽咽唱得像唢呐堵了，硬憋出来的声。

一个鬼哭也就罢了，剩下五个鬼也跟着哭，这可就太造孽了。

一段未了，六个鬼转到了一口青石砌的水井前。井有些年头了，井沿全是勒痕，轱辘也已经上了包浆。城隍庙的庙祝好心，没收走木桶，就这么大剌剌放在井边，也不怕人偷。

“嘿，这里有口井！”其中一鬼忽然惊叫一声，带着欣喜。

“快快快！打水！”其余几个鬼似乎都渴惨了，蜂拥而来，七手八脚抢了桶，摇摇晃晃去够轱辘。

“扑通！”

水桶落入深井，声音令人心悸。

几个鬼似乎不太熟悉人间的打水方式，折腾许久，只拎了半桶水上来，争先恐后将脑袋伸过去，清凉的水“哗啦”就泼了一身。

包小四激灵灵打了个哆嗦，牙齿打着战，小声问：“他们，不冷吗？”

这都十一月了，虽说没滴水成冰那般夸张，可这样劈头盖脸浇上去，连旁观者也替他们冷，这些鬼又是发的什么疯？

狸奴没吱声，眉头紧锁，似乎是思索到了紧要处。

过了一会儿，不知是哪个鬼开了个裹着暖套的酒坛，酒香伴着雾气飘散开来，引得锦衣卫里的酒鬼馋虫大动。

“快意哉！”与那梳着道髻的鬼不同，其余几只鬼披头散发，只着里衣，从上到下都被水浸湿，偏偏一个个都似极为享受。

云破月出，映出支离扭曲的影子。

狸奴忽然一拍大腿，低吼：“我知道他们在干什么了！”

包小四眉宇间明显带着不以为意，其余众人则一头雾水地纷纷看向狸奴。狸奴扯着陆琨的袖子，神情有些兴奋道：“你知道五石散吗？”

陆琨当然知道这种盛行于魏晋时期的石药，据说成分为钟乳石、紫石英、白石英、硫黄、赤石脂，其药性燥热，服后容易产生幻觉，唐朝名医孙思邈还曾驳斥这玩意儿害人。

他目视狸奴，示意他继续。狸奴掰着手指，给他数道：“服用五石散后，必须行散，也就是散步，穿薄衣服，吃冷食，洗冷水澡，还有喝热酒。唔，都对上了。”

仿佛一道霹雳，劈得平静海面骤然翻起波涛。陆琨深深看了狸奴一眼，问：“你不是失忆了吗？”

狸奴转头看傻子一样瞅着他：“我是失忆，又不是变傻。”

那满是惆怅的眼神，令陆琨无言以对。悄然滋生的怀疑，立刻散了。

一听不是鬼，不学无术的包小四也不管五石散是什么东西，急吼吼地问：“老大，动手吗？”那架势就差化身下山猛虎，把对面五六个装神弄鬼的一一叼回北镇抚司了。

陆琨糟心地看了这蠢货一眼，再看看狸奴，觉得不该带他来丢人现眼。

一俟陆千户点头，包小四就率先挥舞着单刀冲了出去，转瞬率人围住了六个鬼。正要锁拿，就见一条长鞭凌空抽来，“啪”的一声炸响，鞭梢正中包小四的左手！

一条深可见骨的血痕立时在他手背上绽开，鲜血漫延，在惨白的月光下显得惊心动魄。

“谁？”包小四下意识捂住手背，大喝。

只见一个青衣蒙面人飞速袭来，一拉一带，就拖着那个梳着道髻的鬼撤离了包围圈。

陆琨一眼瞅见，立时抽出雁翎刀，想也不想，飞掷而去！

雪亮的钢刀，夹杂着破空之声，直直射向那青衣人。

然而青衣人反应甚是迅疾，脚尖轻轻一转，整个人就飘了开去，恰恰错开雁翎刀，如游鱼般滑出包围。

几名下属反应过来，纷纷擎起火把照亮，持刀杀向对方。狸奴不知何时也从藏身之处闪了出来，溜去了东面阴影处，边溜边往地上撒东西。

陆琨抢过一名下属的佩刀，追将过去，刀尖斜斜挑向青衣人抓住道髻鬼的左手。

青衣人无奈，只得回身格挡，包小四趁机飞腿踹向道髻鬼，逼着他跟青衣人分离开来。

青衣人想要回援，却被陆琨单刀狂舞，生生拖住了！

陆琨下盘极稳，刀法大开大合，雁翎刀划出如轮光晕，清光凝而不散。青衣人长鞭如灵蛇，角度刁钻，纵横往来竟毫不费力。刀鞭相交，鞭上隐隐一线金色，映上雪亮钢刀。

长鞭缠住雁翎刀，青衣人想靠长鞭甩飞钢刀，陆琨同样也想用钢刀绞碎长鞭。

其余人配合默契，将那六个鬼一一套上铁索，移向战圈外面。

青衣人看得着急，抢先抖开长鞭，向道髻鬼掠去。陆琨长笑一声，雁翎刀变绞为扫，横扫青衣人腰腹。青衣人眼睛扫到刀锋，竟毫无预兆拔地而起，足尖踏上刀刃，长鞭直击陆琨面门，逼得陆琨不得不后仰躲避。

青衣人趁机甩开鞭花，扫开包小四等人，长鞭再次卷住道髻鬼，就要纵身离去。

说时迟那时快，本该乖乖配合的道髻鬼受药物影响，骤然发起疯来，双手拽住长鞭，嗷嗷叫着转了个圈，青衣人也被他拖得一个趔趄。陆琨顺势助跑高高跃起，雁翎刀冲他当头罩下。火光在刀身上反射出莹莹血光，照进青衣人眼中，刺得他双目微眯。

然而，就在这千钧一发之际，道髻鬼将长鞭拽上肩头，奋力向后拖去，青衣人脚步一错，险险让开了刀锋。

青衣人微微有些恼火，顺手一记手刀切向道髻鬼后颈，将他打晕，紧接着从腰间摸出一枚球状物，狠狠往地上砸去。刹那，烟火粉末笼罩附近，黄烟乍起，奇异的味道刺激着众人，使人止不住想要流泪。

陆琨抽刀掩鼻急速后撤，心中暗叫不好。

却在此时，青衣人方向倏忽传来一阵极轻微的惊呼，以及珠子滚动的声音，而后就是踉跄的脚步声。

周遭咳嗽声响成一片，待烟消火尽，哪还有青衣人和道髻鬼的踪影！

包小四气道："这青衣人哪儿来的？怎么还抢鬼呢！"

先前躲墙边的狸奴慢吞吞地走过来，拽着陆琨的衣服，要他看地上。

只见铺了一层细土的地面，摩擦痕迹长达一尺半，颗颗炒豆还在滚动，几枚脚印清晰可见。

"拓下来！快！"陆琨大喜，虽说人海茫茫，但等审出剩余五个鬼的口供，这脚印就是物证！

狸奴却不像他那么乐观，两眼望天，啧啧感慨道："一般人玩不起五石散。"

陆琨也沉默了下来，看看地上材质考究的外袍，不由哀叹：最烦跟这些纨绔子弟打交道了。

收工的时候，陆琨看看狸奴扁扁的口袋，冲地上的豆子努努嘴，问："你干的？"

"嗯。"狸奴十分乖巧地仰头看他，"我很聪明吧？"

陆琨摸摸他的头，再看看把人犯串成糖葫芦的包小四，颇有些一言难尽。

眼下已是后半夜，陆琨怕扰了张叔、张婶休息，也没让狸奴回小院，直接把他带到自己在北镇抚司的值房，让他在炕上歇一会儿。

狸奴卷了被子，却不睡，忽然提醒陆琨："那个青衣人扔的弹子里面是不是火药？"

陆琨点头："有点像街头杂耍的烟火戏。"

狸奴翻身爬起来，掰着手指头给他算："五石散、火药、梳着道髻的……陆大千户，您还没方向吗？前两者都是方士炼丹的产物啊！明目张胆无视夜禁，这也不是一般人能干得出来的吧？"

陆琨其实心里也有数，这事八成跟那几个受宠的方士、权贵脱不了关系。

皇帝跟方士纠缠半生，连带得京师风气都有那么几分一言难尽。譬如现今正当宠的陶仲文，要说本事，约莫也是有的。已故庄敬太子最得皇帝看中，他少时曾出痘，陶仲文奉命进宫祷告上天，庄敬太子竟然真痊愈了。也就是从那时起，皇帝觉得这位陶真人，很不一般。

后来的事儿就有点离奇了。嘉靖十八年，皇帝南巡，有旋风绕着他吹，陶仲文提醒皇帝此风主火，夜间行宫果然起了大火。自此，陶仲文在皇帝心中基本就是半仙一样。而陶仲文的弟子家人，也跟着鸡犬升天，享受种种优待，犯了事儿都有人抢着善后。

皇帝偏心偏到云巅，文武百官自然按捺不住，弹劾劝谏的一拨接一拨。但皇帝这个人，向来是谁耽误他修玄，就廷杖伺候。久而久之，意见没压下去，有骨气的百官更不待见方士了。

今儿个这出要真是权贵子弟跟方士后辈搭伙闹腾，不管怎么处置，都够言官吵上一通的了。

事情也的确不出几人所料，等那五个穿着里衣的"鬼"清醒了，稍稍一问，得，果然都是勋贵子弟！

五个人拳脚功夫不行，倒还挺讲义气，死活不肯供出梳道髻的“鬼”是谁。陆琨也没把这桩闹剧当回事儿，收拾收拾就去跟陆炳回话了。

哪知道陆炳一听就变了颜色，沉声喝问：“昨夜参与抓捕的还有谁？”

“只带了包小四和他下属。”陆琨莫名其妙地看他，“不就是几个纨绔闲得没事吗？打一顿放回去就是……”

“你给我闭嘴！”陆炳阴沉着脸冷喝，冬日的晨光透进值房，照得他面部晦暗不明，震惊、紧张的情绪接连浮现。他低头思索一会儿，吩咐道：“让你手下的人嘴巴严实点，尤其是包小四这个嘴碎的！不管谁问起，都不要再牵扯其他人，就说是几个勋贵子弟胡闹！”

“那走脱的两人……”陆琨倏然闭了嘴，心中陡然一寒，低声问，“您怀疑是陶……”名字没说全，他自个儿先否定了：“不会吧？听说陶真人素来谨小慎微，管束家人子弟甚严……”

陆炳目光沉沉，一字一顿地警告：“今日之事，出得你口，入得我耳，到此为止。”说着，他又叹息：“这帮兔崽子，唱什么不好，偏偏唱《宝剑记》。”

陆琨一头雾水，陆炳又不肯跟他解释，没法子，只得听吩咐办事。

然而，陆炳这边想捂盖子，有人却想掀盖子。

六科给事中的一个小言官突然上书，弹劾陶仲文教孙不严，聚众吸食五石散，触犯夜禁。如果仅是这样，皇帝多半一笑了之。然而，这言官话锋一转，又痛心疾首地质问方士是否已凌驾于《大明律》之上，可以私造火器。

《大明律》规定：“凡民间私有人马甲、傍牌、火筒、火炮、旗纛、号带之类应禁军器者，一件杖八十，每一件加一等，私造者加私有罪一等，各罪止杖一百，流三千里。”

青衣人临走时砸的那个弹子，若硬说是火器的话，倒也讲得通。然而，当时就在现场的陆琨知道，那只是个会冒烟冒火的东西，论威力比鞭炮也大不到哪里去。

是非但凭文人一支笔，参与抓捕的陆琨也被扣了一个徇私枉法、弃车保帅的名头。

消息传来，陆炳暗呼失策，知道这回锦衣卫算是把陶仲文和严嵩都给得罪了。

他太了解当今圣上了，此人看似信奉无为而治，实则将核心大权都牢牢攥死在自己手里，不允许他人觊觎一丝半毫。一个官，无论是贪是恶，只要他始终把皇帝放在第一位，那么皇帝都可以不计较。同样，另一个官精忠报国，可能只是说了皇上不愿意听的话，就被下了诏狱。这些年来类似的事情数不胜数。

修玄，归根结底是为了活得更长，将权力攥在手里更久一些。皇帝宠信陶仲文，不代表能容忍陶仲文干威胁皇权的事儿。

在朝中互为倚仗的不只陆炳与严嵩，严嵩与陶仲文同样也建立了利益同盟。

而闹鬼一事，将三角关系推至了濒临破裂的边缘。

8

按照大明惯例，被弹劾的官员，不管有没有犯事儿，都得摆出闭门思过的架势给外人看。陆炳给陆琨放了几天假，让他回家待着等消息。

这几日朝堂之上风起云涌，先是言官弹劾陶仲文之孙陶信政私制火器，而后早就不能忍受皇帝过分倚重方士的百官群起而攻之，逼得陶仲文为求自保，前往永寿宫请罪。

事情到了这步，其实已经跟锦衣卫关系不大了，然而吏部尚书李默骤然上书，指责严嵩身为百官之首，却带头触犯夜禁，在暮鼓敲响后，依然未归家。李默素来耿直，言辞又犀利，就差在朝堂指着严首辅的鼻子质问，你大晚上跑去谁家、密谋何事去了？

糟糕的是，李默是陆炳的老师。

陆炳年轻时参加武举，李默任武会试同考官，对他十分欣赏，两人也因此结下师徒情谊。这件事，很多人都是知道的。

刚放下心来的陆炳，一口气没倒腾过来，差点当堂栽倒。

而难得上朝的嘉靖皇帝，也投来了意味深长的一瞥。

陆炳心跳如擂鼓，急急思索，抓鬼细节到底怎么泄露出去的？怎么锦衣卫还没确定那个青衣人想带走的道髻鬼是谁，言官倒先知道了！李默又是怎么知道严嵩受惊的详细时辰的？

陶信政与其他权贵子弟聚众吸食五石散，惊吓了首辅严嵩；后来文官弹劾陶仲文，李默弹劾严嵩；如今被弹劾的都怨上了锦衣卫，私心里未必没有拿陆琨泄愤的想法。

大明朝堂，彻底乱成了一锅粥。

至于陆炳？陆炳也怒，我都给你们善后到这种地步了，还想怎么着？陆炳再好说话，那也只是官宦子弟的修养，骨子里可还是个不肯吃亏的主儿。事情到了这步，他也知道，严嵩定然以为是他将详细经过告诉了老师李默，八成还在怨恨自己。

陆炳对李默感情很复杂，一方面感激他当年的赏识，也佩服他的才气和骨气，但陆炳却是个八面玲珑之人，李默屡屡正面对抗严嵩，实在让他左右为难。

至于甘草阁老徐阶，自然是谁都不得罪，态度好得连徐党诸人都看不下去。

散朝后，陆炳在宫门外追上了李默，不由语带埋怨："老师，锦衣卫乃天子重器，您要从这里查东西，好歹跟我说一声。"

“哎，我可不是从你锦衣卫得来的消息。”李默年纪不小了，却依然精神矍铄，总是一副斗志昂扬的模样。他看看周边没人注意，以手掩唇，小声提醒：“你忘了宣武门的守卫了？”

陆炳心情复杂，大明京师九门守卫没有固定官职，是由五城兵马司、锦衣卫还有勋贵共同巡守。既然不是从锦衣卫这里得到的消息，也就是说李老师又多树了一个敌人。

陆炳忧郁地揉揉额角，衡量着措辞劝说：“如今严分宜势大，为长远计，当避则避。”

李默大概是听多了这种论调，当即长笑一声，慨然道：“文孚啊，某今年六十了，尚复何求？”

“那您总得为您的家人门生做打算吧？”陆炳脱口而出，旋即又后悔。

李默沉默了下，叹息：“你这是怪为师牵连了你的义子？”

陆炳没吭声，但显然是不满的。如果李默今日不来这一出，等几方斗起来，也就把锦衣卫给忘了。如今倒好，满朝公卿都在怀疑陆炳要追随李默，跟严嵩对立，皇帝更是怀疑他公器私用。

李默沉吟了下，低声道：“‘入则无法家拂士，出则无敌国外患者，国恒亡。’文孚，一将功成万骨枯啊！”

陆炳张了张嘴，他为人圆滑，自是没理由要求别人也放弃铮铮铁骨。事实上，他庇佑沈炼，保护杨继盛，崇拜李默，也是因为他们身上有他难以坚守的气节。

可以说，但凡换个人执掌锦衣卫，就李默这臭脾气，大概早就从朝堂之上消失了。

话不投机半句多，陆炳知道劝不动他，当即深施一礼，上马走人。

李默回望巍巍宫墙，心头止不住泛出悲哀，他低不可闻地呢喃：“国家养士百五十年，仗节死义，正在今日。衮衮诸公，趋利避害，大礼议这是打断了多少读书人的脊梁啊？”

当今皇帝的皇位得自堂兄正德，然而他继位后，又非要迎自己的生父入太庙，于情可悯，但这与礼法是相悖的。再加上君臣争权，大明朝堂一度剑拔弩张。

三十一年前，杨慎带着赴死之心率领群臣，冲至左顺门，撼门大哭，声震阙廷。皇帝再三传喻要他们退下，奈何大臣们也铆上了劲儿，死跪不起。最终，皇帝祭出了锦衣卫，对五品以下官员施以廷杖，当场打死十六人。

而杨慎挨了两次廷杖后，被发配云南永昌卫。流放途中，他写下了一阕《临江仙》，后世广为流传：

滚滚长江东逝水，浪花淘尽英雄。是非成败转头空。青山依旧在，几度夕阳红。

白发渔樵江渚上，惯看秋月春风。一壶浊酒喜相逢。古今多少事，都付笑谈中。

这一次，表面上看是皇帝胜利了，却造成了君臣离心离德。从那以后，读书人的脊梁就断了，更有其甚者，将廷杖作为沽名卖直的捷径！

如今的大明，皇帝乾纲独断，臣子各怀心机，东南倭寇作乱，北方草原诸部蠢蠢欲动，繁华盛世之下，败絮在蔓延。

李默不知自己能不能做那个力挽狂澜之人，亦不知有生之年还能不能看到海晏河清的那一天，他只是憋着一口愤懑之气，做自己所能做的。

哪怕身后洪水滔天，他一时也顾不得了。

不同于陆炳的焦头烂额，陆琨这几日过得甚是轻松。陆炳派人来唤他时，他正陪着狸奴玩行棋。这种民间游戏令狸奴十分好奇，看见邻居稚子玩过之后，想试试，可惜人家嫌他年龄大，不带他玩。

陆琨少时对这种游戏相当拿手，当即将他哄回家亲自教习。狸奴的聪明出乎陆琨的意料，他只说了一遍规则，陪他下了两轮，这小子就隐隐有后来者居上的趋势。

好在陆炳的人适时赶到，没让他当场丢人。

到了锦衣卫指挥使司，听完今日朝堂乱局，陆琨忍不住叫屈："合着这事儿咱还管错了？之前闹鬼闹了这么久，也没见有人管。咱们一管，这就管出事来了！"

"谁让你办事不利索？"陆炳火气正大，闻言训斥，"一共就抓那么几个人，你也没带多少下属，咱们这边头晚行动，天亮就有言官弹劾……他是有千里眼，还是有顺风耳啊？"

陆琨心里憋屈，知道他手下这是又被人掺了沙子，有了内应，不然外人不可能那么快就得到准确消息。

可就算如此，对方又是如何确定走脱的道髻鬼是陶仲文的孙子陶信政呢？

"风闻奏事，不算诽谤。"陆炳冷笑一声，"言官根本不必去查证，左右就那几个人有嫌疑。他们是弹劾，又不是查案，够引人注目就行了。"

陆琨明白了，树大招风，陶仲文祖孙两个就是活靶子。言官八成抱着有枣无枣打一竿的想法，没想到事情闹大了。

他无奈至极，颇有那么点自暴自弃："那现在怎么办？我继续回家思过？"

"思什么过，将功折罪！"陆炳没好气地指点他，"你宁可没给皇帝留下印象，也别留下办事不牢靠的坏印象。"他咂了下嘴，放缓了声音："你得办点让皇上高兴的事儿才行。"

陆琨没反应过来，下意识道："请义父指教。"

陆炳一脸的高深莫测："自个儿想。我的路数，皇上一眼就能看出来，不好不好。”

陆琨对皇帝的了解仅限于乾纲独断、喜怒无常、绝顶聪明等，以陆千户的见识，能想到的法子无非就是迅速破案，平息争端。可这案子的结果，还得将锦衣卫、严嵩、陶仲文三方都择出来。如此想来，自土木堡之变后日趋没落的勋贵，就成了最好的背锅对象。

陆琨算是体会到陆炳捏着鼻子跟严嵩合作是个什么心情了，真是……妙不可言啊！

反正还在思过期，不必等散值的鼓声。陆琨揪了个小校尉，让他去北镇抚司通知包小四点几个心腹备着，明早办事。至于陆千户自己，早早回家了，顺路给狸奴买了些琥珀糖。掰着手指头一算，自从狸奴进家门，日常开支大了何止三成。

陆琨到家时，张叔、张婶正在厨房忙碌，小院里静悄悄的，只有花猫大饼盯着原属于自己的那块地盘，眼神幽怨。

陆琨熟门熟路给猫顺了毛，将它提溜到高处晒会儿夕阳余晖，这才回自己房间换衣服。

刚要推门，他忽然发现不对——门缝间的宽度跟他走时不太一样，而张婶向来习惯上午洒扫，下午并不会进他的房间。

房中传来窸窸窣窣的声音，常年养成的机警令他陡然一惊。在诸事纷杂的节骨眼上，谁敢冒险来他这个锦衣卫千户的家中行窃？

再者，他一个搬来没三年的单身青年，房中有什么值得别人惦记的？或者说，捉鬼那夜他是不是无意中带回了什么线索？

脑中各种猜测相互纠缠，扰得他心烦意乱。他按住刀柄，猛然踹开房门，大喝一声：“哪里的小贼……”

却见房内清瘦的人影一抖，迅速把什么东西塞进了火盆，转过头来冲他甜甜地笑道：“陆大哥，你回来了呀？”

陆琨看到是狸奴，心却没敢放下，之前对他失忆的怀疑，犹如春风吹又生的野草，再一次钻出心底。他打量着少年，一把将其拽离火盆，打眼一瞧——居然又是那本《鸳鸯秘谱》的临摹本！

火舌舔舐，薄薄的册子慢慢燃烧起来，门外掠来凛冽的风，吹得残页呼啦作响。

他收刀入鞘，憋出一句话："就那么好看？"

——敢情你还潜进我房里偷看？

狸奴扭捏地一点头，讪讪地笑："是挺好看的。"

陆琨一时无言，对狸奴深感为难。晚饭后不由向张婶请教："十六七岁的少年，身体不好，但是对男女之事又比较好奇，该怎么教育？"

陆琨自认了陆炳做义父，就长于高门大户，见多了少年人风流韵事。他自己正经惯了，陆炳的幼子陆绎却喜欢去秦楼楚馆，他对此向来睁只眼闭只眼。不过狸奴毕竟还没恢复记忆，正是观念混乱的时刻，再加上封神医说狸奴需要休养的叮嘱，陆琨总觉得这么放任下去，于他不好。

张婶是过来人，一听就明白了，笑着嗔怪："他闲得嘛！你把人家带进京里来了，除了领他看过医者，就没好生陪过。唯一一次出去不是看医者的，还是半夜抓鬼。那戏本子也是你张叔看他实在闲得难受，买来哄他的。"

忽略了狸奴如今人生地不熟的事实，陆琨有些自责。继而又想起那本《鸳鸯秘谱》，再开口时，就有点结巴："张叔给他买戏本子就罢了，怎么还，还买那种书？"

"什么书？"张婶茫然看他，愣了下才反应过来，"你说那本画册呀？那天一个货郎担着东西叫卖，路过咱家时讨水喝，我看他怪不容易的，就给他倒了碗托叶茶。那货郎挺感激的，一听你张叔要给孩子买书，就送了本画册。"

陆琨听得脑袋直痛，张婶不识字，张叔就算识字，心眼儿也玩不过狸奴，就这么着，一本少年不宜的书进了家门。

9

京师冬日的阳光洒进小院，照醒了在窗下酣睡的大饼。这只被张婶喂得格外肥大的黄狸花猫伸伸懒腰，一蹦三跳砸进陆琨的被窝，却照例扑了空。继而抬起屁股，又一扭一扭去了狸奴的房间。

神奇的是，狸奴这猫祖宗也不在。

大饼怅然蹲在门口，咬着自己的尾巴，十分不能接受狸奴和饭碗同时不在的事实。

而大饼的老大——狸奴，正一边犯着困意一边被陆琨牵着，走访那晚六个“鬼”的府邸，调查那晚的青衣人和道髻鬼。

第一站就是陶仲文陶真人的宅子。按大明礼法，亲王郡王住处称府，公主府第，百官宅第，庶民庐舍。陶仲文若非在嘉靖二十九年获封恭诚伯，只怕住处还够不上“宅”。

陶真人宅第布置得相当符合他道士的身份，八卦图铺地，册页匾额上，书写着不知从哪部道家典籍里摘出来的只言片语，天花板也充满了玄奥气息。

陶宅的人打起太极来，着实磨人。陆琨他们坐厅中喝了两壶茶，吃了三碟点心，才看见一个身着青色道袍的中年人姗姗而至。

那中年人仙风道骨，大袖飘飘，乍一看真如高岭之花般冷然。

双方见过礼后，陆琨得知对方乃是陶真人的座下高徒，名叫王永宁。

却见王永宁端着架子问道：“不知千户到此，所为何事？”对其他人倒是理也不理。陆琨一听这话，就知道这趟八成得白来。

听陆琨把前事说了番，王永宁眉头微蹙，声音又冷了几分：“市井传言罢了，千户也要轻信？”

陆琨对他这拒人于千里之外的态度很是无奈。他掏出那夜拓下的脚印，甚是诚恳道：“您看能否召集下贵宅男丁？”

王永宁淡淡扫过脚印，额上纹络不觉深了两分。他看着陆琨，脸色愈发难看：“千户这是何意？”

包小四一咧嘴，悄悄跟狸奴做了个苦脸，眼白几乎要翻到天上去，显然也不抱希望了。

陆琨的脾气早在跟各路权贵打交道中消磨干净了，尽管王永宁态度如此恶劣，他依然能从容地笑笑：“陶真人约束子弟极为严格，定然不会出此不规矩的家人。照章办事罢了，待洗刷了贵宅嫌疑，也是皆大欢喜，对吧？”

陆琨如此一说，王永宁不好再推拒，只得照办了。

陶宅家仆不少，但体型和脚印都对得上的，却没几个。而这几人脚步虚浮，一看就不是练家子。

狸奴怎么看都觉得这些下人不太对劲，他绕着几个僮仆转了一圈，又在自己身上比比画画，不晓得在折腾什么。

陆琨带人查了一通，笑着问王永宁：“怎么不见孙少爷？”

王永宁哼了一声，显然对陶信政不甚待见，眼下却也不得不替他善后：“家师近日命他闭关抄写经书，脱不开身。”他顿了顿，又着重强调：“这是皇上斋醮时要用的，耽误不得。”

狸奴忽然插进来问道：“可否看一下贵府的丹炉？”

王永宁脸色骤然冰冷，陆琨连忙冲狸奴摇摇头，对方拿皇帝当挡箭牌，他们也不是真要定陶信政的罪，没必要深究。

王永宁神色淡然地端起茶盏，却迟迟不饮，明摆着是端茶送客的姿态。

等一行人知情识趣起身告辞，王永宁又忽然开口：“陆千户，寒舍僮仆均穿宽袖圆领衫。”

狸奴豁然回头，这才发现刚刚那股不舒服劲儿来自哪里了。大明前期，僮仆确实时兴穿圆领衫，但交领右衽的直裰和贴里后来居上，大有取而代之的意思。

陶宅的僮仆服饰，颇具古风。但那夜救走道髻鬼的青衣人，穿的却正是这两年京师时兴的青黑色直裰！

陆琨这种常年穿官服的单身汉一时没反应过来，疑惑地扫视僮仆。狸奴向他使了个眼色，扯上他就走，等出了门才解释缘由。

陆琨回头打量着冲他们微微躬身的门童，眸中疑惑愈来愈重。京中道士虽多，但年纪轻轻，又如此放肆的，也就陶信政这个级别的纨绔才符合。在此之前，所有人都将陶信政列为了第一嫌疑人，而救他的青衣人自然而然也划到了他们的势力范围内。不过王永宁的说辞却给了他们另一个思路，当然也不排除对方故弄玄虚。可是，不是陶家的人，又会是谁呢？

他本以为这趟就是走个过场，寻点可疑之处将道士们择干净，让皇帝颜面上好看些。可衣服的差别却让整个案子变得扑朔迷离，令他不得不如履薄冰，将线索重新排列组合。

就这样思索着案件，再停下脚步时，他们已然到了镇远侯的家门口。历代镇远侯基本都在镇守南方，京师的老宅子往往只住着女眷，是以外头看着尚且高墙筒瓦，大门锃亮。但庭院里面就有那么点敷衍了，屋脊瓦兽缺了几处，跟豁了牙似的。

年底朝廷祭祀多，镇远侯顾寰整天不得闲，又没儿子，就喊了侄子顾承光过来帮忙看家。据陆琨所知，顾承光虽生于武将世家，却自幼好藏书，算是半个读书人。而这次犯事儿的六鬼之一，是他弟弟顾承学。

顾承光二十八九的年纪，看上去沉稳儒雅、甚好说话的样子。他一听陆琨的来意，就头疼地说道："承学给大家添麻烦了，我……哎，算了，我叫他出来，亲自跟你们说。"

那夜陆琨他们虽拘了顾承学等五名勋贵子弟，却没当回事，只按触犯夜禁打了几十棍，就让各家接回去了。

陆琨估摸着行刑的有可能放了水，不会打太重，但也足够这帮纨绔子弟趴上十天半月的了，顾承光这声叹息可能是心疼弟弟。然而，等顾承学一登场，陆琨才知道自己完全想错了。

足足过了三刻钟，陆琨的茶都喝得快没色儿了，才听厅外传来一声娇柔的呻吟，而后就见一个插簪带花、红衫飘飘的……男子被两个小厮搀了进来。

这男子弱质纤纤，伶仃的手上揪着一条粉色绣帕，通体不知敷了多少香粉，简直就是一个会走路的香囊。他柔柔抬起头来，露出今年京师时兴的妆容，剪水双瞳可怜巴巴望着顾承光，捏着嗓子娇嗔："兄长……人家还疼着呢！"

陆琨震惊了，素来认为男人就该有阳刚气概的他，有点难以置信地转头看向顾承光，发出无声的质问。

顾承光显然也对弟弟的审美不是特别接受，他撑住额头，搜肠刮肚地找着理由："江南，比较时兴这种……"

陆琨立马顺着铺好的台阶走了下来，并挤出笑容夸赞："令弟真是，颇具卫玠之风。"

卫玠乃是魏晋四美男之一，那时候的美男子们审美普遍偏向女性化，喜欢敷粉熏香着女装。陆琨这声赞扬，也算是恰如其分。

顾承学丝毫不觉这是找补，反而眼睛一亮，兴致勃勃盯住陆琨："是吧是吧？你也这么认为？魏晋时的衣服妆容都好漂亮呢！他们还服五石散，听说皮肤会变嫩！"他伸出纤纤细手，抚摸着自己的面颊，沾沾自喜道："哎呀，服药这段时间，还真有作用呢！人家皮肤都比以前好多了！"

顾承光全程无言，看着弟弟，显然已经心如死灰。

狸奴倒是饶有兴致，打量着他这一身妖服，啧啧感慨："二爷真性情！我听说唐伯虎也有此雅好……”

话音未落，他就被陆琨捂住了嘴，听见这人赶紧吩咐包小四道：“你带他去转转。”而后又先斩后奏地请示顾承光：“可以的吧？”

顾承光能说什么，他也怕自家弟弟教坏了人家孩子，连忙唤了小厮带狸奴去花园看看。

陆琨闭眼深吸一口气，才微笑着看向顾承学：“二爷，夜半服食五石散，当真好雅兴啊！不知是何人首倡？”

提到正经事，顾承学登时正经起来，警惕地瞪着他：“你问这做什么？”

陆琨心中好笑，半真半假地劝说道：“你说打都打完了，一罪不二罚，我就是填个卷宗。”

顾承学琢磨了下，觉得有点道理，小声嘟囔道：“你们，不是都知道了嘛，就是陶信政提议的，他还说，皇上宠信他爷爷陶真人，定然不会在意。谁知道他……出了事儿比谁跑得都快！”

陆琨一愣，难不成确实是陶信政组织的？这跟王永宁的说法恰巧矛盾，究竟谁在说谎？他细想了两人的说辞，揪住一点问道：“那五石散是哪里来的？”

“自己配的啊，陶真人家里有一堆药材呢！”顾承学奇怪地看他，“你也不用查药铺了，外面的东西肯定没陶真人的好。我们几个负责带好酒，陶信政给我们带配好的五石散。”

合着还是陶信政的问题！

陆琨望着他，不抱希望地问道：“那你们，是怎么认识的？”

顾承学刚要回答，顾承光却看出了陆琨的意思，手指轻叩枣木香几，不轻不重地敲打：“说实话，别老扯着人家陶公子不放。”

顾承学只是性情怪异，世家子弟少有不会看事儿的。兄长这么一提醒，他顿时明白了，老老实实坦白：“英国公家的元功哥，重阳节请我们饮酒，陶信政也在。”

英国公祖上是靖难名将张玉、张辅父子俩，顾承学嘴里的“元功哥”乃是当代英国公张溶的长子张元功。

陆琨灌下一口茶水，有种作茧自缚的感觉。本来是想把案子悄无声息地遮掩下去，这下可好，越查牵扯的人物越重要。

当年张辅因为王振和英宗的闹剧，以身殉难土木堡，被追封为定兴忠烈王。从此洪武永乐年间遗留的勋贵功臣几乎灭绝，文官一家独大，武将式微。对张辅，很多人是有愧的。

顾承光也没想到去掉了陶信政的嫌疑，倒把英国公的儿子给扯出来了，当即恨铁不成钢地瞪向弟弟。

陆琨心中一动，虽说大明火器都铸于内府，其制造方法禁止外泄，可勋贵多蓄养私兵，若有能人琢磨出弹子这种威力不大的东西，也是有可能的。

他环视一圈大厅，最后将视线定格在架着顾承学的小厮身上，漫不经心地吹着茶叶问：“今年似乎很时兴这种青布直裰啊？”

顾承光不知他为何这么问，勉强笑道：“是挺时兴的，几家公侯宅第的僮仆，都统一做了这种。”

顾承学又紧随其后补充道：“不光公侯宅第，士大夫宅中也是这种！”

陆琨深深看他一眼，明白他这是在搅浑水。

顾承光当夜不在现场，一时也不知弟弟怎么突然说这话，权衡了下，没吱声。

却说小厮引着包小四和狸奴穿过跨水梁桥，去了花园。

成化之后，京师和江南营造园林别院蔚然成风。镇远侯的花园还是在他调回北方后修的。匠人紧跟潮流，运了奇石垒成假山，中有溪涧穿流而过，数步之外就是新起的流杯亭。细看不甚精致，粗粗远望，倒也像是那么回事儿。亭边种了些耐寒的植物，几株蜡梅刚刚绽放，阳光一照，煞是好看。

水边有几个丫鬟正在说笑，看服饰妆容，俱是不俗，想来应当十分得宠。

狸奴眼珠一转，趁引路小厮不注意，倏地伸手拽下了自己的发带，任由发髻乱蓬蓬散开。他在包小四疑惑的注视下，捏着发带冲几名丫鬟遥遥招呼："好姐姐，能不能帮我扎上呀？"

几个丫鬟回过头来，叽叽喳喳笑着，互相怂恿着却不挪动脚步。狸奴仗着自己生了张好面皮，笑得腼腆，格外招人喜爱。一个身着青绿色袄裙的丫鬟不忍心看他这般狼狈，忍着笑上前，接过了发带，拉着狸奴在亭子里坐下，从荷包中掏出一把小梳子，下手轻柔，很快就将头发拢了起来。

包小四在一旁看得目瞪口呆，感觉陆琨貌似捡回了一个危险的人物。

狸奴天生娃娃脸，嘴又甜，一口一个"姐姐"哄得丫鬟翠娥笑声不绝。就在翠娥心神最放松的时候，他忽然佯装好奇地感慨："贵府男丁的发簪都好短啊，才三四寸。"

翠娥失笑："这还短啊？男子的不都是这样？"

"不是啊！"狸奴急切地比画，"那天我在街上看见几个人，他们的簪子可长了！得有五六寸呢！"

"哦，他们可能修道吧。"翠娥帮他绾好发髻，解释道，"婢子之前见过几位道长，簪子挺长的。"

这可就有意思了，那晚狸奴分明看见救走陶信政的青衣人发簪很长，那顾家这边就对不上号了，可陶宅那边僮仆的服饰又不符合，这人到底是谁？其他方士路见不平吗？

那边顾承学已然生了警惕，陆琨感觉再问下去也没什么用处，就命人唤了狸奴回来，起身告辞了。

一行人是被顾承光亲自送出大门的，对方欲言又止，最终什么话也没说。

陆琨抬头看看天色，离午饭还有一段时间，他打算去英国公的宅第转转。

“为什么去英国公家？”包小四纳闷，“那五个纨绔里，可没英国公家的子弟。”

“唔，火器来源上，找到些线索，过去瞧瞧。”陆琨随口回道。

狸奴听着两人问答，忽然站住不动了，直勾勾地盯着陆琨，直到对方回头唤他，才一脸难以置信地问道：“你们，就把案子的重点放在那枚弹子上面？五石散呢，不用管吗？”

少年猛然意识到，如果不是朝堂风云，这集体吞服五石散的事情，就成了纨绔子弟胡闹，根本没人在意。之前在陶宅，陆琨制止他询问丹炉，除了不想惹王永宁，只怕也是他并未将五石散这事儿放在心上。

果然，陆琨奇怪地看他：“《大明律》不禁五石散。”

听到这句话，狸奴的心骤然沉入谷底。良久，他单侧唇边扯出一线笑意，有点凉薄，有点嘲讽，慢慢咀嚼着这句话：“《大明律》，不禁，五石散。”

陆琨慢慢拧紧眉头，有点摸不准他的心思。

半晌，狸奴“嗤”的一笑，懒洋洋地提醒道：“陆大千户，大明都开国多少年了？”

陆琨明白他的未尽之言——太祖也未必能想到后世人能这么折腾。他本以为狸奴还要说什么大逆不道的言论，对方却只笑了笑，挥挥手走了，显然是不想陪他们这帮听不懂琴声的蛮牛折腾了。

陆琨看着他的背影，心底五味杂陈，却不知从何说起。好在陆大千户还记得自己的职责是查案，不是哄孩子，思绪及时刹车，拐向了案情下一站。

英国公宅第充分向众人展示了什么叫瘦死的骆驼比马大。尽管勋贵这些年来失势，可有渠道的人家钱却半点没少赚。梁柱斗拱，沥粉贴金，细细绘了华丽彩画；高墙重堂，恢弘大气，总有凡人想不到的装饰。

正堂细墁地面上严丝合缝地铺着绒地毯，厚实软和，踩上去半点声音也无。两侧花几上的宣窑青花瓷瓶中，山茶和牡丹开得似要招蜂引蝶，花瓣上几滴水珠欲落不落，煞是娇艳。

锦衣卫这帮糙汉，忽然就连手都不知该往哪儿放了。

因着狸奴的关系，陆琨跟张元功见过礼后，总是有些心不在焉的，自然也懒得管乡巴佬下属。他注意到，英国公家的护院确实统一穿了青黑色直裰和黑布鞋，跟那夜的青衣人打扮是一致的。

张元功似乎没想到他们会找上门来，有些吃惊，这个年约三旬的男子看着他们，解释道："我确实不知他们会……重阳节喝酒的时候，我看他们几个跟陶公子合得来，就介绍了一下。"

"您跟陶公子很熟？"陆琨盯着护院，随口问。

张元功不知他在观察什么，惴惴不安，搓着手道："也不是很熟。你也知道，场面上的事儿，大家都……"

陆琨瞟了他一眼，张元功的行为态度，像是被蒙在鼓里的人。只是对于一个见多识广的勋贵子弟，又未免有些不太合适。

陆琨没心情跟他啰唆，直接拿了脚印让人去对比。

对比结果让人有些失望，三名脚印差不多的护院，都是刀手。而那晚的青衣人，长鞭使得极好，不是短期内能练成的。

案子到了这一步，又陷入了困局。

张元功到底年纪大些，极会做人，送他们出门时，硬塞给陆琨两小瓶宫廷秋露白酒。其余诸人，则各自领到了一枚造型精美的银锞子。东西本身未必值钱，却胜在礼数。

陆琨惦念着狸奴，也不跟张元功客套。甫一走访完剩余闹鬼成员的宅第，他就解散下属，匆匆回了家。

可是，张叔、张婶却给了他一记当头棒喝：狸奴没回来！

“一直没回来？”陆琨抬头看看天色，已经暗下来了，算算两人分开得有三个时辰了。

细密的冷汗逐渐铺满陆琨脊背，陆琨动了动手指，试图缓解周身的麻痹感，他听见自己的声音在瑟瑟晚风中飘荡：“他，去哪里了？”

张婶一听就急了：“不是你带着出去的嘛，他人生地不熟的，都没自己出过门，京师又大，万一迷路了怎么办？”

张叔闷声哼气道：“这孩子长得不错，万一遇到拍花子的……”

“闭上你的乌鸦嘴！”张婶头也不转，使劲一丢炒勺，骂道，“老不死的一辈子没学会说人话！”

张叔连忙抱住炒勺，讷讷不吱声了。

陆琨慌忙交代了一声，转身就要往街上跑。

谁承想迎面就撞上一个单薄的身躯，隐忍的闷哼明明响在耳畔，却令陆琨觉得远似天际。

他欣喜地伸手扶住仰面栽倒的狸奴，嗔怪道：“你怎么才回来？”

狸奴踉跄着站稳，不着痕迹推开他的手，强笑了下：“在书店看书，忘了时辰。”

陆琨松了口气，像往常那样去揉他的头：“以后别乱跑，好歹跟家里说句。”

“家？”狸奴歪头看他，陆琨却没注意到他的疑问，只是拉了他的手进了屋。

晚上睡前，陆琨照例一日三省吾身，白天的争端在他肚里思量来思量去，他虽觉得狸奴脾气来得莫名其妙，却不是不能理解，死囚尚有上诉权，没道理不给狸奴倾诉的机会。

抱着这样的想法，他敲开了狸奴的房门。彼时狸奴正倚在炕上翻那本《荆钗记》，双目微微眯着，犹如餍足的猫。

陆琨搬了个杌子在炕边坐下，打算从皇帝为何宠信方士的话题开始绕，然而狸奴比他想象的要聪明，根本没给他绕圈子的机会。

少年懒洋洋靠在墙上，似笑非笑："陆夫子，月黑风高，干些不正经的才应景，忧国忧民可有那么几分辜负良辰的意思了。"

陆琨是老实人，没听出其中的意味，只是觉得"不正经"一词用得十分不贴切。

他噎了半晌，才字斟句酌地说道："狸奴，五石散跟罗教炼的药，是不一样的。沉迷丹药的，不止一人，而且家境越好，越有可能……锦衣卫乃天子重器，不可能事必躬亲，我们……"

"我知道。"狸奴垂眸，似是沉迷于戏本中，颇有些漫不经心，"这不是你们的职责，是我无理取闹了。"

陆琨心凉了半截，他不怕狸奴跟他闹，可这般迅速地认错道歉，倒让他摸不准心思了。

陆琨仔细打量着狸奴，这才意识到，不管狸奴安静也好，闹腾也罢，他对周围始终都抱着警惕，散漫之下，隐藏的是一根紧绷的弦。若无人触碰，那弦就可以一直隐于暗处，让人察觉不出。可若是触碰了……

陆大千户发现，他其实并不了解狸奴。两人相处有一段时间了，他所看到的狸奴，依然像是从戏楼二楼向戏台张望那般，看似清晰，实则遥远。

他记得刚进锦衣卫时，陆炳曾教过他一句话：太容易看清的事实，往往隐藏着汹涌暗流。

陆琨试图重新引导话题，狸奴却一歪脑袋，托腮看着他，唇角带笑："陆夫子，莫非诲人不倦有瘾？"

陆琨静静看着他，忽然明白了陆炳那句话的意思。

细想开来，狸奴从来不提雾灵山发生过什么，从来不提自己，对寻找亲人也不热衷，这不太正常。只是太多的嘻嘻哈哈掩盖了这细微的异常，让他觉得狸奴如澄心堂纸，单纯而通透。

事实上，狸奴却把自己禁锢在了一个小匣子里，将匣子深深埋进地底。他给所有人看到的，只是地上那座简单的茅草屋。若有人想窥探匣子，他就会不动声色地转移藏宝地点，将茅草屋改成别的模样。

陆琨想，他去雾灵山前也这样吗？

10

陆夫子有心教学生，无奈委实不擅长谈话，学生又不配合，最后只能回房请教周公，问问当年他老人家是如何教导一个熊孩子成王的。

倒是狸奴翌日难得早起，跟陆琨坐在一块儿吃饭。

陆琨看这祖宗几乎是闭着眼把馄饨往嘴里塞，叹气道："要是困的话，就再去睡会儿。"

"唔。"狸奴勉力撕开一线眼皮，声音含糊。

陆琨啼笑皆非，眼前这人明明困得坐都坐不好，却还死撑着吃馄饨，嚼两下打个盹，然后一个激灵，又赶紧再嚼两下。

陆夫子带着猫祖宗出门的时候，天已经有了亮色，左右有案子在身，不必去北镇抚司点卯，他也就不着急了，在街头站了一会儿，等狸奴彻底醒了才带他去了西城阜成门附近的一家裁缝铺。

孙记裁缝铺地段不错，向北是朝天宫，向南是白塔寺，永远少不了求道问佛的客人。他家布料衣服向来极贵，贫寒小民高攀不起，王公贵胄又瞧不上眼，但这却是富贵人家的仆役最爱来的地儿。

"我们来这里做什么？"狸奴迷迷瞪瞪看着花红柳绿的衣料，撇嘴道，"这料子耐穿归耐穿，可也太上不了台面了。你好歹是个千户，有点品位成不？"

陆琨故意大声嘲笑："谁说老子要穿啦？老子刚雇了批杂役，是给他们做的！"说着转向掌柜："掌柜的，今年京师时兴什么衣服啊？"

两只眼比蜡烛还亮的孙掌柜立即提着袍裾过来，点头哈腰地解说："客官您来对啦，要说起仆役衣服，再没有比小店更了解的啦！今年家丁护院时兴天青、暗绿直裰，眼下天冷，最好再配上青黑色的毡帽。仆妇时兴……"

陆琨一副暴发户的模样，扯过两匹布瞧了瞧，又一脸嫌弃地撂回去，没好气地嚷嚷："你这厮莫不是欺某没见识？这料子颜色如此鲜亮，不好不好！"

孙掌柜暗地里翻了个白眼，内心对土包子十分鄙夷，好歹还惦记着金主不可得罪，遂好声好气地问："那客官想要什么样的？"

陆琨摸了摸下巴，假装回忆，跟他形容道："青黑色的棉布，素净点。"

狸奴在旁边补充："松江标布。"

"标，标布？"孙掌柜一怔，松江棉布这些年来风头甚劲，富商大贾都喜欢购买，只是给仆役穿松江布，也就有底气的人家才干得出来。都说京师米贵，居大不易，孙掌柜打量着这位年轻千户，呵呵干笑——这得贪了多少，真舍得！

"怎么？不行吗？"陆琨恶声恶气地瞪他，"是不是瞧不起大爷？昨儿个我还看见别人家都穿这种！"陆琨不怎么过问茶米油盐酱醋茶，对布料详细分类更是不懂，听狸奴这么说，他也就顺势跟上。

"嘿，您说的也就那几家。天子脚下，眼睛多，该小心的也得小心。当然，您要是有幸调去南方，那没啥，给自家仆役穿丝绸都没人管！"孙掌柜以为他不懂，边搬布边叨叨，"人家那是公侯府，哦，按官家说法还不能称府，算僭越是吧？瞧我这张嘴，习惯了。"

陆琨跟狸奴对视一眼，忙问："公侯府？别逗了，他们钟鸣鼎食之家，偷摸给下人穿罗绮的都有，能瞧得上区区棉布？”

“嘿哟，不懂了吧？”孙掌柜眸中不自觉流露出鄙夷之色，“这好的松江布，可比绸子还贵！”唯恐两人不信，他翻出账簿，指着一页戳戳点点：“这不，那日英国公府，呸，英国公宅第的管事还来订了一批标布直裰。”

“英国公？”陆琨一把夺过账簿，快速翻阅一遍，最近一两个月，定过这种标布直裰的只有三家，除了英国公宅第，其余两家分别姓王和陶。

陆琨来去如风，拖起还想问东问西的狸奴就往英国公宅第跑。

狸奴被他拖得踉踉跄跄，居然还有闲心思索——这线索来得也太容易了吧？

两人到英国公宅第附近的时候，正好看见张元功出来送人，连忙闪身躲了起来。

客人很年轻，颇为俊逸，只是容色淡淡的，眉宇间带着几分疏离矜持。他着一身道袍，背了把琴，彬彬有礼地示意张元功留步。

狸奴注意到，这客人头上的木簪很长，跟那晚青衣人头上插的有些许相似之处。

他踮脚扒着陆琨的耳朵小声问道：“他是谁？”陆琨头也不回地答道：“彭云翼。”

怕狸奴不了解，陆琨又特地解释了番。

这位彭公子也是人有来头的。在陶仲文之前，当今皇帝最信任的道士其实是邵元节。这老道儿因为求雨比较灵验，屡获封赏，得道升天去见三清祖师后，敕授大宗伯，谥“文康荣靖”，他的徒子徒孙也受他荫庇，在道录司供职。彭云翼，正是邵元节的徒孙。

狸奴听完一扬眉：“张大公子既是跟彭云翼有来往，为何又要将陶信政引荐给顾承学他们？”

陆琨想了想，不确定地道：“我听说邵、陶两家小辈关系不太好，主要是陶信政性子比较……张扬。可能是张大公子不想惹事，怕扯到彭云翼，令陶信政不高兴吧？”

看彭云翼的神色就知这是个性情冷淡且难伺候的主儿，偏偏张元功殷勤备至，丝毫不觉难堪，若两人没有利益牵扯，就只能是真友人了。

街上行人渐多，京师慢慢活泛了开来，带着人世间的热乎气儿。陆琨边往北镇抚司走，边筛选糅合着手头的线索。

京师闹鬼案是小题大做的典范，如今各方骑虎难下，原因不外乎利益和颜面。就眼下情况来看，无论是僮仆服饰还是顾承学的供述，都将矛头指向了张元功，偏偏张家护院没有善使鞭的。

昨日顾承学搅浑水扯到张元功的举动蓦然浮上陆琨心头，这是不是意味着，顾承学多少知道点什么，张元功并非表面上那么无辜？

另一方面，捉鬼那夜救走陶信政的青衣人，为何不能是换了衣服的陶家人？如果不是陶家人，他又图什么呢？

思及此，陆琨打了个寒战，陡然意识到不合理的地方：若没有青衣人救走陶信政这一出，这事儿撑死就是纨绔子弟触犯夜禁，言官们闹也是从家教着手，根本不会扯到更严重的火药问题。

青衣人可以是救陶信政的人，可反过来想，又何尝不是将其推向风口浪尖的人？

如果从这个方向思索整个事件，介绍陶信政给顾承学这些勋贵子弟认识的张元功，到底出于什么心理，扮演了什么角色？

陆琨有枣无枣打一竿，回北镇抚司就抓了包小四做壮丁，支使他去查张元功近来的情况。

这一查，还真查出点意外的东西。

张元功曾邀某个戏班入府唱堂会，事后留下了一个年轻伶人。严嵩遇鬼第二天，这个伶人就被送去了京外农庄。

“当时唱的什么？”陆琨觉得迷雾中，似乎有那么点蛛丝马迹遮掩不住了。

"英国公府的那个下人也说不清楚，只说听着激烈沉重。"包小四挠挠头，"他们勋贵子弟尚武，听这种戏应当很正常吧？"

陆琨心中一动，想起几条鬼反复唱的选段，连忙问："有没有《宝剑记》？"

中麓山人李开先这出戏，写的是宋朝禁军枪棒教头林冲遭高俅陷害，发配沧州，被逼上梁山的故事。

四百多年前的大宋，高俅有义子，人称高衙内，欺男霸女，陷害忠良；今日的大明，严嵩有独子严世蕃，人称严衙内，奸猾狠毒，无恶不作。

历史照进现实，中间隔着四百多年的时光，逐渐重叠。

包小四茫然看他，屁也不放一个，转身就走。

下午的时候，他油光满面，打着酒嗝跑回来禀告："没有。那个下人说，那天唱的几出，没有这个调调。"顿了顿，就在陆琨露出失望的神色时，他神秘一笑："但是，一个月后，张元功邀陶信政、顾承学他们过府听堂会时，曾点了这出戏！"

当日张元功对此戏大加赞赏，顾承学人纨绔，才学却是极好的，酒酣胸胆尚开张，文兴大发，还当场作赋一篇。

"陶信政也喜欢这出戏，特地问人要了戏本子看。"包小四醉眼蒙眬，"张元功为人谨慎，怕惹是非，叮嘱了又叮嘱，要他别在外面谈这出戏。"

"怕就怕有人是属毛驴的，牵着不走打着倒退。"狸奴听着听着，笑了，"若张元功知道陶公子这脾气，还这么劝，啧……"

陆琨心中一沉，察言观色是世家子弟的必修课，陶信政又是个能让人一眼望到底的纨绔，张元功会不了解？

这般反复叮嘱，究竟是真心为他考虑，还是一招激将法？而严嵩在宣武门附近受惊，恰恰验证了后一项猜测。

可是，为什么呢？张元功为什么这么做？陶信政到底知不知道暖轿里是严嵩？

似是黎明前的黑暗，种种线索与谜团纠缠在一起。陆琨看看天色，去值房里间换了身常服出来，招呼狸奴道："走，咱也去农庄逛逛。"

狸奴诧异："天快黑了！关城门前咱们回不来。"

"要的就是这个！"陆琨神秘一笑，揪起狸奴就走。

包小四甚是机灵地给两人弄了架驴车，解释："咱们的马多是军马，太扎眼了。"

半个时辰后，两人一驴缓缓行于官道，狸奴才后知后觉地反应过来，自己为啥要跟着过来？

可惜，他不想走回去，也不会驾车。

张家的农庄还是迁都前买下的，地盘不是很大。冬日没什么农活，一帮佃户和家丁索性围坐在空地上看戏。

身着莲青色直裰的年轻男子个子高挑，身段姣好，正唱着一出戏。他后翻腾跃颇为利落，手中一杆竹杖呼呼作响，愣是舞出了风火轮的气势。

陆琨将驴车悄悄停下，倚着车壁欣赏，狸奴则抱着半道买的干果瞎嗑。

一段戏收尾，陆琨走过去团团一抱拳，甚为客气地问："敢问护国资福禅寺怎么走啊？"

汉子们回过神来，纷纷笑道："你们走错方向啦，远着呢！"

"啊？"陆琨适时给出惊讶的表情，连忙过去详细询问，顺手将狸奴怀里的干果拎走分了。半晌，他懊恼地一拍大腿："坏了，这会儿城门肯定关了，客栈也不好找，大冷天的，可怎么挨过这一宿哟！"

干果不能白吃，有个管事模样的笑着留他们住下，又一指那个年轻伶人，炫耀道：“晚上还能看戏呢！”

“都会什么呀？”狸奴这会儿也明白了陆琨的打算，自觉从车上跳下来配合做戏，他好奇地打量伶人道，“能唱《单刀会》吗？”

“能呀！”伶人名叫成佩，挺秀气的年轻人，桃花眼波光潋滟，打量着两人，粗略估摸出这高个子的不差钱，遂盈盈笑道，“我会的可多着呢！”

住农庄的房子是要钱的，英国公府鞭长莫及，自然不知里头的猫腻，收来的住宿费，基本进了管事的腰包。那间空房平时没人住，后面堆了接近两人高的干草垛，稍稍一碰，就有无数草屑飞扬。

管事看陆琨出手阔绰，不但管了晚饭，还特意给两人留了个好位子听戏。他一面拾掇着饭菜，一面唠叨：“这成佩啊，以前是给大公子唱戏的，脾气大了些，若有哪儿得罪了二位，还请多担待些。”

陆琨和狸奴对视一眼，看来这就是那个被送走的伶人。只是不知这位究竟知道多少内幕，这一趟会不会给他们什么惊喜。

吃过晚饭，空地上果然又开场了，成佩特地唱了狸奴点的那出《单刀会》。乡下用粗陋的乐器奏出来的调子自然不能跟城中戏楼相比，虽算不上荒腔走板，但些许瑕疵还是有的。难为成佩还能凭着唱腔硬生生将调子掰回来，利用恰到好处的动作吸引住看客的目光，掩盖住那不如意的地方。

“你道是‘铜雀春深锁二乔’，这三朝、恰定交，不争咱一日错便是一世错……”剧情渐渐延展开来，成佩唱得投入，汉子们也连连叫好。

狸奴抬肘捣捣陆琨，伏在他肩上悄声问道：“你觉得他的背影像那晚的青衣人吗？”

陆琨也在打量，成佩肩宽腰窄，身手不错，明显是个练家子，的确有点青衣人的影子。但世上相似的人千千万，他们那夜并没有看到青衣人的正脸，一时也不敢确定。

狸奴诡异一笑，恰巧此时唱腔稍歇，猫祖宗猛不丁哂笑道："这唱腔不正宗啊！你们家大公子，品味真够清奇的！"

成佩还没来得及歇口气，骤然被人当面嘲讽，很是有些气愤难堪，勉强耐着性子解释："《单刀会》是杂剧，我并不擅长。"

"哦……不擅长杂剧，那《宝剑记》可是传奇，要不你唱两句？"狸奴坐在条凳上，踢踏着脚，扮演着一个挑剔的熊孩子。

"这……"成佩不知为何有些为难，讪讪商量，"换一出如何？"

"切！"狸奴立即一跃而起，大声嚷嚷，"什么嘛！《单刀会》不擅长，《宝剑记》你又不唱，又不是什么名角儿，挑三拣四的，我看你们大公子就是烦你了！不听了不听了！"

说着，他转身就要走。

那句"大公子就是烦你了"入耳，成佩脸色就是一变。这话着实戳中了他的心事，自打来了农庄，大公子就没来看过他，只派人送过一次东西。他不知道发生了什么，大公子也不许他给别人唱《宝剑记》，这令他惴惴不安。

失宠的危机近在眼前，再看看佃户们恍然大悟的目光，他总觉得里面盛满了嘲笑。

他咬咬牙，心道，反正大公子身边的人又不在这里，哪里能知道他唱了什么，挽回颜面才是要紧的。于是他慌忙唤住狸奴："别别别，我唱我唱！小哥儿，算是怕了你了！"

唱腔重新拉开，狸奴坐下来，冲陆琨投去一个得意的目光。

陆琨摸摸他的脑袋以示嘉奖，好奇他待会儿如何套话。

事实证明，对付争强好胜的人，刻意贬低实在是个好办法。

《宝剑记》唱了不到三分之一，狸奴就小声嘟囔："什么嘛，比《单刀会》也好不到哪里去！"

戏子地位再卑，那也是受戏迷追捧的，尤其成佩还一度在国公府受宠。他再顾不上张元功的禁令，骤然停了戏腔，急赤白脸地争辩：“你不懂就不要乱说！我这出《宝剑记》连张大公子他们都叫好！陶真人你知道吧？他家孙少爷可让我给他唱了好几遍呢！”

鱼儿已上钩，狸奴反倒不急不躁，不屑地一撇嘴，吐出一字：“吹！”

“你！”成佩气得七窍生烟，说话也不过脑子，“我吹？我告诉你，陶公子因为我唱得好，还特意赏了我一条金丝的鞭子！金丝！金丝！很值钱的！”

很好，身材相仿，武艺不错，还使鞭子……张元功找的人，有些愚蠢。

成佩唯恐不能取信于人，扭着腰肢去房中取了鞭子回来，扬起下巴给众人看：“瞧瞧，一般人可用不起这玩意儿！”

陆琨不动声色接过来，看了一番，冲狸奴轻轻点头——这正是那夜青衣人的武器。

这下狸奴看成佩的眼神就很微妙了，怜悯中带着好笑，这兄弟怕还不知自己成了嫌疑人。

物证有了，背影也符合，可是理由呢？成佩是自己想救陶信政，还是奉了别人的命令？

不过话又说回来，敢用这样没脑子的下属，他背后的人也聪明不到哪里去。

11

成佩出够了风头，极爱惜地卷起鞭子回房，佃户们也纷纷散了。

狸奴站在炕边，袖手看陆琨铺床，问他：“成佩会是那个青衣人吗？”

“难说。不过我刚刚比对了下脚印，跟青衣人留下的八九不离十。”陆琨也不确定，只是感觉张元功送他出京的时机太巧了点。

褥子是房中本来就有的，被子则是管事命人腾出来的两床，上面还带着庄稼人的土腥味儿。

狸奴迟迟不肯上炕，陆琨催了又催，才搞清楚，这祖宗嫌被子不干净，宁可一宿不睡。陆琨是十二分确信狸奴乃富贵人家出身了，挑食洁癖，熟悉一切鸡毛蒜皮，反正吃不上饭的人家不太可能大晚上一眼就看清布料类别。

他瞅着狸奴明明困到眼皮打架，还死撑着不肯将就，想了想，脱下自己的中衣递给他，让他裹上自己的衣服再盖被子。

狸奴先是一愣，而后就一把拽过中衣，心情愉快地爬上了炕。

昨夜的两人，犹如身处冰河上下。陆琨走在阳光遍洒的冰上，狸奴潜入幽冷刺骨的冰下，中间隔着一道薄薄的冰面。陆琨想要拉起冰水中的人，又怕他因此潜得更深。

如今，只能感慨一句世事无常。

成佩房中，炕上平整干净，床单一丝不乱。方桌上烛花“哔剥”作响，修长有力的手按在旧纸堆上，有泪滴落在漆色斑驳的桌面上。

他不知是谁把这个东西放在了他房里，曾经撕心裂肺的痛苦，再一次兜头罩下。

为什么呢？他想，他们只是戏子，是很卑微的人，只想一帆风顺攒足了棺材本，然后找个小城，娶个贤妻，伴着橘黄的炉火，了却残生。

可是，兄长怎么会死得那样惨烈呢？

那个独眼白胖子嚣张的狂笑似乎还响在耳畔，逐渐沉没的猪笼，连带着丝丝缕缕的血迹，没入黄泉。无声无息，在黑暗中翻不起半点水花。

成佩伸手捂住眼睛，滚烫的液体汩汩涌出，洗去了他的妆扮，逼着他重新去审视曾经的一切，犹如凌迟般，刀刀痛入骨髓。

陆琨睡至半夜，是被狸奴闹醒的。本就清瘦的少年，将自己蜷缩成一团，紧紧裹着被子，看起来竟有点可怜。

陆琨以为他是冻的，伸手一摸，额上全是薄汗，还带着腾腾的热气。陆千户很是无奈，一般人感觉热，会下意识舒展身体踢被子，这祖宗倒好，唯恐热不死自己。

陆琨试着给他掀起一点被子边，没想到狸奴骤然睁开了眼。

烛光昏暗，眸光却犀利瘆人，犹如一柄开过刃的匕首，刺人心扉。明明是从沉睡中醒来，却不带半点倦意。

陆琨心中无端抖了下，强笑："我看你热……"

狸奴眨眨眼，利光如潮水般迅速退却，整个人困意上涌，复又睡去。

陆琨神色凝重，低头仔细打量着他——这个反应，不该是生于富贵温柔乡之人会有的。雾灵山的一切，就这般难以消弭吗？

细微的烟味飘入房中，似乎是哪里点了枯枝败叶。

陆琨刹那明白自己醒来的原因也可能是受了呛，他陡觉不妙，一个箭步冲至门口，一拉住门把手，却没拉开！

有人在不惊动他们的情况下锁了房门！

陆琨急忙奔至窗前，凭着多年练就的拆家本领，徒手卸掉了木窗。滚滚浓烟瞬间涌入屋内，热浪扑面袭来。

“别睡了！”陆琨赶紧拖起狸奴，将睡眼惺忪的少年塞向窗户。就在这一瞬，一条长鞭犹如毒蛇，自浓烟中钻出，狠狠咬向狸奴！

陆琨瞳孔紧缩，一把捞回狸奴，极速转身后撤。

鞭梢抽中陆琨的手背，血痕绽开，与那晚青衣人对付包小四的场景并无二致。

“咳咳……”狸奴被熏得呛咳不断，胸腔似有一团火灼烧，眼角都被逼出了泪水。

屋内越来越热，陆琨看看怀中的狸奴，再顾不得其他，抱住他发力助跑，猛然扑向窗户，似鲤鱼腾跃，紧拥的两人划过一道弧线，重重砸向地面。

浓郁的土腥味混合着烟火吸入肺腑，这滋味实在不算好。陆琨顾不得检查狸奴，抓起雁翎刀就奔向青衣人。

那青衣人说来也怪，根本不跟他交手，飞身便走，快速在星罗棋布的农房空隙穿梭，仗着熟悉地形，竟甩开了陆琨十几步。

又一个拐角近在眼前，刁毒的长鞭陡然蹿出，直击陆琨面门！

说时迟那时快，陆琨双腿屈膝，上身后仰，在地上滑行出长长的痕迹，险而又险地避过了长鞭。紧接着，雁翎刀出鞘，划着寒光挑向持长鞭的手。

长鞭迅速回防，青衣人影一个后跃，重新跟陆琨拉开了距离。陆琨抓住喘息的机会，拔地而起，双手持刀，狠狠劈向青衣人。

青衣人足尖点地，如一道清风，飒然飘远。雁翎刀紧随其后，刀尖堪堪挑中了面罩。青衣人双眼大睁，狠狠一偏头，不想那面罩反倒被扯裂得更加彻底。

“成佩！”陆琨看到了意料之中的面孔，反而觉得哪里不太对。

月光照进农庄，掠过枯枝和土地，停留在水塘表面，不沉不降，似是微尘，转瞬就会消散。

“刑部不能给我兄长的公道，锦衣卫能给吗？”凄然的声音在夜风中幽幽飘荡，成佩垂下鞭子，满眼绝望地盯着陆琨。

陆琨看着这个在短短两个时辰内憔悴下来的年轻人，大吃一惊：“你，你怎么了？”

成佩一步一步走近，仰头看着他，轻声问道：“锦衣卫也不敢碰严家，对不对？”

疯狂在眸中燃烧，犹如只能开一季的毒花，凄艳无比，却又触之即死。

他以手覆眼，咯咯怪笑：“那时候我哥让我离开京师，让我不要再唱戏了，我不听。我说我怕，我怕干粗活累活，我怕没有金主供养。我眷恋着京师的繁华，舍不得离开，直到最后……”

陆琨心中“咯噔”一跳，伸手去扶他：“你哥哥怎么了？”

“我哥哥？”成佩茫然透过指缝，看着远处浓黑天际，极轻极轻地开口，“死了……被严世蕃沉塘了。他们说，我哥哥跟严世蕃的小妾通奸……”

塞入嘴中的麻核桃、浮肿变形的脸孔、被水浸泡得发白的伤痕……是成佩对兄长成仪的最后印象。

戏子与小妾通奸，严世蕃又生了那么副尊容，在很多人看来，案子再清楚不过。当时全京师都在疲于应对蒙古土默特部首领俺答汗率兵逼近京师的战事，顺天府尹郭鋆委实没那精力追究真相，一句“遵循乡规民约”轻轻带过，事情不了了之。战后不久，郭鋆高升，案卷自此封存，血泪不见天日。

那是嘉靖二十九年，再回首，恍如隔世。从醉生梦死到惶惶不可终日，只隔了几天。

其实那时，成佩对兄长死因是隐隐有过怀疑的。那段时间，成仪总是焦躁不安，时时想离京逃走，所有的反常都在他死后一股脑涌入成佩心中。

只是，成佩不敢追究，甚至不敢做出反常举动，旁人问起，他总是一副以兄长为耻的模样。他害怕严家的报复，害怕会像哥哥那般死得糊里糊涂。

红妆唱罢，暗夜降临，成佩常常觉得死不瞑目的兄长在注视着自己。

“陆千户……”成佩哽咽一声，挪开了双眼上的手，绝望地看他，“你会帮我鸣冤的，对不对？”

陆琨陡然不安，可是已经太晚了。

成佩狠狠撞向雁翎刀，陆琨收刀不及，眼睁睁看着他小腹的青色衣料瞬间被鲜血染红，整个人委顿在地，瞳孔逐渐放大。

“成佩！”陆琨将他平放在地，试图进行最后的挽救。

成佩因急遽失血而变白的嘴唇微微动着，陆琨以为他要交代什么，连忙俯身凑过去。

“一宵儿奔走荒郊，穷性命挣出一条……到梁山请得兵来，誓把那奸臣扫！”

又是《宝剑记》。

月色如水，又一个青衣人悄无声息潜入成佩房中，撕去直裰下摆，粗粗拧成腰带扎在腰间，整件衣服就变成了庶民常穿的短褐。他从旧纸堆中抽走了几页，而后小心地关门走人。

尚还冒着火光的炉膛，多了一撮纸灰，隐藏在杂乱的燃烧物中，毫不起眼。

陆琨草草处理了成佩的遗体，就火急火燎赶回去找狸奴。

小屋后面的草垛倒了，火光冲天，许多佃户自发起来救火，周围乱糟糟的。陆琨打不开门的原因也找到了，是有人在门鼻上别了根铁棒。

而狸奴抱膝坐在一棵树下，身上还披着两人出来时，陆琨从床上随手抓的棉衣。

棉衣是陆琨的，狸奴穿上格外宽大，更显得整个人清瘦。再加上火场纷纷扰扰，他却极其安静，颇有点游离于人世之外。

陆琨慢慢走过去，蹲下来，听见狸奴低声说："第二次了。上一次也是你从火里把我抱出来的。"

12

晨光照进农庄，锦衣卫的仵作办着例行公事，记录着成佩的死因。像这般小人物，若非卷进了叩响阙廷的闹鬼案，死后只能被义庄的草席一卷，就此葬入黄土。

陆琨翻着成佩房中泛黄的纸张，心头的疑惑却越来越重。

从昨夜的接触来看，这个戏子应当是个优柔寡断、贪恋功利的人。当年兄长惨死，他都能硬忍着不出声，如今又是为了什么，为了过去多年的案子，以这种方式博得关注？

成佩还留了遗书，声称杨继盛、张经等人蒙冤而死，令他想到了兄长冤案，愤懑难平。本意不过是为了恐吓严嵩，不承想在朝堂之上搅出这番风波云云。最后以死血谏，望重查旧案。

陆琨在他的柜子里，发现了用于表演的火药，也不知是唱哪出戏需要。

"唱戏的时候还好好的，才两个时辰，就改了主意？"狸奴淡淡扫过遗书，语含讥诮，"陆大千户好像没自报门户吧？"

陆琨也在疑惑这节，他穿着常服，只说是过路的，成佩当时也没表现出识破的样子，可是半夜再见，怎么就一口道出他的身份了？

狸奴懒洋洋地倚在树上，神色有些漫不经心："我劝你啊，最好就这么往上递。左都督会很满意这个结果的。"

陆琨心中一动，这案子乍一看，动机、物证俱在，符合结案的常规，可细细一琢磨，就会发现里面值得推敲玩味的地方很多。就好像是有人在无数个点中，选取合乎情理的点，强行连成了一个完美无缺的圆。只要没人去注意那些散碎的点，这就是个人人叫好的图案。

衮衮诸公乐意看的，自然就是那个圆。至于有多少个散碎的点沉于黑暗，无关大局。

事实也果然像狸奴猜测的那样，陆炳很快找书吏整理出了一份令各方满意的卷宗，呈给了嘉靖。

戏子成佩，因兄长之死仇视权贵，借唱戏怂恿陶信政等人吸食五石散，于对方神志不清之时，蛊惑他们恐吓首辅严嵩，挑拨严嵩与陶仲文的关系。

所有的责任，都压向了一个卑微的戏子。

刑部在严嵩的威压下，象征性地重查了成仪之案，最后维持原判。成佩诬告反坐，再加上闹鬼一案，得了个鞭尸的下场。

几日前还义愤填膺的言官，却集体哑了。似乎他们要的，只是给严嵩制造一点小麻烦。

至于区区一个戏子怎样，人分三六九等，能在声讨严嵩的道路上出点力，是他的荣幸。

令狸奴觉得讽刺的是，之前叫嚣彻查的御史言官纷纷失语，如今还在偷偷查案的，居然是锦衣卫千户陆琨。

成佩头七那天，陆琨独自去见了张元功。英国公府为避嫌，遣散了所有伶人，闭门谢客。若非忌惮陆琨背后是陆炳，只怕张家连拜帖都不收。

张元功当真做出了思过的架势，衣衫素净得很，见了陆琨一口一个“我有罪”“我没看管好伶人”，认错姿态摆得极为真诚。

陆琨冷淡地看着他，将成佩的金丝长鞭放在桌上，低声道：“闹鬼那夜，我跟救走陶信政的青衣人交过手。当时，他用鞭子缠住了我的刀，在僵持过程中，刀锋应当划到了鞭子。”他瞥了眼金丝长鞭：“成佩对这鞭子爱惜得很，上面并没有划痕。”

张元功缓缓收了忏悔姿态，看着保养得宜的手指，问：“陆千户想说什么呢？”

陆琨忍不住为成佩悲哀，他强压住怒气，以一种平静的语气叙述：“成佩不是那个青衣人。张大公子，顾承学他们信任你，把你当自己人，可你却在算计着毁了他们。你明明跟彭云翼交好，却把纨绔陶信政引荐给他们。你自己都不吃五石散，却不断暗示他们如今江南名士都在师法魏晋，年轻人盲目跟风，不知深浅，也就尝试了。你明知道《宝剑记》影射朝政，勋贵子弟只有夹着尾巴做人才能富贵安稳，却刻意让他们……”

“夹着尾巴做人？富贵安稳？”张元功蓦然被戳中死穴，他咀嚼了下这说法，忍不住笑了，“满朝上下是不是都认为，朝堂是文官的，战场是武将的，勋贵只要拔了指甲，做只笼中虎，和功劳簿一起任人瞻仰，哦，不，是观赏就行？”

陆琨手指不由自主扣住了官帽椅的扶手，他知道，让张元功认罪的契机来了！

张元功自知失态，想要闭嘴，陆琨却没给他这个机会，沉声道：“谁也不是傻子！出了这种上达天听的案子，但凡有脑子的人家，就得给小辈分析分析。锦衣卫用成佩交差可以，可大公子拿去糊弄那些长辈，不觉得太天真了嘛！只要顾二爷他们还有脑子，今后就不会再跟您有来往，英国公家的事，他们也会留个心眼！大公子，得不偿失啊！”

“嗬！”张元功冷笑一声，“稀罕！”

张元功养的一猫一狗不知何时蹿了出来，在厅外摇头摆尾。憨厚的大狗还在请示主人能否进厅，花猫却已经轻盈地跃入了张元功怀中，先是撒娇，继而大马金刀地蹲坐在桌上，吃干果喝茶水，丝毫不把自己当宠物。

张元功慈爱地抚摸着花猫，喟叹道："这大明的文武，多么像猫和狗啊！"

陆琨不懂他的意思，只是觉得这话十分不中听。

张元功抚猫的手不知何时停在了猫脖子上，慢慢收紧，欣赏着猫眼中流露出的惊恐，低声问："你对土木堡之变，了解多少呢？"

陆琨看着痛苦挣扎的花猫，无端自尾闾升起一股寒意。

张元功不在乎他回不回答，自顾自地笑："英宗当年不顾宦官不得干政的祖训，受王振蛊惑，执意出兵。定兴忠烈王屡次劝谏，却不如一个宦官说话管用。大明几十万大军啊，多少勋贵，被瓦剌在土木堡一网打尽。定兴忠烈王也……战死沙场。"

自那以后，勋贵武官在朝堂的话语权被文官一步步攫取，逐渐失势。洪武年间，官场还是按品级行礼，如今公侯路遇阁老，却要主动避让，就连八九品的文官，也敢跟他们叫板。这到底是人心不古，还是文官的胜利？

张元功一直想不通，大明几十万大军怎么会输给只有区区几万人的瓦剌，还输得那样惨烈！他曾无数次翻过关于土木堡之变的记载，知道大军败亡与后勤辎重跟不上有极大的关系，而掌管这些的，是文官。他甚至有个想法，也许文官等今天这个局面，已经好久了。

张元功对勋贵子弟们，是哀其不幸，怒其不争。

陆琨看着他，神色复杂，忽然不知该如何开口。很多真相都埋葬于鲜血黄沙之中，他们能看到的，不过是史官写在故纸堆上的东西，真假谁又知道呢？

最后，他只能劝道："大公子，这只是猜测。"

"是啊，猜测！"张元功既笑且叹，"若有证据，我就不是找点麻烦了。"

陆琨不解："大公子仇恨文官，可以理解，可顾二爷他们与您同为勋贵子弟……"

"他们？"张元功扯起嘴唇，似笑不笑，"定兴王基本不参与朝争，只按陛下的吩咐办事，自然跟他们不算亲近。若当年勋贵能拧成一股绳，听定兴王的指挥，也不至于输成那个鬼样子！至于顾家先人顾兴祖，一个从战场上逃回来的懦夫，他的家族有什么资格在勋贵中立足？"

张元功不知该找谁去讨回这个公道，他只知道先祖张辅死得憋屈。说到底，他仅仅是想出这口怨气。

成仪有冤，他亦有怨。某些时候，戏子与勋贵也没什么不同。

"就算你知道了真相又如何？你能往外说吗？"他松开了花猫，懒懒靠在椅背上，任由乖巧无比的花猫一下下舔着手指，笑吟吟地提醒陆琨，"成佩可是你亲手抓的，如今你说他不是青衣人，莫不是把满朝文武当猴耍？"

陆琨苦笑一声，的确，他除了这根长鞭，什么证据也没有，证明不了成佩的清白。

可是放火点燃小屋的，确实不是成佩。那个青衣人跟他交手之后，立即远遁，中途借着房屋转角，才换成了成佩。

成佩要做的，只是死在陆琨面前。一切的一切，盖棺定论，尘埃落定，再没人去追究棺材下的白骨。

陆琨走出英国公宅第时，感觉像是从一场极度压抑的旧梦中走出。他回头看看沉淀了无数岁月的金漆兽面摆锡环大门，愣是感觉出了没落的辉煌。

"陆大哥？"这时，等在门外的狸奴唤醒了他，"不顺利吗？"

陆琨回过神来，勉强笑了一下："不，很顺利。他认了。"

"认了？"狸奴一边的眉毛高高挑起，语气有点诧异，"青衣人的事情他也认了？"

“是。”陆琨点点头，顿了顿，又叹气，“锦衣卫这一关算是过了……难得严首辅没穷追猛打。”

狸奴冷笑一声，神色有些冷淡，带着点惯常的漫不经心：“他追究什么？写《宝剑记》的是李开先，这位可抨击了桂州公半辈子，岂不正合了严首辅的意！”

陆琨一怔，李开先性情耿直，因与当时的内阁首辅夏言不和，被削官罢职。而严嵩是在李开先走后才逐步掌控朝政，虽声名不佳，却与李开先没有直接利益，并非对方抨击对象。

而烜赫一时的桂州公夏言，死于严嵩的陷害。严嵩对《宝剑记》，可谓感情复杂。

陆琨怔怔失语，陶信政他们，也算是歪打正着。

去北镇抚司的路上，两人相顾无言，各想各的事情，直到被包小四一嗓子吵散愁绪。

“老大，狸奴的家人找到啦！”毫无形象的包百户冲出大门，挥舞着一份卷宗扑过来，待看到狸奴后，立马将卷宗拍进他怀里，邀功道，“哥讲义气吧？你都不知道我花了多少功夫……”

陆琨之前吩咐了人去查京畿附近的人口失踪旧案，重点对象就是能在地窖火炕种东西的富贵人家。还别说，顺天府的卷宗里真有几家能对上号的。

“我刚刚去看了，目前筛选出了三家，有两家是商人，第三家是佥都御史姜崇家……”包小四边引他们去顺天府署，边语速极快地介绍情况，还没说完，就被陆琨所打断，“先去见姜御史！”

也许狸奴自己都没注意，他曾几次流露出对朝堂之事的熟稔。这种熟稔不是商人之子读几天书就能拥有的，而是耳濡目染培养的。

狸奴跟在两人身后，听他们交流着寻人情况，眸中露出些许茫然。陆琨是什么时候开始查的？他以为还要过段时间才能有结果，想不到分别来得那般快。他略有些不自信地想，自己就那般招人烦吗，竟令陆夫子迫不及待地送他走？

“走啊！”快到顺天府署门口，陆琨才察觉到狸奴一直落在后面，遂转过头来催促，“你家人就在里面等着呢！”想了想，他又揉了把对方的脑袋，叮嘱道：“回了家就听话点，听见没有？”

这话不知怎的，就取悦了狸奴。他眯起眼，甚为愉快地点点头。

陆琨笑了笑，拉了他走进大堂，紧接着就听见一声歇斯底里的女子哭声：“我的澈儿啊——”

三家人全都到了。两家商人局促激动地站在门口张望，而衙役有眼力地给姜御史夫妻备了椅子。

哭泣的正是姜夫人。这个年约四五十岁的女子，生得富态，约莫是思念儿子，尽管保养得宜，还是显出了些许不合身份的憔悴。她泪眼婆娑，在狸奴踏进大堂的那一刹那，整个人都绷紧了，而后踉跄起身，几乎是抢过来一把抱住他，放声大哭道：“澈儿！澈儿！你可算回来了！”

狸奴被她吓了一跳，骤然被死死抱住，有些蒙。他僵硬地站在原地，无助地望向陆琨。

陆琨心中松了口气，冲他鼓励似的一笑。

狸奴试探着抱住姜夫人，有些尴尬地提醒道：“夫人，我……我不记得……”

“我知道我知道！”姜夫人松开胳膊，又哭了起来，“府丞说了，你不记得以前的事了！没事儿，一定能回想起来的，来来来，我带你认认！”

姜夫人丝毫不介意狸奴失忆，拉着他快步走到姜家人面前，指着瘦削严肃的姜崇介绍道：“这是你爹爹姜崇，他是都察院的佥都御史，最喜欢丹青，家里收藏了一堆字画。你小时候识字的读本，都是他亲手给你做的。”说着，她捏着狸奴的左手腕，眼泪噼里啪啦往下落：“你这儿以前受过伤，也是你爹爹抱着你跑了好多医馆……”她顿了顿，殷切地看他：“现在还疼吗？”

狸奴懵懵懂懂地点头：“天冷的时候有点，不过不严重……”

姜夫人哭得更惨了，不等他说完，又指着站在姜崇背后的文气青年介绍：“这是你大哥，姜潭。你小时候最喜欢缠着你大哥，后来你大哥忙着科举，没时间管你，你觉得受冷落了，还跟你大哥闹过脾气。澈儿，你还记得吗？”

姜潭年近三旬，文质彬彬，只是脸色较常人苍白些，眼底还有些乌青，看上去是个身子较弱的书生。他冲狸奴温和笑笑道：“二弟，回来就好。”

姜夫人哭得昏天黑地，拖着狸奴认了这个认那个，说话不带喘气，根本不给他张口的机会。就这么一会儿工夫，她已经把姜家上数三代给他捋清了，顺带把姜家住址和狸奴考过府试的事情也抖搂了出来。

不说当事人狸奴受到了惊吓，陆琨都被她叨叨得头昏脑涨。只见姜夫人又自顾自掏出了几张画，开始新一轮哭天喊地：“你看，这就是咱家。这是你住的院子，有树有溪，有灯塔。你小时候啊，夜里眼神不好，老栽进溪水里，我就让人用石头给你垒了个灯塔……”

陆琨额上青筋跳了跳，这姜夫人准备得也忒充分了吧？连自家宅子的图样都带来了！

狸奴被囫囵着塞了一堆东西，却依然像局外人那般迷茫，他不由带着求助的眼神看向陆琨。

陆琨也受不了这泛滥的母爱了，连忙过来打圆场：“夫人，您确定他是姜澈吗？毕竟都一年了……”

“我确定！我的孩子我怎么会不认得！”这话不知怎的就戳中了姜夫人的痛处，她激烈地嚷嚷道，“他就是澈儿！我养了十六年的澈儿！”

“现在应该是十七岁了。”姜崇在旁边不轻不重补充了一句。

陆琨劝说的话咽了回去，冲狸奴两手一摊，示意他接受现实。

受害者的家属都认准了是他，狸奴有没有印象反倒没人在意了，府丞迅速让人办了手续，拱手向姜崇道贺。

那两家商人很失望，强笑着恭喜了姜家人，眼神中带着羡慕。他们家的孩子也丢了有一年了，今日衙役上门请人，本以为能见到自己的孩子，想不到最终还是一场空欢喜。

姜崇估摸着是欢喜得不知该如何表达了，笑容很是僵硬，说话也颠三倒四的，还不如大儿子姜潭来得游刃有余。

姜夫人从进大堂开始，就一直哭泣，这会儿更是死死拉着狸奴的手，时不时就嚎上一嗓子。

陆琨忍不住看了她一眼，不知是不是错觉，他竟从哭声中听出了恐惧。也许是怕再失去儿子吧？抑或是听了雾灵山的事情，在后怕？

陆琨心下叹息，当真是可怜天下父母心。

狸奴一步三回头地被姜家人带走了，陆琨有些欣慰，亦有种怅然若失的感觉。

包小四瞅着姜家人走远了，才狠狠搓着胳膊嘟囔：“狸奴那个大哥，好生生一个书生，怎么有种阴森森的感觉？看人的时候，可不舒服了！”

陆琨倒没这感觉，只是觉得姜潭的表情与内心似乎是分离的，很符合某些文官表里不一的德行。

薄薄一张面具，覆在脸上，缓和了一切喜怒哀乐。

今年的雪格外大，某天夜里，孙记裁缝铺的屋顶被压塌了一块，损毁倒不是多严重，只是下方十来匹布以及账簿被雪水浸透，惨不忍睹。

与此同时，道士彭云翼家中迎来一位不速之客。

昏黄的烛光映出屏风后的清瘦人影，彭云翼不知他是怎么进来的，莫名胆寒。

纤细手指执了湖笔，拨弄着烛花，有清朗的声音传来："裁缝铺的孙掌柜说，就在英国公家定完标布直裰不久，有人定了一身同样的直裰。这个人，自称姓陶，发髻上有着长长的簪子，很年轻，气质不错。"说着，他又啧了一声："我记得，彭公子善使鞭。"

彭云翼双手拢入袖中，强自镇定道："阁下是什么意思？"

屏风内传来一声轻笑："彭公子，若要人不知，除非己莫为。张大公子拿您当知己，在锦衣卫面前揽下了所有责任，可你……只是在利用他。人心换不来人心，这话还真不假。"

彭云翼骤然如坠冰窟，他想过若事发该如何推卸干净，想过事后如何重获张元功的信任，唯独没想到张元功会主动为他遮掩。

这个傻子……这消息来得是如此猝不及防，令他脑海中绽开无数火树银花，滚烫的血液似乎变成了喷薄的岩浆，烧熔着坚硬的胸腔肋骨。他狼狈万分地直视自己的卑劣，看着那颗在热血中依旧冰冷的心脏，无端生出了自惭形秽的感觉。

他与张元功同样攥住了辉煌的尾巴，张元功理解他的难堪，他却利用了张元功的难堪。

"让我猜一下吧！"清朗的声音继续笑道，"在陶仲文之前，你的师祖才是最得陛下信任的真人，你那时想来也挺受人尊敬。而后陶仲文入京，分了一部分荣宠，令师祖于嘉靖十八年病逝后，表面上看你们师徒俩圣眷不衰，可实际上，话语权基本被陶仲文师徒夺走了，陶信政这个纨绔子弟也能在你面前耀武扬威……"

"别说了！"彭云翼陡然一声低吼，压抑着怒气道，"对，是我引诱陶信政他们尝试五石散，是我故意在锦衣卫眼皮底下救走陶信政，也是我早就找好了成佩做替身。张元功只是不忿这黑白颠倒的世道，又不敢抛头露面，才利用那几个纨绔发声。一切都是我做的……你想怎样？”

“不想怎样。”屏风内的人笑了，“我若真想拿此事威胁你，也不会费力给你善后了。”顿了顿，他又扯起了闲篇：“听说皇上子息不盛，继位十多年都没儿子，直到令师祖两次设坛祈祷，又献了丹药，宫中才接二连三迎来皇子……”

彭云翼骤然惊醒，怒气慢慢收敛，深深看了他一眼，也笑了：“我知道你是谁的人了，也知道你所为何事了。”他眉梢眼角染上笑意，整个人放松了许多：“那么，今后多多仰仗。”

屏风内的人似乎很满意他的识相，轻笑：“彼此、彼此。”

烛火忽然熄了，彭云翼识趣地闭上眼，让至一旁。

房门无声无息拉开，夜风呼啸而入，吹得帷幔呼啦作响。有道人影从身边掠过，彭云翼忽然问道：“不知怎么称呼阁下？”

那人沉默了下，才答道：“鱼肠，鱼肠剑的鱼肠。”

彭云翼掐指默算片刻，叹息：“你我也算有缘，临别赠你一言。慧极必伤，难得糊涂。”

那人似乎停了一瞬，彭云翼再睁开眼时，庭院中已空无人影。

夜雪依然下着，地上浅浅的脚印转瞬无踪。就如夜幕里的交易，天亮之后，又有谁会知道呢？

第二章
黎庶悲

1

云消雪霁，包小四一大早就安排了几个新校尉在陆琨值房附近扫雪，鼓劲儿声传遍了北镇抚司。

“兄弟们，好好干啊！晚上请你们吃锅子！”

“我跟你们说，这活儿可是在千户面前露脸的机会，多少人求都求不来呢！”

大声嚷嚷的不亏心，躲房里看卷宗的陆琨却替他脸红。

陆琨双手捂着盏热茶，在氤氲雾气中扫过条案上的两张纸：一张是包小四呈上来的内奸调查结果——闹鬼那夜主动要求参与的邓总旗，在汇通钱肆有一笔对他来说数目不小的银款；另一张则是上头升邓总旗为百户，去南京任职的调令。

陆琨冷笑一声，真当自己年轻好欺负了，坑完他，拿了好处就想去江南享福，哪有那么便宜的事儿？

他琢磨了一会儿，唤了包小四进来，含含糊糊地吩咐：“你带几个兄弟，送送老邓。”

“啥？我送他？”包小四一听就炸了，破口大骂，“害老子熬了好几宿，我还送他？没套条麻袋打他个半死，是老子知礼守法，不想惹事！”

陆琨意味深长地看他一眼，屈指敲着条案，提醒道：“钱肆只认文契，不认人。”见他依然丈二和尚摸不着头脑，遂一个字一个字地强调：“不，认，人！”

“啊？哦……我懂，懂了！”包小四眼珠一转，立即兴冲冲跑了。

不得不说，陆琨有时候也是挺不地道的。不过若能出了这半口恶气，他总算觉得胸口不那么憋屈得慌了。

今年是闰十一月，好不容易挨到十二月，岁暮胜利在望，除了要紧衙门，京里到处都弥漫着一股懒散的气息。一俟鼓声敲响，北镇抚司闲极无聊的锦衣卫缇骑个个来了精神，蜂拥着往外跑去。

陆琨也拿起张婶下午送来的点心，打算去姜家看看。自从狸奴被父母接走，陆琨去了几次，都没见到人——这祖宗不是在睡懒觉，就是跑出去瞎逛。

姜御史祖上几代都是进士出身，姜夫人的母家则是商贾，是以姜家也曾阔绰过一段时间。只是这几年姜御史仕途蹉跎，岳父家也不再一味给他更多照顾，门庭渐渐衰了下来。虽说给外人看的还是强撑出来的体面，但宅第里面多是十几年前的装饰。廊柱下的绰幕也曾风靡一时，后来漆色剥落，修修补补不知多少次，阳光一照，呈现出一种浑浊的色泽。

姜夫人的气色相比之前在顺天府署时好了许多。她端着盏红枣桂圆茶，眉梢眼角俱是慈爱，看到陆琨笑得格外开心：“来找澈儿的吧？被他爹盯着练字呢！好好一手字，这一年没碰笔，都糟蹋了。”

陆琨想起狗头上的“陆琨”二字，深以为然。

姜夫人十分待见这个收留过幼子的青年，特地唤了个青衣丫鬟给陆琨引路去找狸奴。

狸奴有个单独的小院，窗下一泓清水浇灌松柏，内里横向三间，从左往右依次是卧房、小厅和书房，之间用花罩隔开。姜御史对小儿子是极上心的，书房除了窗下条案，占据空间最大的就是两侧与墙等高的书架，塞满了各类典籍。

陆琨进去的时候，狸奴正趴在案上一笔一画写字儿，眉头皱成一团。一身燕居常服的姜御史站在他背后，捋着山羊胡，同样皱着眉，十分严厉。

陆琨走近了一瞧，差点笑出来。但见条案上散了一堆写废的纸，看得出是临摹沈度的“台阁体”。但不同于沈体的雍容矩度，狸奴的字仿若狼奔豕突，好好的小楷，愣是让他写得杀气腾腾。

看见陆琨，狸奴仿佛看见了救星，当即嚷了一嗓子：“我不想看时文——”

姜御史气得冒烟，戳着他脑门恨铁不成钢道：“不习台阁体，不看时文，你怎么参加科举？你都十七了！”

陆琨连忙劝说：“狸奴……不是，姜澈身体还没调养好，科举的事情不急。台阁体虽是官场必习的字体，但这些年来也没少遭诟病。晚辈听说现在年轻人多喜欢吴门三家的字，您不妨……”

姜御史更火，回头怒吼：“他们仨不考科举！”

陆琨后半截话硬生生从嗓子眼憋回了肚子里。

虽说文人多不待见锦衣卫，可陆琨毕竟救过狸奴，又自称晚辈，姜御史也不好摆冷脸。再加上当着外人的面儿，得给儿子留脸，他便大袖狠狠一拂，走了。

姜御史一走，狸奴立即跟被抽去骨头似的瘫在条案上，直着眼，奄奄一息：“你知道我爹最近在让我背什么吗？他向翰林院借了历年进士的科举试卷，说比市面上卖的时文还要好。不光背，还得用台阁体默写出来……这我还不如在你家待着呢！”

陆琨向他投去同情的目光，望子成龙乃人之常情，他也不好说什么。

趴了一会儿，狸奴忽然惊叫一声，转头看他道：“锦衣卫里有书吏啊，你一个武官，怎么也练了一手台阁体？”

陆琨的字，毫无特色，就是规规矩矩的应试小楷，唯有转折处才能看出些硬朗。

他拉了把圈椅坐下，淡淡道：“我八岁就被义父收养了。”

陆琨的父亲算是陆家远亲，又兢兢业业给陆炳当了半辈子心腹，死前托孤，陆炳重义气，二话不说就认了陆琨做义子。年轻时，陆炳是见识过文人势力的实力的，为了陆琨的将来，也曾请了翰林院的名师教授义子。无奈陆琨着实不受文曲星待见，一看四书五经就头疼，死记硬背还行，文章却写得平淡至极，也就能过童生试。

一来二去，经义没学出来不说，好好的孩子还被磨去了棱角，规规矩矩，灵性尽失。陆炳一气之下，送走了众位名师，任由义子走武举了。

狸奴心中一动，之前住在陆琨小院时，自己曾喊他“陆夫子”，也问过他怎么那么板正，陆琨那时就可以顺势解释的，可他什么也没说，现在却一一道来，为什么？

仔细一想，狸奴便明白了。当时他寄人篱下，与陆琨幼时经历别无二致，陆琨八成是怕他触景生情，心里不好受。

姜夫人很感激陆琨替她找回儿子，不由分说强留他吃了晚饭，临走又塞了一堆自家做的腊肠、蜜饯、米酒等吃食。

姜御史这人，不擅长场面上的事儿，跟熟人一起坐席还行，碰上个不熟的，只会一杯杯灌酒。陆琨走的时候，堂堂一个武人，脚步都有点飘了。

陆琨迷糊了一路，直到看见家里的橘黄烛光，挣扎着上了床，方如愿与周公会了面。

夜色浓黑，浩瀚苍穹遍布星子，大明辽阔的疆域渐渐陷入沉眠。有的地方飞雪连天，有的地方则已显露了春天的气息。

子夜渐渐来临，静谧的夜唯有北风在呼啸，掠过一川沙石，掠过积雪山巅，掠过佛塔上的铜铃。

陕西华县，位于秦岭东部，渭河以南，倏忽山石滚落，“扑通扑通”接连砸入水中。

这似乎只是一个信号，刹那间，地动山摇——地震了。

漫无边际的屋宇在一瞬间悉数倒塌，烟尘直上云霄。黄土漫漫，突如其来的重量覆压无数窑洞，多少人还在睡梦中就停止了呼吸。

山川震眩，声析江河，巨大的裂缝自平川绵延，地下泉水喷涌而出，活蹦乱跳的游鱼甫一接触到冰冷外界，顷刻冻得僵了。

月，朦胧无光。

山西、陕西、河南等地同时被死亡阴影笼罩，万马奔腾之声不绝于耳，山石惊落，河流为之改道。

兵部尚书杨博的家乡山西蒲州，城墙缓缓开裂，重重砸入尘埃。天灾之下，王府与官民的房屋再无区别，尽数坍塌。

不知是哪里翻倒的长明灯，点燃了织物，熊熊烈火在朔风的助虐下，极速吞噬着残存的建筑。惊醒过来的大明百姓四散溃逃，小孩哭声、女人尖叫声、男人斥骂声不绝于耳。

可是，大半个大明都被波及，仅凭两条腿能逃到哪里去呢？

陆琨是被猛烈的震颤惊醒的，他来不及思考，挣扎着扯了一件外袍就往外跑。夜色中，巨大的轰鸣声从四面八方传来，犹如猛兽撕咬前的怒吼，声声震荡人心。冬眠的鸟兽苏醒过来，发出绝望的嘶鸣；夜枭划破天空，带着不祥的气息。

厢房的门被大力撞开了，张叔扛着睡眼蒙眬的张婶，赤着脚就跑了出来。

冷风一吹，张婶眼睛半睁，破口大骂道：“死老头子，大半夜的……”

又是一记震颤袭来，大街上的哭号生生盖住了她的怒骂声。张婶激灵灵打了个寒战，彻底清醒了。

夜，还在继续，来自鬼门关的震颤，一记接着一记，令人惶惶不安。

张婶直着眼，茫然四顾，发出极轻的疑问：“大明……这是怎么了？”

大明，这是怎么了？谁知道呢，人祸之后就是天灾。莽莽疆域，陷入山川悲凄之中，多少繁华俱风流云散了。

嘉靖三十四年十二月十二日子时，数九寒冬，天地同悲。

2

朝阳从烟尘中缓缓升起，灰蒙蒙的，不复以往。

京师还好，只是虚惊一场，陕西、山西等地却是沧海桑田，哀鸿遍野。

有的地方衙门毁于地震，官吏横死，消息至今没有传来，救灾也无从谈起。唯一值得庆幸的是，此时是五九时节，卡在万物复苏之前，尸体腐烂速度缓慢，降低了暴发瘟疫的可能；但天寒地冻，也增加了救火的难度。

锦衣卫不必参与赈灾，却要担负起治安要任。陆琨粗粗交代了下属，他们这段时间的任务分三项：一是防流民；二是防谣言盗匪，以及奸商哄抬物价；三是防邪教趁乱而起，大收信徒。

节前的热闹气氛被天灾冲击得烟消云散，没人再去抱怨忙碌，每个人都忧心忡忡。

各地余震的消息还在陆续传来，更为今年的年关蒙上了阴影——无数人陷入朝不保夕的恐惧之中。

来自关中的幸存者，蜂拥入京，似乎帝王所在，方是最安心的地方。

对于能不能放灾民进城，文武百官争吵不休，各有各的考量。最后双方互相退了一步，商定由顺天府、户部、工部联手在城外设粥棚和临时安置点，灾民最多可以进外城，还要反复验过路引等，更不得携利器。

顺天府在大兴、宛平两县的养济院收容了无数老人，早已远超负荷，城墙下、各大寺院以及富户农庄，都塞满了来自四面八方的灾民，有的人还能看出悲戚之色，有的人却早已麻木。

这日清晨，朝阳门附近，等待出入的百姓排成了长队。米粥的甜香味飘来，在寒冷时节格外诱人，引得百姓窃窃私语，猜测朝廷这回开了几个粮仓。

队伍中有一个头戴忠靖冠、紫貂暖耳，身披青貂大氅的青年。只见他浓眉小眼，腰背微微有些伛偻，带着些郁郁不得志的意味。他闻了闻米粥的香味，忽然对身后身披紫貂大氅的中年人嘟囔道："孤忽然想吃东华门的点心了。"

紫貂中年人颌下美髯梳得整整齐齐，身材高大，声如洪钟，尽管刻意压低了声音，还是跟平常人说话声量差不多："臣这就派人去买。"

青年想了想，咂咂嘴，又自顾自摇头，喃喃道："算了，一盒要五六钱呢！能买好多米面了。"

中年人张了张嘴，生生吞下了劝他的话，在他半旧的青貂大氅上扫过，心底叹了口气。皇子不得宠，比普通人家生活得还要艰难。堂堂王爷，竟也掰着手指头算起柴米油盐酱醋茶来了。

自从庄敬太子去世后，嘉靖就愈发笃信"二龙不相见"的谶语，非但没有封三皇子朱载坖为太子，反而让其与四子朱载圳同日双双出邸，前者封裕王，后者封景王。景王的母亲卢靖妃得宠，父子之间有事也能代为转圜；而裕王的母亲杜康妃于嘉靖三十三年正月薨，皇帝下旨命裕王“斩衰服三年，当避君父之尊”，连儿子为母亲服丧三年的资格都被剥夺了。

同样是王爷，三皇子裕王日子过得紧巴巴，连应领的俸禄都得求爷爷告奶奶才能拿到手；而四皇子景王，因为严嵩看好，其余大臣也跟着捧着惯着，手头阔绰，府邸和服色与裕王几无差别。

景王，觊觎太子之位，也不是一日两日了。

城门口的青貂青年正是裕王，而紫貂中年人则是裕王府侍讲高拱，人称高大胡子。

好不容易出了城，只见城墙下挤满了最新一批刚刚抵达京师，还没被安排进窝棚的灾民，一个个风尘仆仆，满面菜色，大冷天的只能瑟缩着取暖。有个十二三岁的女孩耳朵被冻破了，结了厚厚的血痂，约莫是没处理好，化脓溃烂，导致女孩靠近耳朵的头皮也跟着遭殃，秃了一块。

她眼巴巴注视着那些衣冠楚楚的贵人，从没像现在这般渴望着锦帽貂裘。

大约是她的目光太热烈，终于让裕王察觉到了。他转过头来，看向女孩，眼中流露出怜悯之色，低声问高拱：“顺天府不是已经在安置灾民了吗？”

高拱捋着胡子叹气道：“那么多地儿遭灾，听说死了几十万人，哪有那么快啊！”

“那他们怎么过冬呢？”裕王心生不忍，打量着女孩的伤处，声音有些喑哑，“都侥幸逃到了京畿，若还受冻饿之苦，加重伤病，岂不是太……”似乎觉得这有毁谤朝廷之嫌，裕王这后半截话终究没说出来。

女孩还在盯着裕王头上的暖耳，目光痴缠。

裕王忍不住走过去，从袖中掏出手炉递给她，温声哄道："暖暖手就不冷了。"

黄铜手炉，木瓜大小，遍布云龙海兽纹，已被主人摩挲得出了包浆，光滑浑圆。

天寒地冻，手炉对女孩有着致命的吸引。她不停地吞咽口水，迟迟不敢去接，颤巍巍地抬眼望向他。

温和的青年，目带怜悯，没有丝毫不耐烦。

女孩双手颤抖，伸出半截，福至心灵，"扑通"一声跪倒在地，细声细语问道："公子您，您需要丫鬟吗？"她渴求地望着裕王，吐字清晰："婢子什么都会干，能识字，会女工，还……习过武。"

裕王直起腰来，打量着女孩，神色淡了下来："哦？看来还是出身殷实之家。"

女孩局促地拉了拉自己有些脏污的白绫小袄，难堪地低下头去。

裕王没再说什么，将手炉揣回了袖中，招呼高拱回城。

高拱颇觉欣慰，连连点头："殿下稳重了，仁心不能滥发，像这种来历不明的女孩，还是远离些好。"

在他看不见的地方，裕王唇角现出一抹笑意。

高拱路过粥棚时，过去看了眼，粥倒是浓稠，但僧多粥少，很多小孩围着大锅叫成一团，甚是凄惨。他回来小声问裕王："殿下，府里可还有余粮？"

裕王心中一动，掩唇提醒他："施粥固然好，可父皇会……不悦吧？"似乎觉得不好，他生生将"忌惮"二字转了弯。

高拱不以为然，劝他："眼下皇上和陆文孚在宫里祈福，顾不上外头。朝廷施粥赈灾不及时，得让多少灾民受冻饿之苦？殿下，赈济灾民，乃是仁者之风啊！"

裕王有些心动，又顾忌着皇上的感受，踟蹰着道："那，那让孤想想，好好想想……"

高拱流露出满意的神色，大乱亦是机遇，这可是收买人心的好机会。

北风呼啸的城墙下，白绫小袄的女孩将自己缩成一团，暗自后悔。若刚刚不是那般莽撞，没准儿还能得个手炉，暖和一下，可如今……她叹了口气，又想起了自家在一瞬间坍塌的三进院落。全家七口人，只剩她一个了。

就在这时，头顶一片阴影垂下，女孩茫然抬头。

青衣男子看不出年岁，面目普通，他从袖中掏出了一只手炉，黄铜材质，云龙海兽纹。

接着，只听他淡淡道："跟我走，能吃饱饭，穿暖衣。"

女孩霍然转头望向城门，那位公子，答应收她了？

青衣男子漫不经心地问她："你叫什么名字？"

女孩心情激荡，同时又有些恐惧，她瑟瑟地回答："沈鱼，鱼袋的鱼。"

"哦？看来还是书香人家。"青衣男子将手炉放到她手里，唇角带出一抹玩味的笑。

暖，真暖！沈鱼双手捧着手炉，闭上眼颤声问："那位公子，想让我做什么呢？"

这一路上的磨难，让这个天真的女孩真切意识到，世上没有白拿的好处，想得到什么，总得付出些东西，才能安心。

朝阳攀上城墙，照着这惨淡光景，沈鱼摩挲着手炉，苦苦一笑。

忽忽数日过去，朝廷基本摸清了地震的情况，十个省、九十多个县，均遭到了不同程度的破坏，八十多万人，弹指间灰飞烟灭。

兔死狐悲，物伤其类，京师百姓逐渐习惯了灾民的存在。

近来，裕王听从高拱的建议，让人运了米粮，在朝阳门和东便门附近支起棚子熬粥施粥。下人们很会办事，不吆喝、不张扬，但随粥会赠送一块小酥饼，客客气气来句：“这是裕王妃亲上道观求来的，吃了能消灾纳福。”

几天的工夫，灾民中就传开了：裕王府家的粥棚是受三清仙尊庇佑的。

失去一切的绝望中，稍微有点亮光，人们就会迫不及待抓住，无论这个亮光是不是虚无的。

在朝中备受冷落的裕王，在民间声望却直线飙升，成了救苦救难的代表。

然而，无论是虚情还是假意，裕王所得到的回馈着实触怒了另一方……

京师，东安门外，十王府。

景王府朱墙碧瓦，松柏成荫，建筑用具遍布蟠螭纹，丹漆门上的铜钉用金粉刷涂一新，煞是赏心悦目。

此时红绡低垂的寝殿内，不时传来瓷器破碎的声音。

又一只龙泉窑的花瓶砸在地上，眉目俊朗的青年抬手拽了拽云肩通袖暗绿道袍的领子，暴躁低吼：“整天到处哭穷，施粥的时候倒有钱了？充什么好人！”他团团转着圈，冲窗下背对着他的斗篷人影怒道：“你倒是给我想想办法！”

斗篷人个子不算高，比较清瘦，正坐在醉翁椅上修指甲。窗户关得很严实，冬日不甚强烈的光线透过灯笼锦窗棂间隙漏下来一星半点，犹如水墨画上的留白，清清淡淡的，映得他有些缥缈。

他小心地吹掉指甲屑，懒洋洋笑道：“你紧张什么？咱们这位皇帝，乾纲独断。谁越得民心，谁死得越快。”

景王一怔，冷静下来，整了整道袍，在螺钿榻上坐下，十指交叉，迟疑道：“可是，可是朱载垕有儿子，皇长孙！”

斗篷人伸出一根纤细的食指摇了摇，提醒他：“你见过出生俩月都不敢剪发，没得到任何封赏的皇长孙？我听说当初礼部让群臣上贺表，差点让皇帝拦下来。”

景王先是快意地笑，而后又烦躁地摔打自己的乌纱翼善冠：“隔代人亲！父皇的八个儿子，就只剩我和朱载坖了，他比我还大一个月！我若再弄不出儿子来，父皇迟早得对那个小崽子心软！”

斗篷人跟景王似乎关系不一般，任由对方抱怨个不停，兀自稳如泰山。直到那厢安静下来，他才阴森森道：“你是不是没算过皇长孙的生辰？这可不是什么捷径，而是……催命符。”

皇长孙出生于嘉靖三十四年十月，而裕王的生母薨于嘉靖三十三年正月。

孝期行房，乃是大不孝。嘉靖只说裕王不必三年重孝，却没说他可以弄出个孩子。只此一点，就绝了裕王靠儿子得宠的可能。

景王彻底放下心来，转而又心疼起那些名贵瓷器来，懊恼得连连拍手背。

斗篷人漫不经心瞟了眼，若无其事地道：“找严世蕃要呗！他家有钱。”

日月轮转，京师外的灾民丝毫没有减少的趋势，反而越聚越多，陆琨他们始终不得闲。偏偏正月二十那晚，彗星划破夜空，惊醒百姓无数。城外灾民想起破灭的家园，不由悲从中来，哭啼不止。那一晚，当真过得惊心动魄。

翌日天明，陆琨瞪着两只似被烟熏火燎过的眼睛，一宿未睡安稳的苦闷不知该向谁发泄。最后，陆夫子“咕嘟”一声，将情绪咽回了肚里，任由冷风吹拂。

朝阳门附近城墙下，骤然响起一个男人的惊呼：“爹，娘！你们怎么做了那么多菜呀？”

这个衣衫褴褛的男人仿佛感觉不到冬日的寒冷了。在他眼中，冷硬的城墙渐渐消失，取而代之的是他曾经的家。他好像又回到了从前：在外干了一天的活，踏着月光回到烛光昏黄的小院，双亲做了一桌菜等他，最醒目的是一盘烧鹅。菜香酒醇，母亲慈爱地跟他絮叨今日又替他相了几家闺女……

他当真是狂喜万分，笑着叫着奔向双亲。

然而在灾民们眼中，却是男人一边呼喊着，一边突然张开双臂，直直撞向了墙壁！

陆琨来不及阻止，闷响之后，墙上开出了一簇血花，男人捂着鼻梁痛苦地蜷缩在地上，半晌，才慢慢抽泣起来，呜呜咽咽地呼唤：“娘——我想你——”

这似乎开了个头，一个七八岁的小孩骤然手舞足蹈，跟跳大神似的乱蹦着，嘴里高喊道：“神仙！我看见神仙了！”

两名妇人也不知发了什么疯，因为几句话而厮打了起来，你扯我头发，我撕你衣服，毫无形象地双双摔在地上，又从城墙边一路滚到了道中央。

就在这时，一辆华贵马车疾驰而来，掀起漫天烟尘，而车夫已然来不及勒马，惊得连连呵斥。马车势大力沉，一旦撞上，就是非死即伤的结果！

说时迟那时快，陆琨一个箭步冲上前去，照着其中一个妇人的肥臀飞起一脚，两个妇人嗷嗷叫着滑向路边。而陆琨用力过猛，身体侧歪，也跟着滑出了二尺地，车壁贴着他的头顶呼啸而过，带翻了官帽。

陆大千户在地上几个翻滚，头晕眼花。好在马车在城门口终于停住了。

“老大！”包小四惊呼一声，连忙带人扶起陆琨，一边帮他拍打着身上的土，一边呵斥两个妇人，“你俩找死别拉上别人！这可是锦衣卫的千户，为了救你俩有个闪失，你们担得起吗？”

城外的动静太过引人注目，正检视路引的城门守卫不由停下了手头的事情，循声望来。正等在守卫面前身着灰衣的汉子悄然抽回了路引，按紧毡帽，迅速融入了进城的人流里。

陆琨这一下摔得太狠，只觉得半边胯骨都散架了，任由属下架着，好半晌都不敢活动。

这一下子，闹事的基本都醒过神来了，一个个不敢出声，偷偷往人群里躲。马车主人不敢托大，赶紧滚下来不停道歉，又留了伤药，这才离开。

陆琨趁休息的空当扫视四周，不由疑心大起。神志不清的灾民闹事已经不是第一次，这两天五城兵马司和顺天府抓了好几个，情节轻的当场按倒打板子，以儆效尤；暴起伤人的，则押回衙门关起来了。

原地站了一会儿，胯骨的伤痛总算缓解了一点，陆琨一瘸一拐地试着迈步，忽然觉得如芒在背，他豁然转头，胯骨又痛得他狠狠一皱眉。

同时他也寻到了那根芒刺——狸奴。

身着锦衣的狸奴此时正端着碗粥，蹲在城门口，看乐子似的上下打量着陆琨。

见陆琨看过来，他甚友好地挥挥手，亮晶晶的眼里分明还闪着促狭。

陆琨啼笑皆非。他一步一步地挪过去，看着对方手里那碗粥，再看到青衣小厮拿锦帕垫着酥饼过来，登时气不打一处来："你！姜小官人，您家什么山珍海味吃不到啊？犯得着与民争利，跑来抢这口吃的吗？"

"我喜欢！"狸奴笑眯眯地斜睨他一眼，捧着做工精良的瓷碗，慢条斯理地喝了一口赈灾的粥。

陆琨气得越发想揍这小子了，抬手就想给他一下子。手还没等挥起来，他人就愣住了，只见那粥里竟然有一团黑乎乎的东西。他心里不禁有点奇怪："那是什么？进脏东西了？"

"黑咸菜啊！"狸奴指指粥棚，"裕王府送的，一人一小块。不好吃，腌臭了。"

"那你还吃！"陆琨甚无语，搞不懂这祖宗心里到底在想些什么。

等姜小官人慢悠悠喝完粥，已经是半刻钟后了。陆琨就默不作声地看着这小子把粗食吃出了美味珍馐的优雅，吃完又拿锦帕擦了擦嘴，笑眯眯招呼身边的小厮何勤走了。

陆琨眼睁睁望着两人闲庭散步般走回城内，良久一抹脸，认了。

3

城门外的纷乱渐渐平息，刚刚趁城门守卫不注意混进城的灰衣汉子在街边徘徊着。兴许是为了找活计方便，他衣衫较别人干净些，如果不是那一脸菜色，真看不出是灾民。

汉子很健壮，裸露在外的小臂隐隐隆起，一使劲就青筋毕露。然而仔细看去就能发现，这人双眼无神，浑浑噩噩，似乎是牵线木偶一般行走着，根本不知道自己在做什么。

灰衣汉子茫然扫视四周——这京师连地面都比他们那里平整，来往俱是衣冠楚楚的士大夫。街边店铺腾腾冒着热气，又是一笼白嫩嫩的蒸卷端出，排队的百姓哄然叫好。不远处飘来烧肉的香味，混合了蒜面的辛辣味道。

隔个十几步，就是脂粉铺子。节后铺子来了新货，衣香鬓影，春笋似的纤指从画眉石、玉华花粉、荼蘼露等琳琅满目的物件儿上掠过，姑娘们轻声细语，极讲究体面。

汉子吞了口口水，满眼羡慕。他的孩子，生生饿死在半道上；他的婆娘，跟了他半辈子，都没闻过敷面用的蔷薇露是个什么味儿！

世道，是如此不公。

几步开外，狸奴刚从小吃铺子出来，捧着桃花烧卖边吃边走。前方一两岁的小孩闻到香味，挣扎着从母亲怀里探出头来，啃着手指冲一旁的狸奴咿呀叫唤，却只得了一记鬼脸，登时气得直拍打母亲肩膀。

青衣小厮何勤手捧瓷碗，苦着脸跟在狸奴后面，埋怨道："小官人您又不好好吃饭，回头小的该挨骂了！"

"你不说不就得了。"狸奴不以为意，抬头看见顺天府的衙役正在开道，连忙往街边让了让，随口交代何勤，"就说我在陆义择家里吃的。"

恰巧，莫名担了责的陆琨刚收了队往城里去。

前方似有贵人过来，路上行人纷纷往两侧躲闪，灰衣汉子被裹挟着走了几步，顺势收敛了打量繁华街景的目光，不甘与怨愤的神情慢慢浮现在他饱经风霜的面庞上。

他转头向前方望去，只见街上影影绰绰荡来一顶青幔官轿，颜色那么鲜亮，用料那么讲究。大红的官衔牌映入眼帘，"顺天府尹"四个大字是如此刺眼。灰衣汉子陡然血灌瞳仁，就是他，就是这个狗官，下令把灾民们都拦在城外！

就是他，让灾民与这繁华隔了条天堑……他，该死！

灰衣汉子伸手握住了怀中的短刀，猛然推开面前碍事的妇人，以悍不畏死的架势冲向官轿！

妇人被他推得向侧面扑倒，偏偏她怀里抱了孩子，腾不出手来撑地。狸奴就站在妇人身边，也被带得一个趔趄。本来是躲得开的，但小孩天真无邪的笑脸令他心中一软，傻了吧唧伸手去接，却忘了自己弱不禁风——母子俩齐齐倒在了他身上，砸得他差点背过气去。

此时，灰衣汉子距离官轿还有三步远！

而十步开外，是雁翎刀锵然出鞘的陆琨。

回避牌和官衔牌摇晃欲倒，银样镴枪头的衙役虚张声势，短刀的刀尖已然挑到了轿帘！

“住，住手！”青衣红罩甲的捕快双手挥舞着铁尺去卡短刀，只是他大概是被灰衣汉子的凶悍劲儿吓破了胆子，双手不住颤抖，两柄铁尺都没卡住短刀，却令汉子的攻势稍顿了顿，给陆琨赢得了时间。

陆琨足下生尘，雁翎刀狠狠砍向汉子右肩。

汉子竟不躲不避，径自扑向轿中！

眼看顺天府尹就要命丧于刀下！

说时迟那时快，原本赶过来要扶狸奴的小厮何勤急中生智，转而助跑飞身撞向轿子，撞得连人带轿一股脑儿翻了开去，两侧抬杠带倒了灰衣汉子和陆琨。

但见汉子一门心思往轿子里钻，站不起来就用爬的。陆琨情急之下，一个虎扑按住他，倒转刀柄狠狠砸向其后颈。

砸了两下，汉子慢慢回过头来，双眼赤红地盯了他一息，仰头栽倒，晕了。

热汗混杂着冷汗沁透棉衣，陆琨踉跄站起来，去掀轿帘。

直到此时，轿中才传出顺天府尹高耀的呻吟声。高府尹，一个四体不勤的文官，骤遭重击，着实摔得不轻，整个人在轿子里扭曲成一团，哼唧了半天愣没喊出一个字儿来。衙役们七手八脚地将他扶出来，只见他乌纱帽歪戴着，官袍袖子一边高一边低，金镶雕花银母革带不知何时被挣断了，跟两截尾巴似的垂在腰侧，委实狼狈得体面全无。

包小四他们一拥而上，拿麻绳把灰衣汉子结结实实捆了，左右张望了下，问陆琨道：“咱们带回去，还是交给顺天府？”

陆琨看高耀没什么大事儿，笑笑：“顺天府地面上的事儿，还是交给大京兆吧！”

明人好用古称，如顺天府尹称“大京兆”，都察院左右都御使称“大中丞”，尚书称“院长”。

高大京兆气息奄奄，任由一众衙役搀着，有气无力地颔首道：“有劳、有劳陆千户了。”

何勤之前趁着场上混乱，没人注意自己，偷偷溜回去拉开妇人，扶起不停翻白眼的狸奴。这会儿，他正帮着狸奴抚胸顺气儿，顺了一阵子，狸奴才长长吐出口气，喟叹：“砸死我了——”

何勤小声埋怨：“您也是，连桶水都提不动，还去给人当肉垫，这不添乱嘛！”再一回头，好嘛，妇人居然早不见了踪影，这下他看狸奴的眼神分明带了怜悯。

一切尘埃落定，陆琨踱过来看着半死不活的猫祖宗，啼笑皆非道：“就你这小身板，逞什么能啊？”

“行行行，我逞能，我活该，我不该救人，行了吧！有完没完了！”狸奴被砸个半死，没人安慰不说，反遭了两通数落，登时一肚子邪火都朝陆琨发去。

陆琨一愣，不由失笑：“人不大，脾气倒不小！行了，张婶晚上做鱼汤馄饨，跟我回去？”

狸奴想起张婶的手艺，不由口舌生津，舔舔嘴唇，毫不犹豫地点头。何勤在他身后扶额，小声提醒：“咱家今晚烧鹅！”

大明初期，物资匮乏，有“御史不食鹅”的说法。后来国力日渐强盛，鹅肉从美味降为了常味，可古板的姜御史仍执拗地遵循古训，家里难得杀次鹅。

然而，狸奴饮食上似乎也和猫差不多，对猪肉、牛肉、鹅肉统统兴趣不大，就爱吃青菜叶子和水产。

陆琨一瘸一拐地回到北镇抚司，身后跟着同样一瘸一拐的狸奴。而端着碗的何勤，只得留在原地自个儿惆怅。

北镇抚司的房子够坚挺，大震之后基本没怎么受损，暂管北镇抚司的指挥同知阎庭用很小心，唯恐一帮子有背景的千户百户遭了难，特地叫了工部的人过来检修。陆琨带狸奴进来时，正赶上役夫检查值房梁柱，弄得乌烟瘴气，两人只好躲在廊下说话。

正聊着，陆琨的副千户庞忠戍拍打着袍子上的尘土，气急败坏地大步过来嚷嚷："这日子没法过了！一上午，拉了四五场架！咱们是锦衣卫，又不是顺天府的衙役，啥都得管着！"

狸奴抬袖子扇开灰尘，白他一眼，没好气道："你还知道自个儿是锦衣卫呀？拉什么拉，按住打一顿不就得了？"

庞忠戍僵立当场，偷偷摸摸地瞅着顶头上司。

陆琨照脑门拍了狸奴一记，瞪他道："我下的令。本来灾民就容易乱，再逮谁揍谁，不怕激起民变啊？"

狸奴这无法无天的性子也不知随了谁，张嘴一句话，让陆琨这个锦衣卫听了都震惊。

庞忠戍刚刚而立，家里有老婆孩子要养，总是一副干劲十足的样子，恨不得一天八个时辰泡在镇抚司，可惜陆琨兜里没钱，没得赏。

庞副千户琢磨了下，迟疑着问："你觉不觉得这个有点像边军的癔症？我听说有的边军会集体鬼附身，大晚上的尖叫号哭，打架点火，拦都拦不住。每次出这种事，都要杀得血流成河才能遏制住。"

陆琨面色也凝重了起来，他听封神医说过，长期郁郁不乐或骤然大悲大喜，是有可能触发癔症的。怕就怕，一个人犯，一群人都跟着犯，到时候京师乱成一团，惊动了上面，可就麻烦了。

思及此，他半刻不敢耽搁，提溜了狸奴上马，急忙便往大时雍坊赶。待半道放下狸奴，让他自己回小院，陆琨便催马去了锦衣卫指挥使司。

不巧，陆炳又被皇帝召去修玄了，陆琨直接找陆炳说事还能当作父子交流，可要再找别人，就免不了越级汇报的嫌疑。但这事又不能等，急得他直挠头。最后只得又回了北镇抚司，将自己的担忧跟阎庭用说了下。

阎庭用吃了一惊，连连摆手："我就想一辈子安安稳稳这么过来，你可别吓唬我！"

"我吓您干吗？"陆炳摊上这么个不求有功但求无过的上司，也无奈，"您说我们一天到晚光拉架了，万一京里有什么事儿，都腾不出人手。"

按理说，堂堂指挥同知过来管镇抚司未免有些憋屈，但如今已不是大明初年严格筛选人手的时节，锦衣卫早成了封赏和荫袭的首选之职，人员严重超编。譬如陆炳升左都督后，依然执掌锦衣卫，那么其他人的职权只能依次下移，阎庭用就是这种情况。

阎庭用这人没什么野心，知道陆琨后台硬、受器重，北镇抚司的事情，向来能交给他，就交给他，美其名曰历练年轻人。这会儿陆炳不在，陆琨找他拿主意，他反而有点不知所措。

陆琨只好提醒他："要不，您跟太医院的人先商量商量？看他们能不能派些医术好的御医给灾民们治治病？"

"让御医去给灾民看病？"阎庭用两眼一瞪，"我的陆公子，您真当咱锦衣卫无所不能了？有惠民药局的官医还不够？知足吧！"

与太医院的高冷不同，惠民药局面向的是普通百姓，每逢大灾大难，总能见到他们的身影。宋元时，药局还能靠朝廷贴补，但到本朝因着诸多问题，惠民药局便慢慢没落了，多半还要靠经营者自筹经费，官医水平可想而知。

这老大哥挠了挠头，挥手打发陆琨："你先忙你的去吧，我想想办法，实在不行往内阁里推。这本来就该他们文官管！"

得，这指挥同知当得可真轻松，小事交给陆千户，大事请示陆都督，烦事直接推给内阁。

就这么来回折腾几遭，转眼就到了散值的时间。包小四带队回来，一听张婶做鱼汤馄饨，也闹着要跟过去吃，还特意上街买了几包卤味。

到了住处，包小四提着大包小包，十分殷勤地去开门。院门甫一打开，一道人影倏忽从屋里冲出来，以迅雷不及掩耳之势扑向茅厕，速度快得几乎能在眸子上留下残影。

陆琨愣了下，才反应过来那竟是能躺着绝不坐着，能慢走绝不快跑的狸奴。

张婶举着汤勺从厨房里冲出来，慌慌张张地大喊："是不是又拉了？你这孩子，怎么就不知道悠着点呢？"

"这怎么了？"陆琨连忙拉住张婶，浑不知他不在的这段时辰发生了什么。

张婶有些懊恼："隔壁吃锅子嘛，人家拿茱萸和花椒熬了点油，里头还撒了芝麻，闻着挺香。狸奴说他没吃过，我看他馋巴巴的，就去要了一小碗，给他拌馄饨吃。谁知道这孩子没个节制，一碗馄饨拌了半碗辣油……就这一小会儿，都跑了三四趟茅厕了！"

陆琨有些哭笑不得，这大约就是传说中的要么死不吃，要么吃到死吧？

听张婶提到锅子，陆琨忽然想起前段时间安排给包小四的差事，遂小声问他："邓总旗那张文券，你最后怎么处置的？"

一说起这茬，包小四整个人都洋溢着自得："老邓把文券藏枕头里边了。他家那黄狗有个破毛病，一喝黄酒就撒尿。我就趁老邓不注意，给它喂了点，然后赶到炕上去了……那枕头湿了不得在灶前烤烤嘛，偶尔蹦个火星点着它也是有可能的，对吧？"

陆琨听完沉默了良久，有点无奈地问："你那天许诺校尉们吃锅子，花了不少钱吧？"

"对啊！小半月的薪俸呢！欸？"包小四骤然反应过来，痛心疾首、捶胸顿足，"亏大发了啊！我还拎了瓶好酒上门！早知道……

只需要烧了枕头，然后我悄悄拿走文券……”

事实证明，包百户的聪明果然只是灵光一现，大多数时候蠢得一塌糊涂。

陆琨和包小四晚饭过半，狸奴才扶着墙从茅厕里挪出来，腿软得几乎站不住。陆琨一瞧他这样，哪还敢让他回去，连忙让张婶将他之前的房间收拾出来，留狸奴住下。

张叔把炕烧得太热，狸奴半夜渴醒，不得不迷迷糊糊爬起来找水喝。路过陆琨房间时，他看见里面竟还亮着烛光，好奇心大起，顺手就推门进去了。陆千户正拿着张残信研究：精细的竹纸，光洁白韧，边缘带着烧焦痕迹；烛光昏黄，柔和了瘦金书的锋锐。

陆琨转头看见他，吓了一跳："大冷天的，你干什么？"

眼下还没回暖，少年却只穿着白棉里衣，披着件外袍就跑了出来。

狸奴把空杯子给他看，满脸都写着不高兴。陆琨除了爱干净，日子过得实在有些糙，他并没有添置富贵人家常备的热水壶，晚间想喝热水只能现烧。陆琨接过杯子，将狸奴赶到炕上，披衣去了厨房。

一俟他离开，狸奴就跳下炕去看那张残信，"鱼肠"二字一笔一画，格外清晰。

他随手拿起桌上的烛台，悬在了残信上方。

只要手一抖，打翻了烛台，这张信就再无存在的可能。

这种东西本应封存在锦衣卫官署某个不见天日的小黑屋里，然而此时却出现在陆琨的案头，说明雾灵山未尽之事并没有惊动太多人，很可能是陆琨私下里在查。而他所掌握的证据，也许只此一份，甚至都没有临摹品。

门扉"吱呀"开了，狸奴心脏猛然提起，手一抖，灼烫的烛泪泼了他一手。

"小心！"陆琨眼疾手快，从他手里移开了烛台，看看残信没事，随手夹进书本里，就去拉狸奴的手。

烛泪已经迅速凝结成块，艳丽异常。

陆琨小心地剥开蜡块，看看皮肉已经泛红，衬得白皙手背有些刺目，不由数落：“你这好奇心怎么那么重呢？瞧瞧，都烫红了，疼不疼？”

狸奴回过神来，倏然抽回手，惊魂未定地强笑了一下。

陆琨叹了口气，将狸奴推回被窝，就翻箱倒柜找出了治烫伤的药给他抹。

直到手背覆上清凉，狸奴心绪才定了下来。他忍不住问道：“那是什么？半张破信，你当宝贝似的藏着。”

陆琨笑笑，随口掩了过去：“一个朋友写的信，不小心烧了，舍不得扔。”

狸奴刹那间觉得无趣极了，明明生活在一个屋檐下，两个人却各有各的秘密，你试探我，我提防你，看似兄友弟恭，实则虚伪至极。

厨房铁壶里的水开了，热气腾腾的开水注入茶杯，水雾氤氲在寒夜里。

这一场无声的交锋，也就此落幕。

4

晨星零零落落地悬在头顶，天还蒙蒙黑，大时雍坊就响起了嘈杂的声音，居住在此的大明官员准备上朝了。

夜漏未尽，鸡尚未鸣，街上少有平民百姓，俱是官员仆役在赶路。夜色中有薄薄的雾气飘浮，前晚地面湿了水，已凝成了冰，琉璃似的，晶莹剔透，踩上几脚就龟裂开来，呈现出白色的蛛网纹路。

路上很黑，公侯高官自有仆役提灯照明，唯独苦了囊中羞涩的底层小官，挤挤挨挨地在路边等一段时间，才勉强借着别家的灯光赶路，直到皇城在望，他们才纷纷松了口气。

承天门外，相熟的大臣三三两两聚在一起闲聊，有怕冷的则缩在暖轿里，待听到开门的信号才出来排队。门前有专人提了灯笼候在一旁，一看到王公部堂，便会上前为其照明引路。

皇城内除非皇上恩赏，任何人不得骑马乘轿，只准步行。春秋还好，寒冬盛夏就苦了一帮耄耋老臣。而得皇帝特许，骑着高头大马直入宫门的李默便有如鹤立鸡群，格外招人眼红了。

社稷坛与太庙的轮廓隐于夜色中，午门逐渐在望。负责守门的锦衣卫手持磁石在大臣们身上扫来扫去，若有人身上吸出铁器，虎视眈眈的锦衣卫就会一拥而上，将此人拿到附近值房中检查。

一切正在有条不紊地进行，天际隐隐现出一线白。就在这时，承天门外倏忽冒出一抹亮光，门口的守卫好奇地望了眼，很快就收回了目光。

他想，大约是谁在点手炉吧？

然而这光点猛地扩大，急速划成几条发光的弧线，挟着“滋滋”的声音，倒映进了他的瞳仁中。

直到此时，他才后知后觉地反应过来，魂飞魄散地发出一声嘶吼：“闪开——”

光串自他头顶划过，有那么一星两点掉落在他腮边，令他浑身一颤——是烫的！

几乎是压着守卫的尾音，“噼里啪啦”的声音在王公大臣中间炸裂开来，犹如故事里璀璨夺目的火莲，遽然绽放！

那黄红相间的亮光刺痛了守卫的眼睛，他忍不住闭上了眼，然而耳畔却又传来了“刺刺啦啦”的声响。

第二道亮光划过，被诸官簇拥在中间，白发苍苍的严嵩瞪大了眼睛——燃烧的鞭炮不偏不倚，砸进了承天门内当今第一等高官们的队伍。

两串清脆的炸裂声此起彼伏，那叫一个红红火火！

刺鼻的硝烟味儿迅速扩散开来，让人分不清眼前飘的究竟是烟还是雾，蓦然加重了诸官的恐慌。严嵩还能勉强撑住，有几个心肺不太好的老官，一口气没倒腾上来，当场晕厥了过去。尖叫声和呼救声压过了锦衣卫高呼“肃静”的声音，官员跟无头苍蝇似的抱头鼠窜，平日里的体面一扫而光。

一时之间，谁也说不好这鞭炮是冲严嵩来的，还是冲着别人，这说不清道不明的情势，更让人不得安心，都在没命奔逃。

值此关头，最安全的就是皇城，无数人向午门蜂拥而去，骇得锦衣卫连忙拦住门阻止，这么一冲一堵，矛盾更是一触即发。文臣并肩而上，颇有当年在朝堂上将锦衣卫指挥使马顺殴打致死时的架势。锦衣卫哪曾受过这种鸟气，当场抽出带鞘雁翎刀威胁他们后退。

屋漏偏逢连夜雨，就在这千钧一发之际，皇城西面烟炎张天，火光伴随着喷薄的朝阳冲天而起。

皇城西大街的红罗厂，着火了！

这意味着，在这春寒料峭的时节，宫中所用红罗炭，可能要断了——更严重的是，与之一墙之隔，是皇帝居住的西苑。

昨天刚被刺客吓出高烧的顺天府尹高耀终于撑不住，紧随几位老大人之后，直接晕倒在地。闭眼前，他满脑子都是一个想法——这破府尹谁爱干谁干，老子宁可降职也得走。

从紫禁城出玄武门，过护城河，向西一直走，与皇宫隔着金海遥相对望的就是西苑。尚浮了薄冰的池上，北有琼华岛，南有钓鱼台，玉河桥横跨金海，连接东西。

西苑经过历代帝王的维护，遍布亭台楼阁。此时虽未转暖，苍翠奇葩依旧不绝，比之紫禁城的恢宏，更多了一份精巧。

红罗厂烧红半边天的时候，嘉靖正头戴香叶冠，身披道袍，端坐在斋宫新近建成的紫皇殿中祈福，身边只有陆炳陪着。

熏香袅袅，模糊了皇帝的面部。

枯燥的念经声中，陆炳慢慢睁开了眼睛，神色复杂地打量着对方，有些茫然。他想，求仙问道真的有用吗？像嘉靖这样的，倘若位列仙班，那么多圣贤该往哪里站？

外面不知何时传来了纷纷扰扰的叫喊，隐约可以听到，喊的是“走水”。这乱糟糟的声音惊醒了陆炳，让他从对求仙的思考中重新回归人间。

精心雕刻的殿门“嘭”的一声被撞开了，从嘉靖做世子时就跟着他的宦官黄锦，拖着肥硕的身躯跌跌撞撞地扑进来，“扑通”跪在金砖上，就着这可笑姿势，勉强抬起脑袋喘息道：“走、走水了……”

不必他细说，陆炳已经从敞开的门缝中望到了外面的乱象。他二话不说，背起还在诚心向三清老祖求教的嘉靖就往外冲。

西面，红云压城，艳似朝霞。也不知是大火引起了风，还是晨风助了火势，煌煌赤焰，愈燃愈旺，悍然向宫墙压来。

一人慌，千百人慌，不多时，周遭宫人无不四下奔逃，争先恐后地涌向玉河桥，被人流挤下桥面的不计其数。有人趁乱偷了西苑的贵重物品，有人抛弃了上下尊卑，火灾照耀下，一切诡谲无所遁形。

其实，宫墙高厚，业火未必能跨墙而来。然而，人总是对未知之事恐惧，当火烧到脑门上时，反而没工夫想这些有的没的了。

嘉靖伏在陆炳宽厚的背上，忽然感慨：“那年在卫辉，行宫起火，也是你闯进火中背朕出来的。”

陆炳沉稳的步子稍顿了下，他平静地许诺：“如果有可能，臣愿意背陛下一辈子。”

十七年前，嘉靖南巡驻跸卫辉，半夜行宫起火，烧死宫人无数。一片混乱中，谁也不清楚皇帝被困在哪里，最后还是陆炳冲进火中，背出了他。

嘉靖对别人来说是荣光万丈的天子，对陆炳来说，却是亲同手足的兄弟。别人可以不以死报君恩，他却不能不要自己的手足。

陈年旧事穿透无数暗黄岁月泛上心头，刻薄寡恩的帝王一时有些酸涩，拍着陆炳的肩膀叹息："人皆有所求，朕唯一能交心的，也就是你这个奶兄弟了。"

嘉靖上半辈子跟老臣斗，下半辈子防儿子跟防贼似的，别看他宠信张孚敬，宠信夏言，宠信严嵩，可是臣子和兄弟终究是不一样的。臣子可以想换就换，想杀就杀，但兄弟只有一个。

嘉靖搂紧陆炳的脖子，喟叹道："文孚呀，你得给朕守着这大明江山，万万年。"

早朝的钟声在一片纷乱中敲响了，仿佛有震慑宵小、安抚人心的作用，皇城外渐渐平静了下来。

太阳渐渐升高，直挂天际，照亮了粉刷一新的北镇抚司。救火抓人，忙碌了一早晨的阎庭用送走传口谕的小宦官，忽然明白什么叫搬起石头砸自己的脚了。

昨日他将陆琨关于灾民犯病的担忧避重就轻地写了下来，话里话外都是理当内阁办理的意思。派人送进宫后，他估摸着不是什么急事，等皇帝看到也得一两天，不管怎样，这中间有什么事，就不是锦衣卫的问题了。

谁承想，今早竟然接连出了两件大案！

而正想显示对陆炳信任的皇帝，偏巧被他送过去的东西提醒了，于是这烫手山芋又变本加厉地回到了北镇抚司——皇帝勒令锦衣卫从速从重理清承天门点炮、红罗厂起火两案。

阎庭用沉痛万分地看向得力干将陆琨，异常沧桑地问道："义择呀，你打听清楚了没，都督什么时候能出宫？"

陆琨抹了把汗，真心实意地觉得自个儿最近鸿运当头，不到四个月两起重案，都掠过内阁六部，隔空砸进了他的怀抱。

至于阎庭用，他压根不指望。

果然，阎庭用筹措下言辞，摆出十二分的真诚："年轻人，又受都督器重，得多历练。将来升迁，才能……"

陆琨早就习惯了顶头上司的官僚气，皮笑肉不笑地应声："夏天您中暑，秋天您犯哮喘，冬天您老寒腿，如今春寒料峭，热炕暖炉，柳絮也没飘，您怎么了？"

阎庭用似乎没听出讽刺意味，瘫在官帽椅上，半死不活地呻吟："哎哟哟，这跑了一早上，出了一身汗，八成凉到了，阿嚏——"

陆千户背负着指挥同知的殷切希望，讨了方便行事的权限，走出北镇抚司时还在思考，"子不语怪力乱神"是不是有点绝对了。

皇城根下难得出这么火爆的事儿，眼下都过午了，街上的百姓还在热热闹闹地讨论。

陆琨去问了把守承天门的锦衣卫，丢鞭炮的抽冷子作怪，当时乱成一团，天光又暗，守卫不敢擅离职守，所以连根毛都没逮到。

至于案犯怎么混进去的，也好猜测，半道上借光的小官太多，摩肩接踵，给了其莫大的掩护。小官们当他是仆役，仆役们当他是路人，就这么一路混到了承天门。

现在大家普遍怀疑是灾民里有人心怀怨愤，故意作祟，而到底应不应该放灾民入城的问题，又被拎出来反复说，当初主张灾民入外城的季默被推到了风口浪尖。

不幸中的万幸，红罗厂跟宫墙隔了条街，大火没蔓延进宫里，百官也没重伤在鞭炮下，只是烧炭的几个役夫葬身于火海之中，没得救了。

"你说这是兵分两路，还是调虎离山？"承天门门外，陆琨仰头望着朱墙黄瓦环绕中的九重宫阙，问身边的副千户庞忠成。

"我觉得咱们不如先去看看刺杀大京兆的那位。"庞忠成在北镇抚司、承天门和红罗厂之间跑了个来回，寒风呼啸中，愣是热出了一头汗，“要是一拨人，或者相互认识，那好办，直接按图索骥就是。”

陆琨一想也是，欣然前往顺天府拜访高耀。

顺天府署门前乱糟糟的，全是来报案的百姓。庞忠戍稍稍打听了一下，多是些鸡毛蒜皮的小事，有的是丢了鸡鸭，有的是窗户让人给砸了。当然也有严重的，一户人家的女眷洗澡时，被人偷窥，女眷想不开，当晚就悬梁自尽了。

京师本地百姓与灾民们的冲突一触即发。

值此多事之际，高大京兆突然病倒了。不同于阎庭用装病，这位是真病。连惊带吓，就高耀那疏于锻炼的身板，没当场猝死，还能坚挺地留口气写请罪奏疏，已经很值得称道了。

人说“三生不幸，知县附郭”，意思就是当地知县得倒大霉了，才会被分到府衙所在县，什么权柄都被上司拿走，自己就剩个跑腿请示的权力。高耀觉得自个儿怕是正面撞上了扫把星，才落得这么个下场。顺天府尹虽是正三品的高官，也有上朝参政的权力，但京师这块儿，出门不看路，可能就得撞上部堂高官，指手画脚的大佬太多，堂堂府尹就是个受气小媳妇儿。如今高耀这小媳妇儿委屈巴巴地请罪待参，还要听科道言官变着花样骂他，当真生出了挂冠求去的念头。

一听陆琨过来提灰衣刺客，高耀忙不迭挣扎着爬起来签了字，不容他拒绝，就欢天喜地指使府丞亲自把人押送去北镇抚司大狱了。

陆琨本是来问话，结果临了肩头又压了份沉甸甸的期盼，偏他年轻，人又正派，还没把脸皮和嘴皮修炼到一定境界，而庞忠戍是个闷头干实事的，场面上的事儿更不擅长，陆千户一腔憋闷，只能对着刺客发泄。

灰衣刺客名丁馈，祖籍山西，祖上几代都守着薄田过日子。丁馈这人心气高，不甘心一辈子窝在小山村，他媳妇就典当了陪嫁首饰，劝他去城里当学徒学手艺。学徒都是从小培养，丁馈当时都二十多岁了，四处碰壁才安定下来。如此起早贪黑在后厨做了几年帮工，他萌生了单干的念头。

人若倒霉起来，真是喝凉水都塞牙缝。丁馈发动全家借了笔款，买下店铺，雇了两名伙计帮忙，开业当晚，地震了。

几年的心血，均付诸东流；曾经熟悉的一切，转瞬即逝。

时常陪他憧憬将来，为他当掉所有首饰的媳妇，被埋在废墟中。

等他徒手挖开瓦砾，媳妇已经面目全非，但一息尚存。浑身是血的女子躺在他怀里，说的最后一句话是："你要找不到吃的，就把我吃了吧！"

怀中人渐渐冷了下去，一如那寒夜。

对更多的人来说，北镇抚司大牢比寒夜更冷。北镇抚司大牢又称诏狱或锦衣狱，向来只关押重案要犯，比别处监牢干净不了多少。牢房地势极低，阴暗潮湿，墙壁厚达二十多尺，即便隔壁惨呼哀号，也几乎听不到声儿。无论是人是物，每次进来都要经过重重检查。

陆琨在牢里看到丁馈的时候，有点不敢相信这是那个有胆刺杀府尹的人。

胡子拉碴的汉子坐在阴影里，倚着冰冷墙壁，一副心如死灰的平静模样。

陆琨蹲下来，问他："你跟高耀有仇？"

丁馈茫然地看他，半晌，才嘶哑着嗓音问："那是谁？"

陆琨生生给气笑了："你都不知道人家是谁，就去杀人家？"

丁馈沉默了一阵，倏然问："我们是不是，命该如此？"

陆琨一怔，他其实一直在回避灾民能不能进内城的问题。从治安上考虑，那么多灾民突然涌入，确实会对京师造成极大的负担。朝廷的安置点一直在扩充，多少能解决居住问题，而有手有脚的灾民也能找到生计，长相周正的去了富户家当仆役，有大把力气的就去干苦力，顺天府也在鼓励以工代赈，至于老人和小孩，更是被优先安置了。

大明的百姓适应力真的很强，但凡还有口饭吃，就能生存下来。

可是，毕竟背井离乡，无家可归。

陆琨叹了口气，拉了把条凳坐下，双肘撑在膝上，淡淡道："人在失去一切的时候，很难不去怨恨。可被你怨恨的顺天府尹，也只是照章办事。我知道你们现在的生活不如意，但京师的百姓已经在尽可能地接纳你们了。之前巡逻时，我看到一户两间房的人家，主动腾出一间来安置灾民。有的客栈也对灾民免费开放。京师就那么大点地儿，我们不可能把所有灾民都放进来，毕竟京师的百姓也要生活。你们总不能把京师的百姓赶出去，给你们腾地儿吧？生而不易，相互理解吧。当然，我现在不管说什么对你来说都是蜻蜓点水，毕竟我不是你，不能切身体会你的不幸……"

"我明白。"丁馈努力憋回眼泪，"我明白，这不是你们的错。可是我们又做错了什么？"

没人做错什么，天灾，就是这么不讲道理。

陆琨静静打量着他，这个男人思路言语清晰，虽然有怨，却远远达不到杀人泄愤的程度，那么到底是什么，刺激着他去铤而走险？

当他抛出这个问题时，丁馈面上又浮现出了那种茫然："我，我不知道。当时我脑子里浑浑噩噩的，好像有人在反复跟我说京师的大官都该死……我也不知道是怎么刺出去的，更不记得细节……我是不是中邪了？"

别人说中邪可能是为了脱罪，可这么一个心如死灰的男人，陆琨愿意相信他。

但中邪的说辞，未免太过离奇。

陆琨想了一想，问道："你最近接触过什么人吗？有没有人跟你念叨类似朝廷不作为，京师百姓不好这种话？”

丁馈苦笑：“小的最近活得浑浑噩噩，连饭都想不起来吃，哪里会注意这些？好像说过吧，记不清了。”

陆琨又问：“那你在这里有认识的人吗？周围有谁怨恨朝廷吗？”

丁馈苦思冥想道：“也许有吧？谁家遭了难，骂当官的不顶用，也很正常吧……”

陆琨心累地看着他，这个人，明明脑子正常，但一提及要紧的问题，就呈现出茫然状态，回答得似是而非。

从他这里顺藤摸瓜的打算彻底黄了，陆琨起身打算离开。

就在这时，丁馈叫住了他：“我进来的时候，身上有支簪子被搜走了，您，能还给我吗？”他唯恐当官的贪婪，连忙解释：“木头的，村里货郎卖的那种，不值钱，就是个念想！”说着，又苦笑：“我儿子饿死的时候，我倒真希望这是个稀罕宝贝。”

从外面给陆琨开门的庞忠戌听见这句，连忙小声道：“确实有这么个东西，不过……”他右手虚虚握住，做了个刺脖子的动作。

陆琨明白了，这是怕人自杀。他想了想，一指狱卒，命令道：“去看看簪子是什么模样，给他画一张。”

丁馈这才收回眼巴巴的神情，麻木的脸上浮现出一丝笑意，转瞬又被巨大的悲伤取代。

人生在世，没人能代替别人，没人能真切地感受到别人的喜怒哀乐。所谓设身处地，很多时候更像是高高在上的怜悯。无论爱恨，曾经几多铭心刻骨，到最后，都得自己从心口剜去那块腐肉，浇以烈酒，慢慢挺过去。否则，只能在别人怜悯的目光中，与腐肉一起沉睡。

5

陆琨一天一夜连轴转，从北镇抚司出来时，整个人都是木的，只觉得一松劲儿，就能天当棉被地当床。

他顶着晨光，硬撑着骑马往家赶。结果不知哪个关头，坐在马上的陆千户两眼一闭，打上了盹。于是，昨天没捞到夜草的枣红马，就这样默不作声把他拉到了朝阳门外。

冷风一吹，陆琨彻底清醒了。

家里的猫是大王，家里的马也造反，陆琨深切觉得自己这主人实在太宽仁了。

使劲扇了记马头，陆琨吸吸严重堵塞的鼻子，懊恼地发现自己着凉了，当即不敢再睡，连忙下马跺了跺脚，打算走回家去。

就在这时，城门口一阵欢腾，裕王府的人又拉着熬粥的大锅出现了。

粥是提前熬好的，支好锅加热一下就成。趁着这工夫，裕王府的小厮开始派发酥饼，灾民中的小孩不知愁苦，有的吃就行，一个个嘻嘻哈哈排起了长队。

陆琨牵着马刚要走，就看见小孩堆里站了个不那么和谐的人——狸奴！他又好气又好笑，连忙过去提溜着对方的后领把他揪了出来，数落道："你怎么又来了？姜家的饭有那么难吃吗？"

在这里看到陆琨，狸奴丝毫不觉得意外。他两眼盯着酥饼，挣开那只大手，一溜烟儿跑过去追赶队伍。

陆琨连忙把他拖回来，哭笑不得道："你都多大了，怎么还跟小孩抢？"

狸奴闻言回望那群还在玩泥巴的小孩，问："他们多大了？"

陆琨看了眼抢得火热的孩子们，下意识回答："四五岁吧，怎么了？"

猫祖宗狠狠一点头，欢快道："那我三岁！"说完不待陆琨反应过来，就再次挣开他，加入了抢食大军。

陆琨犹如被三清祖师施法定住了，呆呆站在街上，无话可说。

等狸奴排队领到了酥饼，何勤也端着糙米粥回来了。看见陆琨，这小厮何勤很有些脸红，尴尬地解释道："夫人攒了一年的母爱，那啥，天天大鱼大肉，小官人肠胃受不了，医者让他吃点粗粮刮刮油。可夫人……"何勤不好说主人家的不是，有些为难。

狸奴叼着酥饼，翻了个白眼："我娘在我的雀麦粥里加牛乳！"

陆琨想想那个味道，苦笑了一下，怪不得这挑食祖宗跑来跟灾民抢食。此情此景，唯一句"慈母多败儿"能表达他的心情。

粥不能白喝，何勤当着灾民的面给了熬粥的一小袋米，又私下里塞了点碎银子，人家也就不跟他们计较了。

陆琨等狸奴喝完了粥，牵着马陪他慢慢往城西走。路上狸奴问他："把一众大臣炸得满脸桃花开的那位，抓到了没？"

"没那么夸张！"陆琨叹气，"但哪那么快啊，半点线索也没有，我都愁死了。"

狸奴奇怪地看他："那个刺杀大京兆的人呢？以锦衣卫的手段，还打不开缺口吗？"

陆琨不好跟他说案件相关的事情，只能苦笑一声。

好在狸奴不是刨根问底的人，主动岔开了话题："说起来，裕王府的粥真神奇，明明不好喝，还有股怪味，可是每次喝完都身轻如燕，胃里暖呼呼的，一日不喝就馋得慌。"

"你这是上瘾了吧？"陆琨好笑地看他，见过馋酒、馋肉、馋甜食的，还头一次看见馋糙米粥的。

因着昨日的事情，五城兵马司和锦衣卫发了狠，开始严查，但凡没有正经活计，又拿不出路引的，统统逮了问讯。短短几个时辰，街上已是行人寥落车马稀。

熬了一宿，陆琨实在撑不住了，没再坚持送狸奴回家，叮嘱了主仆俩一声，就抄近路回家睡了。

狸奴看着远去的人影，缓缓把咬了一半的酥饼举至眼前，看了又看。

何勤垂首敛目，轻声请示：“明日，咱不去了吧？”

狸奴笑笑，没说话，只是把剩下的半只酥饼慢慢嚼碎了，和着冷风吞入腹中。良久，黑琉璃珠似的眼珠才动了下，他漫不经心地道：“吃不死人，你怕什么？”

何勤嘴唇动了下，劝说的话终究没出口。

“陆义择。”狸奴将这名字细细咀嚼了下，笑了，“我这辈子都长不成这般一身正气。”

按照原本的规划，他被姜家人接走后，就该跟陆琨分道扬镳，却没料到此一遭，又将他俩推到了一起。

他俩这算什么呢？说利用吧，偏陆琨有些一厢情愿的热忱；说友人吧，他还没想好怎么处理父辈遗留的仇怨。

何勤愈发低了头，没敢接话，直到狸奴提步走人，才追上去低声道：“各人有各人的缘法。”

狸奴眉眼弯弯，唇边带着抹似笑非笑，他暗啧一声：“我不信佛，佛亦不渡我。”说着，他又低头短促地笑了下：“再说，咱们这位皇上，灭佛崇道，你说话可要当心……”

有人不信佛、不信道，亦有人沉迷教义不可自拔。

城外四面漏风的窝棚，青壮健妇多半去做工了，只留下养济院也装不了的老弱妇孺。料峭春风呼呼刮着，漫漫黄沙助纣为虐，可着劲儿往人的眼里、脖子里吹。这时节，就该窝在暖烘烘的房里，烤着火盆，听丫鬟们叽叽喳喳说谁家脂粉鲜亮，谁家江南茶素好吃，然而，他们却只能抱作一团，一齐裹着露出棉絮的破被子取暖。窝棚低矮，光线昏暗，偶有一星半点的细沙透过缝隙吹进来，刮得人刀子割肉似的生疼。

这时候，就体现了教义的用处。

慈眉善目的老者，以一种甚平和的语气，不疾不徐地诵经："惧怕无常生死之苦，初参一步。观世间一切万物，诸行无常；凡所有相，皆是虚妄。百年光景，刹那之间；富贵荣华，犹如一梦……"

不甚分明的天光照进他的眉眼，透出些佛性味道。那声音带着磁性，带着禅意，尽管不能让人完全听懂，却慢慢抚平着心中的伤痛。

普通人也就听听，甚至可能嘲笑句"老疯子"。可是，这里的人是行走于黑暗中，在坎坷道路上望不到光明的人。他们需要这点寄托活下去。

什么样的人容易入邪教呢？简单来说，老弱妇孺以及闲人。弱，既是指体弱，也是指心弱。体弱，则没有生活自理能力，需要别人扶助；心弱即志短，易生诸般欲望。

眼下大难刚过，百废待兴，无数人流离失所，再加上时人信奉天人感应，认为天灾是上天对朝廷表示不满。流言自废墟中滋生，罗教以此为沃土，趁势而起。

刚刚失去丈夫孩子的年轻女子，一身缟素，跪坐在床位上，冻得青白的手上端着半碗冷粥。她不惊艳，却仪静体闲，柔情绰态。她痴痴听着，转头看向外面，呼啸的黄沙裹挟着杂草掠过，拍打在窝棚上，发出类似鞭子抽打耕牛的响声。她慢慢端起碗，将冷粥一口一口吞咽下去，仿似将苦难深深掩埋。

沙尘遮住了阳光，天幕有些昏暗，女子放下碗，整理了下仪容，抱起一只大包裹走向了门口。

正在奶孩子的妇人许是女子的老乡，连忙喊她："三娘，你身体还没好，要去哪里？”

破旧的门扉“吱呀”一声开了，昏黄的天光打在三娘身上，宛如照亮了一尊观音。三娘慢慢迈出窝棚，语气淡淡：“去我该去的地方，做我该做的事情。”

身后，慈眉善目的老人扫了眼空空的粥碗，眉梢扬起一丝不甚明显的意味深长。

陆琨一觉睡到天黑，还是被浓郁的肉香所熏醒的。张婶知道他辛苦，特地煨了狗肉砂锅给他补补。俗话说“狗肉滚三滚，神仙站不稳”，更何况张婶极慷慨地倒了一整瓶花雕酒，更是香得人跳脚。

张婶给他盛了满满一碗白米饭，催促：“快洗手，趁热吃！”

陆琨擦着脸上的水，过来看，不由惊讶：“家里还有白米？”

“还好意思说，最后一把不是让你给城门口的灾民了？”张婶没好气地瞪他，“这是陆都督家送来的。大公子就知道你出手阔绰，挣的不够花的！”

张婶嘴里的大公子指的是陆炳的长子陆经。陆经于嘉靖三十二年升荫锦衣卫指挥使，实打实的少年得志。

陆琨笑笑，坐下拿起筷子，忽然想到一个问题：“来人说没说义父什么时候能出宫？”

“没说，皇爷不是在闭关祈福吗？闭关嘛，定然要很久啦！”张婶舀好鸡蛋汤，又在米饭上浇了勺肉汁，催他，“吃饭吃饭！你就别操心那些事了！”

“咚——咚——咚！”

沉闷的暮鼓响彻九门，各个城门缓缓闭合，外城胭脂巷附近灯火通明，荧荧照进护城河中，仿似无数潋滟的星光。街道两侧华灯初上，鳞次栉比的房屋轮廓绵延不绝，隐隐透着京师气象。

“嗒嗒”的马蹄声清脆利落，敲打在南大街的青石板上。

银鼠暖帽、狐皮大氅的公子哥儿当先一骑，扯着嗓子呼和：“小的们，快点啊！回家晚了，老爷子又该骂我了！”

后面响起杂乱的马蹄声和哄笑声：“公子，您躺在红姑娘肚皮上时，咋就不怕呢？”

这些人鲜衣怒马，恣意放纵，连奴仆都穿了紫色罗琦，戴了天青抹额，顾盼间带着骄矜之气。

长街尽头传来不甚分明的鼓点声，和着微微沙哑的调子，在夜色中飘荡。

年轻的女子斜挎火红腰鼓，犹如谪落人间的仙子，于灯火阑珊处兀自起舞。

她上身穿了件翠蓝色的交领窄袖衫，腰间窄窄一条白绸束腰，恰到好处勒出婀娜体态。纯白膝裤较为宽松，走动间，春风拂动，更显纤瘦。

光线晦暗，让人看不清她的面容，只觉得美，极美！

迟归的公子哥儿策马过来时，竟不忍心打扰，隔着五六步勒马，怔怔看着她，直到鼓点渐息，女子似乎要走，才慌忙回神唤住她：“姑娘，天色已晚，你为何还在外面？”

公子哥儿很容易就判断出来，这是个卖唱的穷苦人家姑娘，没准儿还是灾民。这时节人不值钱，一些富贵人家趁机从灾民里挑了好些个姿色不错的姑娘。公子哥儿也想，可他爹是个道学先生，说有干天和。

姑娘低眉敛目，怯生生地回道：“阿兄病重，奴家还没赚够药费，不敢回家。”

这么晚了，若一般人见到个姑娘，总要寻思下是否有猫腻；若巡街的兵丁看到，一准儿带回去审审。可如今遇到姑娘的，是个在秦楼楚馆食髓知味的公子哥儿。

公子哥儿色眯眯地打量着她，心道只消给足她医药费，再稍稍使些手段，这么个美人儿还不得心甘情愿随了自己？思及此，他故作豪爽地笑道："这有何难？本公子急公好义，素有京师及时雨之称。姑娘你来，我陪你去药店抓药！"他唯恐姑娘不信，一撩大氅，拍着腰间牙牌给她瞧："眼下已经夜禁，虽说外城查得不严，可你一个姑娘，也十分不便。我就不一样了，看见没，锦衣卫右千户所百户！没人敢查！"

说着，他露了目的："捎你一路？"

姑娘犹豫了一会儿，轻轻点了点头。

公子哥儿登时心花怒放，拉了她上马，继而长啸一声，纵马驰骋。

姑娘似是害怕，搂紧了他的脖子。温热娇躯贴在后背上，更令他得意。

药店早已关门，几个家丁粗声粗气地砸开了人家的门，强命医者抓了药，又跟护送祖奶奶似的护送姑娘回家。

姑娘的家在白纸坊，委实有点偏，公子哥儿仗着人多，也不疑有他，反倒很享受这一路的温香软玉贴背。

穿过杂草矮巷，便渐渐靠近了荒郊。眼前出现了一条小溪，岸边碎石荒草颇多，但脚下的路面倒还算平整。姑娘让他停在一处破屋前，利落跳下马，手扶着门前拴马桩盈盈笑道："多谢公子相送，愿您一路无恙。"

公子哥儿打量着破败的屋子，勉强笑了下，心道这也太穷了点，给她个通房丫鬟的名分差不多就能打发了。他摸了摸脖子，总觉得领子里进了根头发，刮搔得难受。

姑娘的神情有些意味深长，伸出柔荑，看似轻柔地拍了下马臀。烈马骤然受惊，长嘶一声，四蹄踏草，犹如离弦的箭般向远处射了出去。

公子哥儿慌忙双手抓住马缰，不想意外陡生，他项上的头颅不知被何物平平斩过。马速迅疾，人身已被带出十几步，而头颅却原地飞起，向后抛射！

“公子——”本还在嘻嘻哈哈的男丁们发出惊恐的惨叫。

直到此时，公子哥儿的无头身体才喷出大股的鲜血——温热鲜艳，泼洒在还未转青的草地上，触目惊心。

无头尸体终于支撑不住，轰然坠下马来。

远处，那颗风帽半掀的头颅上，还挂着色眯眯的笑，双眼面颊却呈现出惊恐的神情。笑与惧同时凝固在吹弹可破的面上，混着这越来越暗的夜色，诡异得令人肝胆皆颤！

家丁们连滚带爬地扑过去，看看身首两处的公子，“嗷”的一声散了。

下弦月泠泠照在安静的尸体上，姑娘扑哧一笑，抬起头，露出了真面容。

三娘！灾民中那个死了孩子丈夫的三娘！

6

翌日天明，陆琨本想亲自去红罗厂看看，不想刚到北镇抚司就听说右千户所死了个百户。

死的这位名叫马立人，跟宫里沾亲带故，靠着封荫得了个锦衣卫百户的职位，其实根本没怎么去点过卯。百户的身份对他来说，就是在秦楼楚馆更好哄姑娘们罢了。

马父是个正经读书人，一把年纪了，还在翰林院坐冷板凳熬资历。马立人是老来子，上头还有个姐姐，被全家宠坏了，整天仗着锦衣卫的身份胡作非为，好在终究讲个你情我愿，没闹出什么乱子。

不承想，头一遭闹出乱子，就是这么个情境。

包小四格外热衷八卦，跑到右千户所打听了一通，回来跟陆琨描述：“听说现在还没找到凶器呢！在场的家丁都说不清那头是怎么飞的。”

“亲眼看着都不知道？”庞忠戍一脸不信，“难不成还是吕祖飞剑取人头？那也得有剑呀！”

“不知道，大家都那么说！”包小四一摊手，咂咂嘴，“右千户所的钟千户都快愁死了，偏偏说书先生还要跟着凑热闹，在茶楼酒肆到处编排。”

陆琨心中暗呼不妙，眼下本来就乱，又添了这么一桩，人心惶惶，恐怕会生大乱子。

宋朝就曾数次爆发流民潮，严重削弱了国力；大明成化年间，荆襄一带也曾爆发过流民起义，朝廷不知费了多少功夫才解决。如今大灾过后，流民不知几何，稍有点火星就能烈火燎原。而天子脚下，最重要的就是安稳。

一旦京师不稳，锦衣卫首当其冲，立即就能成为众矢之的！

庞忠戍也想到了这层，看看还沉浸在离奇想象中的包小四，真是生气的力气都没了。他叹气：“是福不是祸，是祸躲不过。好在事情不是出在咱们这儿，不用操心，倒是快把着火的案子结了。”

陆琨一想也是，挥挥手招呼二人上马，往红罗厂赶去。

连着出事，街上的行人两只手就数得过来，道边的铺子死气沉沉，任凭酒旗耷拉在杆子上。

红罗厂附近遍地都是纸钱，前来哀哭的家属一拨接着一拨。

着火的地点位于红罗厂后门，当时正好有几车红罗炭要出厂，纵火犯就抓住这个时机，往里面丢了几串点燃的鞭炮，酿成了大火。

得亏这种地方平时防火救火措施还算完备，一看火起，一众人就立即拆了周边的房子，将其隔离开来，再加上五城兵马司救火也及时，火势才没有进一步蔓延。

烧死的几个役夫，除了一个是后来想冲进火场救人把自己搭进去的，其余都是当场没跑开的。

因为衙门的要求，后门作为现场一直没有清理，另开了一处角门用于红罗炭出厂。

后门陷入一片黑灰中，烧熔的小推车、还没完全烧尽的红罗炭，依旧不分彼此地堆作一块儿。陆琨找了根火钩在废墟里拨拉，随口问庞忠戍："鞭炮的来源查到了吗？"

庞忠戍翻着下属呈上来的问询记录，头也不抬地答："小作坊生产的，火药配得不是太好。因为地震，今年没大肆庆祝，眼下年关已过，各家都堆了不少没卖出去的鞭炮，不好找。"

"那也得找。"陆琨丢开火钩，从庞忠戍手里捞过卷宗翻着，指点他，"你刚刚也说了，年关都过了，一般人买鞭炮也就是为了婚丧嫁娶或者是让小孩子放着玩。前者好查，后者也就买一两串，这案子两处加起来最起码得有六七串，就照着这思路去查。"

庞忠戍恍然，鞭炮这东西，杀伤力说大也大，说小也小，一般给小孩子玩的，都是从一串里拆下来几枚，很少有整串直接给的。

说到小孩子，庞忠戍忽然想到一个可能："你说，如果是小孩子胡闹引发的，怎么办？"

陆琨手一顿，从卷宗中抬起眼来看他，眼神有点冷："该怎么办就怎么办，年龄小不是理由。孩子不懂事，父母也不懂事？"

庞忠戍咧了咧嘴，懊恼得想扇自己一耳光。陆琨少时寄人篱下，难免早熟，跟他谈小孩子的教育问题，根本就是对牛弹琴。

陆琨被他这问题搅得也没心思看卷宗了，顺着皇城根走了遭，不知不觉就逛到了广济寺附近，行人渐渐多了起来，还有人挑了担子吆喝叫卖。

有个卖豆腐脑的支了摊子，跟做毕罗的搭伙卖吃食，两人几乎抢了大半客流，陆琨不免多看了两眼。

就在这时，几句对话飘进了他的耳中。

“大叔，来碗豆花！哎哎，你怎么还放酱油呢？”

“嘿，你这小伙子，这豆腐脑不放酱油怎么吃？多寡淡了！”

“放糖呀！豆花不就是甜的吗？”

那小伙子也是个较真的，操着一口南方口音的官话，跟摊主掰扯了起来。

陆琨驻足听了一会儿，问庞忠戍：“官员上朝路上借光，这是京师特有的场景。那么早，百姓多半还没起，外地来的灾民是怎么摸清的？”不待对方回答，他又自言自语：“丁馈根本不认识大京兆，他又如何知道是大京兆下的令，不许无担保的灾民进内城？”

庞忠戍琢磨了一下他的意思，不由寒意陡生：“您是说……”

“吃里爬外！”陆琨低声骂了句，有些愠怒，“有些人就是见不得大明安稳！”

他捏了捏眉心，将火气压回心底，尽量腾出心思去思索案情本身。眼下不用狸奴挖苦，他自个儿都觉得他克制得可以立地成佛了。

说曹操曹操到，刚想到狸奴，他就听见熟悉的声音嚷嚷道：“有鱼哎！天上有鱼在飞！”

这地儿好事之徒不少，众人闻声纷纷抬头望天。但见灰蒙蒙的天上挂了轮暗淡的太阳，细沙淡淡拂过树梢，莫说鱼，连只鸟都没有。

四下里嘘声一片，众人集体谴责那个不道德的造谣者。

陆琨扒拉开人群，抻长脖子往声音来处眺望，可惜刚刚那声似乎是惊鸿一现，当真不好找。

就在这时，又是一声大叫：“哎呀，鱼被鸟吃啦！”

不死心的人群又仰望天空，俄而爆发出更响亮的嘘声，还夹杂着污言秽语。

陆琨唯恐有人按捺不住脾气暴起揍人，连忙加快了穿行速度，总算赶在狸奴第三次高喊前喝止了他：“你干什么呢？这地儿人那么多，乱喊乱嚷，不怕惹事？”

狸奴站在一株槐树下，仰头望着树冠，一脸的痴呆样儿，仿似被什么附了身。他咬着食指转头，无辜地看向陆大千户，伸出手去摸他的青绿锦绣服，喃喃道：“青铜像都会动了……我一定是疯了……”这祖宗顺手在陆琨前襟上抹了一道口水，后者眉心跳了跳，忍了又忍才没当场翻脸。

“小官人……小官人您醒醒！这是陆千户啊！”何勤急得满头大汗，心惊胆战地按住他的手，小声商量，“咱去看医者，好不好？”

陆琨心中一跳，凑到狸奴脸前，指着自己问道：“我是谁？”

狸奴骤然反手扇了他一巴掌，惊慌失措地拉着何勤：“妖……有妖怪！青铜像真真真，真动了！他他他他还会说话！”

陆琨顶着脸上的红印，蒙了。

却说锦衣卫右千户所的钟千户在马立人的死亡现场勘察了一遍，简直焦头烂额到不行。经过一夜发酵，几个家丁已编出了各种妖魔鬼怪版本，什么头颅飞起三丈高，什么躯干骑马直立不倒，完全没有参考价值。

几个版本中唯一相同的一点，就是女子的腰间系了个花鼓。家丁们甚至怀疑，这花鼓就是她的杀人法器。

衙门主张事发当时就要立即报案是有道理的。随着时间的推移，普通人很容易在回忆中加入自己的想象，再加上自身见识缺陷，总会下意识地往怪力乱神上靠。如此一来，整个案件被改编得更加扑朔迷离，无形中增加了破案的难度。

钟千户今年四十多岁，没什么后台，也没有过硬的专长，基本上升迁无望，唯一的愿望就是安安稳稳地拿钱过日子。偏偏在这要命的节骨眼上，是他的千户所先出了事。

溪边的杂草被血浸透又风干，呈现出抹不掉的黑褐色。有一段血迹沿着直线拖拉，杂草向一侧倒伏，似乎是尸体掉落马鞍，被马拖行所留下的印迹。

马立人脖子上的伤口边缘已经蜷曲收缩，乍看像是匕首割出来的，不过在场家丁都证实当时没看到凶器。

但总归也不是一无所获，破屋前的拴马桩上，有几道很深很细的勒痕。虽然匪夷所思，但钟千户基本明白了对方的杀人手法，是将铁丝之类的东西，一端系在马立人脖子上，另一端系在拴马桩上，烈马骤然受惊奔跑，牵动铁丝，这切割力道足可媲美匕首。

而这处破屋的主人是个孤寡老人，根本不认识那个女子。

钟千户熟知马立人的秉性，怀疑是他不知打哪儿招惹的风流债。马家人自是不肯承认这一点，坚持认为马立人乖巧懂事，从不欺男霸女。对此钟千户只能淡淡一笑。

画师已经根据家丁们的描述画好了女子的肖像，以北镇抚司的名义下发了海捕文书。但眼下京师鱼龙混杂，能不能尽快捉住女子，只能看运气了。

时近中午，广济寺附近人多车多，拥挤不堪，陆琨就近征调了缇骑开路，雇了辆马车，将狸奴塞进去，一路风驰电掣狂飙进了北镇抚司。包小四腿脚快，赶紧拖了个医士回来。几人按住又唱又跳的猫祖宗，老医士瞪着俩绿豆小眼瞅了半天，又是把脉又是看舌苔，随后让包小四找了只盆过来，伸手按住了狸奴喉结上方的廉泉穴。

"呕……"一阵撕心裂肺的干呕后，狸奴吐了个彻底，原本偏潮红的脸色瞬间煞白。

趁这空当，陆琨小声问何勤："怎么回事？昨天不还好好的？"

"不知道啊！"何勤也吓坏了，慌慌张张地回答，"早上还挺正常的，说出事就出事……该不是得了失心疯吧？"

这位北镇抚司的医士擅长治疗金疮和疫病，对眼下状况不太拿得准，看看狸奴神志清楚了些，捻着胡须道："好端端，没受刺激突然就疯，不太好说。下官看这情况，倒像是吃了什么不该吃的。比如云贵等地就有种菇，人服了会产生幻觉，挺像失心疯。”

陆琨眉心跳了跳，对这说法莫名认同，转头问奄奄一息的狸奴：“你又吃什么了？”

猫祖宗甚是高冷地白他一眼，不屑于回答。

何勤连忙打圆场：“没吃什么，就早上在裕王府设的粥棚喝了碗粥，酥饼都没吃。”

陆琨就搞不懂了，给灾民熬的糙米粥能有什么好喝的，还有那咸菜，看着就倒胃口，偏这祖宗跟着了魔似的天天喝。他揉着额角，不抱希望地支使包小四：“你找个生面孔，换衣服去朝阳门外打碗粥来。”

包小四冲狸奴做了个鬼脸，发出一阵怪腔怪调的笑声，跑去办事了。

老医士暂时看不出什么问题，只说狸奴气血两虚，恐非好事，开了些祛毒和滋补的药，就走了。

说话间，有校尉过来禀告：“五城兵马司把红罗厂火灾中死亡役夫的尸体送来了，咱们要不要接收？”

“接！马上安排仵作验尸！”陆琨嘱咐狸奴别乱跑，就匆匆往停尸房赶去。

五城兵马司负责京师的治安火禁等事，原本他们觉得几个役夫当场烧死，众目睽睽，没什么疑点，所以也没上心。直到案子转来北镇抚司，今早听说锦衣卫再勘现场，才意识到不对，连忙把尸体送了过来。

随尸体一起来的还有份尸账，明明白白写着“五尸口、鼻内有烟灰，手脚皆蜷缩”。按照宋慈《洗冤集录》的说法，活人在火中要挣扎呼吸，所以烟灰会顺势进入口鼻。而死后被烧，尸体手脚虽然蜷缩，口中却没有烟灰，如果没烧到两肘骨及膝骨，那连手脚也不蜷缩。

前往停尸房的路上，庞忠戍跟他分说着情况："这会儿能找到的仵作就是老杨头。这人贪了点，手脚也不干净，但经验老到，眼光挺毒的。"前方出现月洞门，他连忙往旁边一让，请陆琨先过。这一侧身，他不由得轻问："你怎么跟过来了？"

陆琨循声回头，瞬间不知该说些什么——狸奴居然一路不声不响地跟着自己。

这小子还挺委屈地嘟囔："何勤去拿药了，小四不在，我又不认识别人。"

陆琨想想这祖宗的折腾程度，估摸着找人送回值房也安分不了，只好允了，不放心地叮嘱他道："尸体烧得可怖，你一会在门外等着，就别进去了。"

停尸房离诏狱不远，不知是不是因为死人多阴气重，好好的树栽别的院子里叫风景，栽这边整一个青冢柏森森。

仵作老杨头五十上下，日子看似过得不宽裕，干干瘦瘦，一笑就满脸皱纹。见上官过来，他忙不迭过来施礼问好，云里雾里寒暄一通，搓着手谄笑："前些日子我闺女跟我写信，说外孙出生了，要我别干这行了，嫌晦气。可我这要钱没钱，要地没地的，总不好去拖累闺女。"他神情上带着些局促，可眼里分明闪烁着狡黠。

庞忠戍皮笑肉不笑地打量他，大明针对致仕老官如何供养，一直在调整政令，从国初享有原俸禄，到后来改为每月只给贫寒不能自理者两石米。可就算致仕，也得满七十才行。老杨头这是算计好了陆琨老实好说话，跑来哭穷了。

陆琨忧愁地揉着太阳穴。官和吏待遇不同，致仕后养老是官的待遇，而仵作连吏都算不上，只能算贱业，薪俸仅够温饱，想要油水，还得靠见不得光的收入。眼下指望他验尸，不好一口驳回，陆琨叹了口气，含糊道："回头我跟户房说一下，看看他们怎么安排吧！"

"哎哎，那敢情好！小的谢过千户大人了！"老杨头连连作揖，喜滋滋地推开停尸房的门给几人介绍，"五城兵马司的仵作检查得比较糙，人确实是烧死的不假，不过您容小的仔细看看有没有其他伤。"

看着他这谦卑的笑，再看看房内蒙着焦尸的白布，陆琨总觉得心中有点疙瘩，却也知各人有各人的难处，不好说什么。

停尸间有些冷，光线也较暗，气味更是刺鼻，在此待久了，人都能生出厌世感。房中除了新送来的五具焦尸，边上还有一具，应当就是马立人的断头尸。

老杨头穿戴好仵作的衣服，请几人在门口稍候，就掀开了第一具焦尸的白布。正如文书所说，尸体焦黑，四肢蜷缩，已经看不出相貌了。此时要判断有无外伤，只能看仵作个人的本事了。

庞忠戍不忍地别开眼，小声问陆琨："有必要吗？当时多少人看着呢！"

陆琨其实也觉得复验有点多此一举，不过是例行公事罢了。

出乎意料的是，狸奴倒不怕，溜溜达达地进来，挨个尸体看过去，似是巡视什么。

看到最里面的尸体时，狸奴不由皱起了眉，掀白布的手猛地一顿。这具尸体乍看跟其他几具并无区别，充其量只是烧得没那么严重罢了，应当是后来冲进去救人的那位。不过他的右手紧紧握着，是大火烧熔后又冷却的状态，比左手大了一圈。从侧面看去，能看到是攥了什么东西。

狸奴趁人不备，弯下腰去瞧，勉强瞅出这是块扁圆的铜牌，露出拳头的部分隐约带着荷叶盖的形制。

他的头"嗡"一声炸了，满脑子只回荡着仨字：穿宫牌。

是哪个蠢货，居然把这般要命的东西留在了现场？

狸奴情急之下也顾不得脏净，探出二指去拽那铜牌。然而死者本就是死攥着这玩意儿下的黄泉，再加上烈火的助势，铜牌与血肉几近融为一体，哪是这么容易就能拽出来的？

眼瞅着老杨头已经检完前四具尸体，狸奴不敢再有动作，连忙拉好白布，明明是春寒料峭，他愣是被逼出了一头大汗。

此时，又有什么法子能完美掩饰过去？

他倏地想起庞忠戍对老杨头的评价："这人贪了点，手脚也不干净，但经验老到，眼光挺毒的。"

老杨头一步步走近，拖沓的脚步声犹如一记记重锤敲得狸奴肝胆俱裂，情急之下，他再顾不得其他，一把拽下腰间玉佩，借着体位的遮掩，强塞进老杨头手里，使劲按了按。

羊脂白玉，水头很足，老师傅亲自操刀雕刻，精美无比。

老杨头一怔，低头看看玉佩，又抬头看看狸奴，神情很是疑惑。

狸奴双目下垂，视线狠狠划过尸体右手。

老杨头经验丰富，一眼就瞅出了里面有东西。他倒吸一口凉气，连忙摇头。在北镇抚司，当着堂堂千户的面儿作怪，无异于找死。

狸奴阴森森地瞪着他，手腕一翻，从荷包里掏出一枚私印，印在一方帕子上，"东楼私印"的印记不是太清晰，但还是可以辨认出来。

权倾朝野的严首辅，独子严世蕃号东楼。

狸奴冷笑着冲他做了句唇语，老杨头霎时间心都凉了，他看懂了，这小官人说的是："外孙很乖吧？"

老杨头狠狠咽了口口水，僵硬着脖子扭头，陆千户正跟庞副千户就着卷宗商量案情，并没有注意到这边。

严世蕃是什么人哪，心狠手辣，绝顶聪明，那是惹不起的！除非自己一辈子不出北镇抚司，否则惹了他就等于找死。自己只是个仵作，对方真要逼迫，北镇抚司未必护着自己，更何况女儿外孙还在外地。

老杨头只觉得手中的玉佩如火烧般烫手，接也不是，还也不是。

狸奴自然也注意到了他的目光，二指并起，沉沉笑着自脖颈处划过。

老杨头两眼一闭，低头慌慌张张地收起了玉佩，尽可能正常地去掀盖尸布。

狸奴还没松口气，就听见陆琨招呼他："你快过来，别捣乱！"

老杨头手一抖，悄悄给了狸奴一个谄媚的笑，眉眼竟有些可怜。

狸奴伸手在他肩上不轻不重地拍了两下，意味深长而又带着点孩子气儿地叮嘱："好、好、干！"

陆琨闻言，哭笑不得道："你呀，装什么大人！"

狸奴唯恐陆琨过去查看，更怕老杨头胆子太小露出马脚，连忙拿手扇着风埋怨："不好玩，这里的气味怪怪的，熏得我难受！"

陆琨甚是无语，这怕是吐晕了吧，停尸房上哪儿好玩去？看看确实没验出新的东西，他拉开门，拎上狸奴就往外走，边走边数落："好奇心别那么重，停尸房这种地方，阴气重，以后少来。"

正说着话，前方呼啦啦就来了一队人，打头的正是刚从案发现场回来的钟千户。

两拨人寒暄一场，提及案情，对方两手一摊，颇有一言难尽之感："几个家丁，根本就没看到那女子的正脸！描述得……更像妖。"说着他叹气道："我再去看看马立人的尸体，没准儿能发现点东西。"

狸奴本已平静的心脏再次狂跳不止，他看看还没出来的老杨头，赶忙扬起一脸的天真，好奇地问："那个断头的嘛，大家都说是吕祖飞剑取头。"

"嗐，坊间传言罢了！"钟千户见小孩跟着陆琨，也没防着，左右不是什么机密，就跟他比画，"我估摸着呀，就是铁丝鱼线之类的东西，方便携带，杀人于无形！"

就这么一拖延，停尸间的门开了，老杨头心事重重地走出来，看见大家都在外面，表情更是僵硬，勉强挤出了几分笑容：“钟千户也来了？啊，是来看马百户的吧？”路过狸奴时，他不着痕迹地给了对方一个少安毋躁的眼神。

庞忠成性子急，插进去问：“老杨头，验出什么没有？我们还赶着查其他的呢！”

老杨头整个人一哆嗦——还真查出了点东西！可那要命的铜牌嵌在尸体拳头里，他怎敢引对方去看？只好借着钟千户的到来掩饰道：“是有点发现，不过还得再细细查验一番。要不几位先去忙别的事情，小的帮钟千户看看马百户的遗体，待会儿把结果给您送过去？”

庞忠成也没多想，冲他一挥手，走了。

直到走出月洞门，狸奴才彻底松了一口气，只觉得头晕腿软，虚汗一层层往外渗。

他打了声招呼就告辞了，身后陆琨与庞忠成正小声商量着查抄鞭炮作坊的事情。暗淡的阳光透过枝丫缝隙，在鹅卵石上铺了一层又一层。狸奴和陆琨渐行渐远，忽然生出一个念头，觉得自己跟他从来都不是一个世界的。

7

夜幕逐渐降临，东城的路人越来越少，无数兵丁呼啸而过，在这时节换值，都得提心吊胆，唯恐中途出了岔子。

两班交接结束，路上重新陷入难言的寂静。

一条巷子里，忽然探出一颗脑袋，似惊弓之鸟，左右张望一番，迅速上了大道。

“哒哒哒”的脚步声响彻空寂的街道，仿佛身后跟了无数洪水猛兽。

他奔跑得越发快速，然而脚步回声如影随形。

男人有点崩溃，表情惊恐，喘息间带着哭腔。夜幕下看似四通八达的道路，却让他生出无处可逃的绝望。

前方，顺天府署在望，两尊冰冷狰狞的石狮子此时看来，莫名威武，令人心安。

男人脸上浮现出喜色，俄而又略带了迟疑。他慢慢停下脚步，回头看看空无一人的街道，狠狠吐出一口浊气，将手颤颤巍巍地放在了石狮子上，想要撑着歇一会儿。

大震过后，各地冷暖离奇。有些该转暖的地域，反而越发寒意森森；有些本应吐露青芽的地方，却已一川烟草。

但不管怎样，京师还是冷的，石狮子也该是冰冷坚硬、触之冻手的——可男人触碰到的，却不是这样。

干燥、略温，粗糙的表皮下，带着血液流动的感觉。

他僵硬地抬头，只见自己满是冻疮的手掌下，是另一只骨节分明、略微黑瘦的手！

男人惊骇万分，手猛地缩回，“噔噔噔”往后退，然而那只黑瘦的手倏地扣住了他的腕子，骨质的扳指硌在冻疮上——

疼，真疼！

夜，依旧浓黑。

位于西城的姜宅烛火通明，抄手游廊隔十几步就悬一盏风灯，一直挂到松柏尽头。刚解冻的溪流中，群鱼逐光游动，不时跃起扑打着岸边的石雕灯塔。

狸奴的书房内，晶莹剔透的料丝灯灼灼不息，照亮了条案。几十张写满字的宣纸随意散开，从字迹上可以看出，正从瘦金书向着李东阳行书转变。

狸奴正默写《后出师表》，写到“臣鞠躬尽瘁，死而后已”时，笔锋忽然顿了下，怔怔出神，良久，一滴墨汁顺着湖笔笔尖滴落，在洁白纸面上洇了开来。

他倏忽回神，看着那团墨迹，悠悠缓缓地叹了口气，随意将笔戳进笔洗中，拢了拢那些练习之作，两三张为一拨，塞进了火盆中。

炭火通红，火焰蹿起一尺高，狸奴的脸孔一半映得如红霞，另一半却隐于暗中如霜雪。天青色的笔洗中，墨色在缓缓散开，将那种通透的色泽层层掩盖。一室俱静，唯有炭火发出轻微的“哔剥”声。

狸奴忽而笑了起来，笑得不可遏制，然而他的手，分明在剧烈颤抖。

本就不整齐的一沓纸掉落在地，散了开来。最后两张字体已初具李东阳的韵味，与开头的瘦金书判若两人。

那瘦金书锋芒毕露，悍气四溢，潇洒中仍带着些许内敛。

他终于为自己完美地披了层皮，就像鱼肠剑藏进鱼腹。

天慢慢亮了，京师重新鲜活起来，似乎夜间的峥嵘都是幻觉。

庞忠戍派人买了各大鞭炮作坊的鞭炮，卡着快天明的时候，噼里啪啦放了一遍，经过老师傅和承天门守卫的判断，暂时锁定了宣武门和朝阳门附近的三家作坊。

王记主要生产“桶子花”“地老鼠”等民间流传较广的烟花，还曾经承接过某一年大兴县的欢庆活动。

孙记的产业比较广泛，木炭药材等也有经营，只在年节前后的旺季，集中生产几批炮仗，相对王记来说，花样少了许多，仅生产固定的几种。

泰兴作坊是兄弟俩开的，弟弟负责组织人生产，哥哥负责店铺经营。

这三家的鞭炮配方跟遗留在承天门的鞭炮大体相似，都是硫黄添加得比较重，响声大。

包小四率人紧急查账，以北镇抚司的名义，调取各家鞭炮作坊和店铺的账簿。一帮人很快就到了位于宣武门外西河沿的泰兴作坊。这边四通八达，漕运方便，与朝廷生产火药的王恭厂就隔着道城墙，周遭多是寺院，泼皮无赖少些。

锦衣卫缇骑进门的时候，帮工们正引了河水进大锅，将硝石和萝卜一同煮，以此滤去其中的杂质。整个院子云蒸雾绕，格外呛人。

“咳咳！”包小四捂着口鼻，熏得透不过气来，匆匆把腰牌往管事眼前一亮，嚷嚷，“北镇抚司办事，快把你们家的账簿拿过来！”

管事年岁有点大，眯缝着眼将那牌子瞅了又瞅，当即吓得一哆嗦，赶紧让人去拿账簿，自己则慌三忙四给这年轻百户斟茶。

就在这时，门口响起一声脆亮的招呼：“都忙着呢？徐叔，我来取耿三家的货！”

徐管事疑惑地打量他，这是个倍儿精神的壮小伙，未语先笑，很是爽朗，身上的短褐打理得挺像个样儿。徐管事迟疑：“小哥儿有点眼生啊，你是耿三的……”

“侄子！”小伙子这才看清锦衣卫在场，也不怯生，连忙团团一作揖，赔笑道，“没看见诸位军爷，失敬失敬！小的耿春，给几位爷见礼！”

包小四敷衍地一点头，随口问徐管事：“最近有十串八串买鞭炮的吗？”

徐管事闻言就笑了：“军爷，我们这儿，走的都是大宗买卖。除了熟人，一般不零卖。”

包小四懊恼地一拍额头，暗骂自己蠢。年节生意繁忙，作坊哪有闲工夫算计蝇头小利，零卖怕还得靠摊贩。

失望了一上午，包小四拿了账簿刚想走人，一边等货的耿春忽然叫住他："军爷，这个数目，小的倒是遇到个符合的。"他挠了挠头，一脸的不堪回首："要说那男人，可真磨叽，一共十串，小的也赚不了多少钱，他愣是跟我砍了两刻钟的价！交钱的时候，一把大钱数了又数，活像要他命似的！偏偏神智还有点不清楚，说话颠三倒四的，哎哟喂，那个累哦！"

本已到门口的包小四心头一动，慌忙跃回来问他："那人长什么样？这是什么时候的事儿？"

"什么时候？"耿春挠着头苦思冥想，"就前几天……前天还是大前天吧？记不清了。人我倒是还有印象，穿得不太好，他那对眼珠子啊，要么直勾勾地盯着你，要么就带着股恨意，看谁都想捅一刀，挺瘆人的！"

包小四觉得是找对人了，想进一步缩小搜寻范围："你好好想想，是红罗厂起火前，还是起火后？"

"起火前！"耿春这次答得很快，"当时五城兵马司还没开始整顿鞭炮，路上挺热闹的。"

包小四心中大喜，原地转了个圈，捋起袖子指挥下属道："去，回北司给我拉个画师过来！"

耿春脑子挺活，连忙大包大揽："小的粗通笔墨，这就给您画幅肖像！"

说着不待包小四答应，随手抽了支炭笔，就着地面画了起来。

耿春画得不太好，但主要特征还是能看出来的。男人大约三十来岁，衣衫单薄，生了张苦大仇深的脸，眉眼下垂，左眉上方有道寸许长的疤，郁郁寡欢的气息扑面而来。据耿春讲，那疤像是被什么东西给砸的，应当伤了有段时间了。

包小四光是看着，都觉得这是个经历过苦难的人。他叹息一声，这大概又是个同丁馈一样的小人物。

耿春画完有些讪讪，边擦手边斟酌着词句，吭哧道："军爷，我们小本生意，就挣个糊口钱，我叔人又老实，遇上那些泼皮吧，也不会招呼……”

包小四瞄他一眼，怪不得这般配合，合着是有事相求，一般普通百姓都不爱掺和这种涉及官府的事儿。包百户当即一摆手，甚是豪气：“下次有事报我的名号！”

这厢忙着查账，那边陆琨也忙，他一大早上就被人请去了诏狱。

丁馈这两日有点狂躁，本来死气沉沉的汉子老是发疯嘶吼，一会儿说头疼，一会儿喊冷。而这犯人可能还有用，死不得，狱卒赶忙捏着鼻子给他请了医士。神奇的是，医士并没有查出什么大毛病，开了药也不顶用，偏偏这人确实出现了腹泻情况，又不像是装病。底下人没法子，只得层层报了上来。

几日未见，丁馈眼窝深陷，瘦了许多，乏力得一动也不想动，看见陆琨进来，也仅仅撩了撩眼皮。

唯独右手中还攥着那张画有木簪子的纸，攥得那样紧，就像握住了他的第二条命。

医士都搞不清这是什么病，陆琨就更不懂了。他敲了敲栅栏，丁馈动了下眼珠子，继续保持着神游天外的状态。

狱卒生怕千户怪罪他们，连忙给自己脱罪道：“牢饭都是统一配发的，也没人来看他，因是重犯，小的们还特别腾出了单间。”

“进来时没事？”陆琨不由蹙眉，这可真是奇了怪了，没有诱因就出现怪病，要说水土不服，也不太像。

“除了神色萎靡，背上有杖伤，还挺好的。”狱卒满心委屈，“真不关我们的事儿，都是按规矩来的！”

陆琨琢磨着是不是医士水平不够，要不要换个，就在这时，丁馈忽然举起双手虚抓了下，喃喃：“嘉靖嘉靖，家家穷得干净……”

陆琨眉心一跳，豁然回首，瞪视着丁馈半晌没说出话来。

狱卒惊恐地瞪大了眼睛，慌里慌张地捂耳朵：“小的、小的什么也没听到！”

这种流传于民间的歌谣，要说锦衣卫完全不知，不太可能，很多时候也是睁只眼闭只眼。毕竟这天下要管的事太多，哪能面面俱到。

陆琨叹了口气，吩咐狱卒：“去拿个麻核桃，别让他乱说话。”

诏狱带着股潮湿发霉的味道，若有似无的臭味实在难闻，始终萦绕在鼻尖。

拉开狱门，陆琨深深吸了口冰冷的新鲜空气，才觉得活了过来。

狱门口有个微微伛偻的身影在徘徊，看见他出来，连忙过来行礼问好，却是老杨头。

陆琨这才想起昨日说的“有点发现”，略带些疲惫地揉了揉太阳穴，问：“尸体有什么问题吗？”

“是，是有些。”老杨头局促地搓着手小声道，“有具尸体，右小腿有骨折的痕迹。”

“哦，哪具啊？”陆琨暗自感慨役夫生活不易，随口问道。

老杨头偷觑着他，嗫嚅着回答道：“烧得、烧得比较轻的那具。”

陆琨犹疑起来，烧得比较轻，也就是最后进火场的役夫，卷宗上怎么说他来着？说他进去救人，一个小腿骨折的人自己跑进火场救人？还是说，他进了火场才骨折的，也因此没能逃出来？

像是知道他想问什么，老杨头小心翼翼地交代：“小的看着像新伤。”

陆琨皱了皱眉，这话并不能解释他的疑惑，估摸着得死者身边的人才知道受伤的确切时间了。他沉吟着叮嘱老杨头：“这事儿先不要告诉别人，你心里有数就行。”

老杨头巴不得不蹚浑水，忙不迭应下了。

陆琨原地琢磨了会儿，觉得他们或许忽略了火灾中几名死者的人际关系，遂打马往积庆坊赶去。

一路青砖黑瓦，偶尔抬头还能顺着巷子望到皇城的高墙。这是四天里，陆琨第三次走进红罗厂。

到底是给宫里烧炭的地方，即便出了乱子也不敢过多耽误。除了北镇抚司勒令不能动的起火现场，其余地方大多已经清理干净，恢复了往常的秩序。

役夫们来来往往，将由硬木烧成的黑炭，依次放入刷过红泥的小圆荆筐中，再贮存起来，等待宫中取用。

红罗厂隶属惜薪司，役夫分为砍柴夫和抬柴夫，前者名册在工部，后者却由内府惜薪司管辖。可巧，死的五个役夫都是抬柴夫。这会儿迎出来是个监工宦官，许是在这边待久了，面皮黑红，嗓门大了些，没宫中头头们那般讲究。

“您说最后进火场的那个冯武啊？嗐，挺好的一小伙子，还是他抢先看见有人纵火的。当时场面太乱了，我听他嚷了声‘那小兔崽子跑了’，还没来得及问，火就烧起来了。”监工陈建态度摆得很正，问什么说什么，“仇人？这倒没听说过，冯武人缘还不错。”

陆琨打量着黑乎乎的废墟，敲敲被烟熏火燎过的墙壁，问：“你们这儿一天得出不少炭吧？不禁火？”

“哪能啊！”陈建笑了，“除了烧炭的地方，哪敢让他们弄半点火星！就像这回，一烧可就是没法救的大火。平常上工前都得让他们把火折子之类的东西交上来。那放火的小兔崽子……嘿，您说他怎么进来的？就冯武看见了，还想不开把自己搭进去了！要是救熟人也就罢了，可那几个陷在火里的人，他压根没怎么跟人家说过话。”

陆琨心中一奇，救人？救什么人？他略一思忖，估摸着这冯武八成是看到了不该看的东西，被灭口了。他故意叹气：“的确想不开啊，左腿骨折还跑进去，能出来才怪！”

“什么什么？谁骨折了？”陈建莫名其妙，以为他检错了尸体，连忙纠正，“没啊，那天早上他还上工呢！腿脚挺利索的！”

陆琨刚刚是诈他，冯武伤的是右腿，他故意说成左腿，若是之前伤的，那么陈建或当时在场的役夫就会下意识纠正。可陈建的回答，又给他带来了新的疑惑：冯武的腿到底是怎么伤的，什么时候伤的？

眼下春寒未尽，焦黑的废墟在夜间蒙了层白霜，随着太阳升高，渐渐融化，慢慢洇湿了焦土。

陆琨低头看着湿乎乎的黑土，冷不丁问道："你怎么知道他是救人？"

"哦，当时跟他关系不错的一个役夫在外面嚷嚷来着，拼命喊他出来，让他别救了，嗓子都哑了。"

陆琨心中寒意陡生，这人拼命喊他出来，究竟是真的出于焦急，还是为了掩盖冯武的呼救，让冯武的信息传不出来？因为关系好，因为声音大，在场的人就会下意识地相信……可如果，就是好友背后捅了他一刀呢？

江河滔滔，泥沙俱下，不到最后关头，谁也不知留在自己身边的是人是鬼。

8

冯武的那个好友名叫张贺，跟他是同乡，本来役期已经结束，但为了等冯武一起归乡，没走，暂时在别的地方找了份活儿干。据说最近要出趟远门，他过来是想跟冯武打个招呼，没想到正赶上红罗厂起火。

后来张贺又回来过一趟，说是想收拾冯武的遗物。得知需要等结案才行，他倒没说什么。陈建也搞不清他现在在哪里干活。

陆琨差遣下属去搜查客栈酒肆等地，看看还能不能找到张贺，但实际上，他已经不抱希望了。

忙忙碌碌到申时，陆琨饿得前胸紧贴后背，随意找了家铺子进去要了碗饸饹面，吃完又就着面汤，卷上葱肉，啃了两张春饼，这才觉得腹中空荡荡的感觉慢慢淡去。

正结着账，可巧狸奴身边的小厮何勤拎着包药，心事重重地从门口经过。

“你这给谁买的？”陆琨想起狸奴的身体，连忙叫住他问道。

“啊，是陆千户啊！”何勤心不在焉的，差点一头撞在挂酒旗的柱子上，慌忙停下脚步强笑了下，解释道，“小官人从昨天开始就腹泻，拉得就剩水了……瞧我这张嘴！”何勤一抬头才看清这是家面馆，赶忙扇了自己一巴掌，赔笑：“没注意没注意！”

陆琨压根没顾上恶心，却突然想起了牢里的丁馈，连忙问：“还有什么症状？”

何勤一扬手里的药包：“脾气也不好，茶烫了发火，菜咸了发火，晚上睡觉嫌火鱼吵，直接把鱼从窗户里扔出去了……这不，医者给开了药，小的跑了好几家药店，才找齐药材。”

神志不清、腹泻、狂躁，陆琨心思一动，一个是牢里的囚犯，另一个是官宦子弟，怎么就同时出现了相似的症状？

何勤又愁眉苦脸地叹了口气：“您说小官人都这样了，医者让家里给他熬点小米粥养养胃，结果他不喝，喝了就吐，非得喝裕王府粥棚的那个糙米粥。这大街上，人来人往的，不干净不说，那糙米也磨胃呀！”

陆琨骤然眸光如霜雪，病成这样了还非得喝糙米粥，这可不是一句好喝能解释的。

他猛然记起了那日狸奴的话：“说起来，裕王府的粥真神奇，明明不好喝，还有股怪味，可是每次喝完都身轻如燕，胃里暖呼呼的，一日不喝就馋得慌。”

不好喝，却离不开。狸奴出现幻觉之前，只喝了糙米粥。

丁馈是灾民，为了省钱，必定也是喝过的。而且像他这种大汉，饭量应当还不小。据陆琨所知，朝廷的粥棚是每人给粥三碗，炒豆一碗；而裕王府的粥棚是每人给粥两碗，炊饼或胡饼一个，丁馈应当是每餐必尽。

如果裕王府的粥饼有问题，那么中招的人大约不少，这样一来，前段时间城门口的骚乱也就有了解释。

思及此，陆琨打发了何勤，迅速赶去了北镇抚司，一把揪住过来汇报的庞忠戍，张口就问："骚乱最多的地方，是不是朝阳门和东便门？"

庞忠戍一怔，木讷的脑袋才跟上问题："是，是啊！我已经加派两次人手了，也不知道怎么搞的。"

陆琨松开了他，眸色急遽变幻——裕王府的粥棚就设在这两个地方。

有问题的粥，可能还存在教唆灾民的情况，与此同时，裕王又博了个心系百姓的仁王名声，看似不得志的裕王朱载垕，究竟在做什么？

"怎，怎么了？"庞忠戍丈二和尚摸不着头脑，到底是一门心思干实事的，只恍惚了一下，他就拿出调查结果给陆琨看，"目前基本认定鞭炮产自王记、孙记或者泰兴作坊。刚刚包小四回来跟我说起一个情况，说这个有伤疤的男人买了十串鞭炮，我觉得他的方向很对……"

陆琨拿过伤疤男的画像看了几眼，随口吩咐："多画几份，在城门口、衙门口、各大寺院都贴上，尤其是灾民聚集的地方。另外……"他沉吟了下，干咳道："你去请钟千户把马立人的案子，转过来。"

马立人死在造纸厂集中的白纸坊，那里向来荒凉，遍布臭水沟与坟茔，实在是个杀人抛尸的好地方。

据马家下人说，他们是在宣武门外南大街遇到那个系了花鼓的女子的。自那里往东北方向走不了多远，就是京师有名的烟花之地，清白人家的女子怎么会去那里击鼓卖艺？偏偏乐籍妓家，又遍寻不到此女。

值此多事之际，陆琨不得不考虑，此女出现在那里，是堵马立人方便，还是因为她根本进不了内城？

换句话说，杀人的女子极有可能是跟丁馈一样的灾民。

可是，丁馈刺杀大京兆是因为对方不许灾民进内城，这个女子杀马立人又是为了什么？

诸般纷杂的念头纷纷涌出，陆琨揉揉太阳穴，盯着院子沉思，从丁馈，到伤疤男，再到狸奴，似乎总也逃不脱一个神志不清的评说。那么，杀人的女子呢？她那时神志清楚吗？四人里面刨去狸奴这个特例，生活都不如意，多少有些愤世嫉俗的味道。此外，撞上他们的人，又刚巧都是京师的高官显贵。

如此多的相似点，令陆琨忍不住重新审视马立人的案子，这真的是一桩普通的凶杀案吗？也许，将其与手头的案子合并查探，才更合适！

那边庞忠戍听陆琨这般吩咐，半晌没回过神来，颇觉匪夷所思地瞪着他，指指自己，又指指他，强调了一遍："你，让我，去找跟你平级的钟千户，告诉他，他们千户所的案子，咱们接了？"

陆琨歉然看着他，一下一下点头。一阵透心凉的春风吹来，吹得庞副千户脑袋上的毛又少了几根。

陆琨干笑了下，借口去找包小四询问糙米粥的事儿，走了。

嘉靖十年，朝廷在各营设立了惠军药局，锦衣卫乃天子亲军，自然要格外关照。北镇抚司不但有自己药局，还分了医人的医士和医马的兽医。

包小四昨日就将粥送来了此处。

热衷疑难杂症的封神医不在，只有给狸奴看病的老医士带着个弟子在忙活。不大的院子里晒满了药材，十几只小炉正熬着汤药，那小弟子年岁不大，记性倒是好，每锅药的时辰记得分毫不差。别看阎庭用装病，倒也不是完全不管事，他深知防患于未然的道理，特地拨了笔银钱，让老医士熬了些预防时疫的汤药，分给那些经常出去巡逻的锦衣卫缇骑喝。

陆琨不幸，早上喝老医士的药，晚上还得喝陆炳家送来的药，搞得他闻到这味道就想吐。

老医士没想到陆琨那么在意一碗粥，捋了捋胡须，给他看从碗底刮出来的黑色膏状物："确实添加了东西，且不止一味药材。碾碎熬煮过，又加了香料遮掩，已经很难分辨了。恕下官才疏学浅，仅确定了主药。"

那膏状物并不多，也就黄豆粒大小，陆琨伸出食指捻了一点，凑到鼻端嗅了嗅，有些刺鼻，似乎在哪里闻过。

老医士神情有些困惑："陆千户可曾听说过，宋朝时兴的法乳汤或者佛粥？"

陆琨茫然看他，对这种盛行于士大夫间的东西不甚了解。

"苏辙曾经写过一首《种药苗》：'罂小如罂，粟细如粟。与麦皆种，与穄皆熟。苗堪春菜，实比秋谷。研作牛乳，烹为佛粥。'这罂粟，咱们如今也叫乌香。"

陆琨脑中轰然炸开了，他知道这味道为何如此熟悉了，因为他此时怀里就揣着一盒被封神医形容为双刃剑的东西。

老医士叹息："下官有幸，在太医院进学时曾见过这东西，这才能辨认出。可是这分明是价比黄金的宝贝，怎么会让人产生幻觉呢？想来还是辅药起了作用。"

不，不是这样的。陆琨想起了封神医说过的那句话："其止病之功虽急，杀人如剑，宜深戒之。”

杀人如剑！

如果所谓的辅药是为了逼出它这一特性的，那么……投放药物之人其心可诛！

他死死盯着那点黑色，神情有些恍惚地问：“它，会让人上瘾吗？”

“这个，这是贡品，下官不了解啊。很多药吃久了，多少都会有上瘾的症状吧？”老医士神情尴尬，感觉自己解答不了千户大人的问题，太过丢人。

陆琨不敢去问别人，只能逮住老医士道：“查，必须给我查清楚，这玩意儿到底有什么作用，它的危害是什么！记住，你一个人。”

“这这这，卷帙浩繁，这也太……”老医士欲哭无泪，深恨自己选了学医这条路。

陆琨看看老头花白的头发，亦觉得有些对不住，双手扶住他的肩膀，许诺道：“办好这事儿，我找人给你升八品御医，咱给贵人们看病！”

“不不不，给贵人们看病风险太大，正九品、正九品就成！”老医士没承想临到这岁数，老天还能往自个儿头上砸个馅饼，当即激动得找不着北，语无伦次地连连摆手。

“行！只要你把这事儿给我解决了，你说几品，我给弄几品！”陆琨使劲捏捏他的肩膀，殷殷嘱咐，“都督迟早要出宫，给我长点脸。”

老医士跟打了鸡血似的，手舞足蹈就去挨个书架翻书了，看起来对前景很是期待。

陆琨抹了把汗，心头重又被乌香的阴影笼罩。裕王，究竟想做什么？

杨继盛尸骨未寒，当年他因一句“皇上或召问二王，令其面陈嵩恶”而下狱，祸端不幸烧到了裕王，为了助其洗清嫌疑，高拱、徐阶几乎是使出了浑身解数，陆炳更是冒着得罪严嵩的风险，没让严党拿到针对裕王的口供。

陆琨走出药局，回头望向十王府的方向，真切希望裕王不要行差踏错，致使三人的苦心白费。

可粥棚是裕王府设的，乌香也是从他家的粥里发现的，就算是有人阳奉阴违行事，又怎么能接触到乌香？他们哪来的人力财力布这么大的局？

除非，是裕王授意。

尽管不敢相信以敦厚宽仁著称的裕王会做出这种事儿，陆琨还是本着宁枉勿纵的原则，让人拿着伤疤男和花鼓女的画像去朝阳门和东便门附近的窝棚挨个询问。

转眼又是几天过去，两人的身份基本确定。买鞭炮的伤疤男叫贾禄，来自渭南县。贾禄本来抢出了妻儿和口粮，以为他们能躲过一劫。谁知县令竟死在了地震中，无人主事，盗匪横行，不但抢走了口粮，还奸杀了贾妻。贾禄眉骨上的伤就是在打斗中留下的。没了口粮，天寒地冻，他的孩子很快也不行了。

女人的画像只能看出个轮廓，朝阳门附近一处窝棚里，有几个跟她一起住过的。因为腰上系的那只花鼓，几人一眼认出她便是三娘。三娘是外地人，地震后她的丈夫、孩子也逃出来了，一家人互相扶持来到城墙下，不料却遇到了小吏的刁难。原来一个公子哥儿骑马路过时，只说了句"这小娘子不错"，负责分粥的小吏便从中看到了攀附机会，暗示三娘主动献身。被拒绝后，小吏故意找茬克扣粥豆。三娘的男人为了救他们娘俩，在地震中被砸成重伤，本就急需救治，被小吏拖延来拖延去，官医迟迟不到，只能含恨而终。三娘悲伤过度，身子没了奶水，还在襁褓中的孩子也紧跟着咽了气。

天灾，犹能不恨；人祸，必以血偿。

有的人杀过人可能会就此罢休，但有的人，尤其是走投无路，又从中尝到满足的人，却会一而再再而三。

陆琨眼下最怕的就是这两人收不住手。那个刁难过三娘的小吏，被锦衣卫缇骑紧急找到，目前还在商量是抛出来当诱饵，还是投入狱中保护起来。而据小吏交代，那位看上三娘的“公子哥儿”，其实是严世蕃。

三娘，并不知道他是严世蕃还是马世蕃，她要杀的，是这一类人。这意味着，等她缓过劲儿来，可能还会出手。

此外也从侧面印证了陆琨的猜测：来自窝棚的三娘，与刺杀大京兆的丁馈、买鞭炮的伤疤男贾禄，有着千丝万缕的关系。

朝阳照在紫禁城金黄琉璃瓦上，微尘在无数飞檐斗拱间掠过，停在海子桥上，一具浮尸慢慢漂出了石孔洞。

初春雪寒，浮尸漂在水上，发髻散乱，正是那天夜里顺天府署外，石狮子前的男人。

他为自己又争取了两条街的生命长度，然而仍免不了拜谒阎王。

海子桥附近人群越聚越多，指指点点，小吃摊主则纷纷将摊子后撤，避免沾染晦气，好事之徒们倒是不停往前挤，想要看个清楚。

大兴县衙的衙役驱散人群，清出一片空地，将浮尸打捞了上来，仵作就近验尸，稀奇古怪的工具摆了一堆。县丞并不是很懂这些，只是按规定站在旁边监督，眺望着近在咫尺的宛平县边界暗自嘀咕：这人怎么不死在对面呢？

这时，仵作报告结果的声音清晰传来：“腹肚胀，拍着响，左眉骨上方有伤，寸许长……”

“等等！”县丞豁然回首，拨开仵作，望向那具尸体。

头面已浮肿，唯那道伤疤清晰可见。

他心中生出一股庆幸，北镇抚司这几天发了疯似的找一男一女，想不到，竟在这里找着了一个！

县丞勉强恢复平静，咳了声，指挥捕快道：“去，告诉北司，他们要找的男人在海子桥。”

一波未平一波又起，北镇抚司最近真有点流年不利的味道。

好不容易找到了案子的重要人物贾禄，却是一具死尸。如果是自杀或失足落水还好，可若是他杀，这就意味着他与红罗厂的冯武一般，被人灭口了。

“不是自己落水。”老杨头过来验完尸，十分肯定，“他后颈上有伤，左手指甲缝里有泥沙和破损。我猜啊，八成是被人强按着，淹死的。”

“杀人灭口。”庞忠戍只觉一股郁气凝于胸腔，憋得他喘不过气来，“恐怕，三娘也凶多吉少了。”

他们刚刚将案子梳理出头绪，嫌疑人就陆续出事，从丁馈到眼前的贾禄，若再加上死于火场的冯武，竟是无一善终。仿佛有人始终盯着这张网，一旦边缘线头被触碰，顷刻就有利剪将其剪去。

“找！把人都撒出去！必须尽快找到她！”陆琨一脚踹翻捕快搬来献殷勤的板凳，飞身上了马，顺着鼓楼大街一路飞驰，经安定门大街，直到进入十王府附近，才慢慢停了下来。

他端坐马上，看着碧瓦朱甍的裕王府，良久良久。

不，还不是时候……他并没有直接证据证明是裕王授意投药，没有齐聚人证物证的指证，都是不公正的。

太阳渐渐升高，墙角的薄冰慢慢化了，留下几摊水泽。但凡走过，哪怕是水，都会留有痕迹——总会有真相大白的那一天。

陆琨猛然掉转马头，策马返回安定门大街。

“一个弱质女流，刚生了病，还杀了人，大半夜的，能去哪儿？”庞忠戍筛查着马立人被杀附近的街道，分析，“她走不远。更可能的是，就近躲进了某户人家。”

午后的太阳照得人懒洋洋的，穿过陆琨值房的窗棂，扫过一张张地图。

“可是，咱们贴了那么多画像，为何没人报案？”陆琨双臂抱在胸前，在房中慢慢走动，“之前只是轮廓，后来经过窝棚灾民们的完善，眉目已相当清楚，不太可能认不出来。要么，这户人家同情她，但这是锦衣卫要的人，一般人没胆子收留。要么……”

“这户人家有把柄落在了她的手里。”庞忠成缓缓从图纸中抬起头来，神色凝重。

陆琨停止走动，扬声唤来下属，扯开图纸，抽出毛笔，在马立人死亡现场一带画了个圈，吩咐：“以此为中心，搜索方圆三里。不，二里就够了。有幼童的人家，尤其是三岁以下的男童，独子，更要注意。大户人家不需要特别留意，主要就是小门小户。”

一个大病未愈，又费心费力策划了这么一起事端的女子，应当没多少力气了。她所能控制的，也就是几乎无反抗力的幼童。而男孩子是一个家庭的传承所在，控制了独子，等同拿住了大人的命门。大户人家，对仆人的筛查比较严格，像这种来历不明的女子，是不敢随意留宿的。她瞄准的，应当就是普通的蓬门荜户。

北镇抚司孤注一掷，将宝全压在了三娘身上。若在这里依然找不到突破口，只怕所有人都会崩溃。

万幸，这次老天是站在他们这边的。

傍晚时分，有一队传来消息，有户三口之家很可疑。

这户人家姓郑，位于白纸坊一条逼仄巷子里。男主人年前得了急症殁了，只剩女主人带着一对儿女生活。

女儿五岁，儿子尚在襁褓中。

“郑娘子织布绣花的手艺不错，日子还过得下去，但也不甚宽裕。据附近的屠户说，她家一个月买不了几次肉。可是刚刚邻居反映，最近郑娘子买了猪肝、红枣和红豆，还从药店买了藿香正气散。”在茶楼二楼，包小四打开窗户，指着对面成片低矮民居中的一户解说。

“补血、补气、止泻。”陆琨点点头，眯眼望去，那户人家的院子竹竿上晾满了衣服，除了尿布就是中衣，两件大的，两件小的。

时值冬季，普通百姓换衣并不勤快，攒在一起洗怕也没多余替换的，那么多出来的是谁的，就显而易见了。

“每日丢出来的垃圾跟原先比如何？”陆琨头也不回地问。

“这也正是我要说的，这片儿负责清理粪便的人交代，郑娘子家的粪便比之前多一些。不过她家最近并没有客人上门。”包小四给出自己的结论，“那个女子，应该就躲在她家。”

都是没了丈夫的妇道人家，同病相怜好心收留，等发现不对的时候，自己的孩子可能已经落在了通缉犯手里，百般无奈之下只好配合。这样的话，就讲得通了。

小巷附近，已经完成了布防，庞忠成站在巷子口冲陆琨打了个手势。陆琨点点头，转身下楼，准备收网。

街道上人来人往，卖肉的屠户一声吆喝，愣生生被鲜亮的青绿锦绣服噎在嗓子眼，喉头“咯咯”作响。

包小四看看噤若寒蝉的百姓，连忙小声呵斥他：“不许停，该干什么干什么！”

屠户率先回神，放开嗓子吼出破音的吆喝：“卖，卖肉啦——最后一根骨头棒子喂——”

巷子仅容二人并肩通过，上方还延伸出了乱七八糟的棚子，不知谁家烧灶的本事太差劲，浓烟从灶台冲出来，一直蔓延到巷子里，有点呛人。

郑娘子的邻居是个胖大婶，战战兢兢站在那里，腿脚微微哆嗦。

庞忠成正在对她进行最后的交代：“都记住了吗？只要不露馅，事成之后，就免了你男人的徭役。”

胖大婶畏畏缩缩地点点头，捏着衣角挪到郑娘子家门口，颤抖着敲了敲门。锦衣卫分散开来，躲在门口两侧。

“谁呀？”门内响起一女子脆亮的问声。

“是，是我，王嫂！”胖大婶磕绊了下，才在包小四紧张的注视下把话说利索。这一开了口，她逐渐适应了场面，刻意带点喜气地招呼道：“大妹子呀，我给我家小孙子改衣服呢，不太会弄，过来问问你！”

低矮的房屋内，郑娘子紧张地望向床上。

这屋子进门就是堂屋，一张方桌横亘中间，既当饭桌，也是做针线活和待客的地方。与其半墙之隔的则是卧房，缺口处扯了布帘子遮挡。卧房仅有一扇窗，光线不太好，映得人有点暗。

此时，三娘就斜倚在床上，拿勺子吃着一碗粥，郑娘子的儿子虎头安静地睡在床里侧，这一幕，格外美好。

三娘侧耳听了会儿，淡淡道：“你跟着去她家做活儿就是，我不会拿你的孩子怎么着的。”

郑娘子为难地看看兀自蹲在地上玩的女儿燕子，叹了口气，只得抱起针线筐子，向外走去。

门外传来门闩拉开的声音，很快就安静了下来。

三娘慢慢吃着粥，偶尔满怀柔情地看看虎头：她的孩子，也这般大了呢！听说那位王嫂的小孙子也胖乎乎的，想来也很招人喜爱。

三娘针线活儿同样好，她也想给自己的孩子做身新衣服，可惜，没机会了。

等等，新衣服？针线？剪子？

她蓦然想起前两天闲聊，郑娘子曾提过一嘴，王嫂他们那边有个习俗，正月里不能动剪子、针线，今日怎么忽然想开了？

门外，郑娘子拘谨地攥住针线筐，不敢去看散发着凶悍之气的锦衣卫，她丧着脸，低头小声辩解道：“我儿子在她手上，我没法子……”

陆琨跟庞忠戍对视一眼，果然如此。

庞忠戍取出一包药给她："你把这药……"

"不行的！"郑娘子不接，打断他，"她无论吃什么东西，哪怕喝口水，都要我闺女先入口。"

拿孩子当挡箭牌，这可麻烦了。哪怕是迷药，小孩子吃了也必然先她一步发作，足够令她提高警觉，鱼死网破了。

陆琨沉吟了下，问她道："你也跟她相处几日了，你觉得她……如何？我是说，好不好说话，心性怎样，可有怜悯之心？"

他一直坚信，除非是从地底钻出来的邪魔，否则，哪怕是穷凶极恶之人，也会有软肋。更何况这是一个外柔内刚、刚刚失去丈夫孩子、孤苦无助的女子。

郑娘子倒是很实诚，沉吟道："她其实人挺好的，照顾虎头……我是说我儿子……比我还要细致。脾气也好，跟人说话轻声细语的，我闺女就爱听她说书。"

庞忠戍双手搓了搓冻得冰凉的脸，吩咐她："你先把闺女带出来，能救一个是一个。剩下的我们想办法。"

小孩子待在里面变数太大，万一不明真相，哭闹不止，都会为营救事宜增添难度。

郑娘子正是六神无主的时候，无所不能的锦衣卫既肯接手，她也就顺势应下了。

小院静悄悄的，三娘应当还没吃完粥。郑娘子思量着理由，就说王嫂的从孙女也要做衣服，跟燕子差不多身材，叫她过去量一量。

三娘，应当会同意吧？她站在堂屋门口，平复了下情绪，深吸一口气，极力装作自然地推开门："三娘……啊——你做什么！"

这声惊呼太过尖锐，一直传到了外面。

"不好！"陆琨顾不得其他，立即雁翎刀出鞘，招呼一众缇骑冲了进去。

矮小狭窄的堂屋，两个女人隔桌对峙，针线笸盖在地上，里面的针头线脑散落一地。三娘一手抱着襁褓，一手持着短匕架在燕子侧颈上，似笑非笑。

“三、三娘……”郑娘子看着瞬间包围屋子的锦衣卫，异常慌乱，“不是我，不是我叫的。你、你别伤害孩子……”

“是吗？”三娘微偏螓首，眉梢眼尾轻轻上挑，带着股意味深长，“真巧啊……”

面对凶神恶煞的锦衣卫，面对无数刀锋手弩，这个女子依然款款笑谈，毫无惧色。

她的手很瘦，却很稳，短匕持在手中，丝毫不颤抖。

出奇的是，才五岁的燕子很安静，不哭也不闹。

陆琨排众而出，慢慢走到门口，将刀交给下属，双手张开举到胸前，尽量平静地安抚她：“我们已经查清了，是你们吃了不该吃的东西，发了癔症。这不怪你们，你别害怕，我们只是例行问话……”

“癔症？”三娘笑吟吟地看着他，眼波流转，缓缓摇头，“不，我很清醒。我知道自己要的是什么。世人欲望太多，所以世间污浊，我想要的，是一个朗朗乾坤。”

陆琨一怔，沉声问道：“你杀马立人，是因为他的欲望？”

“我不知道他是谁。他眼里的龌龊让我觉得恶心，凡尘就是被这种人玷污的！”三娘声音猛然拔高，字句中带着股恨意。

陆琨心中“咯噔”一跳，怕的就是这种，她果然走火入魔了！

他放弃晓之以理，转而动之以情：“我听说你也有个孩子，跟虎头一般大，一定很可爱吧？”

“对，很乖。”三娘温柔低头，眉宇间的积雪瞬间消融，唇角甚至含了些微笑意。

虎头不知什么时候醒了，懵懂地睁开大眼，咧着嘴笑了，发出“咿咿呀呀”的声音。

这一刻，三娘的身上，带着母性的光辉。

然而，这种人的心其实已经死了，只是为复仇而活。或者说，她存在的意义，就是杀尽世间浪荡子。

不能放她离开！——陆琨看着她这一瞬的柔情，决定铤而走险，陡然抢过下属的手弩，扣动扳机，随着一声颤音，利箭飙射而出，目标却是虎头！

“虎头——”郑娘子绝望的嘶吼近在耳畔。

三娘花容失色，千钧一发之际，竟松开短匕，双臂护住了襁褓，燕子顺势矮身钻出了她的桎梏。

配合多年的庞忠成立即飞身上前，扯开燕子。

与此同时，锋锐的箭镞划伤了三娘的右臂，鲜血汩汩流出。直到此时，她才感觉到疼。

近了，更近了！庞忠成一把拽住襁褓，猛力抽出，甩向门口。

包小四眼疾手快，急忙抱住，郑娘子踉跄扑过来，腿一软，“扑通”跪倒在地。

到底是个柔弱女子，仅凭一股气顶着，此时遇到真正的硬功夫，三娘立即一溃千里，一招都不到，就被庞忠成反剪了双臂。

“燕子，燕子！”郑娘子跪在地上，看看儿子，又拉过女儿，多日的担惊受怕，一起涌上心头，“哇”的一声哭了。

三娘也不反抗，冷笑着，任由缇骑给她上了铁索，押走了。

“太险了！”庞忠成埋怨陆琨，“刚刚真是太悬了，稍稍偏差……你可真够大胆的！”

陆琨将手弩抛给下属，强作镇定：“三娘不会让他有事的。那是跟她儿子一般大的孩子，是她儿子生命的延续。”

“那也不行！”庞忠成额头后背全是冷汗，低声警告他，“得亏没事，不然你就等着被言官往死里弹劾吧！”

一帮人撤走的时候，陆琨摸了摸燕子的脑袋，笑着问道：“害怕吗？”

“不怕！”小女孩笑嘻嘻地脆声答道，小脸上俱是天真无邪，“婶娘跟我玩呢，我们打了个赌，我说我娘很聪明，婶娘说我娘很笨，我们就商量着吓吓我娘。叔叔，游戏已经结束啦，你们什么时候放婶娘回来呀？我还等她给我说书呢！”

陆琨愣住了，抬头望向了三娘离开的方向——她，还有以后吗？

9

夜色深沉，景王府的宫灯一盏连一盏，穿过无数回廊，照亮了凤凰亭，而后一路迤逦，直到汉白玉栏杆围绕的寝殿前。

身披黑斗篷的清瘦男子拾阶而上，缓缓推开门，掀起了帽子。

——竟是狸奴。

殿里只点了两盏灯，有些暗，景王衣着随意，正窝在榻上，抱着怀里的狮子猫抚摸。

那猫真是漂亮，通体淡青，双眉洁白，温驯地趴在景王腿上，伸出舌头一下下舔着他的手指。

“好看吗？”景王笑睇狸奴，“严世蕃搞来的，像不像父皇特别宠爱的那只霜眉？”

狸奴站在他身侧，冷眼旁观，不置一词。

景王双手抄起猫儿，状似不经意地问道：“跟陆义择那只蠢笨的黄狸花猫比，如何？”

这话问得奇怪，似乎堂堂王爷也就这点眼界了。狸奴心中觉得不爽，淡淡瞥开眼，漫不经心地答道：“云泥之别。”

景王很满意他的回答，这才扯回正题：“怎么这会儿过来了？”

狸奴从袖中摸出那枚穿宫牌，丢给他，皱眉：“你派的这是什么人手？连穿宫牌都能丢在现场。”

景王放下猫儿，拿起那块有着景王府印记的荷叶盖铜牌，诧异地挑眉道："锦衣卫没发现？"

这可是个要命的东西，一旦落到北镇抚司那帮凶人手里，他这边必定不会如此平静。

狸奴没好气地瞪他："我买通了仵作！"

景王依然不放心，语气有点咄咄逼人："买通？能为钱守密的人，就能为钱出卖你。"

狸奴一听就知道他想做什么，捏着鼻梁叹息道："行行好，你就少造点杀孽吧！这老头打算金盆洗手，去外地含饴弄孙，跟咱们不会再有交集了。"

景王目光闪了闪，没再说什么，只是意兴索然地将猫儿丢到了地上。这猫儿自来后就受宠，十分不懂为何会被放下来。它贪恋着主人温暖怀抱，又黏乎乎地凑了上来。

景王看着它，无端心烦，狠狠一脚踹开："滚！没眼力的东西！"

猫儿吓了一跳，再不敢去招惹主人，一步三回头地走了。

狸奴早已习惯了景王的喜怒无常，连劝都懒得劝，只是一声喟叹："你打小就这样，永远都看着皇帝和太子的东西好。给你了吧，又只有几天的热乎劲儿。"

"嘿，谁珍惜到手的东西？"景王眉宇间带着讥诮，意兴阑珊道，"乳母这几天就念叨你，再哄我也快没词儿了，去看看吧！反正最近陆义择忙得要死，也顾不上你，在家里住两天再回去。"顿了顿，他又道："至于鞭炮那事，你不用管，那颗棋子处理了贾禄，也该自己暴露了。趁乱给他儿子换个科举容易些的户籍对我来说易如反掌，对他来说……啧！"

狸奴知道劝不动他，也不再费劲儿，转身就往外走。

快出门时，景王忽然叫住他："你又何必作践自己，你明知道朝阳门的粥饼有问题。"

狸奴没有回头，只是眉宇间倏然冷却，他语气中带着森森寒意：“如果不是我跟他们进食同样的东西，你们会放什么呢？我猜猜，是会死人的毒药，还是能引发瘟疫的东西？”

“是啊，投鼠忌器。”景王倚在榻上，肆无忌惮地打量着他的背影，“你我都是喝乳母的奶长大的，你知道我不可能会去害你，所以，你为了那些贱民，不惜拿自己逼我。多好的机会啊，不消多，只要死上几十号人，老三就再无翻身的可能了。”

狸奴豁然回头，眸中藏着怒火：“朱载圳，你将来是要做皇帝的，这些都是你的子民！”

景王倏忽笑了，似乎满腔的憋闷就这么散了。他懒洋洋地冲狸奴勾了勾手指：“你奈我何？”

狸奴嘴角抽了抽，狠狠一跺脚，愤愤拂袖而去。

景王就这样托腮，看着对方消失在暗沉的夜色中，良久喃喃自语：“你说错了，我不羡慕太子。我有太子没有的，我有奶兄弟，他们都没有。”

嘉靖与陆炳，就是奶兄弟，喝一人的奶，在一起长大，从兴献王封地到京师，相互扶持至今。

景王最骄傲的事情就是，他与父皇一样，拥有狸奴这样一位奶兄弟。

北镇抚司的诏狱里，火把照亮了阴冷厚实的墙壁，映出忙忙碌碌的身影。无数染血的刑具，在跳跃的火光中扭曲成阎罗地狱，拉着人不断堕落，仿似身处不会醒来的梦魇。

三娘一身单衣，安静地跪在地上，面上依旧是那抹似笑非笑的神情。

好话说尽，陆琨端坐案后，带着疲惫问道：“三娘，我再问一遍，世间污浊这种话，是谁教给你的？诏狱的刑具不是你能想象的，痛快交代，你不受罪，我也省心。”

三娘眼皮一掀，无数细碎的繁星自眼底蜿蜒，她眉眼弯弯，依旧是那句：“没人教，世道如此。”

庞忠戍忍不住悄声问陆琨：“你说她是不想说，还是真不记得了？”

陆琨思索了一会儿，忽然起身道：“你先审着，我去去就来。”

说罢也不待对方反应过来，就匆匆向外走去。

陆琨要去的是惠军药局。老医士接连几日头悬梁锥刺股，此刻胡子拉碴，憔悴不已。看见陆琨进来，他眼珠子呆滞了一会儿，才陡然转动，慌慌张张拿起本书，想要递给陆琨，不想一起身就带倒了数摞书，甚是尴尬。

陆琨顾不得安抚老医士，一把抢过书。原来是一本苏辙的诗集，翻开的那页正好有句“饮之一杯，失笑欣然。我来颍川，如游庐山”。

“这能说明什么？”陆琨颇为费解。

老医士摇头晃脑解释：“飘飘欲仙，如饮琼浆玉露，梦里不知身是客。陆千户，这可比醉酒还神奇，大约也只有五石散之类的东西可以媲美了。”

“如此说来，”陆琨合上诗集，神色凝重，“这东西用得好，确实能让人丧失理智。”

“按理来说是这样，但下官才疏学浅，不知他们是怎么调配的。”老医士神情有些沮丧，觉得没拿出什么有力的证明，千户许诺的官职可能要作废了。

陆琨不是医者，他只要一个可能，一个能串联起所有事情的可能，一个足够他去理清逻辑的可能。至于配方，等拿下了罪犯，有的是法子让他开口。

现在的麻烦是，涉案方是裕王府，该如何安排，才能让人无可辩驳呢？

眼看时近深夜，陆琨安抚了可怜巴巴的老医士，就招呼一众下属吃锅子去了。

几个百户找了个没人的敞厅，偷偷摸摸把藏好的工具拿出来。小火炉上一架铜锅，汤是煨了一下午的排骨汤，薄薄的羊肉片和鱼片次第入了热汤。一帮汉子也不讲究，白菜、豆芽、豆腐，手头有啥都往里放，往往这波还没熟，另一波已经下锅了。陆琨本还想矜持一下，后来一看连包小四这个谄媚的家伙都顾不上他，当即甩开包袱，一通胡吃海喝。

庞副千户是急性子，口味也重得很，十分热衷芥辣，结果去拿蘸酱的工夫，一帮人就稀里哗啦清空了一锅，气得他直骂“有吃的没兄弟”。众人对此无动于衷，继续哄抢。

正吃着，关得严实的厅门忽然响了，惊得一众汉子齐齐愣神，十分不讲义气地推了陆千户去应付。

陆琨刚下进去的肉片还没熟，就被赶了出来，又一次真切认识到自己这个千户，真不如眼前的锅子。

不过来人却着实出乎了他的意料，竟是裹着大氅的狸奴。

打发了带他过来的缇骑，陆琨帮他宽去大氅，给他盛了碗好消化的豆腐，问他：“这么晚了，你怎么来了？外面应该夜禁了吧？”

狸奴焐着小碗暖手，却不想吃豆腐：“我说我来找你，他们就送我过来了。”

“有什么急事吗？”陆琨只好又把豆腐拨到自己碗里，惦念着他肠胃不好，也没敢给他捞其他东西。

“是，有点。”狸奴捧着盛了热汤的小碗，有些嗫嚅。其实他只是跟景王起了争执一怒离府后，在大街上被巡夜的截住，才临时找了个借口。一个谎言往往要用无数个谎言来圆，狸奴不得不为他的灵机一动绞尽脑汁。

周围乱糟糟的，白汤滚滚，红白相间的肉片上下浮动，汉子们依旧在奋勇争食，中间夹杂着包小四跳脚的声音。

陆琨侧耳倾听，示意他放心说。

蒙蒙雾气中，狸奴细瘦的手指敲打着碗壁，小声说："你们通缉的那个伤疤男，叫贾禄吧？我……好像见过。"

陆琨眉梢微扬，神色郑重了起来，同样小声问道："在哪里？"

"记不清了。"狸奴讷讷道，"好像是在朝阳门吧？当时我刚喝完粥……有种飘飘欲仙的感觉，看什么都不真切。我记得，似乎是在路边，有一个伤疤男……他当时在跟人说话，好像神智也不清楚，那人说什么，他就做什么，提线木偶似的。他们还提到宣武门、鞭炮……"

陆琨攥紧筷子，呼吸急促了起来："跟他说话的那人，你，还记得吗？"

狸奴摇摇头，想了想，又迟疑着点点头，神色间带着迷茫。

陆琨知道问题到了要紧的地方，伸手握住他，耐心开导道："别怕，没人知道是你说的。"

狸奴强笑了下，低不可闻地交代："我，我记得那个人，腰间挂了块穿宫牌。"

陆琨心几乎提到了嗓子眼，穿宫牌是皇城或王府的通行令牌，一般人不会拥有。他极紧张地问："哪里的，还记得吗？"

狸奴喉头滚动了下，低头抠着碗沿："我，我其实本来没在意，后来去回想，才忆起那块牌子上好像写着'凡遇直宿者，悬带此牌，出裕王府不用，伙夫'。可能有差错，你别太在意……"

看着狸奴惴惴不安的样子，陆琨赶忙安抚道："别怕，聊天而已。你还记得那个人的长相吗？"

狸奴作苦思冥想状："他……脸是那种黑红色，口音有点像南方的，他念'红罗厂'三个字的时候，虽然用的是官话，但更像是红挪厂……"

陆琨骤然转头向庞忠戍问道："那个冯武的同乡张贺，是哪里人？"

庞忠戍狂扒羊肉，头也不抬地答："苏州人！"

陆琨几乎遏制不住激动的心情，脑中已经有了成形的假设：张贺去年役满后，为了等冯武一起返乡，便进入裕王府做了伙夫，随后因为红罗厂的经历，被委以"重任"，犯下了这一系列的罪行。

至于是不是这样，只要搜查一下他的住处，看看有没有来源不明的巨额财物就能佐证。

他越想越激动，顾不得抢食，恨不得现在就带人抄查。可他很快冷静下来，这人八成是住裕王府的下人房，裕王府那么大，他真有心躲起来，锦衣卫得出动多少人才能搜到？

除非，有人潜到他身边，人赃俱获。可安排谁去呢？得是个生面孔才行，还得机灵。

大约是老天都见不得此等天怒人怨的事儿，翌日天刚亮，锅子的香味还没散尽，就给他们送来了这么个人——驻密云的锦衣卫百户——周存。

"你们都不知道，这路上乱成什么样了，我听说陕西那边成村成村地死人。"周存摘了风帽，脱掉羊皮袄，也不见外，自个儿找了副干净的碗筷，重新点了炉子，等水滚了，将昨晚吃剩的菜和肉重新下锅，稍稍一搅，捞起来拌了酱料就吃。自认是熟人的包小四还特意出去给他端了碗热粥回来。

"密云可是重镇，眼下正是易乱的时候，你不在那儿盯着，怎么突然回京了？"陆琨烤了只面饼给他，顺口询问。

"跟我们千户打过招呼了。"周存梗着脖子吞下白菜叶子，带着气解释，"密云县衙的那帮人，太不争气了！当初罗教那事儿，上面觉得一锅端不合适，就只处理了几个罪行重的。结果，嘿，你们知道吗，就这回地震，密云也有民居倒塌。老子堂堂锦衣卫都带着兄弟们帮忙去了，县衙那帮天天在笔头上忧国忧民的，一个个依旧吃得脑满肠肥。老子急了，找了个借口一查粮仓，娘的，快被这帮蠹虫吃空了！这不，我就带兄弟押着那帮人进京了。”

一众百户大呼过瘾，对周存这作为平添好感，又对着这等贪官污吏破口大骂。

陆琨却敏锐地察觉出问题：“等等，你没驾帖就抓人？”

锦衣卫和东厂拿人，尤其是牵扯到文官，必须得拿着风闻奏事的奏本，送刑科签发驾帖才行。虽然到了成化年间，厂卫滥用职权，没有驾帖就抓人的情况屡见不鲜，但值此敏感关头，大都少惹是非。

周存嘿嘿一笑，眸中全是自得，接着说道：“我没抓那县官，抓的都是佐杂官。这边抓人，那边派人飞马前来京师讨要驾帖，哥几个押解着犯人快到京师的时候，正好接到驾帖。到时候把人往牢里一丢，拿了口供，肯定群情激奋，都想着怎么处置他们了，谁还记得推算时间呀！”

陆琨上次就看出这是个机敏的青年，这一次更是对他刮目相看。这个年纪的青年百户，一个比一个横，很难学会好生说话。可周存，如此熟悉官场规则，既顶着一身讨骂的皮办了自己想办的，还能让人抓不着话柄，甚至人人叫好，就十分难得了。

包小四这人永远不会看场合，懵懵懂懂地问他：“你回了京，不去你们千户所点卯，来我们这边蹭吃蹭喝做什么？”

庞忠戍连忙踢他一脚，恨不得掐死这蠢货。

周存倒是想得开，也不觉得尴尬，叹气道：“刚刚回了我们千户所一看，都还没到齐，多了好些生面孔，我原来的位子也给人顶了。想想这边好歹还有认识的，过来讨口饭吃。”

陆琨琢磨了一下，周存把密云县衙从上到下得罪了个遍，铁定不能再回去了，他们千户所也不重视他，自己倒是缺个机灵会办事的。庞忠戍踏实肯干，但过于实心眼，场面上的事儿应付不来；包小四又是个没脑子的，只能干些跑腿的活儿。若是把周存留下，委以重任……他看看忽然冷场下来的诸人，心里明白周存得给个投名状，才好服众。

好了，眼下就有这么一桩需要周存办的事儿。

不知何时睡醒的狸奴，正捧着碗开水暖手，闻言笑睇陆琨，一语双关道："恭喜啊！"

10

京官都知道裕王府穷，但到底有多穷呢？文雅点说是金玉其外，败絮其中，粗俗点就是驴屎蛋子外面光，缎子草包虚有表。外面恢宏大气，内里比一般王公大臣的家还不如。这几年新近时兴的家具摆设，在这里一概见不到正品。最值钱的案头清供，还是当初裕王出阁讲读时，皇帝赏的一套笔墨纸砚。

数九寒冬的时候，裕王府首先担心的不是红罗炭够不够用，而是大雪会不会压塌屋子。换成景王府，一句"重建"，自然有人乐意送钱。可裕王没那么大的面子，他的两位股肱高拱、陈以勤，跟严世蕃也相看两生厌，工部和户部的人自然就怎么怠慢怎么来了。

一句话，裕王府不敢出要花钱的事儿。

王府内外有别，外院的防守自然稍微松些，这就让锦衣卫的能人钻了空子。精心打造的穿宫牌，特意做旧，一整套伙夫服饰，再加上周存演啥像啥的本事，活脱脱一个裕王府伙夫，丝毫不突兀。

陆琨秘密找了人对他紧急培训，裕王府的礼仪、府规、地图全都得烂熟于心，唯恐出了岔子。

凭锦衣卫的能耐，他们已经搞到了裕王府那名伙夫的画像，经过红罗厂辨认，确定了就是死者冯武的同乡张贺。

“记住这个味道，你要找的就是这玩意儿。”夜禁之前，陆琨亲自乘驴车把周存送到裕王府附近，掏出乌香让他闻。

周存最后整整衣服，跳下驴车，安抚他：“放心吧！就一晚上的工夫，最迟天亮，他肯定得下药。”

陆琨点点头，还是不放心：“事出紧急，没法给你搞到全套的身份凭据，你也没有地方睡觉，只有这几个时辰的时间，千万要谨慎。”

简单来说，周存连冒名顶替都算不上，纯属伪造身份，一旦里面查人点名，他就得露馅。问题是，出了事儿，他还不能说自己是锦衣卫。

裕王府就算再穷，典膳所里给主子和下人做饭的地方也是得分开的，而给灾民熬粥的地方，自然会安排在下人的厨房。

典膳所位于王府西侧遵义门附近，过了马厩和库房就是。周存已经想好了，最好的结果就是人赃并获，放信号通知锦衣卫突袭进来查抄。如果真出了什么意外，他擒了张贺，也能从马厩抢匹马夺路而逃，只要出了遵义门，就有陆琨率人接应。

马厩粮草供应，库房资源出入，典膳所肉菜垃圾往来，都是打遵义门过。遵义门每日人员往来众多，守卫也不可能一一严查。

临近傍晚，京师谣传米价要涨，典膳所的管事苦日子过怕了，慌里慌张让人抢了一车米往府里拉。周存趁机混进苦力队伍跟进府里，和其余人一起扛米进库房。

“行了行了，剩下两袋放在典膳所熬粥。”管事挥手打发了众人，“别弄错了，这是糙米，可不是给主子们吃的！”

周存和另一个红脸伙夫一人扛了一袋米往典膳所走，路上对方没话找话：“兄弟，脸生啊？”

周存嘿嘿一笑，朝内院一努嘴：“得罪人了呗！发配过来的。”

对方笑笑没再说话，人却不着痕迹地远离了他。

底层仆役往往更加现实，他们得罪不起上面的，对上面不待见的人，不去落井下石讨好上峰，就已经是心地善良了。

不过不引人注意，让所有人避而远之，正是周存目前想要的。

典膳所忙忙碌碌，大锅菜的香味弥漫在粗陋的灶间，左右服色相差无几，谁也顾不上谁，周存把帽子压了压，低着头进进出出，在工活间隙找寻着张贺。

切菜的，没他；洗菜的，没他；打水的，没他；劈柴的，没他！

到底在哪里？周存有点焦急，下人们是分拨轮班吃饭的，他总不能一直这么找。就在这时，掌勺忽然一声大喝："张贺，火太大了！你小子想吃糊菜吗？"

"对不住，对不住！昏脱了！"掌勺腿边响起狼狈的致歉声，而后就是抽柴火的声音。

周存一个激灵，借着端菜的工夫探头看了一眼，没错，蹲在炉灶前的汉子脸膛黑红，精瘦，说话带着浓重的苏州口音。

他唇角微翘，很好，任务完成一半了。

裕王府附近，锦衣卫的暗哨早已到位，只等着周存给出消息就突击进去。

狸奴这个好奇心重的死活不肯回家，非要跟过来凑热闹。陆琨想想也没什么危险，让人跟姜家打了声招呼，就把他带过来了。

狸奴躲在一辆样式简单的驴车里，扒着车窗跟陆琨说话："如果张贺不肯招，或者裕王府丢卒保车怎么办？"

陆琨抱臂倚着车壁，打量着巍巍高墙，语气淡淡："诏狱自有法子让他开口。"

常年混迹于锦衣卫，再软的心，也磨硬了。

狸奴打量着陆琨，说他心肠好吧，在有些事上，其实很强硬，比如在雾灵山上，杀了那么多人都不曾手软；可说他不近人情吧，偏偏对弱者又心软得不行，耐心超乎寻常。可真是个矛盾的人。

看狸奴对着自己发呆，陆琨有点承受不住，转头问他道："在想什么？"

狸奴回过神来，紧了紧大氅，在料峭寒夜里呼出一口白雾："裕王在皇子中年纪最长，如今又有了皇长孙，好好施粥博一个美名就罢了，他这是做什么？"

"人心不足。"陆琨开了个头，又把剩下的话咽回了肚里。

陆琨对如今的结果，其实是有几分疑惑的。对方剪除贾禄和冯武时那般利落，怎么会留了三娘和张贺两条线索给他们？是没来得及，还是大意了？

此外，乌香的存在，似乎坐实了裕王的罪名，可是从另一方面来看，何尝不是画蛇添足？

夜渐渐深了，典膳所的人越来越少，周存也跟着往外走，实际上是在杂物堆里找了个藏身之地。打更的声音嵌进呼啸的夜风中，四下里人声越来越稀，直到寅时前后，才陆续来人。

烛光摇曳，炉火重新亮起，米粥与蒸饼的香味飘了出来。

周存也跟着从杂物堆里钻了出来，活动了下酸麻的腿脚，随便抱了摞柴火就进去了。

张贺正守着炉灶熬粥，时不时添减柴火。周存假装借机烤火，在他身边蹭了一小块地儿，轻轻嗅了嗅，只觉这人身上有股奇异的气味儿，混杂着香与臭。他似乎很抗拒跟人接触，见周存蹲在那里不走，皱皱眉，往旁边让了让。

周存是个给根筷子都能顺势往上爬的主儿，敌退我进，他立即霸占了一半炉灶，伸出手去烤起了火，舒服地呼出口气。

张贺反而不知该怎么撵他了。

米粥开了有段时间了，香味渐渐浓郁，周存进进出出就是不走，这让张贺开始焦躁，不断摩挲着右手拇指上的骨质扳指。

厨房的人手慢慢减少，外面有人推来了小车，将粥一桶一桶抬上车，很快就要到张贺这锅了。

周存知道，对方如果想投东西，应该就在现在。等粥凉了，乌香膏可未必能化。

周存看出他的焦躁，笑了笑，不着痕迹地走了。

瞅着厨房没人注意他，张贺迅速从怀中掏出一只盒子，挖了一块黑色东西，却没有丢进粥中，而是塞进了一罐黑咸菜里，使劲搅了又搅。

周存扒着门框瞅见，恍然大悟，怪不得乌香膏那么大的味道都能被盖住，怪不得不是所有喝粥的都出了问题，原来对方根本不是把药下在粥里，而是借由咸菜本身的怪味和颜色遮掩住了乌香！

继而他又有些后怕，得亏冒险进来了，不然直接查抄，只要对方趁乱转移了咸菜罐子，他们在粥里根本发现不了一丁点儿问题。而锦衣卫擅闯王府，却够文官们狠咬一波的了。

“我说张贺，你那买的什么破咸菜啊！熏死我了！就不能换一种吗，真难为那些灾民不嫌弃！”过来抬粥的伙夫高声嚷嚷。

张贺尴尬地笑笑，忽然瞳孔一缩。

“咻咻”的烟火拖着长长的尾焰划破黎明，亮光盖住了星月。

遵义门外，陆琨神色一震，立即率人强势闯门。

裕王为人有些仁懦，守卫自然也硬气不起来，被如狼似虎的锦衣卫一吓，登时不知所措，还犹豫着，那门就破了。

从遵义门到典膳所很近，但这不代表不会生变。

周存一脚踹开厨房的门，大吼一声道：“北镇抚司办事，闲人退避！一个个都给我站院子里，排好队，不许乱！”

伙夫和厨子们哪见过这架势，不由面面相觑，半晌没明白发生了什么事儿。

张贺却知道露馅了，二话不说，捞起那罐咸菜就往外跑。

“哪里跑！”周存狞笑一声，自信满满地去拿他。

张贺却不跟他纠缠，一面跑，一面打开咸菜罐子，低吼一声，将整罐咸菜都倒进了水井里！

“你敢！”周存目眦欲裂，紧赶慢赶扣住他的肩膀，但这人已经倒空了咸菜，连罐子也一并扔进了井里！

但周存知道他怀里还有，赶忙闪身拦在他和井中间，一个过肩摔，将他摔回了厨房门口。

就在这时，“哒哒哒”的脚步声由远及近，陆琨率人到了。

张贺挣扎着仰起头，眸色变幻数次，猛然从怀里掏出那盒药膏，以周存来不及阻止的迅捷，快速挖出残余的那块塞进嘴里，神色痛苦地吞下去了！

“你不要命啦！”周存惊呼一声，以恶狗扑食的姿态扑倒他，慌里慌张地将手抠进他的嘴里，大吼道，“吐出来！你给我吐出来！”

锦衣卫迅速控场，将张贺隔离开来，其余下人都被要求抽掉腰带，蹲在地上。

“怎么了？”陆琨匆匆过来询问。

“他把乌香给吞了！”周存撬不开他的牙关，急得满头是汗，“会不会死人？”

陆琨眸中寒光一闪，暴力卸下了张贺的下巴，伸手按住了廉泉穴。可惜这人骨头倒是硬，竟死死挺着不吐！

“皂角水，哪里有皂角水？粪汤也行！快、快去找！”周存不甘心就这么失败，扯着嗓子呼喝。

周围乱糟糟的，张贺开始呼吸困难，瞳孔几度缩小，眼前是光怪陆离的画面，所有人都在旋转。

他倏然笑了，他知道，他赢了！

——但愿那位贵人说话算数，会给他儿子一个光明坦途。

一帮人忙忙碌碌，甚至王府的良医也被拖了过来，但已经晚了，他们没能抢回一个一心求死的人。

“砰！”周存狠狠一拳砸在墙上，怒吼：“就差一步！”

咸菜罐子进了水井，即便能打捞上来，也未必能辨认出是乌香。剩下那块，则进了张贺的胃部。

“搜！搜他的住房！”陆琨脸色铁青，一指张贺的尸体，命令道，“仵作呢？剖腹！人死了也得把证物给我留下！”

狸奴没跟着进来，他坐在驴车里听着进进出出的锦衣卫议论纷纷，重重吐出一口浊气，向后靠在了车壁上。

人死不能复生，锦衣卫不能就此认定是裕王指使的，但换个方向来看，裕王同样无法证明自己无辜。

一摊浑水，全看圣眷。可是，近来美名盖过皇帝的裕王，还有圣眷可言吗？

裕王，这一局输了，输得彻底。皇长孙带来的优势荡然无存，反而成了坐实罪证的引子。

匆匆赶到典膳所的裕王衣衫不整，他看着眼前的乱象，两眼一黑，当即人事不省。

11

人死了，案子该结的还得结。

老杨头当场剖开张贺的胃部，取出了还没消化的乌香膏；锦衣卫从张贺住处搜出了一些金银器皿，全是皇室才能用的——这成了钉死裕王的有力罪证，尽管裕王极力强调他并不认识此人。

张贺，苏州人士，于去年役满，进入裕王府做伙夫。后因红罗厂经历，得裕王重用，策划了刺杀顺天府尹、火烧红罗厂和鞭炮炸承天门的事件。

至于冯武之死，实属倒霉。他应当是看到了张贺扔鞭炮，本着同乡之谊，想引开众人的注意，不料他这同乡实在心狠手辣，担心露馅，竟踢折他的腿，推他进了火场。

“也就是说，那个伤疤男贾禄听张贺的指挥，在宣武门买了鞭炮，他们兵分两路，贾禄炸承天门，张贺烧红罗厂？”北镇抚司值房里，庞忠戍走来走去，一脸的百思不得其解，“那三娘怎么回事？她是谁指使的？”

陆琨十指交叉，撑住额头，声音带着倦怠：“不知道。也许真像她所说，只是心中不忿，恰逢其会？”

“还有个问题。”庞忠戍扶着条案，俯身问他，“乌香，贡品哎，用在灾民身上，不浪费吗？裕王这本儿下得是不是太狠了点？”

他们想不通的东西，皇帝却已经替他们补完了整套阴谋。

西苑永寿宫，陆炳、严嵩、徐阶齐聚一堂，个个俯首噤声，无人敢打破这沉凝的气氛。九五至尊盘腿坐在绘着八卦图的榻上，强压着怒火，一目十行地扫过卷宗，额上青筋突突直跳，不住低吼：“逆子，逆子！朕还没死呢！这就巴不得乱朕的江山，坏朕的声名，好成全他仁王的美名了！”

徐阶知道这并不是一个出头的好时机，但他不能眼睁睁看着裕王倒台，更不能看着背后站着严嵩的景王得势，那可太对不起无数前仆后继的倒严英烈了。他硬着头皮站出来，低声劝道：“陛下，乌香价比黄金，而裕王府向来困顿，精心布此大局，所获却寥寥，实在是……”

“嗬——”面容刻薄的帝王发出一声冷笑，“乌香与朕的江山比，孰轻孰重？”

徐阶当即不敢再劝。

只听嘉靖自言自语：“趁着震后大乱，惑乱人心，臣民势必将此归咎为朕不修德政，天降警示。而他，则赚足了好名声。哦，对，他还烧红罗厂，朕看他真正想烧的是西苑吧！”

耳听着皇帝越说越不靠谱，徐阶不得不以眼神求助于陆炳，指望着他能劝劝。

陆琨将裕王得罪得死死的，皇帝又对皇子忌惮得厉害，陆炳哪敢再沾染是非，只得装作看不到。

徐阶再看看低眉顺眼的严嵩，能想得到这老家伙心中的得意。

他绝望了，裕王，真的没救了。

嘉靖疲惫地揉揉额头，身侧的胖宦官黄锦连忙从玉盒里取出一丸丹药，捧到他面前：“万岁爷，服颗仙丹吧！莫气坏了身子。”

嘉靖没推辞，就当着三位重臣的面，吞服那血红色的丹药。

熏香袅袅，不多时，他面上涌起两抹潮红，人精神了许多。沉吟了下，他转头看向陆炳，心不在焉地夸赞道：“你那义子，是叫陆琨吧？唔，挺能干的小伙儿……”

徐阶眼神倏然变冷，微微扭头瞪向陆炳。难怪这人不肯保裕王，原来是想拿裕王的前程去给义子铺路！

陆炳顶着这阴冷的感觉，从容回道：“陛下容禀，陆琨年少不懂事儿，哪有那能力。都是锦衣卫指挥同知阎庭用指挥得当，陆琨照章办事罢了。”陆炳清楚地知道，不该领的功劳，半点不能碰，碰了，就要付出代价。

果然，此言一出，徐阶就收回了注视，瞬时如老僧入定一般。

嘉靖微微颔首，一听名字不熟，就没再提封赏事宜，只是挥手打发了严嵩和徐阶。

一室俱静，这位冷心冷性的帝王忽然叹息：“文孚，你说，朕该如何处置他呢？”他这声叹息，带着沧桑。

嘉靖十二年十月，给了帝王无限欢喜的皇长子哀冲太子薨，陶仲文提出“二龙不相见”的谶语，从此成了帝王心中一根刺。后来，其余皇子陆续降生，就在嘉靖几乎淡忘此事之时，嘉靖十七年，皇七子蓟王、皇六子戚王薨；嘉靖十八年，皇八子均王薨；嘉靖二十八年，被他寄予厚望的庄敬太子也薨了。

自此，除了出生就夭折的，嘉靖还存活在世的儿子，只有两个了。偌大的大明，坐拥万里河山的帝王，有且仅有两位继承人了。

陆炳太能体会他的挣扎了，虎毒不食子，眼睁睁看着亲子死去却求告无门的滋味，委实难受。皇帝已经不是那个十四五岁就独战群臣，率领着三两心腹就敢掀起大礼议事件的愣头青了。太多的羁绊，让他再不能放手一搏。

就好像他曾经深恶痛绝、严防死守的司礼监和东厂，如今也在死灰复燃。

陆炳慢慢低下头，尽量平静地回答："当年戾太子死后，汉武帝心生悔意，田千秋曾上书，曰'子弄父兵，罪当笞'。"

嘉靖怔了怔，接了他这台阶，微微颔首："裕王，御下不严，食物不洁，禁足三月，停俸一年。"

而乌香之事，却被掩盖了，成了君臣父子间的忌讳。

这也意味着，裕王险险过关的同时，丧失了自证清白的机会，所谓有得必有失。

皇帝金口玉言，有人弹冠相庆，有人如丧考妣，有人不甘不愿，但雷霆雨露皆是君恩，一切已无可更改。

验尸的老杨头辞别了北镇抚司的熟人，驾着驴车，带着他寒酸的家当，迎着朝阳向京外赶去。姜小官人给了他一大笔钱，足够他后半辈子衣食无忧了。唯一的要求就是让他永不回京，死死闭嘴。

老杨头人老成精，走得利索，半点不拖泥带水。

几天后，途经某段山道时，之前被地震震松的一块山石坠落，砸毁了驴车，巨大的冲击力推着驴车坠向悬崖。

而这，却是狸奴不知道的了。

丁馈刺杀朝廷高官，本该重处，但顺天府尹高耀因此找着机会脱离苦海，居然没怎么追究，打了几十杖，发配了事。

至于三娘，似乎不愿受辱，不知打哪儿摸了块碎砖，于某夜悄悄割腕自尽了。据狱卒说，鲜血流了一地，宛如红花怒放，偏三娘临死时唇边还带着笑意，煞是瘆人。

该死的，不该死的，都死了。三娘杀马立人，到底跟裕王有没有关系，再没人知道了。

寝殿里，景王一脸可惜："多好的机会，父皇怎么就心软了呢？"

狸奴皱着眉，扯回被狮子猫压住的袍脚，怎么看这浑身透着贵气的家伙都不顺眼。听见景王感慨，他随口安抚："知足吧！好歹暂时不用理会皇长孙了。你赶紧搞个儿子出来，比什么都强。"

一句话，泄露了他其实对皇长孙也颇为忌惮的事实。

"哪儿那么容易！"景王懒洋洋地倚在榻上，突然想起三娘的事儿，问他，"那个小寡妇杀人的事儿，你安排的？听说那可是个让严世蕃都眼馋的美人儿，啧，可惜了！你怎么舍得来着？"

狸奴一怔，莫名其妙看他："不是你安排的吗？"

两人面面相觑，难道真的是三娘吃乌香，发了瘾症？

京畿官道上，烟尘弥漫，曾在窝棚讲经说法的老者慢慢向远方走去。宽大的衣袖在春风中款款摆动，慈眉善目中，带着佛性。

第三章
镜中莲

1

转眼就到二月，经过几十天的等待与商议，震后事宜终于有了完整的章程。春分之后，皇帝命户部左侍郎邹守愚祭告大明境内各路神祇，收拾死难者的遗体骸骨，设厉坛祭祀。

朝廷向山西拨了四万两白银，并在不同程度上免除了陕西受灾诸县的税粮。

几场春雨过后，京师风沙依旧，河堤两岸柳树次第吐绿，草还黄着，浅淡的杏花却开了一片又一片。

“桃李春风一杯酒，江湖夜雨十年灯。”

是时，夜雨淅沥，狸奴邀了陆琨来姜家吃酒。池塘边的游廊里挂了两三盏灯，石桌上摆了几道小菜，小火炉上温着清酒，水中火鱼时不时跃起助兴。

酒至半酣，狸奴突然以箸敲桌，以一种异常苍凉舒缓的语调吟唱起来。

陆琨倒酒的手一顿，借着昏黄的烛光打量他。只见这小子双眸迷离，显然是醉了。

狸奴以手支颐，问他：“听说你要去东南？”

“是啊！”陆琨悄悄把他的酒泼掉，解释道，“赵文华把东南搞得乌烟瘴气，义父不放心，让我过去看看，免得出大乱子。其实说白了，还是这次我把裕王和徐党得罪得太狠，得出京避避风头。”

严嵩的干儿子赵文华正月中旬回京了，告了浙直总督杨宜一状，请求将东南掌权者替换成自己人胡宗宪，在朝堂又掀起了轩然大波。

“哦，那你保重。”狸奴稀里糊涂地应了声，反应亦有些迟钝，伸手抓酒杯，竟抓了个空。

陆琨有些话不吐不快，可又不知该对谁说，此时他看着这个意识有些不清的人，不知怎的就开了口：“上次京师闹鬼，你因为我们忽视五石散使小性儿，我还觉得是你没能从雾灵山的阴影里走出来。今次真正见识到了乌香的厉害，我才发现，是我小瞧了。毒药的可怕，并不仅仅是因为能置人于死地。”

“嗤——”狸奴撑着头，冷笑一声，“还有更可怕的，假使一个人服了药，产生了幻觉，把至亲之人当成了恶魔，他手里又刚好有把刀，你说，会怎样？”

光是听着，陆琨就不寒而栗。他强笑了一下，想说不会的，人总有血缘羁绊。可又忽然觉得这辩驳异常苍白，连他自己都不相信所谓的羁绊，更何况一个神志不清的人。

雨依旧下着，狸奴伏在桌上，半睡半醒。

陆琨看着他，叹了口气。刚刚的假设，是他在雾灵山真正经历过的，还是说仅仅是他的猜想？

看看快到夜禁的时辰了，陆大千户任劳任怨地半抱起猫祖宗，送他回房。眼下已经开春回暖，狸奴的房里却依然点着火盆，只是帮他铺床宽衣的工夫，陆琨就热出了一头薄汗。

将狸奴执意往外伸的胳膊强行塞回被窝，陆琨不放心地使劲掖了掖被角，才直起身来。

这是他第二次进狸奴的房间，按理说应该知趣离开，可他看着书房桌上那些散乱的纸张，忍不住就想起上次狸奴被逼着抄书的哀怨。

他漫步过去，拂开盖在上面的书册，惊讶地发现，狸奴的字竟与之前判若两人。

不再是歪歪扭扭，无筋无骨，而是潇洒内敛，连笔自然。虽是师法李东阳行书，却隐隐有跳脱的味道。

看来狸奴是真下了一番功夫。

陆琨看着狸奴，好笑地自言自语："居然不是台阁体，令尊不再逼你了？"

"他想不开也没法子，有我娘呢！"狸奴不知何时醒了，哼唧着翻了个身，睡眼惺忪地瞪着他，"陆夫子，非礼勿视。"

陆琨笑了笑，放下那页字，走过来弯腰看他，有些促狭道："那你的时文呢？还背吗？"

狸奴眼珠子转了两圈，慵懒地坏笑道："我爹新纳了个小妾，我连着几夜躲在他们窗下背时文……"

话没说完，他头一歪，又睡过去了。

陆琨哭笑不得，这么损的主意，得亏这小子想得出来！

天街小雨润如酥，落在屋檐上，滴答作响。长青不败的松柏蒙了一层水光，更显苍翠。

陆琨出了姜家，信马由缰穿街过巷，不由想起了下午与陆炳在锦衣卫指挥使司的争吵，他向陆炳阐述着这几起案子的不同之处："无论是丁馈刺杀大京兆，还是贾禄往承天门扔鞭炮，这都是在他们无意识的情况下，被他人利用导致的。说白了这两人只是提线木偶，所作所为，更像是受了怂恿。可是三娘杀马立人不同，从踩点到策划，完全是她一人执行，是在她自以为清醒的状态下杀的人。”顿了顿，他又道：“虽然现在所有的矛头都指向裕王，但裕王并没有认罪，我们也没有强有力的证据证明这就是裕王策划的……”

“所以呢？”陆炳打断他，神色有些冷峻，“敢把手伸向堂堂王爷的，你想想还有几人？哪个是好惹的？案子是你全权负责的，你已经得罪了裕王，即便帮他洗脱嫌疑，他们也不会感激你。再往下查，反而会把背后的人一起得罪，得不偿失。”

“可是有人在拿药操纵民心啊！”陆琨极力争辩道，“难道就让他们逍遥法外？”

“这世上，不是所有的事都能尽善尽美。”陆炳轻笑一声，示意他到此为止，“雾灵山的鱼肠，不也一直没落网？醒醒吧，大明要的从来不是孤胆英雄，那是说书人的最爱，不是朝廷的最爱。”

香炉的薄烟升腾起来，仿佛在两人之间扯了一道屏障。

烟消雾散，陆琨眼前依然是夜半春雨，以及若隐若现的宣武门。

他忽然想到，这案子从后往前推，他们最初之所以能查到裕王的身上，一是粥饼的线索，二是因为伤疤男贾禄。前者是从狸奴和丁馈身上间接推出来的，而后者，则是基于宣武门附近那个鞭炮贩子的说辞。他叫什么来着？耿春？

心中但有所疑，再看世间万物总有杯弓蛇影的错觉，疑邻盗斧不外如是。陆琨现在就是这么个状态，他倏而觉得，这人出现得太巧了点。

辗转反侧，一夜难眠，翌日一早，陆琨就叫上包小四前往宣武门。眼下不是节庆日子，鞭炮摊子早撤了，两人废了老大的工夫，才找到耿家。

这不是什么殷实人家，只有一对五十来岁的老人相互扶持，有着三间房的院子里还飘着浓重的药味。

听他们是来找耿春的，耿三怔了怔，解释道："其实我们跟他并不熟。这小伙子家乡遭了灾，进京投奔亲戚不成，就在我这儿赁了间房。老婆子这不是病了嘛，前段时候我也不好出摊，小伙子挺热心，说都姓耿，没准五百年前是一家，就帮我卖了十来天的鞭炮。"

萦绕在陆琨心头那种人为巧合的感觉更强烈了。他打量着耿春曾经住过的房间，几步见方，一床一桌一板凳，仅此而已；又翻了翻桌子，有残留的墨迹，却没留下半张带字的东西。

"他什么时候走的，去哪儿了？"陆琨回头问老人。

耿三老实巴交了一辈子，也不认得锦衣卫千户的衣服，只知道是当官的，他小心地回答："大约是……二月初一还是初二吧？没说去哪儿，说是找了个愿意提供住处的活计。我们真不熟。"

二月初，裕王已经被钉死了。这人来得巧，走得也巧，他出现的意义，似乎就是为了把贾禄送到他们面前。

前些日子甚嚣尘上的"仁王"之名，究竟是裕王在拉拢民心，还是有人在捧杀？这件事疑点重重，以皇帝的智慧未必看不出来，可是他又为何如此迅速地给裕王定了罪？

也许皇帝对裕王，是真忌惮了。迎着隐隐绽放的春花，陆琨长长叹了口气。

二月初六，皇帝命大学士李本和少詹事尹台主考会试。因为陆琨正巧启程南下，今年便用不着他操心会试期间的京中秩序了。陆千户有心历练周存，一众下属里，只带了他和包小四。

阎庭用送他至城门，叮嘱："东南那边太乱，无论是世家大族、文武百官，还是倭寇，没一个好惹的，你自个儿小心点。实在遇到难事，就去平湖陆家求助，好歹是都督的本家，肯定给你撑腰。"

阎指挥同知这人，怕事归怕事，有时心也是真大，莫名替陆琨担了责任，也不见他恼。

陆琨有些过意不去，跟他道歉："那个，我没想到义父会把你推出去……"

"年轻人，我是你顶头上司，不给你撑着，还像话吗？"阎老哥一副推心置腹的模样，双手拍着陆琨的肩膀，就在下属要感动的时候，又嘿嘿一笑，暴露了本质，"行啦，都督给好处的！"

陆琨心思一动，以后遇到事没准儿还得让阎老哥帮忙顶缸，既是吃这一套，不妨试探试探。于是他一拱手，虚心请教道："敢问，这好处……"

阎庭用一脸的悠然神往："海子附近的一处宅子。"看见下属的表情，连忙找补："不大，真不大！就是风景好！"

陆琨面无表情地收回接下去的话，满怀悲愤。那地段可是寸土寸金，据说当年内阁大学士李东阳就曾住那里。以自己的积蓄，暂时不做肖想。

正说着，背后忽然传来一阵急促的马蹄声，伴随着马车辘辘。快到陆琨跟前时，车帘一掀，露出了姜御史强挤笑容的一张脸："贤侄还请留步。"

姜御史踩着车夫何勤搬来的车凳走下来，一看阎庭用也在，刚硬起来的脸皮登时就有点发红。阎庭用心窍比人家的肠子都弯，立即借口北镇抚司还有公事，告辞了。

姜御史顿时松了口气，干巴巴寒暄见礼后，略有些尴尬地倒打一耙："陆千户智闯裕王府，实在果决，可你为何要带着犬子，还把犬子扯进这旋涡当中？"

陆琨一怔，下意识地转头看看马车，恰巧那帘子又掀开了。马车里，狸奴正摆出一副饶有兴致的样子。

包小四和周存面面相觑——不会是他们想的那样吧？

话既开了头，姜御史也抛开了颜面："如今你去东南避风头，犬子可如何自处？"

陆琨试图安抚姜御史的紧张之情："没您想得那么严重，那晚狸奴……不是，姜澈他一直都待在驴车里，没露面！这火烧不到他身上。"

"万一呢？"姜御史脾气也上来了，拂袖道，"老夫把儿子交给你了，你要走，带着他一起走！"

姜御史说走就走，不待陆琨应答，就此别过，徒留下马车上的儿子看乐子。

陆琨看看这个，又看看那个，半晌才回过神来，他瞪着狸奴问："令尊怎么知道那晚你也在？"

狸奴假装无辜地眨眨眼，眼里又分明带着得意。

陆琨叹息一声，揉了把他的脑袋，认了。这祖宗看来是在家里闷够了，指望跟着他出京疯玩。

几人出城时，正巧遇到高耀。高大京兆已得了准信，清明后将升南京户部右侍郎，总督南京粮储事宜。摆脱了多灾多难的顺天府尹一职，高耀病也好了，两句话的工夫，大笑了三场，那叫一个中气十足。

越往南走，天越暖和，一路春花不绝，苍莽山间翠色渐浓，碧水蜿蜒，野鸭随处可见。本该很美的景色，在大震之后，配上哀鸿遍野的景致，就有点寒意森森了。

到了江边，一干人弃车就船，码头上纤夫水手往来穿梭，明明衣衫单薄，却个个都出了头热汗。

一听是锦衣卫的，船主立马允诺给安排免费的上等舱房，唯一的请求就是希望陆琨允许他们能在船头挂出官衔牌。大明钞关有约定俗成的规矩，官船和进士的船不收费。因此这些船客对船主来说，就是护身符。

自郑和逝世后，朝廷对船只的管束越发严苛，超过两根桅杆的帆船一律不准下水。陆琨他们上的这艘船，单桅，高三层，上两层住人，最下面储物。

此时还不到发船时间，一众船员正忙碌地清洗甲板，检查船舵。

“几位军爷，您看这间如何？”船主姓闻，和和气气的，引他们上了第三层，随手推开一间，介绍道，“这几间都有窗，天好的时候能看个风景，吹吹江风。随时都有茶水点心供应，几位要想吃什么菜，提前吩咐一声就成。”

舱室打扫得很干净，约莫是怕有腥味，还特地点了熏香。

门外传来“哒哒”的脚步声，经过舱室时，也不知是滑了一跤还是怎么着，那人没抓住桶子，“哐啷”坠地，污水泼洒了一地。

“哎哟喂！胡浩，你做什么！这是贵客！”闻船主回头一瞧，登时气不打一处来，劈头盖脸一通骂，赶紧催他打扫干净。

“对不住，手滑了！”这是一个很年轻的船员，下颌有点青胡茬，浓眉大眼，莫名带了点戾气。他嘴里连声道歉，手上利落地收拾了那处狼藉，很快退了出去。

狸奴借打量房间的工夫，悄悄看了几眼胡浩，无端觉得眼熟，继而又觉得自己想多了，摇摇头没再理会。

胡浩拎着桶子匆匆出了船舱，躲在栏杆前，对着辽阔江面大口呼吸，好半晌才把汹涌的情绪给压了下去。

闻船主安排妥当，立马兴冲冲地跑下来吩咐一名船员：“快去，问问跟咱相熟的几大商铺，有没有需要运送的贵重物件，锦衣卫的大官给咱们护航，不用交税！”

听闻此言，胡浩眼神骤然冷却，再无怀疑——锦衣卫！果然是他！他抬头望着三层那间舱室，眼神如同淬了冰的箭镞。

第三层一共五间房，陆琨和狸奴各一间，周存和包小四不是什么讲究人，两人凑了一间，这就占去了三间。好在锦衣卫的牌子够硬，船主也不在乎这点客房钱。本来闻船主是想在二层给何勤安排个舱室的，但何勤深知狸奴吹毛求疵的破毛病，没敢远离，将狸奴房里的一张矮榻做了床铺。

2

夜晚的江面格外平静，桨声灯影里，隐隐有笑声传来，说不清是吴侬软语，还是何方山歌小调。

床板摇晃，狸奴睡得并不安稳，久久困于梦中。

白雪莽莽的雾灵山，罗教坛主低声嘱咐着一名下属，看见身披黑斗篷的使者慢慢走过来，立即挥手让下属退下了。

分坛上下山只有一条大路，这名下属很快消失在挂满雾凇的山间，惊起林鸟几只。

临下山前，他似乎回头看了眼，又似乎只是错觉，那一瞬间，他露出了正脸，浓眉大眼，下颌带点青胡茬……

凄厉的鸟鸣中，狸奴从床上霍然坐起，愣了片刻，才反应过来他是在南下的船上。

“怎么了？”何勤很警醒，听见动静，连忙从榻上探出头来看他。

“没、没事，做了个梦。”狸奴倏地有点心惊肉跳，下意识地不想提梦的内容。

缓了一会儿，他拍着床板嘟囔道：“这破床老是晃啊晃，该换了吧？”

何勤看他没事儿，困意上涌，含糊敷衍道：“船上嘛，肯定会晃，习惯就好了。”

“不对！肯定是床的问题！”狸奴坚持己见，执拗地将责任甩给了床。

何勤搞不懂这祖宗又闹什么，有气无力地劝他：“好好好，床的问题！明儿个我找船家换张行了吧？咱先睡觉成吗？”

“不行！我现在就要换床！不然换房也行。”狸奴也来了脾气，搅得何勤没法合眼。

何勤睁眼望着天花板，心道自个儿这是砸过哪路神仙的庙吧，摊上这么个主子。他尽量委婉地表达自己的幽怨："这大半夜的，您找谁换？上等房都住满了。"

"陆义择啊！他肯定答应！"狸奴回答得理所当然，并且身体力行地穿上鞋子，披上衣服，"哒哒哒"跑出去了。

何勤猛然撑起身子，看着被夜风吹得一张一合的门扇，只觉得自己比这夜风还凌乱，老实人也不是这么被欺负的吧？

陆千户那么大个官，肯定会反抗的。

让这祖宗挨顿训也好，何勤安慰着自己，重新躺下，然而不过半刻钟，门就被重新推开了，进来的竟是满脸无奈的陆琨！

何勤一骨碌爬起来，扶额感慨："陆千户，您这脾气真是……亲娘都没这么惯的！"

陆琨也困得要死，懒得说话，挥挥手，倒头就睡。

何勤还能怎么着，只能收拾铺盖卷去了隔壁。

夜，重新静了下来。

一道黑影轻手轻脚地爬上楼梯，怨毒地扫过几间客房。他记得清楚，两名下属住丁字房，那小官人住中间的丙字房，而杀千刀的千户，就住在靠近楼梯的乙字房！

薄薄的尖刀轻轻挑起门闩，发出极轻微的滑动声，乙字房的房门无声无息地开了一条缝。

他借着廊上风灯打量，没错，是那个千户的行李，雁翎刀还挂在床头。微弱的月光与灯光交织，仿佛一场易碎的梦。

快了，就快了！这一切终于要结束了！

胡浩唇角掀起抑制不住的狞笑，手持尖刀，无声地发狠，重重戳向被窝！

他却没注意，一道阴影不知何时映在了他的背上。

就在尖刀下划的一瞬，斜刺里一根支窗杆遽然砸向他的后颈！

胡浩脊背陡然发凉，一股战栗直冲脑门，身体的本能反应令他猛然回身，同时尖刀顺势后划，迫开来人，左手慌忙在床上捞了一把——空的！被子下面没人！

支窗杆长约一尺，此时攥在何勤手里，却如绝世神兵。

胡浩一看是他，不由失声惊叫："那个锦衣卫的鹰犬呢？"

何勤一声不吭，错步抢攻，将对方的后续问话逼回喉咙。胡浩情知不能善了，仗着尖刀锋利，一边护身一边往外逃。

何勤窥出他的目的，不动声色一通逼迫，横身拦在门前，封死了他外逃的道路。

几番比画下来，胡浩明白自己那三脚猫的功夫，根本不成什么气候，微微喘息着商量："兄弟，误会一场。大家都是干苦力的，不容易，做人留一线，日后好相见。"

"没有日后了。"何勤眼皮一抬，冷冷吐出一句话，见他不懂，又重复了一遍，"我说，没有以后了。"话音未落，他的攻势陡然如急雨般不带停歇，胡浩顾头不顾尾，拙于应付，一个不留神，就被抽中了后颈，翻着白眼倒地不起了。

何勤轻轻松了口气，开门看了看外面，见没惊动任何人，又再次插好门，将胡浩反剪双手绑了起来，嘀咕道："这陆义择睡得也太死了吧？"

"我在床头放了块安神的香。"狸奴一掀床单，从床下爬了出来。

何勤绑人的手一顿，深深看他一眼，笃定道："你早就知道他会来。他要杀的，其实是陆义择。"

若陆琨在此，必会惊呼看走了眼。不但狸奴擅长伪装，光是何勤这身功夫，在锦衣卫也是能数得着的。可这样的人，却甘心跟在狸奴身边当个小厮。

狸奴拍掉身上的土，拽着胡浩的头发揪他起来，仔细打量了一会儿，唇角溢出一抹冷笑："这个人，我在雾灵山见过……他是罗教的人。"

何勤叹气道："你不是不喜欢罗教吗？既然一把火烧了，何必再重新联系。"

狸奴看看自己不沾尘埃的手，苦笑："可是他需要啊！我们得有自己的势力，总不能事事都靠严世蕃吧？"

何勤知道狸奴说的"他"是景王。牵扯到大人物间的事儿，他不好再说什么。

有时候狸奴自己都厌恶自己，明明阻止不了景王钻研乌香，甚至在其中推波助澜，却能理直气壮地指责陆琨。这种种反差，也许只一词可形容——虚伪。

何勤不再多说，抄起一杯冷茶泼在胡浩脸上，胡浩一激灵打个哆嗦，醒了。他没敢喊，只是趴在地上，惊惧地瞪着面前的尖刀。

狸奴很满意他的识相，森森笑道："乖乖告诉我，罗教在江南的联络点。"

胡浩更是惶恐，他瞪大眼睛，失声低呼："你怎么知道……我、我不知道什么罗……"话音未落，尖刀陡然下滑，与此同时，何勤十分默契地将一团抹布塞进他的嘴里。

想象中的疼痛并没有传来，但胡浩的衣服却被冷汗打湿了。

狸奴拿尖刀拍着他的脸，笑眯眯道："别怕，我不是锦衣卫的，只是想和你们谈笔交易。"

胡浩犹豫着望向他，等嘴里的抹布一抽，立即小声交代："我、我真不知道……"眼看着尖刀又要劈来，他连忙改口："但我听教里一个朋友说，浙江、浙江一个茶楼，有我们的人。"

"茶楼……什么茶楼？具体在哪儿？"

胡浩绞尽脑汁地想着那听过一耳朵的名字，哭丧着脸答道："杭州……叫什么汇……汇……这我也没去过，我就是个小卒子，不够格啊！”

狸奴有些失望，知道是问不出来什么了，恹恹问他：“你杀陆千户做什么？”

一提陆琨，胡浩整个人都杀气腾腾，他咬牙切齿地低吼：“他灭了雾灵山！我们好不容易建立的分坛，多少人的努力！要不是老子正巧下山办事躲过一劫……”

狸奴哼笑一声，这人还真是天真，当面锣对面鼓都没戏，跟锦衣卫来刺杀这套，岂不是自投罗网。

他伸了个懒腰，站起身来，示意何勤把人处理了。

何勤随手将绳子扯开了些，胡浩感觉到双手放松，以为是要放自己走，不由大喜。然而还不等他道谢，颈部便骤然传来一股剧痛，他惊奇地发现自己身子还趴在地上，头却拧向了何勤。他愣了一瞬，才恍然察觉出不对，可已经晚了。

何勤拽掉绳子，搜完身，推开窗户看看外面没人，拎起被扭断脖子的胡浩，狠狠向外抛去。

沉闷的落水声，在船只此起彼伏的破水声中分毫不显。

偌大的江面，每天都有淹死的人。即便被人发现，也只会被当作失足落水处理。而等尸体上浮，他们早已远离此地。

何勤收拾好客房，本想去船员的舱室转一圈，却被狸奴阻止了。左右这人不是冲他们来的，即便遗留了什么东西，也与他们无关。动了，反而是此地无银三百两。

何勤在胡浩的怀里搜出了一支做工粗糙的陶埙。单独留下，是因为他在埙里发现了一张字条。

“南京守备太监？”狸奴展开看了眼，挑眉，“罗教还跟宫里有联系？”

何勤心中一惊，如果是这样的话，那他们只怕是闯祸了。他强笑了下：“没准儿只是南京方面的个人行为？”

“也许吧。”狸奴将字条塞回陶埙里，放进装着严世蕃和赵文华私印的荷包中。

胡浩的失踪在船上引起了一小阵骚乱，后来众人纷纷认为他是趁清晨靠岸采购时走了。

左右都是成年人，除了刚借出一笔钱还没收回的闻船主生了半天闷气，其他人都没有在意。

船只顺流南下，一路江水澄碧，花开似火。只是受倭寇影响，两岸多少有些萧条，想想头些年的市列珠玑，户盈罗绮，更是令人叹息。

兜兜转转到了杭州，一行人次第下船。

岸上一位矮个的中年人翘首以待，一直到这艘船的客人走光，他也没遇到自己要等的人。眼看着码头旅人越来越少，他按捺不住，跑过去询问：“船家，贵船上是不是有个叫胡浩的人？”

“胡浩？”闻船主本来要上岸喝点小酒，闻言忽然停住了，打量着他问，“你认识他啊？”

“嗯，有几面之缘。”中年人很谨慎，没摸准闻船主的意思前，不敢透露具体关系。

闻船主嘴角一抽，越想越气：“别提了！这家伙在我这儿干了半个月，说急用钱，提前支了三个月工钱。结果这趟船还没到岸，人就跑了！”

中年人心脏猛地一提，暗呼不妙，连忙让闻船主带他去胡浩住过的舱室看看。

另一边，陆琨他们进了城，面对眼下乱糟糟的情况，不由有些头疼。

按理说眼下春分已过，快至清明，往年都该忙碌起明前茶的采摘炒制事宜，然而今年茶农们却惶惶不可终日，很难安心料理茶园。

至于浙江文武官场，更是纷乱。

起先是张经和李天宠领着大家打倭寇，战场形势已然好转；然而空降的监工赵文华总觉得不弄下去个领头狼显不出威风，于是他害死了一众会打仗却不服他的东南大佬们，想把跟自己合得来又有本事的胡宗宪顶上去，不过嘉靖觉得胡巡抚升得太快，顺手就把浙直总督之位给了年长些的杨宜。

赵文华虽然对这安排很失望，感觉对不住哥们儿胡宗宪，但好歹杨宜还算给面子，对他比较奉承，也就忍了。可杨宜实在不是领兵打仗的料，赶鸭子上架的后果就是迎来接二连三的大败。

赵文华又贪又混，不过他也知道再让杨宜这么和稀泥下去，东南就完了，他上哪儿有好日子过去？于是，他正月中又进京请求换总督了，推的还是胡宗宪。

按理说这回该是板上钉钉了，但陆琨来时听陆炳隐约提了一句，说李默跟严嵩、赵文华不对付，恐怕会更看好南京户部右侍郎王诰。

从去年五月到如今，短短大半年的工夫，东南几经动荡，还没沦陷，一是靠一众悍将顶着，二是倭寇人少没法占地为王。陆琨如今初来乍到，也搞不清楚该去拜谒哪位。

偏偏狸奴在旁边幸灾乐祸："去年可是你们锦衣卫来抓的张大帅，武将念旧，小心半夜走在路上被套了麻袋。"

陆琨一琢磨，心道还真有可能。

这人生地不熟的，也没法细打听。陆琨想了想，吩咐："小四，先去找个住的地方，周存你去打听一下锦衣卫在这边的据点。"锦衣卫只在北京、南京和天津设了官署，地方风闻奏事，由两京派遣缇骑去查探。至于浙江有多少负责任的密探，只能看运气了。

何勤也拎着行李跟包小四去找客栈了，无所事事的狸奴只能跟着陆琨闲逛。连着坐了几天船，狸奴明明累得要死，但一坐下来就觉得连大地都在晃悠，只能靠走路消磨时间了。

一路上他们听到好几拨兵丁在抱怨杨宜的不作为，怀念王江泾大捷时的风光。

陆琨不由叹息：“张经是有真本事啊！结果功劳让赵文华和胡宗宪抢了不说，自己还落得……那么个下场，小人当道，可惜了。”

狸奴把玩着摊边的小玩意儿，不以为然道：“‘周公恐惧流言日，王莽谦恭未篡时。’我倒觉得胡梅林这人能屈能伸，是个干实事的。他好歹在抗倭前线待过，跟王诰算是旗鼓相当，这一次，是李部堂狭隘了。”

陆琨冷笑一声，听听这别号，赵文华号梅村，胡宗宪号梅林，谁知道是不是为了巴结严嵩的干儿子呢？

狸奴知他是方正君子，瞧不上胡宗宪长袖善舞，也不去争辩，只是挑了两只铜铃让陆琨帮他选：“给你家那肥猫玩，哪个好？”

陆琨哭笑不得：“那家伙本来就爱半夜闲逛，你给它戴这玩意，是不想让我睡觉了吧？”话虽如此，还是帮他参谋起来。

这时，一个瘦猴似的男子挠了挠耳朵，从背后打量了下两人，借着人流的遮掩，悄无声息地靠近了狸奴。

陆琨眼角瞥到有人靠近，连忙拉开狸奴，然而已经晚了，狸奴清晰地感觉到有人碰了他，同时袖袋一轻。他慌忙伸手入袖摸索一番，脸色陡然惨白——装私印和陶埙的荷包不见了！

陆琨一看他这脸色就意识到不好，连忙问：“丢什么了？”

狸奴哪敢跟他说实话，强笑了下：“不是什么重要的……”

“偷一文钱也是偷！”陆琨极不赞同他这说法，拔腿就要追，却不想被狸奴扯住了，对方翻了个白眼，“你把我独自丢这里？”

陆琨一想也对，只得不甘心地放弃了，拉着他回去找包小四等人。

狸奴眯眼回忆着那小偷的体型，思忖着待会儿让何勤去找找，那荷包里全是要命的东西，无论落在谁手里，都是一场祸事。

心不在焉地跟着陆琨找到下榻的客栈，这一抬头，狸奴愣了，客栈的对面是间茶楼，名叫汇茗茶楼。

胡浩死前的供词言犹在耳："杭州……叫什么汇……汇……这我也没去过，我就是个小卒子，不够格啊！"

3

汇茗茶楼二楼，靠窗位置，两名白衣蒙面女子一坐一立。

坐着的那女子体态绰约，气质缥缈，袖口绣了一圈银丝，羊脂玉般的手指轻轻敲着桌面，不疾不徐，但眸中的焦虑却出卖了她。

立着的那名女子，身材高挑，眉目间隐隐藏着股凌厉，然而在看到坐着的女子时，又现出温顺崇敬的神情。她素手斟茶，轻声询问："圣女，还要等下去吗？"

圣女将面纱掀起一角，端起茶杯抿了口，忍不住转头看向楼下："孔雀，你去楼下……"话音未落，木质楼梯上就响起急促的脚步声。

之前码头上那个打听胡浩的矮个中年人一面环视四周，一面疾步过来，匆匆抱拳行礼，压低了声音禀告："圣女，胡浩失踪了。"

圣女缥缈的气质有一瞬的崩裂，她极力稳住，镇静问道："怎么回事？"

"船主说是欠债跑了……可是我去船员舱室看了，他换洗的衣物还在大通铺上摆着呢！"中年人神色有些狠厉，"而且，他明知道只要把信送来，就会有一大笔赏金，没必要为了那仨瓜俩枣……"

圣女眸色变幻，轻声问："这人，可靠吗？"

中年人明白她是怕胡浩会是大长老的人，连忙保证："可靠。他原先是密云分坛的，对圣教很忠心。属下怕惊动大长老那边，就找了这么个生面孔，谁晓得……"

圣女轻咬朱唇，自罗祖升天后，教内四分五裂，她这个无生老母转世根本就是被推出来的傀儡。可是但凡有一线机会，谁愿意被操纵于他人之手呢？宦官是个极喜欢信教的群体，她费尽了心思才跟南京守备太监取得联系，只要得到对方的帮助，她就能一举扭转局面，跟大长老分庭抗礼，甚至独掌大权，一统罗教。没想到偏偏在这么个环节出了问题！

对方到底是如何回复的，是她现在最关心的问题。他们已经准备就绪，不日即将与大长老撕破脸，南京那边的态度至关重要。

中年人察言观色，小心推测："您说，会不会是大长老那边发现了……"

圣女脸色倏忽变了，玉手扶住桌面，才竭力维持住平静。

包小四找的这处客栈还不错，可以租住单独院落，早晚两餐都能送到房中。最让狸奴满意的是，院中有株花树，混着午后春雨簌簌开着，细碎花瓣零落在鹅卵石地上，颇有我见犹怜的风情。

各自挑了房间安顿下，何勤一听狸奴弄丢了那么要命的东西，当场就炸锅了："祖宗哎，您这是嫌东南不够乱是吧？"

东南能人辈出，杨宜眼瞅着要一败到底，文臣武将见风使舵，多以胡宗宪马首是瞻。若是那小贼销赃时遇到个识货的，到姓胡的跟前招摇一番，没准儿还能骗个巡抚座上宾的待遇，对东南指手画脚一番。当然，最后这罪责都得落到狸奴身上。

何勤哪敢再耽误，连忙收拾随身行囊："我得赶紧把东西找回来，这几天你就跟着陆义择吧，反正他有当你娘的潜质，亏不着你！"

狸奴纳闷："那个贼我都没看清，只知道是个瘦子，这事儿又不能报官，你上哪儿找去？"

"鼠有鼠路，蛇有蛇道，县官不如现管。我呀，找本地帮派，肯定有管这帮孙子的人！"何勤这人平时不显，就是个勤勤恳恳的小厮，一到紧要关头就显出了不同，江湖气极重。

何勤临出门又折回来叮嘱刚沏好茶的狸奴："你别离陆义择太

远。就你那小身板，遇到个半大孩子都能撂倒你！”

狸奴被呛得连连咳嗽，气急败坏地撵他：“滚你的！”

何勤嘿嘿一笑，带起一阵风溜了。

杭州早有三吴都会的美称，又做过南宋都城，其气象自不可说，单是城门就有十座，每一处都有自己的特色。当地百姓有支童谣流传颇广：“武林门外鱼担儿，艮山门外丝篮儿，凤山门外跑马儿，清泰门外盐担儿，望江门外菜担儿，候潮门外酒坛儿，清波门外柴担儿，涌金门外划船儿，钱塘门外香篮儿，庆春门外粪担儿。”

再加上驰名大江南北的钱塘十景，更是将这座城市渲染得如诗如画。

来杭州不吃杭帮菜，简直白来。包小四这吃货，早就在武林门北找好了酒楼，一俟周存回来，就拖着想聊正事的几人往酒楼赶，什么宋嫂鱼羹、西湖醋鱼、东坡肉……琳琅满目点了一堆，看得一下午连口水都没喝上的周存直咋舌：“就咱四个人，还有个是胃口比猫小的祖宗，你点那么多，吃得完吗？”

“吃不了我兜着走！”包小四翻了个白眼，趁着陆琨和狸奴站在窗口欣赏湖上夜景，悄声提醒他，“难得老大请客，还不得一次吃够本？笨！”

背对着他们的陆琨嘴角抽了抽，开始后悔带这光吃不干事的蠢货南下了。

今日正赶上十五，春雨停歇，运河上格外热闹，游船画舫川流不息，各色灯笼挂满船头，丝竹管弦之乐声声入耳，或素雅或浓妆的姑娘倚船而笑，个个比花还娇。

“江南夜禁不严，杭州城的北关夜市当真名不虚传！”在沉闷严肃的京师待久了，乍被甩进这喧嚣如白昼的繁华之所，总让陆琨觉得恍如隔世。

说话间，他们点的菜陆续上来了，店小二听见这句感慨，笑道："几位来得巧，今夜圣女将自水上来，给大家伙儿赐福。"

"圣女？"本能令陆琨双眉一轩，"什么圣女？"

店小二上下打量了陆琨一番，蓦地闭了嘴，低头匆匆退了出去。

狸奴眯了眯眼，也被勾起了好奇心，忽而笑道："永乐年间有佛母唐赛儿，今日这圣女，不知是哪位能人。"

大明宗教多而杂，民间信仰更是数都数不清，他们也只以为是哪个野路子教派，美食当前，很快抛之脑后。

酒过三巡，菜过五味，夜色愈浓，运河上的人流却没有散去，反而有越聚越多的趋势，熙熙攘攘，处处洋溢着激动。

某一时刻，水上忽然传来悠扬的钟磬之声，人群向外散开，里三层外三层围成圈，两列扁舟自暗处鱼贯而出，每只舟上都站了一名白衣蒙面少女，手持灯笼，盈盈如仙子。扁舟左右分开，白衣飞仙髻的圣女，白纱覆面，手捧玉瓶踏水而来，玉指拈着新发的柳枝，沾了瓶中水，微笑着洒向人群。

"啊，圣水洗礼！"

"求圣女保佑我儿病体痊愈！"

此起彼伏的尖叫祈祷声响彻水面，朦胧的灯光映得圣女缥缥缈缈，似是要随风直上九重天。

水面上不知何时起了薄烟，且越来越浓，颇有"烟笼寒水月笼沙"的意境，人群愈加疯狂，挨挨挤挤的不计其数。

"疯了，疯了！"包小四搛菜的手都在哆嗦，"这大冷天的万一掉水里……不是，她怎么能在水里行走？莫非会什么水上漂的功夫？"

狸奴鄙夷地瞅他一眼，哼笑道："提前找人在水下楔上木桩或者铺上浮桥，反正天黑离得远，谁也看不清。"

"那烟呢？"包小四垂死挣扎，"你看，烟雾里的人明显比别人更疯狂！”

本来陆琨和狸奴没注意这一点，得他提醒，两人对视一眼，起身扶窗眺望。酒楼地势偏高，站在楼上俯瞰运河，无数灯光火影如同画卷徐徐展开，薄烟借着夜风吹向人群，烟雾中的人手舞足蹈，神情如痴如醉，似是疯魔。

狸奴仔细看了会儿，小声跟陆琨道：“好像是从那些灯笼里出来的。”

陆琨点点头，烟雾的源头的确是那些侍女，只是很奇怪，她们反而个个淡定。

“灯笼里有东西？”狸奴微挑了挑眉，隐隐有些不安。

人群外围，一艘楼船雕梁画栋，装点得煞是精致，几名身着道袍的中年文士推杯换盏，诗词唱和，听到喧闹声，纷纷起身凭栏眺望。

为首的四旬文士头戴黑色方巾，颇为瘦削，眉骨较其他人锋利些，既带着武将的刚毅，又带着文人的沉静——他就是炙手可热的浙江巡抚胡宗宪。

此时，胡宗宪轻抚颌下三缕胡须，不知是褒是贬地感慨：“吴越丰饶，引天下风潮，只此可见一斑。”

旁边立即有人奉承：“若中丞运筹帷幄，驱逐倭寇，此地必更见繁华！”

这话却是认定了胡宗宪将接任总督之位。

可惜，朝廷在二月十三那天，升王诰为兵部左侍郎，兼都察院右佥都御史，总督南直隶浙福等处军务，李默一派暂时领先，这一局，严党落了下风。

而还没接到消息的浙江，依然以胡宗宪为尊。

胡宗宪慢慢扫视水上，赵文华不在，褪去八面玲珑的他眸清目正，带着果决之色。这软红十丈，大好东南，如何能落入外敌之手？那是对烟火人间的亵渎！

他不做刚极易折的朱纨，亦不是功亏一篑的张经，更不屑懦弱无能的杨宜，他要做的是东南的捍卫者，他要让倭寇再不敢踏足大明一步！

此生若能达成所愿，就算与虎谋皮，又如何？是非功过，自有后人评说，哪还管什么生前身后名！

岸上，何勤好不容易通过本地帮派的人脉找到了那个小贼，但是对方只负责提供人名和地点，剩下的概不插手，他只能亲自堵人。

此刻小贼瘦猴疯狂地在人群里游走，始终甩不掉背后的何勤，急得满头是汗。他知道碰到硬茬了，但不知道对方是什么来头，更不知道自己怎么得罪人家了。

近了，更近了！三步开外，何勤露出了势在必得的微笑。

这个小贼最好还没把东西处理掉，否则他绝对不介意让那小贼求生不得，求死不能！

就这么一会儿工夫，水上烟雾更加浓重，五步开外，便只能看清人影而已。

陆琨所在酒楼的三楼，一个白袍老者眉头越皱越紧。他双目狭长，总是微微眯着，大约是地包天的缘故，下颌微微凸起，为了遮挡这个缺陷，老者特意留了及腹美髯。他叫罗涛，本是罗祖身边的童子，罗祖归天后，其弟子儿女纷纷自立门户，他也趁机率领一批志同道合的野心家成立了这处分坛，自封大长老，并在十几年前迎合其他分支，将无生老母加入神谱，甚至推出罗祖远房侄女做圣女。费了那么多的心血，总算让分坛教义遍布浙江。

再等等，只要一个契机，他就能把分坛升为总教，跟罗祖的嫡系子弟分庭抗礼。

此时，他注视着河面，心头疑云越来越重，今夜的烟雾浓得太过，是调制药物的人手抖了吗？

河上浮桥，圣女手心全是汗，人中涂抹的药水提神醒脑，让她不至于被这烟雾影响。她扫视四周，反复思量着词句。与南京守备太监失联，令她不敢再等，必须要抢在大长老察觉她异心之前起事。

她清了清嗓子，原本嘈杂的人群瞬间安静下来，教徒们虔诚地注视着她。

圣女的声音清亮温和，带着包容万物的感觉，庄严道："无生老母行走人间使者代为传谕，人世污浊，艰难苦恨，均因贪欲而起……"

很平常的开场白，教徒们一如既往地低头受教——

但今夜亦有所不同！

十几句后，圣女声音转为高亢："倭寇横行，圣教四分五裂，吾代老母行走人间，当收复教权，一统圣教！"

在烟雾的刺激下，教徒们双目赤红，疯了似的高声呐喊："收复教权，一统圣教！"

隐藏在人群中的托儿趁机高喊："圣女泽被苍生，一统圣教！"

人们仿佛醍醐灌顶，纷纷附和，一开始还嘈杂纷乱，之后声音渐渐整齐，运河水面上处处响着"圣女泽被苍生，一统圣教"。

"不对！"茶楼上，大长老猛然抓紧了栏杆，目眦欲裂，失声惊叫，"这小贱人要反！"

只是，他这些年将圣女救苦救难形象塑造得太好，太过深入人心，对方早已不是那个任他拿捏的小可怜了。

茶楼上的信徒纷纷怒视他，而早已掺进来的沙子更是不动声色靠近了他。

"干什么！干什么你们！"察觉到不对的大长老一派纷纷起身，摆出防御架势。

闲杂人等纷纷下楼躲避，三楼冲突一触即发。

河岸上，小贼瘦猴急中生智，骤然把一个妇人推入水中，同时指着近在咫尺的何勤大喊："哎，你揩油就罢了，怎么还推人入水呢？”

何勤一愣，心中暗叫不好。

果然，原本急着救老婆的汉子立马一把揪住了他，怒声喝道：“你不许跑！”

有青壮年下水救人，围观的人群不嫌事大，纷纷围住了何勤，吵吵嚷嚷。

瘦猴趁机脱身，跟泥鳅似的挤走了。

河面楼船上，几名文士齐齐道声“坏了”，立马催着船夫掉头回去。可是此时河上已经被疯狂的教徒堵塞，楼船被裹挟着离岸边越来越远。

胡宗宪看着这一切，眸中寒光闪烁，这可真是“战士军前半死生，美人帐下犹歌舞”！他们在前方浴血抗倭，邪教却在后方收拢人心！

转眼间，酒楼三楼的纷争越演越烈，大长老人手不足，在心腹的护卫下四处躲避，争斗逐渐蔓延到二楼，食客们吓得四散逃跑，终于惊动了包间里的陆琨等人。

“怎么了这是？”周存坐在门边，疑惑地起身出去查看。

不承想，刚开了门，一众狼奔豕突的“逃兵”就冲了进来，将门死死顶上，任由追兵在外叫嚷。

“反了！反了！”大长老脸色铁青，被心腹搀着在包间椅子上坐下，兀自气怒不已，“若非我当年把她接来杭州，她如今还不知在乡下做什么呢！一个渔家女，一步登天，还想怎样？还想怎样！”

被逼至墙角的四人面面相觑，虽说情形危机，但狸奴得强忍着才不令自己笑出声来。

很好，一帮邪教头头，闯进了锦衣卫的包间。

他敢保证，只要陆琨能出去，回头一准儿灭了他们！

罗教影响遍布浙江，大长老横行太久，被捧得太高，急怒之下也不顾及有外人在场，自顾自念了一串官员的名字，让人去联络。

一旁的陆琨听得心惊不已，罗教的势力居然已经那么大了，连官场中人都牵涉其中！

狸奴脑海中却犹如霹雳闪落，陶埙字条上的信息逐渐清晰起来："诸事缓行，暂需请示禁中。"

所有的一切在这一瞬串联起来，罗教圣女欲拉南京守备太监一同干掉大长老，执掌罗教，他们的联络人偏偏在半道刺杀陆琨，被何勤灭了口；收不到回信的圣女为保消息不泄露，只得兵行险招，提前发动；好死不死的，自己又与大长老在同一处酒楼！

现在，抉择的时刻到了，是押大长老还是押圣女？

4

河面上，圣女依然在进行慷慨激昂的宣言。

兵丁开道，载着几名文士的楼船费了九牛二虎之力，才勉力挤到岸边。

酒楼二楼，接应大长老的人到了，他们重新耀武扬威起来，威胁过陆琨等人后，就率人追赶圣女下属。

"快！围起来！回头我请各位兄弟吃酒！"

令陆琨不能接受的是，过来接应的，居然是大明的官兵！本该把劲儿使在抗倭前线的大明官兵！

领头的是个留着络腮胡子的大汉，穿着便服，显然是接到求救就率人赶来了。

两拨人站在酒楼门口寒暄，大长老雍容大度，反倒比那个络腮胡子更像身居高位之人。

"一时之间，兄弟能召集的人手不多，大长老勿要见怪！"络腮胡子低声下气地跟大长老道着歉，抬头正要谢陆琨他们，忽然就跟被掐住脖子似的，卡住了。

周存从包间出来看热闹，一眼看见络腮胡子，瞳孔倏然紧缩，暗道一声“糟了”。

这人不是别人，正是他白天联络过的锦衣卫驻杭州的密探余能，明里身份是卫指挥使司的从七品经历。

余能震惊地看着周存，心头陡然一慌。嘉靖崇道灭佛，而罗教则是从佛教衍生出来，加入了道教的内容，说不清是佛是道，搞不好还得划为邪教。

大长老察觉到他的异常，低声问了几句，抬头看向二楼，眸色变幻数息，抬手做了个拿下的手势。

周存勃然大怒，手指着余能说不出话来。

余能吞咽了口吐沫，嗫嚅着劝大长老：“他们，不是为咱们而来……”

“宁枉勿纵！”大长老佛然道，“听说那小贱人联络了官面上的人，谁知道是哪边！”

余能心头一团乱麻，也不知该如何是好，自欺欺人地觉得，大长老犹如神明，见多识广，跟他们谈谈没准儿更好，遂低着头仓皇离开了。

酒楼里的食客都识趣地跑光了，罗教的人关上大门，慢慢围住了陆琨等人，周存和包小四正要反抗，却骤然变色。

狸奴，慢慢举起了双手，从包间里挪了出来，他的后腰已经被顶了一柄短刀。

陆琨暗骂一声，率先解下雁翎刀扔在了地上。

然而那厢周存灵机一动，趁着双方对峙，拉住包小四，猛然蹿进包间，从窗户里一跃而下！

“抓住他们！”大长老脸色狂变，厉声大喝。

夜风呼呼刮过，周存和包小四凭着上房揭瓦的技巧，在屋檐上短暂落脚，迅速跃向下方一艘楼船，正是胡宗宪身居之处！

巨大的冲击力震得楼船都晃了几晃，无数亲卫拔刀出鞘，迅速包围了二人，纷纷怒喝："何方宵小，胆敢冒犯中丞！"

"自、自己人！"周存双手高举，满脸尴尬，"都是吃皇粮的，大家别怕！"

包小四抱着自己的刀，惶急又警惕，一时间六神无主。

亲卫们收缴了二人的兵器，一拥而上，将他们牢牢压在地上，反剪了双手，根本不给其辩解的机会。

包小四满面悲苦地望向周存，哀号道："兄弟你什么命格啊！怎么那么衰？"

周存在短短数息里回忆了下生平，不得不承认，自己从小到大，几乎就是个扫把星！父兄都比他有本事，偏偏英年早逝，只他这个不成器的还活着，却到处被排挤；好不容易遇上个欣赏自己的陆千户，头一次跟着出外差，就遇到了这事，当真是欲哭无泪！

罗教的人经过简单的伪装后，将陆琨和狸奴夹在中间出了酒楼。与此同时，胡宗宪的楼船靠岸，几名文士率先离开，亲卫们押着周存和包小四紧随其后。

而被汹涌人群包围的何勤抻着脖子看见这两拨倒霉鬼，只觉悲从中来，感慨万千。

这一夜，罗教圣女篡改教义，煽动信徒，强势推行分坛变革。

这一夜，大长老一派遭到了突如其来的打击，杭州城中势力丢掉了三成，一众残余退回山中据点严防死守，并试图与官面上的人重新联络。

这一夜，胡宗宪的书房彻夜通明，一众幕僚紧急商议该如何对待急遽扩张的罗教。

而端坐案后的胡宗宪，摩挲着两块锦衣卫百户腰牌直发呆。按理说，他应该立即出兵救人，可是，值得吗？

攘外与安内，究竟谁先谁后？

山间树木繁盛，即便是白日，也比山下阴冷几分。地牢中的湿气不断上涌，隔着草毡都感觉得到。三面墙壁凝结了水珠，阳光透过狭小的窗子照进来，映出一圈圈的光晕。

狸奴披着陆琨的外袍，坐在唯一一处太阳能照到的地方，居然还笑得出来："在京里都是锦衣卫横行无忌，怎么出了京，这铁招牌就不好使了呢？"

"论起在地方的势力，我们可能还不如死灰复燃的宦官。"陆琨自嘲了句，极自然地伸手紧了紧狸奴的衣襟，问道，"冷不冷，要不我叫个火盆？"

狸奴翻了个白眼，对他这异想天开不予置评。他仰头看着霉点遍布的天花板，默默梳理着一夜的兵荒马乱。虽说如今计划出了偏差，好歹阴差阳错地与罗教的人联络上了。陆琨自身难保，指望不上，何勤、周存、包小四三人也不知怎么样了。他该如何避开陆琨跟罗教大长老谈一谈呢？

陆琨也在思索，他笃定但凡罗教大长老脑子正常，都不会干出杀官造反的事儿，剩下的估摸就是相互试探底线。所以，他不太着急，只是有点担心包小四他们病急乱投医，求错了人。

两人难得有这般无所事事的时候，细想一遭这几个月来的相识相知，只觉世事如棋：明明是黑白分明的棋子，执棋的手却总要让他们纠缠在一起。

熹微晨光里，陆琨转头看他："你今后有什么打算吗？嗯，我是说身体养好之后，总不能一直……"

一直这么吃喝玩乐，游手好闲。

狸奴最初想一笑了之，但触及他认真的眼神，倏忽就茫然了。

他的人生，他的一切，早被景王填得满满的，从他懂事开始，就在围着景王转，为景王做着各种规划。至于他自己，随波逐流？

他忽然觉得毛骨悚然，他是怎样的人，他想做什么样的人，他竟从未细想过。

他张了张嘴，试了两次，才从喉咙里挤出干涩的话："我、我不知道……"

"不知道？"陆琨挑了挑眉，暗自叹息，还是个孩子啊。

狸奴低下头，目光有些躲闪，不知何时起，他从恶意满满地想要脱离陆琨，甚至想给陆琨和陆炳致命一击，变成了害怕对方会看透他，畏惧将他的曾经暴露在陆琨面前。

"没关系。"

一只温暖干燥的大手慢慢握住了狸奴的手，对他说："现在开始想，也不晚，你还年轻。"

你还年轻——狸奴仰起头来，头一次觉得疲累。

幸好，地牢走廊上传来的纷杂脚步声拉回了他游离的神思。

原木削成的木栅栏"哐当"一声开了，一个人高马大的汉子粗声粗气地吩咐道："大长老要见你们。"

二人一路穿过潮湿的甬道，甫一接触朝阳，竟觉得有些刺目。

这是山间老林新辟的空地，周遭树桩还带着新鲜的木茬，草木的清香弥漫在晨风中。木石垒建的房屋规划齐整，还挺像个样子，只是还未清理干净的废料暴露了仓促入驻的事实。

负责押送他们的两个信徒自以为小声地抱怨："这地儿本来是作为秘密驻地的，都怪圣女，折腾这遭，害得咱有家不能回。唉，咱那寨子，我可是全程参与搭建的，三年呢！多少人的心血，如今全便宜圣女一派了！"

狸奴用食指蹭了蹭人中，饶有兴味地开口道："圣女不是无生老母的使者吗？怎么几位，好似对她有意见哪？"

"嘿，什么使者！"几人哄然大笑，"不过是我们大长老抬举她罢了！也就糊弄糊弄底下那些新人！"

可是群蚁咬死大象，如果有人能如臂使指，将所有新人拧成一股绳，未必不能撼动大长老的地位。

什么样的上位者带出什么样的下属，下属这般狂妄，那么大长老……狸奴忽然觉得跟大长老合作不是一个很好的选择。

说话间就到了地方。单层的木石建筑，没有多余的飞檐斗拱，多少粗陋了些，但胜在野趣。大长老的侄子，一个不到三旬的布衣青年站在门口，看见几人走来，亲自搜过陆琨和狸奴的身，才面无表情地放他们俩进去。

内部装饰很考究，哪怕筚路蓝缕，大长老也有资格享用最好的待遇。珠帘绣幕、焚香茗茶，一样不缺。

大长老一身簇新镶蓝边青色行衣，胸前后背都用暗线织了符文，与昨夜的仓皇神态判若两人。他不知是在养生，还是真的身体不好，周身萦绕着一股若有似无的药味，几乎湮没在满室牙香里。他自认为有礼，实则倨傲地跟陆琨见过礼，就安如泰山坐于东首，曼声寒暄："昨夜事出突然，委屈了二位，还望勿要见怪。"他坐在花梨木的文椅上，摩挲着上面精致的刻花。

狸奴看在眼里，更坚定了大长老是个眼高手低之人的看法。

陆琨心头不悦，若是在京中，别说一个邪教头子，就算是四品大员也不敢这般怠慢堂堂锦衣卫千户！可见江浙官民将这帮人惯成了什么样。

狸奴眼珠滴溜溜转了圈，抢先笑道："哪里哪里，大长老客气了。哎呀，这贵派的圣女，还真是数典忘祖啊……听说，还是您扶持的？"

一提这茬，大长老登时拉下了脸，端起茶盏轻呷几口，才不甘不愿地叹息道："门庭不幸，让两位看笑话了。"顿了顿，似乎觉得堕了自己的形象，又找补道："癣疥之疾，何足挂齿。"

没有自知之明，且刚愎自用，短短几句话的工夫，让狸奴对他仅存的期望也清空得一干二净。

而陆琨这位正宗的朝廷鹰犬，巴不得邪教头子越不成器越好！

就在这种心怀鬼胎的相互试探中，最后反而是陆琨与大长老聊得火热，狸奴则无所事事，听着两人聊完风俗聊倭寇，聊完倭寇聊教义。在心里已经盘算了十八种与圣女联手坑死大长老计谋的狸奴，听得连连打哈欠，倒真是一副不学无术的纨绔子弟风采。

一上午的时光悠悠滑过，午宴开始时，大长老跟陆琨已经到了把酒言欢的地步。而对狸奴，老头虽看在陆琨面子上客客气气，但眼底分明藏着鄙夷。

狸奴觉得好笑，以他对陆琨的了解，别看这会儿称兄道弟，一旦给他机会，他势必要下狠手铲除罗教。

这大长老，八成要竹篮打水一场空。

杭州城阡陌纵横，家家户户都掩映着暗渠流水，橹声荡漾在碧水蓝天之中。

一处不起眼的老字号当铺里，一个缓带轻裘的中年文士闲散地坐在里间，两鬓带白的掌柜搓着手赔笑："不知沈先生这次来想收些什么？"

当铺中常有些死当物品需要处理，而熟悉门路的总能窥得先机，这位沈先生就是常客之一。他掸了掸袍袖，笑道："有没有别致点的，金石刻章之类的玩意？"

"金石刻章？"老掌柜一咂摸，拍手道，"巧了！昨儿个还真收了两枚，不过来路嘛……还有就是，这印章的主人，您可能，不太……"

他这么一说，沈先生反倒来了兴致："拿来拿来，先瞅瞅！"

老掌柜不敢违拗，连忙一掀帘子出去了，不多时就捧来了一只盒子，打开后，两枚印章现了出来。

一枚印章黄玉所制，宫廷制式。另一枚印章寿山石所制，淡白中夹杂着一丝血红。

正是狸奴被窃的那两枚，景王与严世蕃的私印。

沈先生原本漫不经心的神色一扫而空，霍然起身，眸色急遽变幻，他压低声音问：“这东西，谁送来的？还有谁见过？”

老掌柜刚要回答，就听外面大堂传来一声呼唤：“掌柜的——”

老掌柜神色一变，点头：“来了！”

目送老掌柜出去，沈先生稍稍琢磨了一下，起身从后门出去了。

大堂上，何勤揪着小贼瘦猴的后领，押着他堵在柜台前，低声威胁道：“你要再敢耍花招……”

“不敢不敢！”瘦猴慌忙赔笑，俄而又哭丧着脸小声央求，“大哥，你从昨儿个追到现在，快十个时辰了，不累吗？”

何勤冷冷勾出嘲弄的笑，拍了拍他的脸颊，从嘴里吐出带冰渣子的话：“你应当庆幸，遇到的不是三年前的我。否则，你这会儿该躺在一条臭水沟里了。”

瘦猴相信这绝不是威胁。这个男人，实在太危险了。

老掌柜很快就出来了，一看何勤这架势，就明白这约莫是失主，却揣着明白装糊涂，笑得跟尊弥勒佛似的招呼：“哟，这是来赎还是来当啊？”

瘦猴笑得比哭还难看：“掌柜的，昨儿个当给你的那两枚印章，还留着吧？”

老掌柜抚须而笑：“瘦猴儿啊，你那可是死当，不能赎的。”

瘦猴偷觑一眼何勤，唯恐对方一个不悦弄死自己，连忙赔笑：“那，我买，您开个价，我买回来，总成了吧？”

就这么一耽搁，适才还在里间的沈先生已经带着一帮兵丁绕到了前门，一指何勤，喝令众人道："拿下他！"

何勤遽然变色，喝问："凭什么？"

见沈先生根本不予解释，何勤生怕坏了狸奴的计划，心想自己哪敢落到这帮人的手里，在外面躲藏，还有联络上狸奴的可能，一旦进了官府大牢，可就真没戏了！

他想也不想，拽住瘦猴就地抡起，在兵丁还没围拢前生生扯开了一条通道。

"拦住他！"沈先生厉声吩咐道，"抓活的！"

然而何勤身上的江湖悍气迸发，一路神挡砸神，抡着瘦猴这个人肉盾牌一通猛砸，兵丁生怕兵器弄伤、弄死人质，纷纷后退。

瘦猴知道他会功夫，却没想到下手那么狠，十几步的工夫已是眩晕欲呕，鬼哭狼嚎道："大哥！大爷！留我条小命啊——"

何勤一声不吭，手上力道不减，下盘却极稳，一步一步愣是快而不乱。一时之间，兵丁为他气势所慑，再加上投鼠忌器，竟不敢持兵器上前。

有几个仗着会些拳脚，丢开兵器，赤手空拳扑向何勤。眼看已成围堵之势，好一个何勤，只听他大笑一声，左腿弓步上前，右手抡起瘦猴砸飞一人，继而矮身伸腿横扫，带倒三人，最后飞身掠向刚抵达对面酒楼的一匹壮马。他双腿一夹马腹，在烈马嘶鸣声中，顺手将瘦猴抛向追兵，一人一马化作一道闪电，疾驰向远方。

当铺门口，沈先生恨恨一跺脚，愈发肯定这个人有问题。

5

罗教驻点，午后的阳光漫洒，暖风熏人欲睡，原木搭建的厅中，午宴已经进行到了末尾。

最后一道大菜是八珍汤。山间散养的乌骨鸡配上小块猪肉，加入人参、白术、茯苓等八味药材，小火慢煨而成。美貌的侍女将红褐色的汤盛入小碗，一一端给三人。

狸奴只小抿了一口，不得不说，这鸡汤确实用心了，但是药材放得有些多，反而掩盖了乌骨鸡本身的鲜味。他从小身体不好，没少吃药膳，对这玩意儿实在提不起兴致，便敬谢不敏了。

陆琨倒是喝光了。他糙惯了，在陆炳家生活了十几年也没把舌头娇养出来。对他来说，吃什么都一样。

两位座上宾，一位胃口刁钻，另一位不懂品尝，这让满心等着被恭维的大长老很失望，怒饮三碗，直至腹中饱胀，方心满意足地停下。他瞄着侍女，心不在焉地打发陆琨："我已命人备好上房，二位可先去歇息，待晚间另开宴席……"

侍女被他握住柔荑，轻轻挣扎了下，下意识地望向门外。大长老似乎想到了什么，索然无味地撂开她，唏嘘道："姐儿爱俏！"

狸奴顺着侍女的视线琢磨了下，外面好像是大长老的侄子？

不知是不是虚不受补，大长老两腮逐渐有些酡红，大汗淋漓，侍女给他擦了几遍依然不顶用。他不满地推开侍女，自己用帕子胡乱抹了几把，似是别用有心地提议道："陆千户，您看我这侄儿虽说不成器，可在我身边也学了几年，就是缺少见识。老朽有个不情之请，不知可否让这小子跟在您身边听用？"

他约莫也意识到了唐突，接着打量着陆琨叹息："我这侄儿本事自是有的，可年岁摆在那儿，在教内威望差了些……”

他这么一说，陆琨就明白了。合着大长老还想把罗教弄成家族制，没儿子就推侄子，推不动就想借助于官府的力量。

就这么几句话的工夫，大长老的面色愈发潮红，神情明显带着烦躁。他艰难地换了个坐姿，伸手扯了把衣领，竟陡然汗出如浆，脖子上青筋迸现。只见他双手不可遏制地抖动，呼吸越来越短促。

“怎么回事……”狸奴面色变幻，刚要去把脉，老头忽然喉头呵呵有声，仰头便倒！

侍女先是吓了一跳，去扶了一把，继而脱手撒开，放声尖叫起来。

“快走！”狸奴担心惹祸上身，一把拽住想要过去察看的陆琨，就往门口冲。

没想到，大长老的侄子罗歙不知何时召唤了十几人，横身堵在门口，怒喝：“哪里走！杀了我大伯就想跑？”

一句话，激起了信徒的愤慨，纷纷扑将上来。

陆琨反手将狸奴按至身后，拉开马步，左推右挡，逼退一众信徒。而后猛地夺过了一条棍棒，一路狠挥。

“跟紧我！”他来不及照顾背后的狸奴，只能低声吩咐。

好在狸奴向来是不肯吃亏的，连忙跟上。

之前有大厅挡在背后，信徒攻击不到狸奴，此时到了空地上，两人的劣势暴露无遗。

罗歙站在厅前大喝：“抓那个矮个子！”

狸奴嘴一抽，对“矮个子”这个称呼相当愤慨。

陆琨唯恐狸奴突然发飙，连忙腾出左手揽住他，右手继续挥舞棍棒，艰难地向外围杀去。

陆琨善使单刀，对棍棒涉猎不多，再加上添了个累赘，信徒又越聚越多，简直举步维艰。

狸奴觑着这局面，心里急急思索一番，忽然扯开嗓子大喊：“罗歇，你毒杀自己大伯，夺权篡位，是要灭口吗？”

不得不说，大长老经营罗教分坛多年，还是很得人心的，众信徒闻言自然而然顿了几息，出手添了几分迟疑，被陆琨瞅准空子反击，一口气杀出好几步。

罗歇脸色狂变，嘶声怒喝：“竖子休得挑拨离间！非我信徒，其心必异！”

“哈哈哈！”狸奴放声狂笑，“亲兄弟都能阋于墙，更何况是叔侄？你们罗教这点基业，小爷还看不上！”

肯跟着上山的信徒多半没什么见识，一时之间也分辨不出谁说得更可信，看看这个，瞅瞅那个，不由自主就放缓了攻势。

前方是一片密林，只要一头扎进去，信徒们就再也不能组织有效的围堵了。

陆琨精神大振，搂紧狸奴，更卖力地挥舞棍棒，一鼓作气杀了进去！

“别让他们逃了！”罗歇跳脚催促，可是心存疑虑的信徒们十分气力只肯出六分，再加上山路崎岖，老树横生，追击的速度渐渐慢了下来。

林中树木参天，只有断断续续的光斑投射，陆琨拖着狸奴没头没脑地一路逃窜，很快迷失了方向。当然，好处也是有的，至少追兵在短时间内找不着他们了。

这一番剧烈奔跑，狸奴固然直接累瘫，陆琨居然也不好受，只觉得心脏扑腾得几乎断气。同时头痛欲裂，眩晕得厉害，他忍了又忍，终究没撑住，跑到一边“哇”一声吐了。

“不是吧？”狸奴觉得匪夷所思的同时，又很好笑，“我这身板还没你反应大呢！”

陆琨差点把胆汁儿给吐出来，半死不活地想抗辩，可嘴里含混不清。

狸奴愣了一下，才反应过来他说的是“这点活动对我不算什么”，登时觉出不对，连忙伸出手指搭上他的脉搏，问他道：“你嘴怎么了？还有什么感觉？”

陆琨神情苦恼，有些困惑：“鞋、鞋头麻了。”他拼命捋直舌头，终究还是没能发对音。

狸奴收回手，皱眉道：“有点像中毒。可咱们吃的一样……不对！”他恍然醒悟：“那道八珍汤！”

陆琨实在撑不住，瘫在地上躺平，气若游丝地问他：“我会不会死？”

狸奴只是粗通医术，并不专精，他翻翻对方的眼睑，又检查了舌苔，安慰他：“没那么严重，吐出来应该就好多了吧？”

呕吐物的气味太过浓烈，狸奴硬拖着陆琨挪到其他地方，不承想刚坐下去，陆大千户又吐了。

吐吐歇歇一直折腾到天擦黑，陆琨才昏昏睡去。

狸奴看他问题不大，这才放下心来。夜晚林中湿冷，狸奴身体不好，陆琨又吐得有些虚脱，小风儿一吹，两人都冻得哆嗦。没法子，从没干过粗活的狸奴只得摸黑捡了些树枝，可两人身上的零碎都被搜走了，该怎么点火又让他犯难了。

最后，这祖宗自暴自弃，一脚蹬开那堆树枝，在陆琨身侧铺了一打叶子躺下，跟他背贴着背取暖。

杭州城中华灯渐上，将粼粼的水面照得千里清澄。夜船往来穿梭，码头上时不时传来捕鱼归来的号声。

一艘不起眼的快船悄然起航，载着胡宗宪的信使，以最快的速度北上进京。

而周存和包小四还被软禁在浙江巡抚衙门的一处小院里，好吃好喝供着，就是不许出门，不许跟外面联系。

夜色深沉，胡宗宪书房依然灯火通明。纷杂的事务被幕僚们初步处理后，又全部汇总到胡宗宪案头。

一更的锣声慢悠悠响起，胡宗宪这才惊觉已经那般晚了，遂停下手中的笔，捏了捏鼻梁，挥手示意众人退下。

而白日出现在当铺中的沈先生赫然身处其中。原来，他竟是胡中丞的幕僚。

别人都走了，他却没有走。直至书房中彻底安静下来，他才大着胆子凑过去，将那两枚私印放在胡宗宪案头，轻声解释："东翁，今日某得了两件稀罕物，想请您给鉴赏一下。"

胡宗宪正是疲累的时候，本不耐烦，想着敷衍一番，谁料看清印底字样后，脸色遽变，霍然而起。怔愣了一会儿，他意识到京城必是出事了，不然锦衣卫和严世蕃的人不会同时出现在杭州。听说李默自正月起就开始负责考察天下诸司官，俗称外察，为此被罢黜的严党不知凡几，会不会跟此有关呢？

而且，严世蕃就罢了，景王的私印怎么也在？难道传言非虚，严党真有扶持景王上位的意思？他们已经这般明目张胆了吗？

陆琨在林中迷迷糊糊睡了一觉，身上还有些疲累，胃里却没那么难受了。稍微一动，背后立即传来抗议的哼唧声，原本昏沉的脑子瞬间清醒，他慌忙爬起来去推狸奴："狸奴，狸奴！别睡，会着凉的！"

狸奴其实没想睡，就想取个暖，谁知道躺着躺着头就重了。此时他撕开眼皮瞅了对方一眼，一歪头又睡了。

到底谁才是病人啊？陆琨哭笑不得，实在不指望这祖宗能照顾人了。他挣扎着起身，一看树枝都是现成的，挑挑拣拣，留下些相对干燥的，又循着水声去河边摸了两枚火石回来，划了好一会儿，才终于点着一小撮干草，有了火种。

火堆慢慢生了起来，橘红色的火光跃动，烘得人身上暖洋洋的。

陆千户这身板毕竟是磨炼了将近二十年的，底子好，一旦缓过劲来，就还是条好汉。眼下这点寒意、病症对他的困扰并不大，他现在只担心狸奴体虚扛不住。

又添了几次柴，狸奴总算睡够了，有气无力地呻吟道："我饿……还冷……"

陆琨在一旁束手无策，只能安慰自己对方还知道饿是好事。他将外套留给狸奴，叮嘱他坐好，千万别再睡了，这才摸黑去了河边。

那条河流地势较低，两岸树木错开了一道缝隙，月光正好投射下来。都说十五的月亮十六圆，云破月出，恰似一盏明灯，照得一湾河水如铺了银霜。

陆琨借着月光捉了两条巴掌大的鱼，用锋利的石片开膛破肚，清理内脏，又捡了半只破陶罐，涮洗干净，汲了水回来。还好狸奴强撑着没睡，迷迷糊糊看他支好架子，重新起火烧水，勉强伸手一指他背后："白天的时候，我看见那儿有株五倍子树，你一会儿看看树上还有没有果子，那玩意儿有咸味，能当盐用。"

陆琨手一顿，对狸奴在如此境地还能这么讲究颇觉不可思议。他想起姜澈书房的四书五经，笑道："你怎么什么稀奇古怪的东西都知道？你爹把你管得那么严，你是怎么找着机会看的？"

狸奴悚然意识到自己近来松懈了，差点忘记自己是一个失忆的官宦子弟。他眼珠滴溜溜转了转，笑得带有几分狡黠和腼腆："这个嘛……你猜？"

陆琨不想猜，他想到了当初被藏在褥子底下的小册子，这一看就是熟手。

陆琨揉了把少年的脑袋，问清五倍子的模样，抽了根点燃的树枝过去了。

一来一回的工夫，破陶罐里水滚了，陆琨把鱼丢进去，加入砸烂的五倍子，很快就变成了一罐鲜香扑鼻的鱼汤。陆琨用石头凿了两只木勺，简单烫洗过，跟狸奴一人一只。

在这湿寒露重的夜林里，两人隔着火光与蒙蒙白雾，你一勺我一勺地同喝半罐鱼汤，颇为寒酸。

只是，陆千户心里多少还是惦记着正事：“你说，大长老是怎么死的呢？我也喝了那个八珍汤，可是跟他的反应不太一样。”

狸奴白天就想过这个问题，他一边拆下一片鱼肉，一边答：“我闻着大长老身上有股药味，他可能之前就服了什么药，跟八珍汤里的某味药相克。不过……”说到这儿，他瞅瞅陆琨：“我可从未见过喝八珍汤喝出你这么严重反应的。顶天了也就是虚不受补，上火。”

陆琨不太懂这些事情，虚心请教：“八珍汤里到底都有什么药？”

狸奴又喝了几勺汤，出了一身热汗，才回答：“一般来说，是人参、白术、茯苓、甘草、当归、熟地黄、芍药以及川芎。要说相克的话……”他忽然愣住了，喃喃：“舌头发麻、呕吐、头痛、心跳加快……这不对啊！”

陆琨不敢打断他的思绪，只静静喝汤等着，两条小鱼上的肉都被他细细拆下来，堆在狸奴面前。

狸奴这人有时候跟陆琨也挺像的，不肯定的事情，很少会跟人去说自己的猜测。他自己思索一通，却不跟陆琨分析，惹得后者一晚上抓心挠肝睡不着。

这片山林说大不算大，但是道路崎岖，岔道颇多，山口主道又都有壮丁把守，两人走走停停两三天，才算摸出了林子。

山下是一望无际的碧波，他们这才发现，这是一处没有标注进地图的孤岛。四面环水，春山染绿，岸边泊了几艘小舟，十几个青壮年提着棍棒往来巡视。罗教倒是选了一个很好的撤退地。

陆琨和狸奴鬼鬼祟祟地蹲在灌木丛里，寻思着该如何兵不血刃地抢只小舟。

还没商量出对策，两人就因占据着高处，比那些青壮年更早察觉出了不妙——水天交接处压来一条黑线，而后黑线渐渐变粗，现出了船只的模样。粗粗一数，怕是有十几艘！

陆琨倒吸一口凉气，喃喃："这得有……两百多号人吧？"

"差不多。"狸奴眯眼看了一会儿样式杂乱的民船，肯定地道，"不是官府的。如果我没猜错，约莫是圣女那边发动总攻了。"

那他们，还走得成吗？

岸边青壮年总算发现了不对，呜呜吹起了号角，然而圣女一派动作也相当迅疾，箭矢连发，以压倒性的优势抢占登陆点，手起刀落，杀起来毫不手软。两百多号准备充分的信徒，在民间是一股不容小觑的力量。双方甫一交手，大长老一派就如汤沃雪，顷刻溃散。

其实，如果大长老还活着，他们不至于这般毫无防备。糟就糟在，如今当家的是罗歇，而他还要面对一堆不服他的长辈。

很多组织不是亡于外敌，而是溃于内耗。

碧水染就血色，圣女一派的脚步毫不停歇，不断往山上推进。

为防止大长老一派逃走，原本停在岸边的小舟，被他们集中起来浇了桐油，一把火点了。

陆琨寻思着自己现在下去抢一艘出来，没准还来得及。但他这想法立刻被狸奴毫不客气地否决了："你连这是什么地方都不知道，划着舟打算去哪儿？"顿了顿，他又一指那些大船："小舟有它们快吗？"

陆琨瞬间无言。可就算知道人家的船更快更好，他也不会开。至于挟持就更别想了，哪艘船上都有的是留守人员，凭他俩只有被围殴的份儿。

最后狸奴又给了他锥心一击："你，会水吗？反正我不会。"

陆琨有点怅然，有点不甘心，历经磨难，眼看就能逃出生天，偏偏被天险阻住了归路。

狸奴琢磨了一会儿，忽然目光灼灼地盯住他，抛出极其危险的诱惑："你难道，不想知道大长老是怎么死的吗？"

"嗯？"陆琨低头看他。

狸奴掰着手指跟他算："圣女一派的优势其实就是突然袭击这一点，要说积累，比大长老那一派可是差远了。即便她成功拿下了这个孤岛，之后的统一也任重道远。可如果我们手里握着能让大长老一派迅速四分五裂的证据呢？"

"你是说……"陆琨心中一动，"咱们跟圣女合作？"

狸奴点点头，笑眯眯地看他："大长老的继承人肯定是罗歇，可如果罗歇就是凶手呢？"

陆琨不得不承认，相比让两个北方旱鸭子偷船逃跑，狸奴的计策虽然冒险了些，却更可能实现。

6

两人在震天厮杀中转回山林，掉头往回走了一整天，才找到居住区。

这里似乎是驻地的后面，人少了些，全是被荆棘篱笆围起来的大片田地。但不是江南盛行的水田，而是旱地。土壤还是新翻的，已经种下了早春作物。隔着几道田垄，能清楚看到数间民居，想来是负责此处的信徒。

陆琨打量了一番，将袍子下摆掖进腰里，"噌噌"爬上了树，刚要跳进田里，忽然转头示意狸奴噤声蹲身。

一间民居的门骤然开启，衣着寒酸的女人追着自家男人跑出来，小声哭骂："去年你就少种了一块粮田，今年又少了一块……种那么多圣药，又不能当饭吃，全家要饿死吗？"

男人瘦骨嶙峋，眼窝有些深陷，他拎着酒壶，走得东倒西歪，末了，干脆躺在田边，懒洋洋地道：“你懂什么，种得多，上边的赏赐也多，比粮食划算多了！”

女人一听这话哭得更狠，一边使劲捶他，一边嚷道：“那你倒是上交啊！多出来的圣药，全被你自己用了！口粮不够，赏金也不多，你让我们娘俩怎么活啊！”

两人推推搡搡半晌，男人忍不住将酒壶墩在地上，跳将起来扯住女人的头发又踢又打，嘴里骂骂咧咧：“老子可是去过天上，见过神仙的！辟谷，你知道什么叫辟谷吗？整天想着吃吃吃，怎么不吃死你！”

男人拖拽着女人进了民居，重重摔上了门，不多时，里面就响起了女人孩子的惨叫声。

陆琨从树上跳进田里，从地头找了个锄头，将荆棘篱笆扒开一条通道，接了狸奴过来，又草草掩上通道。

狸奴走过去捡起酒壶，打开壶盖闻了闻，瞅了半晌，没瞅出个所以然来。

“酒有问题？”陆琨将锄头放回原地，走过来问。

狸奴皱皱眉，解释：“不像是酒，好像是牛乳掺了什么药物。”边说着，他一边考虑要不要尝尝，最后因为酒壶不太干净，放弃了。

他转悠了一圈，选了块地让陆琨扒开来，只见露出的作物刚刚发了小苗，大部分还没能钻出地面。

狸奴弯腰瞧了半晌，摇头道：“太小了，看不出。”

能让一个罗教信徒奉为圣药，想也知道不是什么好玩意。也不知他们仅种了这么几块药田，还是在其他地方也有。若是因此挤占了粮田，又联系不上罗教，这些种田的吃什么？

说话间，男人的斥骂声渐渐小了下来，只剩下孩子断断续续的哭声，还有女人的低声劝慰声。

陆琨不太放心，蹑手蹑脚过去，贴门上听了一会儿，确定没出什么大事才示意狸奴离开。

眼下圣女一派已经拿下了孤岛，到处充斥着鲜血痕迹，大大小小的路口都有守卫巡视，越往前走，查得越严。风声鹤唳，不外如是。

孤岛整体上很像一个还未成型的村子，有田有房，有水有树，只是居住在此的信徒比普通村民剽悍了些，又都有些神神叨叨的。

村子中央有块空地，一排深深扎进土里的木柱上绑了几个神情萎靡的人，其中一人正是罗歇。

闲极无聊的三个看守正懒洋洋地掷着骰子，偶尔抬头讽刺罗歇两句。罗歇不是什么好脾气的，落到这步田地，还能中气十足地破口大骂："罗玉莲你个小贱人，我大伯白提携你了！居然下毒！"

"呸！"一个看守按捺不住，甩手丢了骰子，吊儿郎当走到他跟前，撸起袖子狠狠扇了他两巴掌，骂道，"行了，别装孝子贤孙了！谁下的毒，你自己心里不清楚吗？少在这儿贼喊捉贼！"

"就是你们！不然怎么那么巧？我大伯前脚刚死，后脚你们就攻岛？"罗歇跟疯狗似的狂吠，其余柱子上的犯人也跟着声嘶力竭地声讨着。

陆琨和狸奴躲在一处屋后，看着这场狗咬狗的闹剧，啼笑皆非。之前罗歇还将他俩列为头号嫌疑人，如今更大的敌人出现，大长老就成了双方互相攻击的把柄了？

狸奴啧啧一声："你说是谁下的毒？"

"不好说。"陆琨原本以为是罗歇所为，现在看来，圣女那边嫌疑更大。

狸奴听了一会儿几人的争吵，肯定道："圣女没能彻底掌控分坛。大长老一派有元老坐镇，圣女不敢妄动。"所以，身为大长老的侄子，罗歇才能存活至今。

也就是说，圣女若想光明正大除掉罗歇，只能坐实他下毒。按理说，把罗歇投入地牢，严刑逼供是最快的办法，而此时却把他们绑在外面，表面上看是羞辱，但换个角度看，也是一种保护。最起码光天化日之下，圣女一派想要灭口，也得掂量着点。

狸奴忽然想到一个要命的问题：“都过去好几天了，那道八珍汤，还能留着吗？”

陆琨也不敢肯定，试探地提议道：“要不，去厨房看看？”

当日大长老宴请陆琨的大厅，已经焕然一新。那些琳琅满目的装饰被全部撤去，珠帘绣幕换成了素雅的水墨帷幔，别致的香炉中香味清淡，沁人心脾。盘腿坐在榻上的圣女依旧蒙着面，她深深吸了口气，微笑颔首道：“孔雀，你调香的技艺愈发精湛了。”

正在沏茶的侍女孔雀笑了笑，没说话。

就在这时，汇茗茶楼的那个矮个中年人大步进来，淡淡扫了眼孔雀，后者从容擦干案上的水渍后，躬身退下了。

厅中隐约传来中年人急促的声音：“圣女，罗歇挣脱绳索，砍死了一个守卫，跑了！”

直至离开大厅数步远，侍女孔雀才露出一抹冷笑。她自小饱读诗书，最近半年又沉浸于兵法韬略，本以为可以施展一腔抱负，没想到圣女信赖的始终是那帮只会打打杀杀的糙汉子。同为女子，却不信女子可以有所作为，只会玩些装神弄鬼的把戏，难怪始终斗不过大长老！这次若不是自己激她……啧，原来功劳还是那些人的！

孔雀回眸睥睨大厅，眉间一抹凌厉飒然。

算算时辰，给圣女炖的补品应当好了。她压下不忿，又恢复了贴身侍女应有的谨言慎行，慢慢向厨房走去。

厨房位于大厅后方西侧，这会儿还不到做饭的时辰，冷清得很。

陆琨和狸奴一路穿街过巷，躲过了不知多少守卫，找错了几次，才摸到这里。

厨房十步见方，只有一处小灶上炖了银耳莲子羹，半敞的砂锅里浓稠的羹汤缓慢翻滚，时不时崩裂一两个气泡，看上去颇为诱人。

风餐露宿几日的狸奴，看饿了。

陆琨一门心思翻找着八珍汤残骸，心道哪怕是炖汤的药包也行，一个没看住，猫祖宗就十分自觉地盛了一小碗，坐在灶前吃起来了。

“找不到，看来真被处理了。狸奴，咱们……”陆琨几乎将厨房里的材料一一掰开捏碎了检查，药材倒是找到不少，但都是些桂皮类的调料。他不敢再耽搁，正想招呼狸奴撤退，这一回头，却直接失语了。

狸奴咬着白瓷小勺看着他，眨巴了一下眼，低头瞅瞅碗底还剩一点凝胶，不确定地问：“要不，我再给你盛一碗？”

陆琨收回目光，心累地叹气道：“不必了，我不饿。”

他刚要帮狸奴把碗刷了走人，忽然听到外面响起了凌乱的脚步声，夹带着狂呼乱喊。两人脸色一变，捧起那只精致秀气的小碗，连忙闪到两节橱柜的夹缝中，扯了块蒙东西的印花蓝布伪装成帷幔。

差不多是刚刚藏好，衣衫凌乱、胸前还淋漓着血迹的罗歇就闯了进来。他四下扫了一通，踉跄着找了几个藏身之处都不满意，待看到那块印花蓝布，眼前不由一亮。

陆琨透过缝隙看着他的动作，心中咯噔一跳，慢慢将狸奴转移到夹缝里侧，摆出了防御的架势。

罗歇带着满脸的期冀之色，一把扯开蓝布，登时愕然。

几日前才针锋相对的两方，就这样阴差阳错地重逢了。

外面又传来震天喊杀声，罗歇目光一闪，咬咬牙，抢先败退，狠狠撂下蓝布，重新搜寻地方。

陆琨二人暂时松了口气，却不敢大意。

追兵的脚步声在逐渐迫近，罗歇顾不得脏，一猫腰钻进了切菜的案板下。

而就在这时，侍女孔雀迈着轻快的脚步进来了。

她先提了汤勺搅了搅银耳羹，满意地点点头，转身打开碗橱去拿专属于圣女的小碗。然而，她翻遍了碗橱，都没有找到那只细瓷小碗。

蓝布后的两人仿佛意识到了什么，齐齐低头，看向狸奴手里的那只碗。狸奴心中暗暗叫苦，他只是觉得这只碗最干净，谁能想到这还是圣女专用的？陆琨心脏再次提了起来，抬头瞪了狸奴一眼，却没生气。

那厢，罗歇半跪半趴在地上，屏住呼吸，看着慢慢移动的莲足，慌乱之下，抓住了手边的石头。

孔雀扫过明显被翻动过的厨房，再想想之前听到的只言片语，倒吸一口凉气——难道罗歇来过厨房？他拿走圣女的小碗，是想做什么？

他，走了吗？

孔雀也是个胆大的，发现端倪后，并没有去喊人，而是顺手抄起案板上的菜刀，紧紧攥住刀把，拉开柜子，没有人；抬头看房梁，没有人。

白色的裙摆拂过案板下，距离越来越远，罗歇松了口气，开始不住地瞄那块蓝布。此时他既希望孔雀快点发现那两个朝廷鹰犬，好忽略自己；又害怕那两人狗急跳墙供出自己。

狸奴咧咧嘴，有点不敢相信自己居然为了一碗银耳羹把人给搭进去了。

春风顺着门窗吹进来，随着孔雀的走动，清雅香味弥漫了半个厨房。本是舒缓精气神的香，此时像是催命毒气，令三人轮番提心吊胆。

白色身影终于接近了蓝布帷幔，素手猛然一掀，陆琨出手如电，反手夺下菜刀，刀锋转瞬压在了孔雀侧颈，沉声警告：“别出声！”

孔雀愕然地望着他，眼神急遽变幻，但那不是恐惧愤怒，而是从恍然到缅怀，再到不解的转变。

外面脚步声纷乱，有人到了厨房门外。陆琨神色变幻，眸中露出杀气，也许……只能拿她当人质了。

孔雀率先反应过来，竟轻轻推开了菜刀，继而抬手利落地拉上了蓝布，重新遮住了二人。

与此同时，几名信徒也闯了进来，有人高喝："孔雀姑娘，看见罗歇没？"

"没啊！"孔雀神态自若，适时露出一点疑惑，左右看看，招呼他们，"要不，你们找找？这里还炖着圣女的补品呢，可别弄脏了。"

"啊？那我们动作轻点。"几名信徒也上了心，轻手轻脚地翻动东西，没掀起多少动静。

孔雀转身打开柜门，正好挡住陆琨二人的藏身之地，她一面假装翻找药材，一面随意闲聊："这人不是被拴着吗？怎么逃了？"

"嗐，看守的那兄弟跟他吵架来着，相互骂急眼了，拿刀砍人，误把绳子砍了！我都不知道怎么说他！"一名信徒随口答了句，见案板下是空的，就顺带弯腰望了眼，登时跟罗歇来了个脸对脸！

罗歇二话不说，劈手将石块使劲砸向他面门，在对方的惨号冲出喉咙之前，一把推开他就往外跑。

"抓住他！堵门！"这信徒反应也快，硬生生忍住疼痛，大喊一声，伸手就去捉他。

罗歇头也不回，低头躬身，狠狠撞开拦截，一门心思往外钻。

孔雀脸色瞬息变了。如果说罗歇一直藏在案板下，这就意味着他很可能看到了陆琨！

到底该为了合作保罗歇，还是该为了陆琨堵住罗歇的口？

这姑娘眸中陡然划过一抹厉色，就在罗歇被堵回厨房，靠近这边时，孔雀猛然从柜子里拽出一只青花大罐，冲着对方后颈狠狠砸了下去！

这一下，迅疾有力，目标精准，完全不像是一个调香侍女会有的表现。

这还不算，孔雀唯恐罗歇不死，又重重补了几记，直至瓷罐破裂，手指被划出鲜血。

“孔雀姑娘！快停手！”几名信徒反应过来，连忙赶过来阻止她，“别砸了，人死啦！”

孔雀颤抖着手，试探了一下鼻息，心底松了口气，人却慌慌张张倒退，后背“哐当”撞在柜子上。她摆着手，哭得梨花带雨，语无伦次地重复道：“我，我没想杀他……他……不是……”

“没事没事，不怪你！”对一个受惊过度的弱女子，谁忍心苛责呢？几名信徒都是圣女那方的，巴不得弄死罗歇，如今光明正大的理由就摆在面前，他们自然要去利用：“是他私自逃脱，又想劫持姑娘，才被杀的，我们都看到了。”

孔雀得到自己想要的说法，眸中带了些感激之色，怯生生开口：“孔雀，谢过几位大哥……”

陆琨和狸奴刚刚看得真切，这姑娘出手的时机选得很妙，一旦决定，就不带半点犹豫，毫不拖泥带水，而如今又是一副楚楚可怜的姿态，狠决与柔弱无缝衔接，令人心头发寒。

厨房很快被打扫干净，临走前，孔雀忽然转过头来，透过蓝布缝隙看向陆琨，幽深的瞳孔中带着一抹笑意，那是陆琨看不懂的笑。

她轻启朱唇，说了几近无声的一句话，转身跟着信徒们走了。

厨房里安静下来后，狸奴轻声重复：“厨房后面，杏树之下？”他疑惑地挑眉：“难道是见面？可也没说时辰啊！你认识她？”

陆琨摇摇头，那姑娘蒙了面，但眉眼间依稀有熟悉的感觉，却不深刻，应当不是近期见过的熟人。

大长老一派最名正言顺的继承人罗歇畏罪潜逃，企图劫持圣女侍女，最终被击杀。

尽管很多人怀疑这事儿的真实性，但罗歆在众目睽睽之下逃跑，却是无可辩驳的事实。大长老一派吵闹一番，不得不认栽。圣女是玩弄人心的高手，不过三言两语，就挑起了几人的争斗，好不容易放下的罅隙又被捡了起来。

夜幕渐渐降临，风声水声格外真切，带着潮气的杏花缤纷了一地，满目纯白中带点浅淡的粉色，鹅黄的花蕊藏在横斜疏影里。

厨房后面有块空地，平常没什么人来，不知是哪位有闲情逸致，栽种了几株杏树，养护得挺好，除了一株花瓣莫名落得有点多，其余均开得热烈繁茂。

陆琨和狸奴在暗处等了两刻钟，都没等到孔雀，不由得有些气馁，难道是理解错了？

狸奴打量着那几株杏树，忽然开口："人家说桃花开，杏花败，孤岛山头，稍微冷些，杏花自然谢得晚。你觉不觉得那株杏树跟别的不一样？"

陆琨经他提醒，想起自己少时跟着陆炳办过的一件案子。当时有个书生，妻子几日不归家，岳父怀疑书生杀妻，一纸诉状将其告到了衙门。这案子难就难在活不见人，死不见尸，正巧陆炳带着陆琨骑马归来，路过书生家，瞧了几眼，指点衙役："初夏正是草木争相生长之际，他院里那棵树，偏生落了一地叶子，若不是有什么病害，就是近期被移动过。"衙役掘开树根，果然发现了树下的女尸。

面对相似的场景，陆琨心中起疑，悄悄摸进一处民居，拎了铁锹和蜡烛回来，在那株杏树下观察了下，还真有处新翻过的地儿。他吭哧吭哧挖了几下，铁锹端传来一股清脆的震动，两人对视一眼，连忙小心地扒开泥土，露出了一只砂锅。

满是湿泥的砂锅甫一打开盖，就蹿出股奇异的怪味，有肉质的腐臭味，也有草药的气味，对鼻腔的刺激十分强烈。

这气味让狸奴胃里一阵翻涌，陆琨闭气闭得及时，但也是捂住口鼻，默默缓了一会儿，才再次探头往里看。

只见黝黑的砂锅里，汁水基本已被倒掉，各种药材纠结成一团，软绵绵趴在锅底，就像在河滩泡了无数岁月的烂草。烛光一一扫过那些药材，好不容易鼓起勇气的狸奴拿着木棍挑挑拣拣，嘀咕道："人参、白术、茯苓、甘草……都是八珍汤里原本就有的……"

翻着翻着，他手一顿，从一堆药材中拎出了两根寸许长的根须，眉头拧成一团，喃喃道："看边缘，应当是没研磨完全的细辛。但这汤里已经有人参了，为何还要放细辛呢？难道是我猜错了？"

陆琨怕引来巡视的信徒，吹熄了蜡烛，静静等着他。

狸奴左思右想理不出头绪，只好让陆琨把砂锅原样埋回土里，提议去大长老房中看看。

半路上，狸奴向陆琨解释道："医家有'十八反'之说：'本草明言十八反，半蒌贝蔹及攻乌。藻戟遂芫俱战草，诸参辛芍叛藜芦。'以大长老的小心劲儿，有毒的食物应当很难上桌，那么利用药物相克就是最好的办法。那道八珍汤里放了太多人参，配比明显不对，可如果……原本就是奔着杀人去的呢？"

陆琨豁然开朗："你的意思是，大长老之前服的药里……有藜芦？"

"我只是这么猜测。"狸奴百思不得其解，"不管是人参、玄参、丹参，还是细辛、赤芍、白芍，只要有一样就行，这都是跟藜芦相克的，但实在没有必要把人参和细辛都放进去。"他顿了顿，又道："而且，医家还有种说法，叫作细辛不过钱。这味药虽然治病，但本身就有毒，尤其它还被磨成了粉末，更容易挥发毒性……他就不怕把其他人也撂倒了？你当时口麻呕吐，就是因为细辛。"

大长老的住处距离大厅很近，是座二进的院子，外院待客，内院住人，还搭了个小巧的亭子赏景。往日这里应当是整座岛防卫最严密的地方之一，如今人死茶凉，只几个下人还守着。

陆琨仗着身手利落翻墙进去，从里面开了后门。院落里只青灯几盏，有些昏暗，两人找了几间房才找对地方。

大长老住处没有开窗通风，药味比他身上的更浓。陆琨点了蜡烛，捧着烛台，陪狸奴到处翻找。老头在床头柜的抽屉里塞了不少好东西，何首乌、鹿茸且不说，居然还有一打药方，全是据说能得道成仙的。

当翻出一盒十二格的蜜丸时，狸奴知道，自己猜测对了。

“藜芦、皂荚、巴豆，治疟疾的。”狸奴嗅了嗅蜜丸，又掰下一点尝了尝，判断，“应该是身边人干的，而且这人还懂医。”

“医者？”陆琨自然而然想到了监守自盗。

“有可能。”狸奴转头看他，“可如果是医者，肯定不会选细辛啊！太明显了。”

陆琨按住他，跟他一起蹲在地上，轻声提醒他:“你有没有想过，可能是两拨人分别投毒？”

狸奴心中一动，从一开始，他就因为“十八反”的说法，一门心思认定是有人利用药物相克从中作梗，可如果是一拨医术高明的和另一拨半吊子撞车了呢？

阴差阳错，是狸奴很讨厌的情况。他喜欢伏线千里，喜欢智珠在握，意外虽然刺激，却让他有事情脱离掌控的恐慌。

陆琨也不去扰他，径自去翻那节抽屉。最里端藏了只上锁的铁匣，一身正气的陆千户顺手拿起挑烛花的银针，“咔吧”一声，给撬开了。

这轻微的响动惊醒了狸奴，他无言地望向陆琨，半晌才憋出一句话:“锦衣卫还学偷鸡摸狗？”

陆琨嘴角一抽，拿出了铁匣里面的东西：一朵干花、几片干叶、一小袋种子，还有两张纸。

“苏摩酒，印度祭神之酒，以圣药汁液调合牛乳而成。”陆琨轻声念道，“燃烧圣药花叶，可得神仙点化。”

狸奴一个激灵，一把夺过铁匣，看了一会儿，忽然想起了那夜运河上飘的烟雾，想起了那个颓废不自知的种田人。

不，这不是圣药，而是类似五石散的东西！

罗教这处分坛，显然找到了比五石散更厉害的邪药，并且掌握了种植炼制的方法！

他心底冷意骤起，如倒春寒般猛烈席卷全身，这种邪门的东西，到底还有多少人在研究？

7

一室俱静，唯有铜漏滴答作响。

内外院之间，月洞门方位，突然隐隐传来下人问安的声音：“圣女夜安。那么晚了还过来呀？”

圣女没有理会，答话的是孔雀：“杀害大长老的凶手已伏诛，我等也算是为他报了仇，不枉出兵一场。既已事了，总要告知大长老一声才是。”

声音顺着夜风飘进房间，惊得陆琨和狸奴一阵手忙脚乱。陆琨取了几颗种子，匆匆把其余东西放回原处，吹灭蜡烛，拉着狸奴矮身躲进了衣柜。黑暗中，呼吸可闻，狸奴忽然轻声问：“清君侧？”

陆琨瞪了他一眼，继而陷入沉思。这虽是大逆不道的话，却精准概括了圣女出师之名。大长老中毒身死，孤岛上的人全都成了嫌疑人，而圣女一派由对峙方摇身一变，成了执掌正义之师。按照谁受益，谁嫌疑最大的道理来推论，圣女似乎比罗歇更像下毒之人。

狸奴伸出二指，戳至陆琨眼前。陆琨想起刚刚的讨论，豁然开朗，大长老之死，想来罗歇和圣女都脱不了干系。

门扉“吱呀”开启，飒飒夜风吹得帷幔肆意飞扬，孔雀陪着圣女步入房中，摸索着点燃了蜡烛。

圣女素手轻轻在鼻前扇动，神情有些厌恶：“去把窗户打开。这屋里什么味道？”

孔雀一面开窗，一面安抚她：“人老了，身上自然会有味道。下次我让他们提前通风。”

“哪还有下次！”圣女冷笑一声，手指懒洋洋拂过书案，“等找到圣药的种子和配方，咱们就回去。我可不乐意待在这么个孤岛上，要什么没什么。”

孔雀开窗的手一顿，心底叹息，这个圣女，其实跟大长老没什么区别，都是眼高手低、贪图享乐之辈。枉她旁敲侧击，出谋献策，可也扶不起这个阿斗。她收回思绪，举着蜡烛到处翻找，翻到那节花鸟纹床头柜时，忽然愣了。

黄铜烛台摆在这里本没有问题，有问题的是，蜡烛的烛泪还未完全凝固——有人来过了！

若是大长老一派的人尚未离开此地，想要制住她们两个弱女子，简直易如反掌！

她瞥惕地扫过四周，不动声色地起身行至圣女身侧，低声道：“此处多日不曾通风，气味的确不好闻，咱们明日再过来吧？”

“来都来了……”圣女不以为意，刚要拒绝，却触到了孔雀肃然的眼神。她悚然一惊，顺势改口：“也罢，今夜月色甚好，你陪我出去走走吧！”

两条颀长的身影不疾不徐出了门，衣柜中，狸奴露出若有所思的神色——这个侍女孔雀，不简单啊！

直到院子里重新静下来，两人才钻出衣柜，悄悄摸向后门。

夜晚安静得出奇，偶有惊鸟扑簌簌飞起，来时还有的笑闹声，此时也消弭无踪。

陆琨心中陡觉不安，一把按住了狸奴去开门的手，默不作声地拉着他去了一处墙边。陆琨熟练地爬上墙头，探头一看，果然，前后门都被守卫堵住，影影绰绰不知多少人。

庆幸的是，大约是人手短缺，他们并没有把整个宅院包围起来。

陆琨松了口气，骑在墙头上，将手伸向狸奴。

乡间墙头只有一人多高，不似镇上那般高墙大户，在陆千户看来，自己只需助跑起跳，双臂一撑，便可轻松跃过。然而，他的搭档是个四体不勤的猫祖宗。

他心累地看着狸奴蹦起来抓住他的手，两脚悬空后不停扑腾，不由小声训斥："别乱踢，蹬墙！"

别人蹬墙是往上蹿，这狸奴蹬墙，是往后使劲，差点把陆琨给拖下去。好在陆琨双腿力量足够，硬是撑住了，一发力，将他拽了上来，顺势甩向墙外。陆千户寻思，爬墙他不行，跳墙总可以了吧？

哪知狸奴人出了墙，手却下意识扣紧了陆琨的胳膊，硬生生把陆琨从墙头拽了下来，两人齐齐摔在地上，在深夜里发出一声巨响。

陆琨意识到今夜要糟——果不其然，还不等两人缓过劲来，无数火把游龙就从巷子两侧赶了过来，将两人堵了个正着！

陆琨仰面朝天，望着照亮夜空的火光，生无可恋，唯一的念头居然是：必须盯着这小子锻炼！

孔雀排众而出，望着躺在地上的两人，瞪大了眼睛——怎么会是他俩？

才品尝到几天自由的两人，又回到了牢房，还是熟悉的地方、熟悉的气味，不同的是看守换成了圣女一派的。

陆琨瞪着狸奴，又好气又好笑："我上辈子是欠你的吧？"

狸奴眨眨眼，居然一本正经地点头："所以你要对我好一点。"

陆琨再一次叹了口气，体会到了眼前这人有多不要脸。

空寂的走廊里传来轻盈的脚步声，人在行走，白色裙摆却只有细微的抖动，显示出主人良好的教养。

孔雀手提莲灯，眉梢眼角慢慢漾出凉薄的弧度，回忆着刚刚的场景——孤岛空阔的大厅里，凝神静气的焚香似乎都带着浮躁气息，圣女焦躁地走来走去，声音有些发狠："这老家伙是不要命了吗，居然敢扣押朝廷命官？还是锦衣卫！这下好了，他两脚一蹬没心思了，把麻烦全撂给了我！"

孔雀心底叹息，圣女这养气功夫还是不到家啊！如果是自己……为何不能是自己呢？

孔雀眼眸动了动，面纱下浮起一抹浅笑。于她而言，这可是个良机。

于是，她上前一步，一副为主分忧的架势："婢子从前也是官宦人家的女儿，对锦衣卫稍微有些了解。若圣女信得过，婢子愿意前去探探口风，与那二人商量出一个折中的法子。"

没想到，这个草包圣女还真同意了！

木栅栏缓缓推开，伴着灯影移动，孔雀低头看着无所事事的二人，微微一笑："守卫已经被我打发了，谈谈如何？"

陆琨抬头，看着这个只有两面之缘的女子放下莲灯，从容地在他们对面坐下，不失礼节，不卑不亢。

看出二人的警惕，孔雀笑了笑，率先开口："圣女着我来问问，二位要怎样才肯忘记浙江的一切。"顿了顿，她仔细看了下陆琨不肯放松的目光，啧了一声："那么，这页掀过，我们不谈圣女的事情。接下来，是咱们的合作。这次，只有咱们三个人。"

狸奴微微挑眉，这罗教还真是各怀鬼胎啊，连个小小侍女都有自己的心思。

孔雀不在乎陆琨的质疑，自顾自道：“那道八珍汤，原本不在菜谱里，是罗歇加进去的。不过细辛，却是圣女遣人放的。因为我告诉她，人参和藜芦并不能毒死人，不如细辛与藜芦的搭配猛烈。”

狸奴饶有兴致地打量她，笑道：“治疟疾的方子有很多，没必要非得用藜芦，只怕这也是姑娘的杰作吧？”

八珍汤里的细辛是碾成粉末的，只要把汤水倒掉，圣女杀人的证据就将湮灭，所有的责任都是罗歇的。然而砂锅里偏偏有几根没研碎的细辛，可真是巧啊。

也就是说，孔雀从一开始，就把罗歇和圣女都算计进去了。这姑娘，胆大心细，是个人才。

孔雀瞳孔一缩，那一直把狸奴当作陆琨附庸的目光才带上了几分正视。她定定看着他，坦然承认：“是啊，医者的儿子欠了大笔赌债，我派人帮他处理的。”

陆琨意识到，相比于大长老、罗歇、圣女，这才是真正的硬茬！真正腹有韬略的，只需要一个历练的机会，就能展现出她的与众不同。这个女子跟一味装神弄鬼的教众，是不同的。

陆琨看着她，缓缓问道：“你想要什么？或者说，我们需要付出什么，才能平平安安地离开？”她既然已经吐露出大长老死亡的真相，想来就没打算给他们留退路。

孔雀笑了，漫不经心地仰头看向窗外：“过几天将有大雨，守卫会很松懈。有艘船的船主跟我很熟，约莫愿意帮我捎两个人回城。”

陆琨手指动了动，没敢放松，依然死死盯着她。

孔雀玩味道：“大雨来自天上，若是圣女应召回天……”

陆琨心头有些发寒，明明今日才见过面，她却已经想好了夺权之策。

狸奴此时想的则是，她若知道他们已经发现了圣药的秘密，是否还能如此淡定地与他们交换利益？

孔雀没有留下来等他们的回答，而是在莲灯里的灯油干涸前起身，悠然拉开了栅栏。

“姑娘！”陆琨忽然叫住她，神色复杂地问，“我们，是不是见过？”

孔雀站立不动，陆琨却敏锐地注意到，她的肩微微颤抖了下。

“没有。”她背对着二人，平静地回答，“从未见过。”

孔雀走了，步伐依旧从容，微微摇曳的莲灯光影却暴露了她不平静的内心。

牢房里重新陷入黑暗，唯有狭小的窗口能窥见一方星空。星子如碎冰，洒满暗色天幕，春风推着云影徘徊，如同澄澈天河氤氲了雾气。

狸奴轻笑一声，肯定道：“她绝对认得你。而且，印象深刻。”他琢磨了下，又玩笑道：“陆大千户，二十三四还没成家，可不多见啊！那该不会是你的聘妻吧？”

陆琨直接照脑门给了他一巴掌，没好气地制止了他的胡思乱想：“别瞎说，恁地坏了人家姑娘名节！”

狸奴拍开他的大手，理了理头发，转而询问他要不要接受孔雀的提议。接受提议，就意味着要帮孔雀杀掉圣女；不接受提议，他们可能无法活着离开孤岛。

陆琨知道圣女不是好人，就凭她声势浩大蛊惑人心这一点，真判下来也逃不了一死。可公开行刑和私下暗杀，意义是不一样的。他是官，是执法者，理当捍卫《大明律》，而不是去做一个快意恩仇的杀手或江湖大侠。

狸奴兴趣盎然地打量他，知道这对于陆琨是个底线，他很好奇对方这一次能不能打破这个底线。

一晃几日过去，孔雀每日都打着圣女的名义前来送汤送饭，无形中让他们的条件改善了不少。

直到有一天，陆琨实在忍不住，劝她道：“姑娘，罗教并非正统教派，信徒也绝非善类。我看姑娘不怎么信奉教义，不如我们一起走。锦衣卫会给姑娘一个新的身份……”

“不必了。”孔雀脸色骤然冷下来，淡淡拒绝，“但凡人世间还给正气留条活路，罗教又如何能聚集起那么多人？”她讽刺地笑笑：“这世道依然黑暗，留下来和走出去有区别吗？在外头碰了壁，不还是得回来？”

陆琨一时语塞，想起了那句“何不食肉糜”。

狸奴深吸一口气，对孔雀更感兴趣了。他在这姑娘身上，嗅到了跟自己极为类似的气息。

危险、黑暗，但又没有彻底泯灭良知，他们就在那条细细的钢索上行走，随时可能坠入深渊。到那时，能拉他一把的，会是谁呢？

陆琨与狸奴重回牢笼那晚，没人知道，就在这几天里，朝堂局势已然翻天覆地。

千里之外的京师，西长安街，一处正在修建的新宅遍地都是贵重木材，向内直通到垂花门，地面才算整洁了些。

这是赵文华的宅子，请了名师设计，匠人都是从工部抽调的。

书房的博物架上满满当当全是奇珍异宝，珊瑚玛瑙不计其数。造型精巧的料丝灯照亮了每个角落，也照亮了翘头案上散乱的文书。

赵文华人品不行，相貌和文采却是实打实的好，不然也不能屡屡犯事，还哄得干娘严夫人为他说话。不过这一次的危机太过严重，不是严夫人几句枕头风就能吹好的。

他烦躁地推开案牍，思索着眼下的难关。皇帝已经对东南局势起疑了，虽然有杨宜顶缸，干爹严嵩也多次为他开脱，可李默那条疯狗却死咬着他不放。再加上最近外察严党损失惨重，干爹忙着跟李默扯皮干仗，也不能全然护住他。最终能靠的，还得是自己啊！

赵文华强忍着恶心，将下属搜集到的资料又拽了回来，翻了几页，指尖忽然落在一行字上。眸光闪烁，脸上渐渐浮上了带着寒意的笑。

“汉武征四夷，而海内虚耗；唐宗攻淮蔡，而晚业不终。”

这是李默亲自出的部试选人策，很平常的一句话，但赵文华却从中窥见了翻身良机。

东风起兮，大明群魔乱舞，京师上空有夜枭的狂笑声回荡，阴森而恐怖。

赵文华接连几日搜集李默的疏漏，狂摇笔杆，用一封弹劾引爆了整个朝堂。他向皇帝列了李默两大罪状：其一，以汉武帝和唐太宗晚节不保旧事，影射皇上任用非人；其二，因赵文华去岁弹劾李默同乡张经的事，怀恨在心，故意阻挠赵文华所推督抚人选，用王诰代替更合适的胡宗宪。如此下去，东南倭患几时能休？

不得不说，这两条罪名太恶毒了，每一条都戳中了嘉靖的痛处。

嘉靖此人极度自负，自然也极要面子，属于那种即便知道错了，也要找个人顶缸的。此外，他特别厌烦的一点就是臣子拿乌七八糟的事情扰他修仙——比如东南不靖，就很令他恼火。

果然，嘉靖还没等看完奏疏就勃然大怒，急召三法司论罪，所有出言回护李默的大臣都被降俸三级，李默更是直接被押解镇抚司大狱拷问。

好歹是能跟阁老分庭抗礼的吏部尚书，但凡李默平时多结交些官场好友，此时也不至于这般被动。但李默素日里就是块茅坑的石头，又臭又硬，背后又有弟子陆炳撑腰，是以，嘴上不留德，手下不留情，能得罪的都得罪了。

赵文华这一次骤然发难，快到令陆炳措手不及。当他得到消息时，群臣已经开始论罪了。陆炳只觉得天旋地转，一门心思要扑到永寿宫求皇帝开恩，直到出门被冷风一吹，他才反应过来，眼下天色已晚，宫门快关了。况且皇帝正在气头上，只怕会越求越气，倒不如让皇帝冷静冷静。

此时，陆炳还抱有一线侥幸心理，当年杨继盛捅了那么大娄子，不还在牢里待了三年才死吗？他这次盯牢了，不让严党有可乘之机，等风头过了，皇上气消了，再好生说一说，怎么着也能保住老师的性命。

然而，赵文华既已发难，自然就考虑到了他这块护盾，怎么可能给他留机会？

翌日，天刚蒙蒙亮，陆炳就顶着满眼血丝进了宫。

在宫门前候着时，严嵩的暖轿好巧不巧停在了他身侧。陆炳厌恶地皱皱眉，本想不加理会。然而，那轿帘一掀，露出了严嵩一张假意慈祥的老脸，开口感慨道："文孚啊，你那义子，去越地有段时间了吧？可曾跟你报平安啊？"

陆炳瞳孔一缩，陡然意识到不妙。

果然，严嵩下一句就让他如坠冰窟："哎呀，文华倒是从胡梅林那里得了点消息。听说当地也不知是倭寇还是邪教作乱，令郎处境，不太好啊！"

陆炳死死盯着他，彻底撕去了虚假亲热的遮掩。严嵩这话告诉了他三个信息：其一，陆琨身陷囹圄，需要救援；其二，相对于还在赴任路上的王诰，熟悉浙江情况的胡宗宪更可靠；其三，想要调动胡宗宪救陆琨，就必须放弃李默。

这是一个保老师还是保养子的选择。

天渐渐亮了，群臣陆续踏入宫门。直至站到嘉靖面前，陆炳仍魂不守舍。

皇帝今日依然不上朝，只在永寿宫接见重臣——今日的议题依然是给李默论罪。

刑部尚书何鳌不敢违逆严嵩，引用子骂父按律当绞的条目，建议对李默施以绞刑。然而，皇帝依然不满意，拍着矮榻大发雷霆："子骂父？他这是子骂父吗？这是臣骂君！是大逆不道！"

何鳌满头大汗，不得不顶着滔天怒火，硬着头皮给不懂法的皇帝解释："陛下，《大明律》里没有这条。"

嘉靖气笑了，眉峰挑起刻薄的弧度，冷声道："《大明律》里不写臣骂君是何罪，就是无罪？那行，现在有了，罪加一等，当斩！"

永寿宫里气氛沉凝，群臣诺诺不敢言。陆炳艰难地从浑浑噩噩中抽身，他知道，如果要求情，这是最后的机会。否则，君无戏言，只能等大赦了。可是，李默哪还等得及？

严嵩的目光如针如芒，刺在他身上，将他的脚、他的嘴，牢牢钉死了。

陆炳心中天人交战，杨继盛和沈炼轮番出现在他眼前，他保不住杨继盛，亦保不住沈炼，如今连老师和养子都只能保其一。他做这左都督，执掌这锦衣卫，究竟有何用？

陆炳感到前所未有的挫败，他的勇气、他的热血，在一分分散去。

直到最后，他也没能张开口，哪怕是说一句："皇上，求您给老师留具全尸。"

周遭人影憧憧，声音忽远忽近，他听见嘉靖吩咐罢免王诰，升胡宗宪为兵部左侍郎兼都察院左佥都御史，总督军务。

他随着群臣走出永寿宫，看着低垂的天幕，心中满满都是：山雨欲来风满楼，树欲静而风不止。

嘉靖若有似无地审视着，直至陆炳出了宫门才慢慢收回视线，他对身侧的黄锦喟叹："朕以为，他会替李默求情。"顿了顿，他又满含欣慰地感慨："文孚，对朕是实心实意的忠啊！"

8

大雨如期而至，狂风呼啸着卷过孤岛，将新春嫩枝绿芽尽数摧折，杏花零落了一地。

雨水顺着小窗灌入牢房，地面洇得透湿。

快二更的时候，忽然有人大喊："田里进水啦！大家快去帮忙排水啊！"

外面吵吵嚷嚷，无数人头自窗前经过，牢房走廊里很快就空了下来，静得能听到雨水吹进来的声音。

夜风挟着大雨，吹开了半掩的牢门，在黑暗中"吱呀"作响。但就算嘈杂成这样，其他牢房的犯人依旧睡得踏实，半点不曾醒来。

陆琨陡然一惊，他后知后觉地意识到，他和狸奴一直以来吃的都是孔雀送来的饭菜。那其他犯人，是被迷昏了，还是被毒死了？

狸奴玩味地瞟着那扇牢门，笑道："最后一个出去的牢头，是故意不锁门的。"

孔雀，从一开始就没打算给他们第二条路。

事已至此，他们只能按她的戏本来。

陆琨叹了口气，从头上拔下簪子，使劲拧了几下，居然从中抽出了一根银针。他就用这根银针，故技重施，撬开了木栅栏上的锁。

狸奴好奇地踮起脚尖，在他头上扒了扒，嘀咕："你身上还藏了什么宝贝？"

陆琨把簪子插回头上，沉着脸拎起猫祖宗，快步走出了牢房。

风雨如晦，不知是江面还是河面，浪头一波比一波高，酝酿着无穷的毁灭力量。从牢房到圣女暂居的院落，竟是一路畅通无阻。

外院青竹搭建的井亭下，孔雀白衣飘飘，似乎早就知道他们会来。她望着他们，眸中是淡淡的笑意，油纸伞撑起，她与他们擦肩而过，目光若有似无地扫过井口。

陆琨大步迈进井亭，伸手提起垂在井里的木桶，不得不暗赞这姑娘做事不留后路。

桶里面是他吃饭的家伙：雁翎刀、短匕、可拆卸的小型手弩以及锦衣卫的腰牌。

很好，连凶器都替他们准备好了。

内院圣女房外只有两名守卫，虎背熊腰，看上去不太好对付。但以孔雀的身份，若想下毒放倒他们，简直易如反掌。可这姑娘要的是双手不沾鲜血，要的是圣女必须死在别人手里，不管凶手是罗歇还是陆琨。

直到此刻，陆琨才真正看清孔雀的谋算。可就算看清了，又能怎样？他们离开孤岛的命脉攥在人家手里。

陆琨快速组装好手弩，上弦装箭，塞到狸奴手里让他防身。自己则拔出雁翎刀，悄然摸去了月洞门。

大雨倾盆，模糊了视线，陆琨在滴落雨水的树下几乎站成一尊雕塑。

狸奴眯眼望着他，明白他在纠结——陆琨这样的人，规矩惯了，即便懂得变通，也是有底线的。

狸奴悄无声息地抬起了手弩，望山瞄准一名守卫，轻轻扣动了悬刀——他并不介意做那个推陆琨一把的恶人。

弩箭破空而去，快到陆琨阻拦不及——不需要射死任何人，只需要惊动守卫就够了。

箭尾颤动，带着尖锐的哨音狠狠钉在原木廊柱上，两名守卫立即拔刀暴喝：“什么人？！”

身处荆棘之中，不动也易伤。陆琨狠狠瞪了狸奴一眼，再不敢耽搁，雁翎刀抢先劈向其中一人。

树影里，狸奴嘴角一偏，流露出一抹尖锐的讽笑，半明半暗，似是蔑视，又似是自嘲。

雨线如鞭如网，雪亮的雁翎刀与粗制滥造的大砍刀在夜色中锵然相交，光影交织，刀光错落不绝。陆琨磕开砍刀，雁翎刀先撩后绞，步步紧逼，逼得另一人也加入战团。两名守卫仗着砍刀势大力沉，一人荡开雁翎刀，另一人立马冲陆琨兜头劈下，眼瞅着陆琨就要陷入绝境，斜刺里一支利箭陡然射来！

劈刀的人身在半空，收势不及，竟是被弩箭洞穿了左肩。

陆琨瞅准时机，双手握住雁翎刀刀柄，狠狠向前一推，长刀入腹，此人呻吟一声，跌倒在地。

他的同伴反应很快，趁着陆琨旧力已衰，新力未生，抡起砍刀，向他脖子砍去！

此时，陆琨的雁翎刀还卡在那具肉体里，而狸奴还没装好箭支。

好一个陆琨，只见他果断松开雁翎刀，一个懒驴打滚，顺势从靴子里抽出短匕，矮身划向对方腿部。砍刀贴着陆琨头皮险险划过，割开了发髻。

直到此时，手脚冰凉，心脏几乎停止跳动的狸奴，眼珠子才动了下，颤抖着手重新端起了手弩。有一瞬间，他模糊地想，要死的是陆琨，自己为何如此紧张？也许，是舍不得这么好的护身符？

然而事态紧急，容不得他胡思乱想，这点杂念很快被他抛之脑后，趁着两人对峙间隙，狸奴提着手弩闯入了圣女的房间。

“你，你别过来！”圣女躲在帷幔后，双手紧紧握住架在桌案上的一具弩，急声威胁，“守卫们很快就会回来，你们若现在离去，我可以既往不咎！”

狸奴哼笑一声，漫不经心地举起手弩：“那么，咱们就比比，谁射得快。”

陆琨瞟过那具大得不正常的弩，瞬间肝胆俱裂，失声惊呼：“躲开——”

与此同时，他大发神威，拼着肋间挨了一记，贴近守卫，反手握住短匕，划破了对方咽喉。紧接着，没有丝毫迟疑，一个过肩摔，将脖子喷血的守卫狠狠砸向那具弩！

“啊——”圣女失声惊叫，下意识扣动了悬刀。

弩被守卫砸得歪斜，而利箭却如暴雨梨花，一支连一支“咻咻咻”射出。

陆琨合身扑倒狸奴，两人一起滚落积水。狸奴这才意识到自己办了蠢事，哆嗦了下，问：“那是什么？”

“诸葛连弩，十矢俱发。”

十支过后，诸葛弩暂时无虑，因为圣女根本没力气重新张弦。

她慌里慌张地拉开床前抽屉，翻出一堆瓶瓶罐罐，看也不看，扬手就往门边砸去！

随着噼里啪啦的炸裂声，一股股黄黑色烟雾伴随着火光冲天而起。而圣女还在动作，她手里攥着一只铁罐，正在将引线靠近蜡烛——那是震天雷！

这明显是乡间自制的火器，谁也不知爆炸后威力如何。

陆琨一跃而起，如同嗅到血腥味的豹子，大步扑向圣女。

引线跳跃起轻微的火花，刺刺啦啦迅速蔓延——还差一点！

陆琨伸手去抢铁罐，而圣女眼里燃烧着疯狂，狠狠将铁罐掷向了狸奴！

“闪——”陆琨与铁罐堪堪擦过，只觉头皮发麻，他似乎预料到了狸奴被炸成碎片的惨相。

一向肢体不协调的狸奴头一次反应那般迅速，他就着躺在地上的姿势，在铁罐飞来的一瞬间，抬腿狠踢，铁罐顺着这股力道，带着火光被抽向了远处，“扑通”砸进了水塘。

“轰隆”一声巨响，冲天火光与水花伴随着簌簌滚落的沙石开屏、凋零。

陆琨反身压住狸奴，却没注意那祖宗在这么危险的时刻，居然还能挣扎着抓住刚刚掉落在地的手弩，瞄准圣女，抬手就是一箭！

利箭破空的声音湮没在震天响的爆炸中，圣女带着颈间露出一半的箭支，睁大了眼睛，不甘地倒地。

弩箭穿肩还能说是瞎猫碰到死耗子，如今这一箭又该怎么说？

然而眼下紧张的局势令陆琨无暇细想，烟火爆炸已然惊动了信徒，无数人正在回援，周遭全是纷乱的脚步声、呼喝声。

“快走！”陆琨来不及检查战果，一把拖起狸奴就往外赶。

谁都没有注意到的是，最先倒地的那个守卫竟还没死透，他挣扎着从地上抓起一个完整的瓷瓶，目露凶光，用尽最后的力气，狠狠掷向了陆琨！

狸奴眼角瞟到，想也不想，死命扑倒陆琨。

瓷瓶带着大量黄烟炸裂，无数碎瓷化为锋利刀片，迸射进草木花池，割开了血肉之躯。

“狸奴！”陆琨触手一片温热液体，来不及思考那黄烟到底是用来传讯的，还是放毒的，甚至来不及检查狸奴伤势如何，在无数信徒撞破院门的那一瞬，他只来得及背起狸奴，嘱咐一声，“抓牢！”

陆琨披头散发，宛如地狱归来的阎罗，他一手托着狸奴，一手抓起雁翎刀，疯狂向外冲去。

大雨倾盆，有人在拼死逃亡，有人在款款而笑。

夜色中，魑魅魍魉、妖魔鬼怪，都似找到了狂欢的时机，发出尖锐的鸣叫。

陆琨一路奔逃，一路厮杀，甚至在躲藏间隙拽了条布帘子，将半昏迷的狸奴系在背上，以便腾出双手握刀。

他浑身浴血，再无京师陆千户的体面。

顺着孤岛主道一路向下，直到距离岸边还有几百步，守卫才几乎断绝——这自然要归功于孔雀。

巨浪起伏的水面上，一艘船静静等待，一俟望见狼狈的二人，立马下来两个船工接应，甚至为了表明没有恶意，船工隔着十几步远，就举起了双手。

陆琨依然不肯放松，拒绝了他们要解下狸奴的好意，以刀拄地，死撑着自己上了船。

船只破开水面，在风浪中载着惊心动魄驶向杭州城。

同样大雨倾盆的京师，阴森恐怖的镇抚司狱中，李默遍体鳞伤，依然腰板挺直，冷笑着睥睨站在前方的黄锦。

黄锦也烦李默的臭脾气，但这不妨碍他对硬气文人的敬佩。他殷殷劝道：“万岁爷不让陆都督来审，却命我们东厂问罪，想来您也是明白的。死挺着对您没好处，您老妙笔生花，最晓得万岁爷爱听什么，爱看什么。您写下来，我给您递上去，先让万岁爷开心，才能保住性命！”

李默眸中闪过一抹悲哀，他兢兢业业那么多年，自以为皇帝委他高位，许他宫内骑马，是对他信赖有加，他以为，在皇帝心中，他是不同的。却原来，还是抵不过谗言。

人与人之间的信任，就是这般脆弱。

黄锦有些不忍，屏退左右，压低了声音，劝他道：“夏先生前车之鉴，您可别犯糊涂。”

李默短促地笑了下，是啊，夏言一心立下不世功勋，却抵不过背后刀子；而他，只是想要个清明朝堂，也依然不敌风闻奏事。

若是摇尾乞怜才能活命，他宁可一死以证清白！

他抬起头，头一次对一向不屑的太监露出歉然之色：“劳烦准备纸笔。”

黄锦大喜，以为他想通了要写供词，立马跑到门口大喊道：“快快快，拿纸笔！”

背后，李默扬起释然的微笑，提起一口气，奔向墙边，狠狠将头撞向镇抚司大狱坚硬的墙壁！

鲜血迸射，冰冷的墙壁开出灼烫的血花。

“李先生——”黄锦豁然回首，拖着肥硕的身躯冲过来，惊恐地扶起他，连声呼喊，“事不至此！事不至此啊！”

李默瞳孔涣散，挣扎着，说出了自己在人世间最后一句话：“国家养士百五十年，仗节死义，正在今日。”

半日后，镇抚司大狱响起了陆炳撕心裂肺的哭喊：“老师——”

声如杜鹃啼血，破开大狱污浊，直冲云霄。

陆炳佩服的人、陆炳想要护住的人，一个一个都走了。他们一半是被严党害死的，一半是被陆炳的妥协害死的。

李默，用自己的死给这个学生上了最后一课。

天亮了，大雨停了，罗教的船在半途中遇到了率大军前来的胡宗宪。旌旗招展，福船压境，沉寂多年的大明水师在抗倭战争中重放异彩。

护送陆琨的罗教船员相当识时务地停下船，胡宗宪率领谋士将陆琨迎上座驾，满怀关切地致歉道：“这可真是阴差阳错，误会一场，让陆千户受惊了！”他身后，周存和包小四齐齐发出嘘声，声音虽低，却恰巧能令胡宗宪听到。

胡宗宪倒是镇定自若，堪称睁眼说瞎话的典范，竟然还能一路安排医者和食宿，保持着热情洋溢又悲天悯人的架势。

陆琨已经检查过，狸奴受的都是皮外伤，这家伙晕倒一半是震的，另一半是疼的。此时他也不推却对方的好意，抱着狸奴就住进了胡巡抚安排的船舱。

杭州与京师相隔甚远，单程六百里加急也要八九天，胡宗宪给赵文华去信，只是报备罢了，并不指望对方有什么高见，却没料到他能将这个消息发挥到如此地步。

胡宗宪早在得知陆琨落入罗教之手后，就派人排查罗教据点，调来水师，准备进攻。

也算孔雀计划得巧，她借着圣女之死大闹一场，与大长老一派彻底决裂，带着圣女一派卷走了大量财物和圣药种子，连夜撤离了孤岛，恰恰错开了大军攻岛。

几日后，陆琨收到了来自陆炳的亲笔密信：“收集赵文华的罪证，不死不休！”

发怒的陆都督何人敢轻掠其锋？除了当今皇帝。

富春江水碧，天目溪水清，两者交汇处就是桐君山的茂林修竹。这里，正是罗教分坛新据点。今天，是他们新任圣女孔雀继承法统的日子。

稍显粗陋的民居中，孔雀身着袖口绣银丝的白衣，缓缓摘下了面纱，妆镜中映出的，赫然是杨应容的面庞。

那个为父亲杨继盛收尸的少女，那个在刑场上怒斥陆琨的少女，在冷彻人心的风雪中长大了。

杨应容怔怔望着镜中的自己，她想起扶棺归乡的艰难，想起母亲悬梁自尽的绝望，想起与两个弟弟的争执。

白幡飘摇的灵堂上，大弟弟含泪劝她：“父亲曾手书苏东坡的诗给咱们，‘惟愿孩儿愚且鲁，无灾无难到公卿’。姐姐，莫要辜负父亲一片苦心啊！”

“我绝不！”满腔悲愤的少女爆发出不甘的嘶吼，“所有人都说世道如此，可父亲为何还要去抗争？我偏不认！”

灵堂外，风停雪住，有麻衣老者徐步而来，缓声慢语：“姑娘，可曾听过罗教？”

回忆至此终结，镜中面容青涩渐消，曾经的愤世嫉俗、曾经的风尘仆仆、曾经的绝望心碎，都深深隐藏了，只余一片平和。

她头也不转地开口："老师，我们真的能洗净世间污浊吗？"

麻衣老者徐徐睁开眼，慈眉善目地颔首："孩子，你要相信无生老母。"

这正是曾经在京畿窝棚给三娘念过经的老者！

吉时已到，孔雀重新戴好面纱，从容走出房间，山上山下立时响起山呼海啸般的口号："圣女泽被苍生，一统圣教！"

孔雀俯瞰着几百号信徒——属于她的信徒，露出了微笑。

杨应容，曾经倔强刚烈的少女，永远湮灭于嘉靖三十四年十月的血红雪白中——从此世间只有孔雀。

盛世繁华，总有人在黑暗中踽踽独行，看不到光明，亦触不到温暖。

唯有自己的左手攥住右手，才能感受到些许人气……才知道，自己还活着。

富春江上，一叶扁舟载着二人缓缓靠近桐君山，黑斗篷的年轻人手拈一朵干花，对守卫笑道："在下鱼肠，与贵教圣女有约。"

而撑舟之人抬起斗笠，露出了何勤的脸孔。

第四章
人心诡

1

嘉靖三十五年四月，倭寇最可能入侵的“春汛”平稳度过，扬州上下怡然自乐，入江口瓜洲漕船如织，运军与挑盐夫笑骂成趣，荧荧灯火映入江中，粼粼泛起金波。

晚来东南风急，瓜洲一带潮水渐涨，有晚归的渔船正缓缓靠近江岸。

不对！——眼尖的渔人骤然发现江线上出现另一片憧憧船影，借着风势迅速逼近岸边。那船迥异于大明船只，底部甚尖，乘风破浪而来，每艘怕是载了有一百多人！

船头风灯一晃而过，映出了髡发跣足、手提三尺长刀的异装人。

“倭……倭寇！”渔人倏地意识到了一个可怕的事实，登时被吓得魂飞魄散，从嗓子眼里撕扯出破碎的惨号。

刀如雪，箭如雨，人间自有惊雷变。船队蛮横地冲向江岸，倭寇手舞足蹈，兴奋得“哇呀”乱叫，全不管岸上江中血流漂橹，伏尸无数。

一艘船上，悬挂着图案奇特的大旗。首领模样的男人眺望着争先恐后涌入渡口的漕船，轻蔑一笑，伸指遥遥一划，朗声吩咐：“给我射！”

几艘船头悬挂红灯笼的漕船首先遭殃，光影在夜风中瑟瑟飘摇，燃烧的箭支如飞蝗般射向甲板船舱。桐油一遇火星，就使人间化作了无间地狱，在江上腾起连绵的火红花田。

首领饶有兴致地扫过岸上，看着那些抄起扁担抗倭的挑盐夫，眼中漾出笑意，似乎正在看一场闹剧。他身侧一名翠色衣衫的妖娆女子忍不住央求：“明山，抢漕粮就抢漕粮，你放火作甚？你也是大明百姓，不能让人家戳着脊梁骨骂啊！”

原来，这些异装者并非真正的倭寇，而是由明人假扮。

假倭首领名徐海，号明山和尚。妖娆女子名王翠翘，乃是徐海之妻。

这一次，他带着三千“倭寇”侵犯镇江、瓜洲、仪真，焚烧漕粮三万四千石；而后进攻扬州府城，杀死多位大明文武官员，烧死、溺死的百姓更是数不胜数。

五日后，“倭寇”转攻浙江慈溪，血色弥漫的扬州府，才爆发出了压抑的悲鸣。

四月二十三日，“倭寇”将攻杭州，在三里桥遭遇宗礼阻击。此一战，宗礼率领九百人，以寡敌众，三战三捷，最终因桥塌而牺牲，世人皆称“神兵”，以此作为抗倭“血战第一功”。

讽刺的是，嚣张过境的徐海等人气焰渐弱，接受了浙直总督胡宗宪的招降，摇身一变成了抗倭急先锋。

而他们四月份为何会突袭扬州府，为何那么巧赶上了漕粮过关，扬州卫为何会一溃千里，死伤那么多军民，只能慢慢查探了……

2

夜风吹拂河边草木，时值中秋，细碎的桂花飒飒飘香。杭州清河坊店铺鳞次栉比，灯火通明，大有欢庆不夜天的架势。

伴着糕饼和竹筒饭的香味，穿过铺着青石板的大街小巷，就是安居在闹市后面的一片人家。有婆娑树影，有小桥流水，有乌篷船悄然划过。

熙春桥附近一户人家，院中金桂格外茂盛，树冠几乎要压住屋顶，密密麻麻全是甜香的桂花，风一吹，就零落得到处都是。

这户人家在这般繁华地段，依然有三进院落，想来家境应当不错。只是眼下大多数房间黑黢黢的，主人们约莫都去看平湖秋月了。

金桂下的厢房隐隐透出亮光，陡然传出女子凄厉的惨叫。

夜风顺着和合窗吹进房间，青铜童子烛台上的微弱火光“扑哧”一声灭了。

一室俱暗，似有无数鬼魅隐藏。

孙庆剧烈喘息着，慌里慌张地从桌上针线筐里摸出剪子，惶恐地扫视周围。半晌，他轻轻唤道：“秀娘，你在哪儿？要不要紧？”黑暗中，传来妻子压抑的啜泣声，门闩似乎动了下。

忽然，一只青面獠牙的怪物狞笑着浮现在半空，冲着他伸出了利爪！那指甲有寸许长，青白坚硬，泛着诡异的光泽，稍稍一用力，楠木桌面就如同豆腐般散开了。

“嘶——”孙庆倒吸一口气，继而意识到不妥，抬手死死捂住了口鼻，慢慢后退。

怪物咧开嘴笑了，转身向门口飘去。

门口是……秀娘！

“你，你别动！”孙庆鼓起勇气，颤声威胁，“你，你冲我来，放开我娘子！”

“庆郎……”对面传来女子带着哭腔的呼唤。

就是这声“庆郎”，成了压垮孙庆理智的最后一根稻草，他擎起剪刀，爆发出一声嘶吼，狠狠扑向怪物——

“扑哧！”剪刀刺入肉体，又迅速拔出，灼烫的鲜血喷溅了孙庆一头一脸……

夜空中，圆月如轮；西湖边，火树银花。

舫船如织，破开如镜湖面。有眉眼盈盈的歌女轻舒歌喉，有高冠博带的文人对月吟诗，亦有高声吆喝的杂耍艺人翻转腾跃。

这是杭州，引领天下风潮的杭州。即便战火连绵，依然歌舞升平。

一夜的狂欢过去，湖边游船画舫散落，岸上一片狼藉亟待打扫，天际艳阳高悬，映照粼粼碧波。

吴山脚下，一蓝一白两个身着窄袖交领袍服的人正在慢跑。蓝衣人满脸无奈，明显压着步伐，时不时停下来等着对方，而白衣人跑得东倒西歪，直让人担心下一瞬就会左脚绊到右脚。

这两人不是别人，正是陆大千户和被他强制晨练的狸奴。

自孤岛脱险，一晃数月过去，罗教再未作乱，似乎已销声匿迹，可陆琨知道，他们只是遁迹潜形，自我修复。以孔雀的手腕和性情，再现世，必会掀起一场浩劫。陆琨率人查过几番，却苦于百姓船工不肯配合，东南诸事纷杂，锦衣卫和浙直总督府也不能在罗教上耗费太多精力，一来二去，这档子事儿也就搁置了。

而陆琨不知道的是，就在他到处查罗教的时候，本应好生养伤的狸奴却与胡宗宪看对了眼，非但讨回了荷包，还私下暗示对方弄点祥瑞讨好皇帝——两人相当谈得来。

鉴于在孤岛的血泪经历，陆琨痛定思痛，总算不再迁就狸奴，只要有空，就每天都拖着他出来跑圈——尽管效果几近于无。

狸奴懒散惯了，本指望能躲过一劫，但陆千户这回是吃了秤砣铁了心。而唯一能帮他的何勤表示，总算有人能制住这祖宗了，感动得几乎要给陆琨磕头。就在这种万众一心的催逼下，狸奴只能怏怏奉陪。

陆大千户遛完猫祖宗，已经是日上三竿了，两人在清河坊点了鳝面和小笼包，就着店家送的腌笋，解决了早饭。

按理说昨夜全城狂欢，今早该冷清许多才是，但熙春桥这边偏偏人声鼎沸，隔着老远都能感受到有事发生。

陆琨差小二去隔壁汤品店要了黄梅汤和桂花汤，边喝边听食客们聊天。

“你们说孙家娘子那事儿，是真有鬼怪作祟，还是有人假托鬼怪之名行凶啊？”

“衙门不是说了吗？孙庆房里，就他们两口子的脚印，没第三人！孙家娘子的尸身都不翼而飞了，总不能是孙庆杀的、藏的吧？”

“噫——不好说！谁不知道孙家娘子进门两年，连个蛋也没生？还不许孙庆纳妾……啧，没准儿！”

“那孙家娘子的尸身呢？连尸身都没有，你怎么确定是孙庆杀妻？”

“可是地上的血……”

“你们可积点口德吧！人家小夫妻俩平日里蜜里调油似的！”

陆琨听了一会儿，基本将案子捋了个七七八八，多少有些好奇：鬼怪杀人好解释，可是活不见人，死不见尸是什么情况？

见他们再说不出什么新鲜的，陆琨就打算结账走人。狸奴奇怪地问他：“你不去看看吗？”

“那是衙门该管的。”陆琨一向职责分明，不太爱多管闲事。

“说点该你管的呗！”狸奴吃饱喝足，太阳一照就犯困，干脆跟陆琨闲聊提神，“听包小四说，徐海进犯导致瓜洲漕粮被焚，好像是因为有内应牵线？”

一提这事儿，陆琨就皱眉，他思忖着回头得叮嘱下包小四，省得他什么话都往外说，继而叹息道：“是啊，三万四千石漕粮，差不多一万将士一整年的口粮，就这么给烧了。胡……大帅派人查过，刑讯了一堆人，前些天漕运总兵官署的一众武官都被御史叫去问话了，也没什么线索。不得已，才托到锦衣卫头上来了。”

狸奴一怔，下意识地问：“为何不直接问徐海？”毕竟徐海已经接受招抚。

陆琨低头喝了口汤，斟酌了下消息，含糊道：“胡大帅有其他打算，徐海对他也半信半疑，不会老实招供的。”

锦衣卫得到消息，胡宗宪把徐海部安排在了平湖东沈庄。而徐海的死对头陈东余部就驻扎在西沈庄，胡大帅明摆着是想坐山观虎斗。看总督府的调兵动向，约莫最近是有大动作的。

陆琨依然不待见胡宗宪，但这位新任浙直总督用铁血手段告诉所有人，他能撑得起东南。这些日子来，战局在显著好转，戚继光、俞大猷等一众悍将纷纷涌现，海寇徐海接受胡宗宪招降，调头跟倭寇作战。陆琨向来是非分明，他也知道好人不一定是好官，而胡宗宪不是传统意义上的好人，却能当好这个浙直总督。这声胡大帅，就算再难叫出口，他也得认。

之前驻杭州的锦衣卫密探余能因为立场问题，被南京镇抚司派人押走了，偌大的江浙，锦衣卫以陆琨为尊。县官不如现管，漕粮被焚这事儿胡宗宪就算找去南京，那边约莫还是得指派陆琨办理，倒不如直接送礼上门相求来得省事。

想到此处，陆琨心头愈发恼火，摇头道：“这都过去几个月了，就算锦衣卫出马，又能怎么着？更何况这半年来浙江成了抗倭主战场，胡大帅辗转于杭州、绍兴、宁波三地，根本没多少精力在这事儿上操心，就算有线索，该毁的也毁得差不多了。”

狸奴理解陆琨的心情，自古内奸比外敌更可恨，千刀万剐都不为过。

两人结了账正要走，忽听店家转了话题，陆琨隐约听到“漕粮”二字，便又坐了下来。

“咱浙江去淮安交粮的漕船遇到风浪，近五千多石漕粮打了水漂，朝廷让咱明年补上。杀千刀的粮铺跟着涨价，我都舍不得吃好米了。本来倭寇作乱，大家生活就很难了，如今又摊上这事儿，真是倒了八辈子血霉了！”

“行了行了，咱只是吃高价粮，好歹都还活着，就知足吧！那十几船的浙江运军才惨，说没便没了，听说连尸首都没打捞上来。”

狸奴听了一会儿，难以置信地问陆琨：“走的海路？”

“不，运河。”陆琨也觉匪夷所思，“三月份，从瓜洲到淮安，有那么大的风浪？”

一千多艘漕船，由浙江都指挥使司派遣千户率领运军押运，前往淮安交差。他们走的是运河，按理说要比海路顺当许多，偏偏这次就翻了船。

陆琨越想越稀奇，回住处的路上都在琢磨，差点走错了地儿。

两人心情郁郁地回到了胡宗宪给他们安排的临时住处，乃是一处富贵人家的别院。这些年盛行造园子，北方以京师为最，南方则以杭州引领风尚，西湖边上全是士大夫的园林，个顶个的精巧别致。

陆琨他们园子里引了活水，建了水榭，不远处的花厅则被用作商议事情的地方。两人还在木质回廊上走着，就听到花厅里传来包小四的大呼小叫：“哎哎，你慢点喝！我让人给你端碗绿豆汤来！”

陆琨一怔，疾走几步进了花厅，正看到周存跟茶壶嘴对嘴。

周存灰头土脸，一手叉腰，一手拎着茶壶，双脚撇出八字站着，姿势极像大茶壶上挂了个小茶壶。他瞟见陆琨，登时窘得连连呛咳，半晌才试图挽回颜面："那啥……路上不太太平，跑得急了些……"

之前陆琨接了火烧漕粮的案子，特地差周存去瓜洲等地转了转，这会儿约莫是有了结果。正巧何勤在旁边使眼色，狸奴也就识趣地走开了。

花厅里没了外人，周存顺势坐下来回禀探访所得："胡大帅恐怕是猜对了，八成真有内应。"他铺开一张地图介绍道："咱们大明屡次改制，如今由运军运送漕粮，江南地区军民交接漕粮的地点就是淮安和瓜洲。"

周存手指移动，接着道："再有就是，倭寇那段时间进攻的不止瓜洲，一江之隔的镇江也在进攻范围内。就算徐海队伍里有本地人带路，可镇江挺住了，江对岸的瓜洲却没挺住，如果不是运气，那这里面的事情可就耐人寻味了。"

等陆琨消化了消息，周存又掷出更重要的情报："还有件事，更可疑！每年的四到六月是漕运旺季，瓜洲渡口附近航道相当拥挤，负责接收的主事往往会给船队进行编号。船只路过此段运河，必须持有收执，在桅杆上标出船名号字，依次行船。但是据渡口幸存的一名主事回忆，率先起火的那艘船抵达挺早，领到的编号却相当靠后。按常理，这艘船本来在事发前一天就该离开的。"

"多留了一天。"陆琨点点头，问他，"这艘船上可有人跟本地人闹过矛盾？"

若是双方有矛盾，那么渡口故意刁难他们，将编号押后，也是有可能的。

"不太清楚。"周存两手一摊，"当时火烧起来后，死的人不少。"他想了想，从靴页里掏出一份名单："差点忘了个情况。当地有种牙人专门替漕船排队领编号，打点到位，领到的编号就靠前；

打点不到位，领到的就靠后。我查了一下，事发前半月内，去领过编号的牙人姓名都在这儿了。”

陆琨听得糊涂，还没理清头绪，面前就被塞了一张纸，本来想回头再细看，不想眼一扫就瞥到了一个刚听过的名字——孙庆。

毕竟是个常见的名字，不排除重名的可能。还不等陆琨发问，周存已经顺着他的指尖看到了，连忙交代：“属下正要说这个人。孙庆在瓜洲牙人中也算是小有名气，信誉不错，不过事发后，他就回乡了。”

“回乡？为什么？”陆琨觉得里面似乎有问题。

“据说是被吓病了。跟他租一个院子的人说，那段时间他经常做噩梦，整宿整宿睡不着，人都瘦脱形了。”周存又拿出几张药方给他，“我去医馆问过，病是真病，这是医者给他开的，全是安神助眠的。巧了，他是杭州人士，回头找县衙问问，应该就能找出来。”

陆琨手一顿，抬眼看看他，嘴角抽了抽，这没准儿还真是同一人。

说完正事，周存就着侍女端来的脸盆洗了脸，想起进城时看到的残余彩灯，不由好奇地问道：“不是说今年倭寇犯浙，不再大肆庆祝了吗？怎么街上还……挺那啥的？”

“赵文华让弄得呗！”包小四翻了个白眼，抢先哼道，“人家说了，中秋嘛，就要热闹点才好！平湖秋月、三潭印月、凤凰山月岩，这三大赏月宝地都要彻夜守月。他可是玩痛快了，杭州城的军卒却是提前几天就忙活，唯恐防守出了岔子。这不添乱吗？”

就在今年五月，赵文华顶着尚书衔，又回东南提督浙直军务了。按朝廷的安排，本该是让他坐镇留都南京，胡宗宪负责浙闽，可谁让胡大帅得巴结他，他说来杭州看看，别人也拦不住。

许是为了安抚陆炳，就在三月份的进士恩荣宴上，嘉靖特命他坐在文臣二品之末。然而，这并不能打消陆炳对严嵩和赵文华的恨意，他固执地要求陆琨每月上报赵文华的可疑行径。

据给陆炳送过信的包小四唏嘘，陆炳清减了许多，有些憔悴。李默猝死数月，陆都督依然没能缓过来，可他在皇帝面前，还得强打精神，装得若无其事，也是辛苦。

赵文华黑料一抓一把，这任务对陆琨并不算为难，令他格外头疼的是另一桩事：封神医也到了东南，还跑去抗倭前线救死扶伤。本来医者父母心，陆琨该支持，但问题在于封神医看不惯赵文华，竟然跑到胡宗宪门前上了万言书！

然而官大一级压死人，论背景胡宗宪更不是赵文华的对手，心里烦得要死。最后还是狸奴不知用了什么法子，说服赵、胡两人不予计较，才保住了倔老头封神医的性命。

陆琨哪还敢放任封神医乱来，当即求着平湖陆家把这尊大神请走了。

这厢谈论着军国大事，另厢却也是暗潮汹涌。

狸奴最近在跟着花匠学修剪花木之术，院子被他折腾得零七八碎，跟被狗啃了似的。一道溪水流过，偶尔会有些残枝碎叶漂浮。

书房的花窗雕了茶梅，蒙了薄纱，隐约能看到坐在窗下的那袭人影。狸奴斜倚在圈椅背上，磕着手里的小瓷瓶，看向面前站立的斗笠男。

对方垂手恭声解释："这是府里的良医在罗教原本的基础上研制的新药。殿下让小的拿来，给您看看。"这人目光游移，显然想说的不止这个。

何勤顿时大怒，狠狠一拍桌子，低吼："小官人刚把药给戒了，你们又要他试药？不是明明有药人吗？"

"何勤。"狸奴轻轻唤住他，盯着小瓷瓶半晌没动。

这种药，初服用时确实浑身舒泰，但药效一过，就如万蚁噬身，非得再来一颗才能解脱。饮鸩止渴，不外如是。在雾灵山的试药间，他见过毒瘾发作后六亲不认，连尊严身家都不要，只求一粒药缓解的人。那真是恍如地狱。

雾灵山的那批药，他是真的吃过；后来掺进裕王府米粥的乌香，他也吃过。他以为，他此生都不会再跟这玩意儿打交道。

他抬起头来，神色复杂，淡淡问："京里是不是出了什么事？"

斗笠人不敢瞒他，迟疑了下，回答道："裕王妃，又有喜了。"

狸奴愣了下，既笑且叹："难怪！"

——难怪景王会不顾他的身体送来这种药，原来是慌了。

他转头看向花窗外的明媚天光，景王不放心他，可以用药物控制；如果有一天，自己信不过景王，又当如何？

他们是一起长大的奶兄弟啊！

斗笠人亲眼看着狸奴吞了药，才拱手离开。书房重新关闭后，何勤迫不及待地问："您之前不是找了彭云翼给景王殿下求子吗？不管用吗？"

狸奴手指摩挲着瓷瓶，淡淡道："在子嗣上下功夫的，又不只咱们。"

他忽然觉得很累，心累。景王不止一次跟他说："你比我亲兄弟还亲。"如今景王却因为一个尚未出世的孩子，要用药物拴住他。

3

晚间吃饭的时候，狸奴没跟陆琨一起，说是没胃口。结果一个时辰后，陆琨在水榭找着了自斟自酌的猫祖宗。

彼时芭蕉叶正绿，亭亭如盖，伴着湖风散着清香。琉璃灯映出茕茕身影，陆琨站在九曲回廊上，隔着一道湖水望着他。

陆琨知道狸奴跟自己一样，并不嗜好杯中物，上一次喝醉还是在初春的京师。

似乎是感觉到异样，狸奴单手支颐，微偏了头冲他一举杯：“陪我喝几杯？”

木质廊桥“咯吱”作响，陆琨慢慢走过来，扫了眼桌上的小菜，问道：“你晚饭就吃这个？”不等回答，又说：“你等等，我让人给你煮点粥，空腹喝酒伤胃。”

说完，他转身离开了一会儿，再回来时，手里多了只罐子。

温热的莲子粥盛入小碗，在灯下泛出莹润的光泽。陆琨低声解释：“正巧厨房有备下的夜宵，还没熬好，你先喝着垫垫。”

狸奴全程托腮看着他，直至小碗端至面前，才叹道：“陆大千户，若你是女子，我必娶你。”

他说这话时，眉梢眼角带着似笑非笑，深藏了无数意味。

陆琨只当他玩笑，顺手揉了把对方的脑袋，问他：“你又哪里不如意了，躲这儿喝酒？”

莲子粥熬得有些欠，米糯了，莲子还稍硬，入口微甜，暖得胃里舒服了许多。狸奴慢慢吃完粥，才恹恹笑道：“跟你说有什么用？你又不能帮我解决。”

在这点上，狸奴跟陆琨挺像，不太喜欢把自己的窘迫剖开来跟他人分说。

陆琨也不逼他，只是陪着喝了几杯，漫不经心道：“你看这偌大的东南，美如诗画。可你看过战火灼烧时的惨象吗？”

狸奴执杯的手一顿，抬眼望他，笑了。

陆千户安慰人的本事，与刚认识时相比，依然没什么进步。

狸奴想了想，欲盖弥彰问道：“两个好兄弟，因为第三个人出了嫌隙，有人不信任对方了。如果你是不被信任的那个，你会怎么办？”

陆琨不答反问：“第三人跟他们是什么关系？”

狸奴思忖了下裕王和景王的关系，再将自己跟景王的过往滤了一遍，含糊回答：“竞争吧。”

“那第三人有挑拨吗？”陆琨的问题普通而又尖锐，令狸奴有些笨嘴拙舌：“没，没有吧……只是，最近他境遇很好……”

陆大千户听着这回答，啼笑皆非：“一个跟你们是竞争关系的人，也没有挑拨，就让你那兄弟……大敌当前，不一致对外，反而把刀锋对准自己人，你自个儿品品。”陆琨是个君子，信奉非礼勿言，有些话他不便明说，只能这般隔着窗户纸点一点局中人。

狸奴愣住了，醍醐灌顶的醒悟和被撕开障目之叶的羞恼一股脑涌上心头，他掩饰似的低头喝酒，干巴巴辩解：“那个人不是我。是我……一个朋友。”

陆琨看着他难得仓皇的遮掩，心上倏忽被一根纤细的针扎了下，狸奴，也是有自己的朋友的。

陆大千户并不高明地岔开话题：“令尊真是心宽，这都半年了，东南又战火纷飞的，也不接你回京？”

狸奴没心思跟他贫，顺嘴敷衍：“大约正忙着跟他那小妾为姜家添丁进口吧！”

姜家派人给狸奴送过几次东西，接他回京的意图却不怎么强烈，包小四曾开玩笑说没准儿是姜家养不起这祖宗了。别人家的事，陆琨不便置喙，不过回头想想士子游学的风气，也就释然了。

夜深了，巨大的芭蕉阴影投射在两人身上，灯光在蛙鸣间明明灭灭。陆琨起身离开前，拿开狸奴手中的酒壶，敲着桌子提醒他：“别在一棵树上吊死。”

颀长的身影渐渐没入黑夜，何勤从芭蕉树下闪了出来，低声劝道：“小官人，我觉得陆千户说得挺对。”

狸奴静静坐在石墩上，良久才动了下眼珠子，笑道：“你玩过跷跷板吗？你若玩过，就知道什么叫上去容易，下来难。游戏一旦开始，下不下来，就由不得你了。”

何勤俯身仔细打量他一番，十分确定这祖宗虽然坐得端正，其实已然醉了。也只有这种时候，他才敢轻声叹息：“小官人，您自己可能没感觉到，这半年来，您过得可比前面十九年都舒坦。”

可惜，人生譬如寓逆旅，从没给过狸奴自主选择的机会。

秋日的晨光照进园子时，周存已经出门去杭州府衙调阅青册了。大明户籍有规范的造册制度，一式四本，一正三副。正本为黄色封皮，俗称黄册，进呈户部，存于南京后湖；副本为青色封皮，俗称青册，分别存于布政司、府衙和县衙。

锦衣卫百户亲自出马，府衙户房哪敢怠慢，特地调了两个小吏听差。

全杭州叫“孙庆”的不少，拜昨天血案所赐，小吏们看见这个名字，首先就想到了熙春桥的那位。一查，还真是同一人。

“孙庆是三个多月前回来的，据街坊邻居反映，这人去瓜洲前还是个挺精神的棒小伙儿。这次再见，怎么说呢？病恹恹的，不只是身体，是……就是精气神被抽空了，感觉整个人都废了。”

周存东奔西跑几个时辰，傍晚回来匆匆灌了壶凉茶，就跟陆琨回禀：“昨儿个孙家进怪物的事，属下觉得，八成是这哥们儿脑子不清楚，惹出来的乱子。”

“你先坐下歇会儿。”陆琨有点头疼周存干啥事都拼上命的架势，连忙劝他，“火烧漕粮的案子都拖了几个月了，也不差这几天。你这刚回来，好歹休息两天再查案。”

周存这个人，有能力，识时务，敢拼命，手段魄力都是不错的，就是运气差了些，而这也造就了他逮住机会就往上爬的性格。在陆琨看来，这人虽有点功利，却并不招人厌，最起码包小四就跟他挺合得来。

说曹操曹操到，包小四跟狸奴一边抢着一盒阁老饼，一边向花厅走来。听前者气急败坏地嚷嚷，约莫是吃了亏。

包百户的主职工作多半扔给了周存，就剩下给陆琨跑腿和跟狸奴吵架的任务，周存累瘦了，包百户却添了几斤肥肉，养得圆脸十分讨喜。

对代替自己受罪的周存，包百户还是心存感激的——他抠抠搜搜分了一小块阁老饼给周存。

周存也不嫌弃，极自然地捏起那块比棋子大不了多少的饼，塞嘴里吃了，末了冲他一竖拇指："这味儿地道！"

包小四立即欢天喜地地挨着他坐下："对吧对吧！我打听了好几天，跑清河坊那边才买到的！"

"我掏的钱！"狸奴啃着阁老饼，百忙之中抽工夫翻着白眼道，"有你这样的吗？说领我去吃好吃的，结果一文钱都没带！"

"你也去了？"陆琨诧异看他，这祖宗昨晚还一醉解千愁呢！

狸奴稍微顿了下，包小四没看出来，陆琨却敏锐地察觉到了他的不自在。只是极短的一瞬，他就调整好了情绪，自然而然地点头："对啊，我们还遇见县衙的那拨衙役了。他们说在河边找到了孙家娘子的血衣，人只怕是凶多吉少了。"

"血衣？"陆琨一挑眉毛，"在哪里？"

"不清楚。"狸奴摇摇头，"现在钱塘县衙出动了好多人沿河寻人，那段河已经禁行了。"

包小四连忙汇报自己的探访所得："听一个小吏说，那血衣被水泡过，引来了不少蚊蝇，也说不好是孙家娘子自己扔的，还是别人扔的。孙娘子的大哥张冼差点哭晕过去，一口咬定是孙庆杀妻，跪着哀求县衙替他妹妹做主。"

"孙庆夫妻俩关系不好吗？"周存对血案的事不算了解，闻言忙问。

包小四张口结舌，显然没打听。倒是狸奴摇摇头："不晓得。

不过听卖点心的人说，前些天还看见孙家娘子搀着孙庆散步，孙庆给娘子剥橘子来着，也没见有什么不对。”

周存跟陆琨对视一眼，这可就有意思了，人家小夫妻俩关系看似还不错，这大舅哥还没见着亲妹尸身，怎么就先咬定了是妹夫所为？

周存往嘴里塞着橘子，面上露出若有所思的笑意。张家兄妹俩若是关系好，还能说是关心则乱；可若是关系不好，这么哭天抢地讨公道，难说里头没事。

左右也到了吃晚饭的时辰，四人暂时放下案子，一起用了饭，才各自散了，各找事做。

陆琨让人沏了盏荷叶茶，垂目望着周存坐过的位子沉吟不语。在密云初见周存时，陆琨对他的印象就是个会来事、有些话痨的青年。后来在京师再遇，才意识到这是一个怀才不遇，却擅长抓住机会的百户。这半年来，周存办事牢靠、嘴巴严实的形象渐渐立了起来，反倒让陆琨隐隐迷惑。跟初遇相比，如今的周存，未免过于上进。

当初他说什么来着？

“本还觉得自个儿聪明，避开了京里乱局，在地方上作威作福多好。谁承想出了这档子事！自个儿挖坑埋自己呀！”

陆琨琢磨着，这事儿有两种可能。一种是周存是被人排挤到密云的，年轻人要面子，才故意那么说；第二种就是他当时确实不思进取，但雾灵山的案子后，不知又发生了什么，刺激了他，导致想法大变，趋于功利。

陆琨读过“人之初，性本善”，虽然这些年看惯了人世险恶，但在见到铁证前，也不愿以恶意揣测别人。而这，也是他与狸奴的区别之一——狸奴向来信奉人性本恶的论调。

这园子的主人是个会享受的，下人多少也被带出了风雅品味。中秋刚过，水榭回廊就摆上了各色菊花，花厅也多了两盆硕大的金菊，迎风招展。

檐下画眉鸟声线婉转，透着股欢欣，一听就是得了吃食。陆琨抬头望去，果然看到了狸奴。

狸奴手持一柄小巧折扇，敲打着手心，漫步进来，淡淡道："我听说张冼是个秀才，见官不必下跪。"

陆琨一愣，想起包小四说的张冼跪求公道的话，稍稍品出点异样来。

狸奴把玩着折扇，笑了下："张家二老去得早，只兄妹二人相依为命。张秀出嫁时，张冼差点把一半的家业给她做了陪嫁。"

陆琨手指轻叩桌面，迟疑着问："你是说，张冼已然确定孙庆杀人？"

"不好说。"狸奴摇摇头，"他肯定是知道些什么，不然不会这么不留情面。"

陆琨本打算明日直接以锦衣卫的名义提审孙庆，听了这番话，反而想迟些出面了。

如此过了几天，周存又去钱塘县衙探了探口风，得知张冼已经找人写了状纸，在四下打点，准备把妹夫杀人犯的身份坐实。

"这不对啊！"这下，连包小四也察觉到猫腻了，"一般人遇到这事儿，首先想到的是冲到凶手家大吵大闹，甚至出手报复对方也是有可能的。即便是读书人，不到迫不得已，也不愿意跑官府告状。可这张冼怎么不按套路来呢？案发之后，他好像就去了一趟孙家，揍了顿孙庆就走了。"

"揍？"陆琨冷笑道，"看来这孙庆还真办过什么天怒人怨的事儿！"

周存琢磨了下，请示："要不，属下明儿个去孙家看看？"

陆琨刚要答应，忽然想起周存这几日没少往清河坊跑，八成已经让有心人记住了，遂摆手道："还是我去吧。你跟小四去胡大帅那里问问火烧漕粮案的审理进度，南京都察院的御史未必跟你说实话。”

周存怔了怔，又是一声叹息。这案子拖了那么久，何尝不是文官不想惊动锦衣卫，自己又没能力解决所致。相对于如狼似虎的锦衣卫，想来负责监察问询此案的御史更愿意向同是进士出身的胡宗宪交底。

翌日一早，三人各自出门。当然，陆千户是揪了狸奴当掩护的。

狸奴照例跑得歪七扭八，不情不愿地嘟囔："你查案就查案，哪有一心二用的？"

陆琨好笑地斜睨他："之前你心情不好，我可是放你一马了。再不晨跑，之前的努力就白费了。"

狸奴薄薄的眼皮一掀，似笑非笑道："我心情好得很。"

陆琨笑笑，知道这祖宗不要脸的时候是真不要脸，但好面子的时候又比谁都骄横。

清河坊最近一直笼罩在杀妻案的阴影下，孙家邻居觉得瘆人，其他人却只觉刺激，白日里平添了许多谈资。

秋季正是吃蟹的好时节，河边铺子也多了许多与蟹有关的吃食，比如醉蟹和蟹面。半熟的虾蟹卧在细面上，鲜味令人食指大动。陆琨一面享用早饭，一面留意着食客们的闲聊。

他们选的这个店地段甚好，出门四通八达，客人络绎不绝。可惜，猫祖宗很不满："这家上次不是吃过吗？"

陆琨好声好气地哄他："上次吃的是鳝面。秋蟹肥美，尝尝鲜。"

"小兄弟，有的吃就不错了，大早上的，别挑啦！"旁边桌的食客是个健谈的，吃着蟹喟叹道，"要说这醉蟹啊，半个清河坊的店面都没人家孙家娘子做得地道，可惜哟！"

"别可惜了！就算孙家娘子在，今年八成也不会做！"掌柜的对自己厨艺被比下去十分不服气，哼道，"孙庆都吃了好几个月的药了，忌酒忌发物，孙家娘子哪还有心思弄这个！”

“药？孙庆有病？”陆琨连忙问。他寻思着大约是受惊过度留下的毛病，但掌柜的说法却令他起了好奇之心：“是啊！好像是癔症吧？听说他睡觉经常大喊大叫，有时候还跑到河边痛哭，大半夜能把这片儿都嚎醒。”

“不止呢！”旁边桌的男人神秘兮兮地说道，“这人八成中了什么邪。上次他好端端在路上走着，忽然就发疯乱跑……”

狸奴收敛了挑剔的恶习，神情变得凝重起来。一般人看来确实像中邪或者脑子有病，可经过雾灵山和京师的几番遭遇，让他有点风声鹤唳，草木皆兵，看什么症状都觉得像是服了五石散之类的反应。

陆琨显然也想到了这层，匆匆吃了面，低声道：“你慢慢吃，我去医馆药铺问问。”

“我也去！”狸奴哪还吃得下去，筷子一撂就跟着起身了。

“又浪费粮食……”陆琨嘴里数落着他，手上却麻利地结了账，拉着他走人了。

4

离孙家最近的药铺开在熙春桥边上，早上客人不多，坐堂的老医者沏了壶茶眯着眼细品，刚摇头晃脑找到点飘飘欲仙的感觉，面前就传来一声轻咳，暖烘烘的阳光也被遮住了。

老医者不紧不慢地睁开眼，扫视着面前一高一矮两个男子，最后将目光定在狸奴身上：“啧啧，小小年纪，怎么虚成这样？”顿了顿，老医者痛心疾首：“不学好！江浙这些年妖服盛行，年轻人都奔着魏晋弱柳之姿去了！”

狸奴眼皮一掀，当场顶了回去：“您放心，晚辈再虚也比您死得晚。”

老医者气得差点把茶壶丢出去，陆琨连忙往桌上拍了二两银子赔罪，顺势套话道：“您瞧瞧，他身体虚，还常发疯，一天天净给我惹事。我听说孙庆杀妻前也这症状，您给看看，可别是同一个病，再哪天梦里把我给砍喽！”

老医者也是个嘴毒的，当即冷笑：“不能！就他这小身板儿，给他把刀他都提不起来！”好在天大地大银子最大，老医者看在银子的份上，松口道：“孙庆跟他这个没关系，那纯粹是自己作的！”

说到这儿，老医者忽然住了口，招呼狸奴道：“你来，我给你把把脉。”

本该配合的狸奴却紧张了起来，双臂抱肩站在陆琨身后，半点过去的意思都没有。

陆琨连忙伸手拍了他一下，示意他做做样子。

狸奴暗暗叫苦，他最近又开始服药，谁晓得这老医者能不能诊出来。若是陆琨操起心来，打破砂锅问到底，这让他如何应付？

好在老医者也是个有脾气的，从鼻腔里哼出两股气，懒洋洋地收回手：“你求着老夫给你诊病，老夫还不乐意呢！”

陆琨一脸无奈，他与狸奴配合得久了，套话之前就把所有情况都考虑到了，哪没想到这祖宗会半路撂挑子？没法子，他只得又添了五两银子：“那您给说说孙庆到底是怎么回事？”

对方掂了掂银子，也看出陆琨不是带人来看病的，更从其笔挺的坐姿上觉察出这不是一般人。沉吟了一下，老医者也不拿架子了，从七星斗柜里取了株灰黄色卵形叶片的草药给他们看，干脆利落地交代：“孙庆之前受惊过度，本应好生安神，可他不知打哪弄的偏方，服食什么红散。他娘子悄悄给我看过，其主药是莨菪，也就是天仙子。这东西服得少，能安心定志；服食过量，可是会狂乱伤人的！”似是怕陆琨斥责他不加劝阻，连忙找补：“老夫多次劝说，还给他开了不少清热去毒的药，可他就是沉溺其中！”

这么听来，似乎也讲得通，孙庆受惊服食红散求得解脱，上瘾后越食越多，最终毒性爆发，伤人伤己。可陆琨总觉得生硬了些，这事儿上似乎有人为的痕迹。

恍惚中，他想起了出京前在姜府的夜谈：“还有更可怕的，假使一个人服了药，产生了幻觉，把至亲之人当成了恶魔，他手里又刚好有把刀，你说，会怎样？”

从医馆出来时，已经巳时中了。今儿个天甚好，河水金光荡漾，偶有乌篷船依次驶经熙春桥、清冷桥和钟公桥，渔家女脆亮的歌喉舒展，引得游鱼欢腾。

两人沿着河边散步，狸奴忽然开口：“若再寻不到孙家娘子，衙门只有两种选择。要么，疑罪从无；要么，逮捕孙庆，按杀人弃尸来办。”

衙门对衙役办案效率有要求，到时间完不成任务是要被追责的。若是小案子，衙役小吏还能拖延，可人命案子上头盯得紧，张洗又摆明了不肯放松，逼急了他们只怕会直接拿孙庆搪塞。一旦孙庆进了衙门，三木之下，不招也得招。

狸奴停在孙家门口，笑容有些冷：“假设孙庆真的跟火烧漕粮案有关，如今他神志不清，又背负杀人嫌疑，你猜他的证词还有几分可信？”

这也是陆琨和狸奴破案思维的区别。陆琨习惯稳扎稳打，按规矩一个环节紧跟一个环节，非得人证物证齐备，才敢盖棺定论。而狸奴擅长从纷杂的线索中，天马行空般抓住一根线头，从人心出发，先给这个人定了罪，再往回推，逆向寻找证据。

有时候，狸奴心思缜密得不像这个年纪的少年，但有时候，他又过分急躁，对结果的追求甚于过程。

陆琨不知道这样是对是错，私心里觉得不好，容易冤枉好人，但又不得不承认，这确实是最快的法子。

比如现在，原本是毫无瓜葛的两个案子，被狸奴加上动机后，之前那些无意义的举动一下子就变得如同阳光下的琉璃，清楚无比。

陆琨眯眼望着孙家院中的那株金桂，在馥郁金雨中思索：孙家娘子是真死了吗?

他试着用狸奴的思维将两个案子放在一起审视，《大明律》规定诬告反坐，张冼若不想事后被惩处，只能竭力坐实孙庆杀人，他这般强硬上告，只有两种可能，要么是张冼确定孙家娘子已死，要么是张冼确定孙家娘子在一个大家绝对找不到的安全地方，并有法子为她脱身。

当他这么跟狸奴分析时，对方却沉吟着摇头："不，还有第三种。张冼有把握，或者说，有人有把握让孙家娘子'死而复生'后，令张冼逃脱惩罚。"

"你是说……"

"只要拖过火烧漕粮案的审查期，孙庆就没用了。到时候如何定罪，是县衙的事儿。"

狸奴稍稍一点拨，陆琨就明白了："幕后之人甚至不需要有多大的官衔，能左右钱塘县衙就行。"

这一切推测都是基于孙庆跟火烧漕粮案有关，这样的话，孙家娘子的生死就成了至关重要的证据。

陆琨想了想，还是觉得应当纠正下狸奴的思想："你这想法虽说能迅速破案，但捷径不是那么好走的。若是从一开始就找错了疑犯，顺着这思路查下去，只会离真相越来越远，对此人也殊为不公。"

狸奴只笑吟吟地回他一句："我不是执法者。"

他还有句话没说，即便错了，他也有足够的背景和能力去善后。

彼时天光明媚，狸奴眸中折射出一层漫不经心的光，令陆琨一时失语，只得借敲门掩饰尴尬。

木门隔了一会儿才从里面打开，满面憔悴的仆妇警惕地打量二人：“两位找谁？”

陆琨亮明了身份，喝令仆妇带他们去见孙庆。

这兄弟半死不活的，杀人罪又没有坐实，衙门怕他死在牢里，并没有收监。自案发后，孙庆的院子就被封了，他目前在别处厢房暂居。

果然像别人所说，孙庆面色憔悴苍白，骨瘦如柴，明明还有行动能力，但就是瘫在床上不动弹。整个人除了鼻孔还在出气，根本找不出半点活气儿。

陆琨俯身观察半晌，直起腰来居高临下地看着他：“瓜洲火烧漕粮案之前……”

“啊啊啊——走开！不是我！”

没承想，才刚刚开了个头，原本挺尸的孙庆就一个打滚爬起来，死命往床里缩，头摇得直让人担心脖子会扭断。

陆琨心中一沉，果然跟他有关！陆千户拿出诏狱审犯人的威势，声色俱厉地喝道：“你给我老实点！好生交代，还能赎罪，再这样子，只怕你全家都得被你连累！”

“秀、秀娘！”这话显然戳到了孙庆的痛处，他惶然地张望着，瑟瑟发抖地交代，“我、我什么也没做……编号是汪主事给的……”

陆琨不吃他这一套，咄咄逼人：“除了编号，还给过你什么？或者说，吩咐过你什么？”

孙庆却像看见了杀人利剑，瞬间躲进了被子里，死活不肯出来。

陆琨很无奈，冷声威胁他：“这世上没有锦衣卫查不出的事儿！你想清楚，是漕督衙门的人可怕，还是锦衣卫可怕！”

漕督衙门全称总督漕运部院，坐镇淮安，负责凤阳、淮安、扬州等地的漕运、河务、海防。在浙直总督总揽东南要务前，漕运总督可谓一家独大。

陆琨这话，也有诈他的意思。显然，锦衣卫凶名更盛。

孙庆犹豫着露出半个脑袋，怯生生地问："您，真是锦衣卫？"

陆琨大马金刀地往椅子上一坐，将自己的腰牌扔了过去。

孙庆颤巍巍地捧起腰牌，他看不出这是真的，还是仿冒的，只是这冰冷的触感让他格外安心。半晌，他涩声开口："负责接收漕粮的汪主事跟我说，让蒋粮长在船上挂一串、一串红灯笼，监兑的时候，可以放点水。"

"蒋粮长是谁？"

"嘉兴府领运白粮的粮长。"

白粮跟用作军饷的漕粮有所不同，它是由江南苏松五府供应，选的是最优质的白熟粳糯米，民运进京，供贵人享用。

陆琨琢磨了下，注意到"红灯笼"这个词。他眼神豁然变冷，强压住怒气追问："在此之前还说了什么？把你们的对话原原本本复述一遍。"

孙庆迷惑地看他，半晌，才病恹恹地点点头。

"那日，我收了蒋粮长的银子去帮他排队。领编号的时候，汪主事问我，船上是漕粮还是折银。我当时没反应过来，随口说是漕粮，然后他就另找了编号给我。"

漕运固然要紧，但谁家没有个天灾人祸、收成欠缺的时候？没关系，朝廷允许折征。交粮困难的地方，可以用银子、布帛、豆麦等抵消。凡事就怕有开端，既是开了折征的口子，从此就一发不可收拾。到嘉靖十一年的时候，漕粮竟有一半改折。在这种情况下，监督军民交兑漕粮的官员就尤为重要。

这样看来，汪主事对漕粮重视些，似乎也讲得通。可是为什么不是先行监兑，而是押后呢？

孙庆也不知道，只是在事后回想这节，本能地觉得不对劲儿，意识到自己可能稀里糊涂做了帮凶。午夜梦回，他时常看到蒋粮长浑身浴火，向他索命。

陆琨见他整个人犹如惊弓之鸟，说话也颠三倒四，再怎么问，也问不出更多信息了，只好放弃了问询。

临走的时候，狸奴忍不住多了句嘴："你服食天仙子多久了？"

孙庆茫然抬头，隔了好一会儿，似乎才搞清楚狸奴的意思，很是沮丧地回答："快四个月了。"

狸奴脸皮子抽搐，半晌憋出一句："怎么没毒死你！"

以狸奴那浅薄水准看，孙庆受的影响不小，食欲不振，神志不清，瞳仁比常人要散，言语表达能力基本退化到小孩水平。这些都能在戒药后慢慢恢复，身体好不好那也是他自己的事，麻烦的是，服药期间性情急遽转变，伤人伤己，亲友何其无辜？

两人又在仆妇的指引下去了孙庆原先的房间。江南不像北方那般风沙多，是以即便几日没人住，家具上也没多少浮土，只是屋内弥漫着一些潮气。

陆琨开窗散了会儿气味，才喊狸奴进来。

屋里还保持着原样，只是为免滋生蝇虫，地上的血迹被擦掉了。桌边两张圆凳一张倒地，另一张被带到床边，桌上的茶具七零八落，针线筐半悬在边缘，似乎风一吹就能掀翻。

桌面还算完整，并没有像孙庆描述的那般，被妖怪切掉了一块。这似乎从侧面证实了本无妖怪作祟，一切都是孙庆为逃脱杀人罪而编造的谎言。

窗下束腰屉桌半开，欲语还休似的露出杂乱的药材。

狸奴过去翻了翻，啧啧感慨："孙家还真是下本，人参、黄芪、茯苓、何首乌……咦，这是什么？"他翻出一包藏得严实的药粉，看了半晌没看出所以然来，直到翻过药包，看到上面"红散"二字，才反应过来这正是天仙子磨成的粉末。

"嘿！"狸奴招呼了声候在门外的仆妇，"中秋晚上，孙庆是不是吃过这玩意儿？”

仆妇惶然看着那个纸包，局促地回答道：“不、不清楚。不过那段时日，娘子倒是哭闹过，几次想扔掉那个纸包，都被庆哥儿给抢了回来。”

似乎觉得这有点坐实自家小主人的罪名，仆妇连忙解释：“平常他俩关系挺好的，就是涉及那个纸包，就……”

狸奴抛着纸包，追问：“你家庆哥儿，最近打过人没？”

仆妇踯躅不语，直到陆琨狠狠一拍桌子，她才惊慌失措地交代：“打、打过……那天跟娘子吵得狠了些，娘子一气之下，就把那个纸包扔水里去了……庆哥儿扇了她一耳光……”

“后来呢？”

“后来，娘子哭着回娘家了。”左右已经开了口，仆妇干脆把这院里的龃龉倒了个底朝天，“家老爷知道后，狠狠打了庆哥儿一顿，勒令他去张家把娘子接回来。当时张舅爷挺气的，逼着庆哥儿写了保证书才放人。”

“保证书？”狸奴跟陆琨对视一眼，怪不得张冼有把握打这个官司，原来是手里攥了关键的证据。

同时，他们也想明白了张冼的脱身之策：孙庆有前科，打人与杀人的区别也只是下手轻重，只要张冼咬死了自己关心则乱，到时诚恳道歉，取得孙家谅解，所谓民不举，官不究，钱塘县衙顶多将张冼打一顿出气。尽管难堪，陆琨却不得不承认，很多时候，《大明律》的力度还不如乡规民约。

他盯着药包，若有所思，据仆妇称，孙老爷觉得家丑不能外扬，儿子脑子有病的事儿要死死捂住，痴迷红散的事儿更是不可告诉他人。这也就意味着，设计这一出的人，对孙家很了解。

“张冼。”狸奴忽然低声道，“或者药铺的老医者。”

目前来说，这两人嫌疑是最大的。

"可是目的呢？"陆琨皱了皱眉，"张冼是他大舅子，老医者只是拿钱看病，并无仇怨。"

狸奴淡淡吐出一个名字："孙家娘子。"

没错，张冼只此一个亲人，按理说这时节给女儿家分家产的不多，可是张冼愣是用一半家业给妹妹陪嫁，在妹妹受委屈时，又挺身而出，强势维护妹妹。

更重要的是，张冼风评不错，可以说是个正人君子。

若是这世上还有人能让张冼违背礼义，那只能是孙家娘子。

周存曾指点钱塘衙役去张家搜过，并没有发现孙家娘子的踪迹，那么她如果没死，会藏在哪里呢？

"有人扣住了孙家娘子，以此胁迫张冼状告孙庆。"

万般纷杂，只要加入了合理的解释，一切就迎刃而解。陆琨神色复杂地扫视这间毫无人气的房间，深深叹了口气。

"孙庆所说的事情虽然对漕粮案有影响，但并不大，别人为何会盯上他呢？"狸奴沉吟着道，"我总觉得孙庆没完全交代，他似乎很忌惮对方，甚至连锦衣卫都压不住这份恐惧。你说，有没有可能，孙庆也认为孙家娘子还活着，并且在别人手中？嗯……投鼠忌器。"

说一千道一万，最终的落脚点还是孙家娘子。找不到孙家娘子，一切皆休。

那么孙家娘子会在哪里呢？

不急，县衙办不到的事情，不代表锦衣卫办不到。

陆炳为给李默报仇也是下本了，他特地将包小四的百人小队跟南京锦衣卫对调，供陆琨差遣——为什么不调其他百户所的锦衣卫呢？因为京师闹鬼案后，出了邓总旗的事儿，包小四正好铆足了劲儿清过沙子，保证能如臂使指。

陆琨命人埋伏在张家附近，又筛查了张冼最近的人际来往。近来去张家走动的不少，亲朋好友、县学同窗以及孙家娘子未出阁时的好姐妹，少说得有几十号人。

锦衣卫将目标锁定在张家乡下亲戚和孙家娘子的姐妹身上，前者家中远离城镇，易于躲藏；后者跟孙家娘子亲密，出于友情而伸出援手的可能性较大。

可结果很令人失望，锦衣卫就差把地皮掀起来了，愣是没查到半点痕迹。

“不会真死了吧？”包小四觉得匪夷所思，“那是个成人啊！除非剁碎了沉塘，否则怎么可能瞒得住？”

夜风透过假山空隙吹进水榭，带着湖水的凉气。水榭视线极好，又有水环绕，不虞有心人偷听。

厨子做了应季的蟹酿橙和西湖莼菜汤，但几人焦头烂额，除了狸奴这个局外人，谁都没心思细品。

陆琨陷入了自我怀疑中，他一直坚信世上没有完美无缺的掩饰，他们没发现破绽，要么是有线索被忽略了，要么就是方向错了。那么，会是哪种呢？

狸奴把自己那份蟹酿橙吃完，看看陆琨还没吃，就连同碟子一起不客气地拖了过来，边吃边提醒他们：“你们知道油灯照不到的地方是哪里吗？”

三人一起望向他，陆琨皱皱眉，示意他先吃饭。

狸奴却不理会他，边拿小勺吃东西边说道：“灯下黑啊！你们想想他跟什么人来往最不惹人怀疑，孙家娘子最不可能藏在哪里？”

陆琨心中一沉，他们受困于固定思路，确实把最容易忽略的地方给忽略了。

“县学！”周存低喝一声，“县学生员都是男的，而且读书人地位高，一般衙役不会去招惹他们，更不可能闯进县学搜查。”县学是供学子读书的官学，里面供奉着孔圣人牌位，是读书人心中的圣地，而知县也是正统文人，没有确凿的证据，根本不会允许衙役进去惊扰圣人。

陆琨微笑开来："所以……张冼的帮手或者幕后主使者，应当就在去过他家的生员里面。"

到底有没有呢？还真有一个有嫌疑的。

"于昭，钱塘县学的生员，跟张冼关系一般，两人几乎没有来往。"翌日晚间，周存将县学生员的资料撂在桌上，指着其中一份解释道，"但是，这次张家出事，他除了跟着同窗去看过张冼外，自己又单独去过一次。重要的是，他家是官宦人家。"

"什么官？"陆琨翻着资料问。

周存忽然就笑了："他父亲是户部的，另有一个未出五服的亲戚，在扬州做官，分管粮仓还是捕盗，记不清了。"

粮仓？说者无意，听者有心。陆琨心中咯噔一跳，眼下正是抗倭的紧要时期，对漕粮的需求大于以往，可不敢出乱子。

"他在钱塘县学有人脉？"狸奴比较关心这个。

周存点点头，从资料里翻出一份给众人看："钱塘县学的宋教谕，绍兴人士，跟于昭的父亲是乡试同年。只是中举人后，这人在科举上就再无寸进，教谕之职还是于父帮忙弄到手的。"按规定，县学设教谕一人，训导两人，虽是不入流的杂职，却还是有些权力的。

"利益相关，盘根错节。"狸奴如此评价。

月影缓缓移动，众人散去后，陆琨叫住了周存，思量了一会儿，才歉然道："只怕，你还得再跑一趟瓜洲。"

周存早有心理准备，干脆利落地问道："查什么？"

秋月照芙蕖，湖水泠泠，陆琨深深看他一眼，涩然开口："瓜洲和淮安的粮仓。"

大明幅员辽阔，天灾也多种多样，朝廷储粮备荒是应有之义。而瓜洲和淮安作为漕粮转运要塞，粮仓更是重中之重。眼下陆琨不知道到底是只有瓜洲出了问题，还是整个漕督衙门都糜烂了。只瓜洲还好，若堪称天下粮仓的淮安都出了问题，这麻烦可就大了。

周存自然知道粮储的重要性，他从这不足十字的话里听出了无尽深意，陡然瞪大了眼睛。白日的热浪还没散尽，周百户却觉得如坠冰窟。

周存没等天亮就收拾东西走了，顺便带上了包小四临时借给他的十名下属。

5

虽说如今陆琨已经锁定了张冼背后之人，但毕竟没有直接的证据证明于昭藏匿孙家娘子。县学不是那么好进的，哪怕他们找到了人，只要对方提前对好口供，一推六二五，他们也没法子，是以只能先在县学外盯死了于昭。

偏这于昭似乎知道自己被盯上了，每日不是在县学读书，就是回家待着，偶尔上街也是浩浩荡荡一群士子办文会。

如此规矩，倒令包小四开始怀疑是不是找错人了。

陆琨亲自去盯了一整天，见此人出入县学甚是规律。县学每月初一十五放假，八月三十一日于昭白日去县学上课，下午他先是跟同窗去酒楼吃酒，诗词唱和到天色显黑，才由下人驾车接回去。

狸奴越发肯定这人有问题，他笑道："于昭在县城有房子，不住县学号舍，这很正常。可是眼下并非洪武年间，对生员管理放松了许多，只要有合适的理由，根本不需要天天去县学读书。尤其像于昭这种家学渊源的官宦子弟，更看不上教谕那点本事，多半会请了长假，寻访名师。"

说白了，于昭"演"得用力过猛了。

而这段时日，外界的消息陆陆续续传过来，狸奴终于明白陆琨为何笃定徐海不会供出内奸了。

胡宗宪唆使两大海寇相互攻击，消耗彼此的有生力量。八月二十日，官军突然发起进攻，大战一直持续到二十五日，斩获海寇一千六百余人，徐海投水自尽。

想来内奸会大大松了口气。

而这也增加了锦衣卫的调查难度。

“不能再等了！”手头线索太少，迟则生变，陆琨下了强行搜查的命令，几十名锦衣卫自然要全力配合。

因着涉及女眷，不宜在大庭广众下进行，一帮凶神恶煞的汉子当晚就闯进了县学，在老少书生的声讨下，以于昭的号舍为中心，对县学进行了犁庭扫穴似的清查。

这一查，还真查出不少东西。比如某些生员夹带小抄和春宫图，某位训导床下有不明来源的财物，某位杂役偷了酱醋房的材料等。

被落了颜面的生员训导一个个飙着佶屈聱牙的之乎者也，试图在言语上力挫锦衣卫，然而秀才遇到兵，有理说不清，更何况锦衣卫比普通军卒更喜欢用暴力讲理。

一通忙乱后，包小四蓦然大叫：“这里有个女的！”

看方向，正是宋教谕的房间。

道貌岸然的学究先生立马变了脸色，张开双臂试图阻拦锦衣卫：“有辱斯文！真真是有辱斯文！”

夜色中，灯笼如同星火越聚越多，最终照出了仓皇躲藏的绯衣女子。

“闪开！”猎物近在眼前，包小四哪肯罢休，立即挣开宋教谕，狠狠踹开屏风，揪住了女子，口中敷衍地安抚道，“孙娘子莫怕，你兄长正到处寻你！”

他本以为这般说，那女子应当不再抗拒，却没想到，女子竟挥袖遮住了面。

“小四！”陆琨匆匆赶来，连忙喝止他，“莫要无礼！”

包小四这才意识到自己过界了，连忙松开手，重新拉起屏风，道歉道：“抱歉抱歉，孟浪了！娘子速速收拾一下，你家兄长还等着呢！”

隔了一会儿，屏风内传来女子的娇啼：“奴家不姓孙。”

包小四一拍额头，从善如流：“不管你是孙娘子，还是张秀，咱能快点吗？你家人很着急你知道吗？”

这时，一名小旗匆匆过来，附耳跟陆琨低语几句，后者瞬间沉下了脸。

“怎么了？”狸奴轻声问。

陆琨心情复杂难言，面色古怪地解释道：“这女子，不是张秀。是……宋教谕新纳的妾室，如兰。”

“怎么可能！”狸奴惊呼一声，委实有点接受不了。

两人再去看宋教谕，只见刚刚还气急败坏的道学先生，此刻抚须而立，唇边带着些微冷笑，眼中时不时划过一抹自得。

上当了！狸奴比陆琨更受不了这番打击，毕竟今晚发生的这一切都是基于他的查案思路。

包小四听完，率先沉不住气，戟指着宋教谕质问：“是，监生可以偕妻子共同生活，但号舍不许私藏女眷，你不知道啊？”

宋教谕眼皮一撩，淡淡道：“我是官，不是生员。这里是官舍，不是号舍。即便坏了规矩，也不敢劳驾锦衣卫。”

这下，看热闹的生员似是上锅蒸的馒头，个顶个膨胀了起来，吵吵嚷嚷地要说法。

狸奴嘴一咧，不知者不惧，这话可真正确啊！做错了就道歉，锦衣卫是这么要脸的吗？狸奴这趟算是长了见识。

只见刚刚那名小旗进了于昭的房间，翻箱倒柜半晌，忽然举着一沓宝钞出来问道：“谁是于昭？”

闻讯赶来的于昭连忙出列，那小旗当即脸一沉，朗声喝道：“接到举报，说县学有人伪造宝钞。现搜得伪钞七张，各位读书人都是读过《大明律》的，当知按律‘凡伪造宝钞，不分首从及窝主，若知情行使者，皆斩’。多余的话我也不说了，平素谁跟于秀才走得近，大家伙儿心里都有数吧？”

于昭目瞪口呆，对这种公然栽赃的行径很不能接受，他既好笑又好气地辩解：“军爷，宝钞一贬再贬，自孝宗朝后，这条律例就等同虚设。再说，如今宝钞价同废纸，伪造？怕还不够功夫钱……”

“放肆！”那小旗看来是熟练工，立马揪住话头怒叱，“太祖钦定的律例也敢质疑？还敢污蔑宝钞不如废纸？左右，给我拿下！”

“你、你们不能！”于昭刹那变了脸色，他是不知天高地厚，但锦衣卫凶名实在太盛，一群人甫一逼近，他就慌了手脚，色厉内荏地抗辩道，“我乃县学生员，在革除功名前，你们不能拿我！”

说得多错得多，还没历事的生员们外强中干，一听要连坐，哪还敢再横，纷纷噤若寒蝉，最后还是宋教谕大着胆子，慌忙替自己的得意学生开脱。

锦衣卫虽说想一鼓作气拿下于昭严审，却也不想在这儿方都盯着东南的时候惹事，遂恐吓一番，就此撤出了县学。

回去的路上，狸奴斜睇着陆琨，似笑非笑道：“你不是捍卫《大明律》吗？”

陆琨一指那沓宝钞，强调：“《大明律》里确有这条。”似是知道他在质疑什么，陆大千户语气淡然道：“这不是没抓他吗？”

狸奴瞠目结舌，忽然想起了一句话：“近朱者赤，近墨者黑。”

夜色浓黑，杭州城却明灯荧荧，星星光点照人归途。

锦衣卫沙沙的步伐中，狸奴犹豫了会儿，硬着头皮道歉道：“抱歉，是我判断失误。”以猫祖宗的性格，说出这句话，实属不易。

“是我们一起做的决定。”陆琨实事求是，顿了顿，又肃然劝道，“还是那句话，你这思路虽是捷径，却容易误判，非是特殊情况，还是稳扎稳打比较好。”

陆琨清楚，若是几天前，狸奴必是听不进这话的。

剩下的一段路，两人谁也没有说话，各自想着各自的心事。

快到园子时，狸奴忽然抬头看他，极认真地道：“我总觉得，他们是知道孙家娘子在哪里的，至少，我的想法不是完全错了。”

陆琨没有打断他，只是垂眸静静等着他的分析。

狸奴深吸一口气：“你说，他们会不会就在今晚转移孙家娘子？”

“调虎离山？”陆琨耐心地跟上他的思路。

“也可以那么说。”狸奴想了想，不确定道，“我倒觉得更像是投石问路。于昭和宋教谕，都是明面上推出的牺牲品。”

陆琨看他一眼，有点分不清他这是垂死挣扎，还是镇定自若。

“最后一次。”陆琨竖起食指，警告道，“今晚最后听你一次。你若输了，就好生读《大明律》。”这话说完，他自己就先觉出不对来。陆大千户本意是让狸奴知礼守法，但以对方的才智和心性，只怕律例要沦为其折腾的工具了。

陆琨顶着狸奴怪异的眼神自我安慰，没事，好歹祸害的是别人，这小子能少吃点亏。可见关于“公平”一说，也是分远近亲疏的，连持身守正的陆义择都不能免俗。

钱塘县学位于杭州城东，清泰门附近，闹中取静，十分适合读书。出了县学，向东走不了多久，就是日夜繁忙的武林驿，不知多少船等着从此入钱塘江，沟通省内省外。

天际昏暗，唯水驿灯火通明。江边驿亭飞檐翘起，细高的木杆上挂了几串风灯，照得人影憧憧。

两名青衣皂吏带着一名书生走向渡口，向水夫亮了一下水字号符牌，就要登船。

书生似是行走不太方便，有些蹒跚，脸色更是在灯光下映出惊心动魄的苍白。

“秀儿！”树影里忽然转出一抹襕衫人影，张冼站在灯火阑珊处冲书生招手。

“哥哥！”书生又惊又喜，紧走几步扑过去。这一发声，水夫才发现此人竟是个美娇娘。

她，正是失踪已久的孙家娘子张秀。

一名皂吏看清张冼，不由跌足：“哎哟，您这怎么……”

怎么穿着襕衫就过来了？他可是知道这几日锦衣卫盯县学生员盯得紧，张冼这一身，可太扎眼了！

“哥哥，他们说要送我和庆郎去外地避难。我走了，你要好生照顾自己！”张秀涕泪涟涟，跟张冼告别。

张冼却忽然攥住了她的手腕，压低了声音急切道：“跑！往城里跑！不要回头！”

“你说什么？”张秀惊愕抬头，这才发现往日温和的兄长眸中寒光闪烁，竟是有些狰狞。她不由心惊肉跳，下意识地问：“哥哥，你怎么了？”

张冼却不回答，猛然将她推向官道，而后合身扑向两名皂吏。

“你做什么！”一名皂吏大惊失色，但他还没等到回答，就被扑到江水之中。另一名皂吏立即去拔腰间铁尺，不想张冼显然准备得更充分，直接跳上快船另一头，借助于身体重量，狠狠下压。船只立即失衡，皂吏挣扎了不足三息，就步了兄弟的后尘。

“哥哥！你做什么？”岸上张秀急得跳脚，搞不清兄长为何突然对恩人下手。

“快走！”张冼跃上岸，拉起张秀就奔向官道。

“何方宵小？”就在这时，一声怒喝有如惊雷，官道上影影绰绰涌来一大批官差，为首的应捕红甲似火焰燃烧，夜色中格外醒目。

张秀惊骇欲绝，张冼却是狂喜，高声呼喊：“我乃报案人，县学张冼！有人假扮皂吏掳我妹子，几位来得正好！”

张秀越看越迷糊，但触及兄长投来的警示眼神后，还是保持了沉默。

陆琨率人赶来时，正碰上闹剧收尾，衙门捕快捞起了两名落水皂吏，押着往回走。

一拨人跟陆琨见过礼后，捕头主动解释了一番，这过程着实出乎了诸人意料。

张冼报案？这秀才不是跟于昭等人是一伙的吗？

包小四彻底糊涂了，习惯性转头看着陆琨。

陆琨和狸奴却瞬时明白了张冼的打算，这人是打算兵行险着，趁对方转移张秀的时机，假借告别赢得短暂的相处机会，而后倒打一耙，将所有责任都推到对方身上。没有了张秀，于昭等人就很难再要挟孙庆了。

往深层想，于昭因此背上了囚禁良家女子的罪名，说自己无辜，或者狗急跳墙再想把孙庆扯进火烧漕粮案里，都察院的御史估摸也不会信了。

张冼有生员身份，暂时不惧幕后黑手，但似孙庆这种小人物，却会成为对方打击报复的对象。此时将张孙两家与他们的恩怨抖擞出去，孙庆立时变为了受害者，受万方瞩目，受瞩目便是受保护，对方想动手脚，就得掂量掂量了。

张冼这一出借力打力，一石三鸟！明里状告孙庆，取得对方信任，实则却是在帮妹夫！这张冼，为了妹子也着实拼尽了心思。

再看看懵懵懂懂的张秀，狸奴不由得感慨：“无知是福！”

他进而又想到了自己与景王，若是景王肯安分做个藩王，自己也不用替他诸般谋划，想来大家都能轻松点。这扯不清的孽债，也不知是前生谁欠了谁。

锦衣卫打发了衙役，带着两名皂吏和张家兄妹回了西湖边的园子。

这两名皂吏也是聪明，一口咬定是孙家娘子被孙庆刺伤逃亡晕倒在先，自己热心救助在后。他们只是听说孙家有怪物，挨不过孙家娘子央求，这才打算连夜送孙家娘子出去避难。

“他们是瓜洲什么衙门的皂吏，来杭州出公差，正巧遇到了孙家娘子，就大发善心……我怎么觉得那么假呢？”包小四呈上搜出来的勘合，“文书都是真的，虽然我觉得为着鸡毛蒜皮的小事跨地办事着实浪费。”

“说法再假，能让人挑不出错处就行。就算事发，衙门明里革除他们，也算有个交代了。”陆琨见多了这种顶缸的，知道为难他们没什么意义。

包小四很不甘心：“难道就这么算了？咱们忙活了那么久！”

“怎么可能！”狸奴笑眯眯地提醒他，“张家兄妹和孙庆都在咱们手里啊！”

陆琨顿觉无语，委实不知该用什么心情应对。

6

花厅里，张家兄妹一起向陆琨见了礼，就垂手立在下方，等着问询。

陆琨仔细打量二人，张冼还算镇定，带着读书人的气度。而孙家娘子却惶惶不安，秀美的脸颊苍白得厉害，已然沁出了细密汗珠。

陆琨收回目光，淡淡问道：“说罢，孙庆杀妻一事，到底是怎么回事？”

“军爷，我夫君冤枉！”原本怯懦的孙家娘子骤然抬起头来，不顾兄长的暗示，抢先回答，“那夜他是服药迷了心智，才……那并非他的本意啊！”

看来夫妻俩感情不错。狸奴挑了挑眉，如是想。

“孙庆有何病需要服药？”陆琨折腾一晚上，此刻天光熹微，正是困倦的时候，不得不沏了杯浓茶提神。

至于张家兄妹，委实没想到会在尘埃落定之时，突然杀出锦衣卫。吓都吓坏了，哪里还顾得上打瞌睡。

张冼按住急欲为孙庆辩白的孙家娘子，上前施礼作答：“妹夫目睹瓜洲惨案，心神颇受震荡，终夜难寐，这才受奸人引诱，服食了红散。”

这说辞跟查访所得并无出入，但张冼话锋一转，又道：“学生问过医者，红散的主药乃是天仙子，多食会致死。”顿了顿，他意味深长地打出了最后一拳：“推荐这个药的人，乃是瓜洲漕运衙门的人。千户不觉得太巧了吗？在瓜洲接收漕粮的汪主事刚死，妹夫一个小小的牙人，就被官老爷盯上了，这是不是意味着，汪主事之死，有猫腻……”

“灭口？”这下，连包小四都反应了过来，失声惊呼，“那为何不将孙庆也扔进火里？”

张冼苦笑一声：“我那妹夫，虽说不成器，喜欢耍小聪明钻营，却还是有几分谨慎的。据他说，起火那夜蒋粮长船上的人曾力邀他上船吃酒，他琢磨着对方约莫是有难事相托，就爽约没去。后来倭寇来袭，漕船率先遭殃，妹夫虽不知内情，但料想跟前事脱不了关系，就装疯卖傻企图躲过一劫。那边给他药，说白了就是试探，若他那时不吃，立时就会没命。这本是缓兵之计，没想到妹夫终日担惊受怕，竟对红散产生了依赖。”

陆琨敏锐地觑出了漏洞，一针见血地指出：“他一个牙人，是如何窥出不对的？”

张冼张了张嘴，为难地瞄了眼妹妹。

包小四立即起身带走了一步三回头的孙家娘子。

张冼这才叹了口气：“千户慧眼如炬，这事的确有内情。”

时间回到孙家娘子失踪的第二天半夜——幽暗的厢房，没有点蜡烛，到处都弥漫着浓重酒味，床幔里间或传来一两声响亮的哽咽。

张冼忽然推开门大步走来，一把拽住孙庆的前襟，将他从床上拉起来，怒问：“瓜洲火烧漕船的案子，你到底知道什么？！”

“不，我什么都不知道啊！”孙庆从未见过大舅哥这般疾言厉色，不由慌乱异常。

“秀儿被人掳走了，你居然还有心思喝酒？”张冼一把抢过他手中的酒壶，猛然掷在地上，瓷瓶炸裂，清亮的酒液流淌一地，涓涓渗入石板缝隙。

孙庆却如同尝到了能起死回生的灵丹妙药，陡然瞪大了眼睛，翻身跪坐起来，急切地问：“秀娘没死？不是被怪物抓走的？”

张冼气怒交加，真想痛殴他一顿。那边孙庆抹了把脸，彻底醒了。

张冼撩袍在桌旁坐下，压着怒火道：“今早有人找到我，说是昨夜在你家附近发现了受伤昏迷的秀儿。我不管你们夫妻俩有什么矛盾，现在那人要你拿你手头上的一件物事换秀儿！”

孙庆一个哆嗦，愕然抬头，小心翼翼地问：“那人，是不是瓜洲的？”

张冼眼光闪烁，不禁质疑：“你到底藏了什么？招来这杀身之祸？”

孙庆下床在屋里团团转了几圈，脸上骤然涌出一抹狠色，一猫腰钻到了床下，扒开青砖掏出一个油纸包，惴惴不安地放在了张冼面前。

张冼不接，只是疑惑地看他。

孙庆双手反复分合，嗫嚅着解释：“这是汪主事，就是火烧漕船案时被烧死的那位，有次跟我喝酒时交给我的。他叮嘱我，如果某天他不明不白地死了，就让我告诉嫂子，他家后院树下埋了一小坛银子，然后有多远跑多远。”他顿了顿，捂住嘴巴，强行抑制住哽咽：“汪主事当时就有预感，他说这是保命符，如果哪天朝廷彻查此案，波及他的家人，就把这个交上去。”

回忆到此，陆琨就明白了。对方原本以为孙庆是无关紧要的小卒子，灭掉汪主事后，试探一番，觉得他所知不多，当时又在风口浪尖上，不宜再添人命，就暂时放了他一马。如今朝廷对查案的进度不满，点了御史负责，连总兵都被叫去问话，涉案人员集体慌了，正在急着消灭一切罪证。

朝阳慢慢升起，照亮了花厅，有侍女端来虾粥和茶素，又悄然退下。

陆琨示意张冼先吃东西，待诸人都填饱肚子才问：“油纸包里是什么？”

张秀才轻描淡写道：“是一本账簿。”顿了顿，他问了个看似与案情无关的问题：“千户对漕运知道多少呢？”

陆琨不动声色看向他。张冼笑了笑，轻啜口茶，缓缓叙述开来。

大明漕运由民运改为军运，自然也相应做出了一些安排。百姓上交的粮食每石要加耗五六斗作为运军行粮，还要负责漕船通过洪闸的轻赍银，这就给了运军操作空间。另外，朝廷允许漕船载私货用于贩卖，也是一笔可观收入。

这样看来，漕军可贪墨的地方还挺多，手头应当不算紧。

“其实不然，这些钱大部分到不了底层运军手里。运军日子清苦，实在忍不了的，就逃了。湖广为何田多粮多？因为受不了盘剥的百姓和运军宁可作为流民，遁入湖广开荒。可是运军人逃了，军籍却没销，耗银还是那么多。”花厅里静悄悄的，只有张冼平淡的声音回荡，“您说，这些银粮去哪里了呢？”

这些涉及民生的细节问题，陆琨和狸奴都不甚了解。

张冼起身脱掉襕衫，在陆琨和狸奴迷惑的眼神中拆开里层一块补丁样的布片，取出了那个油纸包，双手呈给陆琨，神色复杂地笑了笑："学生知道，张孙两家赖以保命的就是这个，是以没敢让孙庆交出去，而是一面按他们的要求上告，一面拖延以待时机。眼下，学生也只能相信锦衣卫了。"

不怪张冼思虑重，文官向来爱抱团，谁知道漕督衙门里有没有御史的熟人？相对而言，反而是在东南势力薄弱，又跟文官不对付的锦衣卫不会徇私。若能以此示好锦衣卫，将来即便事发，他们也能托庇于千户门下。

狸奴似笑非笑地提醒他："文人向来讲究一个清贵，跟锦衣卫合作，只怕会污了张秀才的名声。"

张冼既然敢设计对方，自然考虑到了后果。此时，他苦笑一声："命都快保不住了，哪还顾得上这个！"

有人寻到暂时的避风之所，亦有人感受到山雨欲来的恐慌。

县学官舍，宋教谕匆匆从外面跑进来，紧张兮兮地关上门，顾不得擦汗，就冲到于昭面前急声道："张冼把孙家娘子劫走了。现在兄妹俩不知怎的，竟跟锦衣卫搭上线了！"

"什么？"于昭霍然而起，张口结舌半晌，方吐出一句既委屈又愤怒的质问，"他怎么能这样？！"

在于昭想来，哪怕双方斗得你死我活，读书人也该有读书人的风骨，把厂卫拉进来算什么？这是破坏规则。

于秀才显然忽略了是他以势压人，先行坏了规则，这才逼得张冼倒向锦衣卫。这颇有点“只许州官放火，不许百姓点灯”的意思。

宋教谕虽自诩足智多谋，但眼下这失控的局势着实有点让他望而却步。他呼扇着大袖，硬生生憋出一句戏腔：“这可怎生是好？”

明明天光明媚，于昭愣是感受到了刺骨寒意。洪武永乐年间锦衣卫炮制的一起起大案、株连的一批批官员、镇抚司血肉横飞的传说、各种父辈谈及的惊悚故事争先恐后涌上心头，他这才后知后觉，有点怕了。

但好歹是官宦人家，见多识广，不过片刻工夫他就镇定下来，冷脸喝道：“慌什么！那本账簿只是传言而已，不一定真的存在。再说，即便是真的，我父亲已经在朝中拖延了足够的时间，瓜洲那边就算蠢成猪，也该擦干净屁股了！”

难怪四月的案子，八月才严审，原来是朝中有人好办事。

“况且，读书人得有清名才能立足士林。倘若名声毁了，不用咱们动手，一人一口唾沫星子也能淹死他！”于昭眼神阴沉，又恢复了那副和善外表下带着狠毒的模样。

把一个官宦子弟逼得说些与身份不相符的话，张冼当浮一大白。

狸奴自己就是半个读书人，对锦衣卫在文人中的恶名再清楚不过。他早就想过于昭可能会拿张冼倒戈的事做文章，却没想到对方竟那么阴险。

不过几日，整个杭州都在传，县学张冼搭上了高官，甘愿为人马前卒。高官是谁呢？严党急先锋——李本和赵文华是也！

原来，今年三月，也就是李默死后，李本曾主持京察，将两京九卿和科道大肆梳理一番，基本抵消了李默对严党的打击。而赵文华也借机在东南党同伐异，惹得怨声载道。

于昭别出心裁地将审查瓜洲案与京察相连，暗示士林胜败乃兵家常事，朝廷本就不该揪着扬州失守之事不放，严查此事本就是严党以莫须有的罪名陷害忠良。张冼与奸臣合作，枉读圣贤书，大义有亏，实属卑劣！

“这是睁眼说瞎话啊！”包小四气得满地乱蹦，“要出人命的！”

陆琨也被打了个措手不及，这流言一起，东南读书人又一个比一个胆子大，没准儿真能干出静坐请愿的事儿来。这样子下去，谁还能相信张洗拿出的证据？

如今，就算他们能保得住张洗性命，也保不住他的前途。毁人前途，无异于谋财害命，于昭这是下狠手了。

也基于此，陆琨觉得对方这是黔驴技穷，只要破了此局，提防对方狗急跳墙，差不多就能拨云见日了。

彼时料丝灯长明，几人正蹲在书房里整理账簿——狸奴负责算账，陆琨和包小四打下手。

狸奴眉梢微挑，左手缓缓止住了算盘珠子噼里啪啦的脆响。他盯着地坪窗上的海棠花纹沉吟，直到被陆琨照脑袋上狠揉一记，才回过神来。

“想什么呢？”陆琨给他添了盏桂花茶，好笑地问。

狸奴没心思喝茶，他有些迟疑地道：“不提李本京察我还想不起来，一提这个，我倒是忽然明白瓜洲为何会起火了。”陆琨和包小四都转过头来看他，等着他发表高论。

“今年三月，兵部再次审议抵御倭寇的事宜。”狸奴筹措着语言，慢慢道，“里面有涉及军饷和盐课的条陈。”

“军饷？”陆琨恍然，“原来如此。漕督衙门每年年初都要派人巡查各地粮仓河务，以往他们可以敷衍塞责，但是今年朝廷要严查，意味着瓜洲糊弄不过去了，干脆直接掀了棋盘，将水彻底搅浑。”

也许瓜洲文武指望着能法不责众，也许眼下正被御史调查的总兵根本就是莫名背了黑锅！

若是于昭知道，狸奴透过其沾沾自喜的神来之笔，看穿了瓜洲案背后的隐秘，想来会懊悔万分。

可惜，世间从来没有后悔药。

桂花茶饮尽，陆琨吹拂着盏底碎花，倏忽意味深长道：“你一个小小少年，知道得还挺多。”

本来还沉浸在案情中的狸奴刹那回神，信手转着湖笔，似笑非笑地横睇陆琨：“你若有一个整天给你寄翰林院时文的父亲，也会上知天文，下晓地理。”

看似滴水不漏的回答，却令陆琨暗暗叹息，疑云犹如初起的雾霭，薄薄的，还是个苗头，却令他如鲠在喉。

7

汴水流，泗水流，流到瓜洲古渡头。吴山点点愁。

思悠悠，恨悠悠，恨到归时方始休。月明人倚楼。

白居易一阕《长相思》，为瓜洲古渡添了无数缱绻情怀，时空辗转，仿佛余音仍在。

渔舟唱晚，雁阵惊寒，潺潺流水环绕瓜洲，秋风更添细雨，高墙飞檐隐隐生光，万家灯火次第浮现其中。

数月前的战火痕迹仍在，城中却已恢复了歌舞升平。

眼下细雨绵绵，路上行人稀少，看管粮仓的军卒也跟着放松下来，躲在避雨处扯闲篇。

浮光暗影，有两人披了蓑衣向仓库走去，一名军卒立即提了长枪，高声喝问：“来者何人？”

走在前边的蓑衣男子一掀斗笠，露出一张黝黑的面孔。他一抖符牌，不耐烦地吩咐：“看仓老人怕粮仓漏雨，让我过来检查一下，快开门！”

大明预备仓众多，常选派当地德高望重的大户充任看仓老人，负责看管粮仓。原意是当地人熟悉情况，又家资颇丰，不会觊觎百姓的救命粮，然而实际效果堪忧。

军卒验过符牌，立即开门放行。

南方多雨，粮仓又常年关着，甫一打开，就是浓重的潮湿霉气。

黑脸汉子显然已经习惯了，待军卒走后，他恭敬地后退几步，让出了背后之人——周存。

周存也没想到，瓜洲居然还有个锦衣卫的小旗。更巧的是，此人乃是本届看仓老人的心腹干将。

周百户踱步到粮垛前，看着那一袋袋粮食，冲黑脸大汉一伸手。为他殷勤掌灯的大汉立即很有眼力地将铁质验粮钎递上。

验粮钎一插一抽，就带出了白花花的米粒，甚是好使。周存细细碾了碾，疑惑地蹙起了眉，居然是白粳米，而且连抽几袋都这样，难道他们想错了？

“不对……”黑脸大汉忽然轻声提醒他，“江南潮湿，米麦不耐久储，常有发霉的情况。这米太新了，很可能是当年的。可是这里是备荒的预备仓，里面都是不知积了多少年的陈米。就算上头负责任，会定时置换新米，也没见过这般全部换掉的，成本太大了。而且，一般粮仓存的是稻谷，哪有直接存白粳米的？”

周存抽了抽鼻子，仓库里霉味甚重，这说明当地并没有按照规定防潮通风、熏烤仓壁。可是处在这般恶劣的环境里，米却完好无损，着实奇哉怪也！

这些米到底是怎么来的呢？

清晨，杭州也落了雨。山色空蒙，断桥水光浮动，将西湖衬得如同仙境，周围的亭台楼阁影影绰绰，更见诗意。

陆琨他们下榻的园子，雨打芭蕉，竹色愈鲜，滴水檐下雨线稠密，石光匾熠熠生辉。成排漏窗两侧，移步换景，回廊下露出一抹消瘦的人影。

孙家娘子今日加了件月白半袖，玉色撒花的马面裙沾了些许雨水，就着侧坐的姿势垂下来。张冼漫步过来，劝她："你莫要心急，锦衣卫已经答应会妥善处理此事。"

"我不是担心这个。"孙家娘子看着不远处的水塘涟漪，唏嘘道，"哥哥，你说就算平安度过了此劫，这日子又该怎么过呢？"

张冼不明所以，低头看她。

孙家娘子有些难以启齿，半晌才叹息："那红散分明不是好东西。可庆郎却沉迷于此。若非一位老医者常给他开些甘草、升麻、犀角祛毒，他早不知死了几回了。"

"慢慢来，等此事一了，他宽了心，就容易戒了。"张冼不以为意地安慰她。

孙家娘子凄凄苦苦地看他一眼，惨然道："夏天的时候，他将家里的两亩旱地铲了，全部种了天仙子。还拉着邻里很多闲汉一起服食，搅得附近乌烟瘴气的，平添了许多纠纷。如今，我都不知该如何面对人家的亲眷！"

坐吃山空，原有的农田收入也跟着减少，再加上调养身体的花费、跟人赔不是的人情开销，最终都化作了生活的重压，也难怪孙家娘子会发愁。

庭前梧桐叶渐黄，在秋雨的催逼下，飘零了一地，层层铺盖在鹅卵石路上，掩盖了白鹤亮翅的纹样。

张家兄妹的说话声渐渐远去，粉墙漏窗的另一侧映出狸奴冷峻的脸色。雨水将他一侧肩膀洇湿，有水珠顺着青白面颊流下，宛如冬日玉石上沁出的凝露。

薄靴踩着凝绿衰草，狸奴顺着小路，徐徐漫步到花厅附近。画眉鸟羽翅沾了雨水，不悦地啼叫着，催促主人给它换个地儿悬挂。

狸奴停下脚步，眼珠直直盯着它，不知在想些什么，直到被一声招呼唤醒。

“狸奴！”陆琨站在檐下冲他招手，“快过来！别站那儿淋雨。”

狸奴拾阶而上，接过毛巾擦了擦，被热茶的雾气一熏，眼珠子终于有了活气儿。他从袖中掏出张洗上交的那本账簿，翻开一页指给陆琨看：“这账簿应当是汪管事自己偷偷记的，有些地方不清不楚，想来他自己也不甚了解。你看这里，黄雀银鱼一罐，白蜡一封。”

“隐语？”陆琨见识过官场行贿避人耳目的潜规则，一听他这么说立即反应了过来。

狸奴点点头，推测：“看这价值，应当是金宝和白银。”

他又指出几处，低声解说：“如果这账簿是照实来记，那么瓜洲粮仓应当在几年前就亏空了，这些年不过是拆东墙补西墙罢了。没人查还好，只要查，必定露馅。”账簿又翻过一页，他用指甲画了细细一条线：“嘉靖十七年，朝廷曾特地强调，运军吃的行粮和正粮必须同时起运，不得先运正粮，而将行粮押后。但是你看这里，从瓜洲，或者说从扬州府发放的行粮连一半都不到。那扬州运军运粮途中吃什么？根本就是让人饿着肚子干活嘛！”

狸奴将账簿一合，冷笑道：“宣德年间，朝廷曾有严令，‘其管运官员，不能抚恤，以致逃故者，从总兵官处治’。我就不信，扬州这般苛待运军，就没有私逃的？”

一股寒意直冲颅脑，陆琨忽地意识到了一个可怕的问题：“如果运军私逃导致人手不足，行粮发放得少还能理解。可徐海入侵火烧漕船后，扬州上报的运军死亡人数并不少，这是哪来的？总不能是运军跑了再回来送死吧？”

狸奴想了想，不确定地道：“或者，实际死亡人数没那么多？只是为了掩盖运军私逃虚报的？”顿了顿，他又抱怨：“今年是怎么回事？先是浙江漕船翻了，后是瓜洲漕船烧了，流年不利还扎堆啊？别是商量好的吧？”

狸奴本是随口一说，可说者无心，听者有意。陆琨若有所思道：“浙江漕船沉了……事后尸体总得有漂上来的吧？回头我得让人查查那附近水域浮尸增多了没……”

陆琨越琢磨越心累，他长叹口气，疲惫地想，看来只能指望周存能带回点准确消息了，纸面上的消息，太容易作假了。

却说周存验完瓜洲的粮仓，又想起扬州府还有座军储仓，那可是关系到大明官军稳定与否的关键。左右已来了地界，他也不在乎多跑一趟。

出乎他意料的是，扬州府府治东南的军储仓，虽与满仓相距甚远，米粮质量却极好。粮仓大使满头大汗地强调道：“瓜洲驻了一千扬州卫，官军饿肚子要闹事的，可不敢作假哟！”

昨夜的黑脸汉子悄悄告诉周存，从袋子上看，这批粮食绝不是扬州本地的。

这也就意味着，整个扬州府应该都烂了，不然不会那般巧，两处粮仓都有问题。那么淮安呢？漕督衙门当真一无所知吗？

他陡然想起一件事，漕运总督陈儒因病屡次上书乞休，就在今年六月，朝廷派了原江西巡抚蔡克廉代替他。按照大明官场惯例，新旧交接时，若当场发现问题算前任的，当时没发现，事后发现的，由现任想办法解决。四月份火烧漕船，六月份陈儒就离任，难说这里头没关系。漕督衙门事情繁杂，蔡克廉一时没捋清也是可以理解的，只怕他如今也是焦头烂额吧？

午后登船前，周存等人随意找了个摊子，要了炒饭和咸鸭蛋，准备填饱肚子就北上淮安。

就在这时，摊子对面的一位相士蓦然嘶吼道：“船烧了……船烧了你能怪我吗？那你得怪倭寇！我给你丈夫测的字，确实长命百岁，官运亨通，可倭寇那是妖魔鬼怪化身，是意外！你这妇人怎么就讲不通呢？”

相士身旁站了个不断抹泪的重孝妇人，她生麻束发，大概哭得太狠，丧髻散了几绺，稍微有些狼狈。

摊主端炒饭的时候，随口唏嘘了句：“可怜哟！这妇人的丈夫原是瓜洲管仓库的，数月前死在徐海造孽的那场大火里了。”

管仓库的？周存挑了挑眉，适时露出了点兴致。

摊主察言观色，立即绘声绘色地描述：“哎哟，那场火烧了一整夜，红通通的，邻县都能看见！我听人说啊，后来官军从一艘漕船残骸里搬出了二十几具尸体，可惨啦，面目全非了！”

周存不自觉攥紧了筷子，陡然意识到了不对。据他所知，大明自禁海运后，用于河运的多是浅船，每艘船所需运军不过十一二员，二十几具尸体是怎么来的？

几人预订的客船要开了，周存却忽然加快吃饭速度，吩咐：“快点吃，吃完去漏泽园。”

过来送行的黑脸大汉忍不住问：“您不去淮安了？”

“暂时去不了了。”周存转头注视着暗沉天际下的浩渺烟波，低声道，“但愿这案子能起于瓜洲，终于扬州。”

黑脸大汉看着行色匆匆的一行人，丈二和尚摸不着头脑似的回转了瓜洲。

漏泽园乃是官府出面置办的墓地，专门接收找不到亲人和没钱安葬的尸骨。四月份的火灾来势汹汹，很多尸体先是火烧，后遭水浸，早已难以辨认，就一起归葬此处。

扬州漏泽园依山而建，由一处佛寺代管。墓园四面围墙，辟有水渠，园内分三等，良贱有别。因烧死的人太多，很多运军家在外地无人认领，所以草草下葬后，只标注了去世日期和籍贯。

看园子的僧人满目悲悯，为叨扰到幽魂而合十致歉。

周存顺着僧人的指引，找到了那一片二百多人的墓地。这片墓地清扫养护做得甚是精心，据说是扬州府衙特地拨了钱款。兴许是立场决定看法，一众锦衣卫愣是从中嗅到了心虚急于补偿的味道。

眼下阴天又临近傍晚，不便验尸，周存就跟僧人约好明日正午开墓。

翌日再来，僧人们已经围着墓地念了段经文，烧了苍术、皂角等物。锦衣卫在鼻子上涂了麻油，嘴里含着生姜，这才开始验尸。

二百多具尸体，只起出来十几具，周存就喝止了众人。

那些狰狞的尸体，一具比一具扭曲，可见死前必遭受了难以想象的痛苦。

一名下属忽然抬头："周百户，这不对呀！一般被火烧死的，双臂多是蜷曲于胸前，可这些尸首，手臂怎么都在后面？"

漏泽园倏忽静了下来，呼吸可闻。明明是艳阳高照，周存却冷不丁出了一身冷汗。

什么情况下才会向后背手？——除非这些人是被反剪双手，活活烧死在漕船上。也就是说，起火之时，这些人早已没了人身自由！

这些人，不是死在倭寇刀下，而是死在大明官吏手中！

多出来的将近一百具尸体，究竟是谁的？

漏泽园外有林鸟惊飞，偌大的山头不知何时少了虫鸣马嘶之声，显得格外诡异。半人高的草丛中，沙沙的脚步声逐渐迫近墓地，下一瞬，形如倒刺的艾叶头箭，依托小梢弓的力道，如同飞蝗，铺天盖地射向锦衣卫！

箭支轻微的摩擦声终于令锦衣卫们警醒，周存目眦欲裂，暴喝道："卧倒！"

锦衣卫训练有素，飓风过岗，伏草求存，几名僧人却没那么幸运了，在第一波射击后，纷纷中箭倒地。

莫非消息走漏了？周存拾起一支箭粗粗丈量了下长度，大明弓箭分南北两派，南派推崇软弓长箭，看这箭支做工，显然是官军配备……难道对方动用了扬州卫？

连他们是谁都不一定清楚，就急着剿灭，这扬州府是烂到什么程度了？锦衣卫是这般好惹的吗？

有名僧人正倒在周存身旁，胸口中箭，眼瞅着是活不成了。

周存满心愧疚，若非他们拖到今日才开墓验尸，也不会给扬州府围剿的机会。

他匍匐着爬过去，使劲推了推僧人，小声呼唤："你还有什么遗言吗？"

僧人哀怨地瞅他一眼，袖子一抖，艰难地将一枚符牌塞进他手里，而后就阖上了双目，静待死亡。

周存愣愣地望着手中符牌，猛地回头望向那些尸体——他们真的是扬州运军吗？

又一轮射击后，对方终于渐次露出了真容——青衣黄战裙，正是大明军士！

周存粗略一数，对方怕是得有百八十人。他揣好符牌，急促地吩咐下属道："听着，一会儿集体突围，谁能出去，就尽量跑，不要回头！去杭州找陆千户搬救兵！"

碰上这档子事，显然不能把人囫囵带回去了，周存真不知道日后该怎么向包小四交代。

没想到，十名锦衣卫领头的小旗忽然开口道："周百户，待会儿兄弟们往前冲，您找地儿藏起来。"

周存愣怔了下，忍不住有点想哭。想不到包小四临时拨给他的下属，竟是这般忠肝义胆！

瞄见周存的神情，那小旗又幽幽开口："我们百户说了，您是天字第一号扫把星，谁沾上谁倒霉，遇事跟着您，一准儿更糟。"

周存抑制住胀满心脏的感动，愣愣地瞅着小旗，半晌无言。

眼下的时机经不得详细交流，那边扬州卫已经发起了进攻。

锦衣卫小旗也跟着一跃而起，拔刀出鞘，凛然大喝：“兄弟们，跟我冲！燕赵男儿不是孬种！”

礼乐儒家子，英豪燕赵风。驱鸡尝理邑，走马却从戎。

白刃千夫辟，黄金四海同。嫖姚恩顾下，诸将指挥中。

锦衣卫的雁翎刀与抗倭前线时兴的倭刀相交，发出尖锐的悲鸣。天光之下，白刃血纷纷。十名锦衣卫一步一杀，爆发出势不可挡的威势。

周存匍匐在原地，死死攥住墓边衰草，咬紧牙关，骤然翻身滚进一处墓穴。漏泽园每处墓穴宽七尺，长一丈，深五尺，足够容纳一个成年男子。

周存滚落瞬间，顺手带上了棺盖。薄皮棺材轰然合拢，黑暗降临，只余外界厮杀惨号之声。

直到此时，口中姜片尽碎，辛辣直冲天灵盖，才有温热的液体涌出眼眶，继而一发不可收拾。

不知过了多久，许是两三个时辰，也许是三四个时辰，周遭冷了下来，寂静如期降临。

仓促收拾过的园子里，忽然响起了剧烈的撞击声，下一瞬，雪亮雁翎刀划破夜色，薄皮棺盖遽然四分五裂，伴随着土层迸射开来。

周存提刀跃出墓穴，杀气腾腾扫视墓园。那么多尸首都不见了，不管是僧人的，还是锦衣卫的。那些开启过的墓穴被悉数掩埋，只有草皮上还残留着星星点点的血迹，得凑近了仔细看，方能觉出白日的惨烈。

周存看着新土墓穴，心中倏地一寒，踉踉跄跄地奔过去，将刀草草插到地上，捡起扬州卫掉落的铁锹，发疯似的挖掘开来。

蛾眉月冷冷照进园子，为园中松柏披了一层白霜，将周存的脸色照得煞白。

铁锹受阻，发出撞击声。

周存连忙变铲为扫，横向将土拂开，露出了漆皮斑驳的薄皮棺材。他丢开铁锹，双手剧烈颤抖，有点不敢去掀棺盖。平静了半晌，周存才慢慢掀开了邪魔设下的封印。

棺中人满脸是血，右手仍紧握雁翎刀，看不出具体是谁。周存伸手去擦他面上的血迹，泪水汩汩流下，打湿了干涸的污渍。清泪冲刷之下，渐渐现出小旗二十多岁的面容，平静而严肃。

周存愣了愣，“哇”地放声大哭起来。值此孤寂时刻，他不期然想起了兄长常念叨的一阕词：

老大那堪说。似而今、元龙臭味，孟公瓜葛。我病君来高歌饮，惊散楼头飞雪。笑富贵千钧如发。硬语盘空谁来听？记当时、只有西窗月。重进酒，换鸣瑟。

事无两样人心别。问渠侬：神州毕竟，几番离合？汗血盐车无人顾，千里空收骏骨。正目断关河路绝。我最怜君中宵舞，道“男儿到死心如铁”。看试手，补天裂。

可惜，直到现在，这十个锦衣卫的名字他也没记全。这名小旗，他却是记得的——张北，来自燕赵之地。

他不知道的是，就在今日，因隶属于扬州府的泰州、江都、泰兴等六州县遭受倭患，遥远的京师特地下令减免了几地赋税。

8

嘉靖三十五年九月，浙直总督胡宗宪挟雷霆万钧之势驾临扬州，南京都察院、提刑按察使司、总督漕运部院、锦衣卫悉数派人到场。

扬州文武如同被端了老巢的蜜蜂，个顶个的混乱。

胡宗宪上岸后，挥开战战兢兢行礼的扬州知府钱文，径直率人去了军储仓，喝令亲兵大开仓门，检点存粮。仓廒一座连一座，在衣甲鲜明的军士映衬下，格外壮观。

一袋袋粮食从昏暗的仓库被抬出来，堆砌在光天化日之下，层层叠叠，小山似的。

胡宗宪脸色稍霁，沉声喝道："吴按院！"

都察院巡按直隶御史吴伯朋立即出列，施礼领命，招呼工部验视厅的官吏当场检视。一时间，场上烟尘飞扬，拨打算盘的声音和报数的声音此起彼伏，杂而不乱。

钱知府年逾四旬，有些虚胖，此时看着这安排，不由眼前发晕。不用扬州的御史，不用漕督衙门的人检视，胡大帅这是直接绕过他们，从南京调人审查。再加上锦衣卫保驾护航，此事必难以善了！

他无助地望向强自镇定的扬州卫千户，却发现对方的鬓角已然湿透。

前几座仓廒很快盘点结束，吴巡按一手持笔，一手捧簿，向胡宗宪汇报："截至目前，仓廒存粮数目合格，杂质少，陈米少，基本没问题。"

胡宗宪却没放松，转头冲浙江都指挥使司的佥事示意，对方立即上前捞起一袋米反复检查。不多时，他指着麻袋上的印鉴回禀道："大帅，这些米正是春天从杭州起运的漕粮！但属下不明白的是，按规定和行程，我浙江漕粮本该在三月全部过淮才对，怎么会出现在扬州？”

此话一出，浙江都司队伍里的一名中年军官双膝一软，“扑通”跪倒。他正是负责押运漕粮前往淮安的那名千户。

胡宗宪冷笑一声，还没来得及说话，就听仓廒附近响起一片惊呼和呛咳之声，而后就是吴巡按暴怒的喝骂声：“你大爷的！粮仓大使当斩！”

众人循声望去，隔着老远都能看见滚滚烟尘。

吴巡按撸起袖子，亲自拖着一袋粮食大步过来，狠狠撂在钱知府面前，当着所有人的面儿，一刀劈开了麻袋。

浓郁的腐朽味道冲天而起，米糠、麦麸甚至石子等物，裹挟着早已被虫子蛀空的陈米铺洒了一地。青石陈米，颜色分明，触目惊心。

“这，就是你们扬州的军粮！”吴巡按气得青筋凸起，一把揪住钱知府的领子，压着他正视现场，“你们就给大明官军吃这个？”

“别别别，有话好说，好说……”汗珠裹满了钱知府的肥头大耳，他两股战战，抖若筛糠，结巴着求饶，“同朝为官……”

“呸！大明没你这样的狗官！”吴巡按性情颇烈，笑骂随心，当真半点颜面都不给他留，照着正脸狠啐一口，“你也不怕人家戳你脊梁骨，骂你祖宗十八辈！”

其余的仓廒，根本不用查了，全部都是滥竽充数。里面的粮食，吃上几口，就能知道阎王长什么样儿。

新任漕运总督蔡克廉阴沉沉地盯着钱知府，目光如利刃。

胡宗宪面容冷峻，狠狠一拂大袖，转往知府衙门升堂断案。

浙直总督和漕运总督高居上位，本该由掌一省司法的提刑按察使负责问案，但他毕竟不了解情况，便将这一权力拱手让予了锦衣卫，令一众文武好一番唏嘘。

这么多高官齐聚一堂，钱知府抬头一瞧，差点昏厥过去。

陆琨却没给他这个机会，冷冷吩咐：“来两个人架着钱知府，免得错过了好戏。”

包小四一口气损失了十名弟兄，早恨钱知府恨得牙根痒痒，此刻逮住机会，焉能不报仇？两名小旗察言观色，立即上前一左一右架住了钱知府双臂，痛得他肥脸扭曲成一团。

待堂上安静下来后，陆琨沉吟道：“该从哪里说呢？唔……就从浙江漕船遇风浪说起吧！”

浙江都司的那名千户，又“扑通”一声跪倒了，却被他家佥事连踢带踹轰上了堂。

“今年三月，从浙江发往淮安的一千多艘漕船，在通过瓜洲后，遭遇风浪，十二艘船或淹没或失踪，近五千石正粮、一百三四十名运军，皆沉于水底。”

杀气腾腾的大堂上，唯有陆琨的声音回荡：“但是我问过老船工，东南沿海地带每年下半年海潮严重，上半年则很少。不巧，今年还真没这么严重的记载，也许是浙江漕船比较倒霉？”

那名千户想要点头，但抬头看看诸位高官冷笑的神情，他就知道，没人信了。

陆琨又问钱文：“敢问钱知府，军储仓里怎么会有浙江的漕粮呢？”

钱知府满头大汗，强笑着辩解：“打捞的！风浪把粮食冲到岸边来了！”

陆琨呵呵一笑，不予置评，接着往下叙述：“今年四月，倭寇袭掠瓜洲，焚烧漕粮三万四千余石，烧死运军、百姓无数。可是本应头天就离开的蒋粮长的粮船，却正好赶上火起，去年的秋税白粮，就这么没了，真是不幸啊！”

“对对对，实在是太不幸了！”钱知府冒汗冒得几乎虚脱，顺着话头应了，才懵懂问，“蒋粮长是谁？”

“似钱知府这般日理万机的好官，自然不会知道区区一个蒋粮长。也得亏您不知道，误把白粮当漕粮收了，留下了罪证。”陆琨笑容可掬地讽刺一句，而后脸色一沉，掏出了漏泽园僧人保下的那枚符牌，“那么钱知府，麻烦你告诉我，本该随着浙江运军沉入水底的符牌，为何会出现在火烧漕粮的受害者身上？再麻烦你告诉我，只需十一二人就能驾驶的漕船残骸里，为何会有二十多具被烧焦的尸体？还有，扬州缺失的运军是在这场火里被烧死了，还是忍受不了盘剥，早就逃了？”

钱知府再也支撑不住，浑身虚软，神思溃散，得两名小旗发劲拖住他，才能勉强维持住体面。

浙江都司的佥事豁然回首，死死盯住那名千户，一步一顿，步步如雷，直至站在他面前。

千户仰头望着面前徐徐飘动的虎豹补子绯袍，喉头滚动，不自觉吞了口口水。

佥事沉声问他：“那都是我越地儿郎。你为了不义之财，令他们含恨而终，日后该如何面对父老乡亲？”

千户身子一软，瘫在地上，神情似哭似笑，偏生那黑幕还在继续撕开。

“喏，扬州军储仓里装的是浙江漕粮，瓜洲仓里有部分却是嘉兴府的白粮。钱知府，偌大一个扬州府，就没自己的粮食吗？”

汪主事绝笔账簿的出现，成了压垮硕鼠窝的最后一根稻草，大堂上下，成片跪倒，钱知府哆嗦着交代了事实。

至此，案件脉络彻底展现在诸人面前：先是扬州文武借助于瓜洲渡和扬州钞关的便利，勒索关税，克扣运军行粮，倒卖仓粮，将好好一个淮左名都几乎败光。

今年三月，朝廷复议抗倭事宜，军饷和盐课赫然在列，嗅到危险的硕鼠们慌了神，急欲填补空缺，但吃进去容易吐出来难，谁也不肯吃亏，再加上如此大的缺口，即便他们肯买粮补仓，也太扎眼了。而来自浙江的漕船，正好撞进了他们的视野。相比大张旗鼓买粮，收买一个千户显然更可行。就这样，那十二艘漕船稀里糊涂就被卖给了扬州。从蒙汗药中惊醒的运军，早已无法脱身。

这一票，正粮加行粮共赚了五六千石，然而还是不够弥补亏空。

这时，专驻瓜洲的扬州同知于洋提出了一个胆大包天的计策：联络倭寇，将水彻底搅浑。当然，真倭不会理他们，他们要找的是以徐海、陈东为首的假倭。这对于知府衙门二把手，负责督捕江海盗贼的于洋来说，并不难。而于洋正是钱塘生员于昭的亲戚，这也是于家那么着急让孙庆闭嘴的原因。

从来没有什么漕船被风浪打翻的意外，有的只是推杯换盏间的阴谋。十二艘来自浙江的漕船，连人带粮被利用得十分彻底：粮食进了扬州军储仓，谎称遭遇风浪沉入水底；浙江运军则被扣留到徐海进攻扬州时，才连同蒋粮长他们被烧死，末了却以扬州运军的身份下葬，相当可悲。

四月，烧红半边天的大火将罪孽推至顶峰，浙江运军和蒋粮长的船员被困在六七艘漕船里，辗转哀号，直至化为焦骨。而扬州知府一封声情并茂的奏疏，则为扬州府博得了朝野无数人的同情，甚至如今又得了轻徭薄赋的待遇。

至于孙张两家，却差点家破人亡。

陆琨本该为两家人鸣冤，本该将此作为钉死扬州硕鼠的一环，但狸奴的提醒却涌上心头：“自古破家的县令、灭门的府尹，民不与官斗，把他们卷进来，恐怕会害了他们。”事到关头，他终究将这节咽了下去。

笼罩数地的黑幕终于被雷霆震碎，胡宗宪命人将一众硕鼠羁押，当堂与几位浙直大佬商议该如何向朝廷交代。当然，在他们看来，只要锦衣卫不借此大做文章，一切好商量。

可以肯定的是，于家，包括于昭在户部为官的父亲，仕途都到此结束了，仅一个通倭罪，就能将整个家族赔进去。至于钱知府和杭州卫千户，树倒众人推，单看朝廷要不要株连了。

陆琨走出府衙大堂时，阳光热烈而明媚，他深深吸了一口气，心头的那种沉郁终于散了一些。

诸君渐次离去，他带着周存找到吴巡按，施礼道谢："多谢吴先生施援手助我这下属脱困。先生高义……"

吴巡按侧身避过，冷淡地打断他道："千户无须谢本官。即便没有我，想来以北司的能力，救人却也不难。"

原来，周存能逃出扬州，还是搭了吴巡按的顺风船。

陆琨看着对方的背影，心底无奈——这位看来是个清傲的，不愿与厂卫有牵扯，待日后再找机会投桃报李吧！

府衙二堂，蔡总督踱步进去，堂内一位两鬓染霜的文士霍然而起，神情紧张局促："怎么样？"

蔡总督回身关上门，摇摇头，叹息："陈公，您也太不地道了！"

这位赫然是本应回京别用的前漕运总督陈儒。他面皮微红，吭哧吭哧致歉道："这，老夫也没想到他们闹得这样厉害……那时身体不好，急着走，就……"

蔡总督白他一眼，终究还是将此页掀了过去。

扬州事情了结，诸位大佬也回了各自的驻地。陆琨要带狸奴回杭州，包小四和周存却要将那十名锦衣卫的骨灰送回家乡。

9

“你们父子怎么如此大胆？你不是说你是路见不平，不忍孙家娘子被丈夫稀里糊涂杀死，才将她藏匿在县学的吗？为何会牵扯到漕运……你们可害苦我了！”

钱塘县学官舍，宋教谕头发胡子杂乱，眼底乌青，双手揪着前襟痛心疾首，状极悲愤。

于昭再不复之前的优雅和善，他赤红着双眼，冷笑：“说得好像你真的无辜，猜不到孙家娘子什么情况似的！”

“我……”宋教谕喋喋不休的抱怨刹那卡了壳，半晌嗫嚅着憋出一句，“我以为，你是看上人家小娘子了……”

于昭颇觉不可思议地望向他，狠狠拂袖道：“夏虫不可语冰！”

一番沉默后，于昭振衣而起，沉声道：“我们还没完。那些清流直臣，尤其是不通世事的年轻言官，最容易控制。只要透出风去，这事是锦衣卫和赵文华炮制的，自然会有人替咱们摇旗呐喊。法不责众，朝廷正愁没法捂住扬州这个盖子。走，我们去南京申冤！”

他越说越自信，以往那个挥斥方遒的官宦子弟似乎又回来了。

然而宋教谕却畏缩了，他眼眸闪烁，磨磨蹭蹭地坐下，抠着桌子，强挤出一丝笑容：“我就不跟你一起走了。我一个寒门举人，一大把年纪了，什么都不懂，别再拖了你的后腿。”事到如今，他再也不信纸上谈兵的于昭了。哪怕这个生在官宦世家的小辈见识过人，可胳膊拧不过大腿，跟锦衣卫和严党掰手腕简直是找死！

于昭没料到一向对自己言听计从的宋教谕会在这个关头拒绝他，良久，才吐出冷冰冰的威胁：“你想反水？哦，还想等我走了，去出首？”

“没有没有，绝对没有！”被戳穿打算的宋教谕急忙摆手辩解，“你想哪去了？我跟你父亲可是同年！”

于昭似是被说服了，微笑着点头：“是啊，不知者无罪，你涉足不深，回头是岸。”

“唉，我，我去给你准备些钱财当路费。你赶快走吧！”宋教谕觍颜笑着，挪着小碎步往床边走去。

他却没有看到，于昭双眸中俱是汹涌的杀意。

这位官宦子弟轻声呢喃：“不，将功补过才是你最好的出路。我不会给你机会的。所以……”他脸色骤然狰狞，从牙缝里迸射出带着血气的低吼：“你去死吧！”

宋教谕搭在衣架上的深衣大带被悄无声息扯下，阴影笼罩背后，他的脖颈猝然被勒紧。他扑腾着，挣扎着，最终还是心有不甘地蹬了腿。

于昭喘息不定，“噔噔噔”后退几步，初次杀人的恐惧如狂涛骇浪般上涌，那黑色浪涛中，又隐隐夹杂着说不清道不明的兴奋。他双手颤抖得厉害，头脑有些晕眩，扶着墙愣了好一会儿，方狠狠吞了口口水，尽量自然地走出官舍，反手锁了门。

阳光下，罪恶无所遁形。他呼吸着桂花甜腻的香味，转身向熙春桥的方向走去。

孙庆和孙家娘子已经搬回了原来的住处，张洗看看孙庆神智还算正常，将他数落一通，亲自放火烧了那两亩天仙子就回了张家，继续复习功课。

孙庆此番得了教训，也不敢再醉生梦死，按照医者的嘱托开始调养起了身体。

天高云淡，庭前桂花落了一地，孙家娘子带着两个丫鬟嘻嘻哈哈捡拾着，打算晒干了做几只枕头。银铃似的笑声回荡在院子里，孙庆倚窗而望，不由心旷神怡。他捏着最后一包红散，犹豫着想丢掉，但又有些舍不得。

这时，下人站在院外高声喊道："庆哥儿，张舅爷派人送了两坛醉虾。"

孙家娘子擦擦手，过去揭开盖子看了看，见那些河虾在酒醋的包围下基本没动静了，不由皱眉："哟，这泡多久了？哥哥也真是的，现在才送来！再说庆郎也不能吃呀！"

孙庆安抚她："两家毕竟离得远些，你别太挑了。"说着，又转头吩咐下人："告诉厨房，午饭就吃这个，我也开回戒。留一坛你们自己分了吧！"

花雕酒醇，金桂花香，不足半个时辰，孙家上下十三口人就输给了鲜美醉虾，纷纷睡倒。

半掩的后门"吱呀"一声开了，于昭绕过马厩，径直进了孙庆的房间。他看着醉倒在桌前的夫妻俩，阴笑着，继而伸出了罪恶的双手……

孙庆是被女子的呻吟声惊醒的，那细弱的、悲戚的声音，令他心弦一抽一抽地疼。他睁开几乎粘在一起的眼皮，蒙眬视线中，映出床上纠缠不休的男女。

"秀娘、秀娘！"孙庆目眦欲裂，想要起身，却发现自己竟被紧紧缚在了椅子上！他挣扎着，嘶吼着，仍是徒劳。

秀娘的哭喊声越来越弱，纤纤素手缓缓垂下了床沿，再不动弹。

"秀娘……"孙庆怔怔盯着那渐失血色的柔荑，神思似漂浮在黄泉与人世之间，不上不下，无处着落。

他慢慢抬头，血灌瞳仁，终于看清了笑意盈盈的杀人者。

"你是谁？"他听见自己发出嘶哑的质问。

杀人者拢好衣襟，擦去嘴角血迹，玩味地瞅着孙庆，徐徐开口道："于昭，字耀明，县学生员。"顿了顿，又邪笑道："你妻舅的同窗。"

“是你！”孙庆瞪大了眼睛，咬牙低喝，“为什么？你们为何还不肯放过我？”

于昭讽刺一笑，漫不经心地拆开桌上的红散，全部倒进酒壶，用力摇了摇，使劲掰起孙庆的头颅，整壶都灌进了他嘴里。

“不……我不、不喝……”孙庆死死咬住牙关，却扛不住对方的施暴，不多时，他就感受到了凶猛的药力。

于昭嘻嘻一笑，扯开了绳索，低笑道：“就算你告诉别人，人不是你杀的，又有谁会信呢？”他声音阴冷：“这红散，你沾了，就是一辈子。想半途脱离？门都没有！”

他优雅而高傲地直起身来，飒然向外走去。

孙庆盯着他的背影，眼神绝望而恨意透骨，无数欲望冲击着最后一丝理智。

房门开启的动作在孙庆瞳孔上放慢了无数倍，强烈的阳光投射进来，杀人者回过头来冲他得意一笑。

就是这样一抹笑意，终于揭开了他拼命镇住的封印，放出了他严防死守的深渊邪魔。孙庆提起门边的斧子，跌跌撞撞追上去，照着这个凶手的身影就是一记狠劈。

感觉后脑勺有热血涌出，于昭艰难回头，神情愕然，似乎没想到这个懦夫竟有勇气反抗。一阵天旋地转，他颓然跌倒在地。

秋风吹落桂花，孙庆仿佛听见漫天妖魔在吟唱，周遭都是魑魅魍魉在摇晃。他踉踉跄跄奔出院了，看着那盘踞在正堂的两名老人——自己的父亲母亲，此时在丧失意识的孙庆眼里，不过两只老妖罢了。

利斧劈开头颅，血色染红苍穹，他一路斩杀，在尖锐的嘶鸣中，清理着家中每一个活人……

不知过了多久，九幽地狱勉强撑开一线清明，孙庆浑身浴血，在蓝天白云之下蓦然放声大哭。

他的娇妻、他的父母、他的乳娘，孙家上下十三口，只剩他一个了。天大地大，再无他容身之地。心成荒芜，再无他可托之人。

火焰肆虐，自厨房、马厩蔓延，金黄的桂花染就焰色，滚滚浓烟冲天而起。

碧波船影，白浪滚滚，陆琨恰好在此时率人抵达武林驿，遇到了前往县学验尸的钱塘县县丞，稍稍一打听，就暗呼不妙。

扬州方面牵扯过多，他们走时只来得及留下两名锦衣卫盯着于昭和宋教谕，提防他们逃跑，却没料到于昭居然有胆子去杀人。

冲天大火照红了杭州半边天，无数兵丁向清河坊方向涌去。陆琨和狸奴被裹挟着，也跟着人流过去了。

江南多是木质建筑，清河坊又是繁华之所，店铺人家鳞次栉比，烈火很快蔓延至吊脚楼，顺着雨搭攀援而上，滚滚火龙，势不可挡地横冲直撞，袭掠四方。火龙翻飞，无数人在呻吟哀号，滚烫的火焰炙烤着苍天，熙春桥湮没在流焰中，桥边的乌篷船瞬间化为乌有。

“造孽啊！”披发赤足逃出生天的老医者捶胸顿足，“这孙庆怎么就那么不听劝呢？”

“听说一家十三口，都死了！孙庆疯了似的，把人都砍死了！”

路人纷杂的议论钻入狸奴的耳朵，他不敢置信地瞪大眼睛，怔怔扫视着这人间地狱。如诗如画的美景俱灰飞烟灭，无数亭台楼阁轰然倒塌，在烈焰中尘归尘，土归土。黑烟笼罩天地，火龙褪去焰色，地府之门呼啸着开启，无数呐喊长嘶汇入奈河，化作腥风恶浪。

狸奴激灵灵打了个寒战，原来，有些东西沾了就再也戒不掉了。他神思飘忽：自己什么时候会疯掉？什么时候会把匕首对准自己最在乎的人？当他求而不得时，会不会撕碎所有尊严，只求饮鸩止渴？

仅是想想，他就觉得恐惧。明明是艳阳天，明明是火焰烧，他却觉得冰寒刺骨，眼皮沉重。

“狸奴！狸奴！”陆琨抱着忽然昏厥的狸奴，不知所措，一把揪住还在大声斥责孙庆的老医者，央求道，“您给看看，他怎么了？”

不远处，何勤掰着手指一算日子，忍不住爆了句粗口。景王送来的药本来就伤身，狸奴最近又废寝忘食地跟着锦衣卫闹腾，就他那瘦弱的身板，能扛得住才怪！

老医者在混乱中按住了狸奴的手腕，半晌才发出千回百转的惊叹：“年纪轻轻，身子怎么虚成这样？”

10

火焰在后，黑烟未散，一艘快船自钱塘驶向嘉兴。

黄昏时分，嘉兴天降暴雨，船家死活不肯开船，最后还是抱着狸奴的陆琨砸了重金，船只才顶风破浪赶往平湖。

狂风巨浪中，船身颠簸不休，狸奴曾有过一瞬清醒，模模糊糊地觉得自己被宽厚温暖的怀抱护住，那种感觉令他神思沉沦。

他这病来得凶猛，又怪异，正在平湖陆家给陆老太太瞧病的封神医，是陆琨最后的希望。

江南陆家分为七大支，上溯几百年，都是世家巨族，官运亨通，而平湖陆家就是其中最为兴盛的靖献支。而此支两个家族的代表，一个是锦衣卫总瓢把子陆炳，另一个则是在多年后官拜尚书的陆光祖，可谓能人辈出。

陆家占地广阔，标榜富贵文雅的书楼、戏台、园林一样不缺，比别家更多了份先天的大气。如今平湖陆家对陆炳多有仰仗，甫一接到陆琨的拜帖，就立即安排软轿将狸奴接了进去。

正带着郭志和王五在乡下给人瞧病的封神医被管家亲自驾着马车拽了回来，老医者摆着脸给狸奴一搭脉，登时惊了。他一把扯开狸奴的衣服，到处搜寻，气急败坏地嚷嚷：“药呢？药在哪儿呢？”

“什么药？”等着他救人的陆琨丈二和尚摸不着头脑。

“你说什么药？”封神医森然瞪着他，“雾灵山的药！别以为老夫看不出来，他这是心神受了刺激，身体又抗不住药力冲击所致。我不是让你给他戒了吗？为什么还在服？”

“雾、雾灵山？”事情过去太久，陆琨无论如何都想不到这竟是狸奴昏迷的原因。

封神医神色愤怒，指着他的鼻子斥责：“他现在的状况跟去年在雾灵山几乎一模一样，若不是服了那种药，我把藏书楼给吃了！”

候在门口的何勤惊出一身冷汗，还好小官人上次得了教训，将那放着要命玩意儿的荷包丢给他保管，不然这次非被人揪着查不可。

好在眼下不是刨根问底的时候，封神医让王五抱来药箱，又是施针，又是喂药，折腾了整整一下午，才算稳住了情况。

云透斜阳，红霞满天，陆家的侍女进来收拾好残局，躬身请陆琨移步花厅赴宴。

陆琨没心思应酬，但想想自个儿还住着人家的园子，只得应下了。他帮封神医收拾东西时，瞥见那老旧药箱里塞了一沓叠放齐整的药方，晚风一吹，哗啦啦抖动，各式字体走马观花似的飘过。

其中一页，透出无尽的熟悉意味。

陆琨不由拈起那页细看，潇洒恣意的草书，酣畅淋漓，字里行间夹杂着隐隐飞白。他有些怔神儿，这字，他应该从没见过，但那股熟悉感却扑面而来，挥之不去。

他扬了扬药方，转头问封神医：“您这药方哪里来的？”

封神医探头看了眼，赶忙一把夺下收好：“别乱动！这可是东璧先生的方子！”

得他提醒，陆琨终于从记忆深处翻出了夜宿雾灵山下时，送药方给疯女人红棉治病的那拨人。

不知是不是时日久了，印象模糊，他忽而觉得那名蓝衣骑手像极了跟他在雾灵山对决的剑客。

如果这是同一拨人，另一名骑手去了哪里？那马车里的人呢？原来，他曾经离真相那般近吗？

稍晚，陆家小辈齐聚一堂，觥筹交错至半夜，方才散去。

翌日，陆琨刚从宿醉中醒来，就听园子里响起清脆爽利的笑声：“琨哥哥，还没起吗？”

来人却是陆老太太的孙女陆蘩绮，至于哪个房的，陆琨还真论不清楚，只记得这姑娘好似挺受宠，儿时在京师待过一段时间。

他匆匆洗漱完毕，开门一瞧，但见碧玉年华的少女，上身冰纱小袖衫，下身簇新罗裙，俱是鲜嫩荷叶色，碧草青藤绣纹点缀得恰到好处。

陆蘩绮笑吟吟地看着他：“琨哥哥要来平湖，怎么也不提前招呼一声，我们好去嘉兴接你，总好过你坐那又旧又小的客船。”

陆琨笑笑，将她让了进来。

两人一通寒暄叙旧，不知怎的就提起了狸奴，巧的是，陆蘩绮小时候跟几名书香门第的孩子玩得挺好，其中就有姜澈。

“要说起他啊，我倒真有几分印象。澈哥儿那模样跟女孩子似的，都十一二岁了，还娇娇气气的，说话也慢声细语，好欺负得很！”提起有意思的地方，陆蘩绮笑得前仰后合，忙拿锦帕掩住了半张脸。

陆琨脸色有些古怪，他委实不能想象狸奴居然能跟“好欺负”三个字搭边。人说女大十八变，这祖宗又是受了什么刺激，奋发图强，自强不息了？

陆蘩绮快人快语，又笑道：“对了，还有件好玩的事儿！澈哥儿右小臂上有颗朱砂胎记，你不知道吧？蚕豆大小，可明显了呢！我们那时候都笑话他，说这是守宫砂，把他气得哭鼻子呢！”

“当啷”一声，陆琨端茶的手一滑，茶盏落回桌面，溅出了一溜儿茶水。

“哎哟，你小心点。”陆蘩绮吓了一跳，连忙招呼丫鬟进来收拾。

陆琨垂眸盯着澄碧的茶水，心头却泛起了惊涛骇浪。从罗教孤岛脱困后，他给狸奴治伤时，就看过狸奴身体，那截手臂白白嫩嫩，根本没有什么朱砂胎记！

他听说过斑痕会随着岁月流逝淡去，但那么大的胎记，总得留下些许痕迹吧？

狸奴和陆蘩绮口中的姜澈，真的是同一人吗？

他敛去情绪波动，若无其事地套话道："我看他小小年纪，懂的倒是不少，儿时也这样吗？"

"嗐！"陆蘩绮神色恹恹，"那就是个书呆子！他大哥读书一般，他出生那年呢，姜家祖坟上生了株白蒿，按他们那边的说法呀，家里是要出贵人的！所以澈哥儿爹娘就一门心思培养他，除了年节外，也不放他出去玩。你想啊，十一二岁的男孩，连马吊都不识得，张口闭口就是子曰。"

五六年的时间，真的会改变那么多吗？

不，这绝对不是同一个人！

姜家认亲的场景猛然浮现在陆琨脑海中，姜夫人那隐隐带着恐惧的哭声是那样不协调。自己那时为何忽视了呢？哦，想起来了，他们一进大堂，姜夫人就拉着狸奴挨个认人。现在想想，到底是心急，还是……怕失忆的狸奴不认识人，露了馅？

她这是变相地向狸奴介绍姜家人！一直让他觉得突兀的姜家画稿，此时也有了解释。

可为什么呢？姜家为何这般着急地认一个不是自己孩子的人回家呢？真正的姜澈又去了哪里？

如果这是一场早有预谋的戏，写戏的又是谁呢？是姜家，还是狸奴？

陆琨打心眼里不愿相信这是狸奴的手笔，他开始冷静地审视整个事件。狸奴身上是有种种疑点，但一来他在雾灵山服过药是真的，二来狸奴当时并没有机会联系外界，安排这样合适的"亲人"。

不——陆琨还是从记忆深处翻出了一点疏漏。查探闹鬼案时，从镇远侯家出来，狸奴因为五石散跟他生气，曾独自离开过一段时间。

就是这点疏漏，令陆琨忍不住重新审视狸奴这个人。然而，内心却在极力遏制浪头，刹那的天人交战令他有些晕眩。庭院中秋风乍起，一行白鹤直冲碧霄，池塘边的枫林青中泛红，枫叶缓缓飘落。

《天下无毒2·锦衣藏锋》
即将出版，精彩预告

狸奴露出的马脚越来越多，陆琨对其真实身份的怀疑也与日渐增，在这场猫鼠游戏你来我往的关键时刻，陆琨昔日的未婚妻突然找上门来。她身上的香囊，再一次引起了众人警觉。

朝堂之上，奸佞严嵩继续蛊惑帝心，良臣相继泯灭；人间罗教，孔雀的势力同样如野火燎原。两方势力看似互不勾连，然而却早有一条若隐若现的伏线，见多了被毒物摄取心智的奇事、怪案，陆琨誓要将这棵犯罪巨树连根拔起，对他来说，首先要搞清楚狸奴在其中到底扮演了什么角色……

一触即发之际，陆炳的意外死亡将混乱的场面推上了前所未有的高潮……更多精彩，敬请期待《天下无毒2·锦衣藏锋》。

扫描紫焰二维码，并回复“天下无毒2”

抢先试读《天下无毒》第二部！

图书在版编目（CIP）数据

天下无毒．暗夜毒影 / 云川纵著 .— 上海 : 上海社会科学院出版社，2020
ISBN 978 - 7 - 5520 - 3129 - 4

Ⅰ．①天… Ⅱ．①云… Ⅲ．①长篇小说—中国—当代 Ⅳ．① I247．5

中国版本图书馆 CIP 数据核字（2020）第 080736 号

天下无毒·暗夜毒影

著　　者：云川纵
责任编辑：包纯睿　陈如江
封面设计：周丁乾
出版发行：上海社会科学院出版社
上海顺昌路 622 号　邮编 200025
电话总机 021-63315947　销售热线 021-53063735
http://www.sassp.cn　E-mail:sassp@sassp.cn
照　　排：上海紫焰文化传媒有限公司
印　　刷：上海景条印刷有限公司
开　　本：890 毫米 ×1240 毫米　1/32
印　　张：10.625
字　　数：266 千字
版　　次：2020 年 7 月第 1 版　2020 年 7 月第 1 次印刷

ISBN 978 - 7 - 5520 - 3129 - 4/I · 397　定价：48.00 元